팀장님은 신혼이 피곤하다 2

팀장님은
신혼이
피곤하다

2

강하다 장편소설

팩토리나인

목 차

서재이야,
나야?

어두운 밤. 재이가 제집 현관문 앞에 도착했다. 도담과는 이른 밤에 헤어졌지만, 그대로 귀가하고 싶지 않아서 와인 바에 들렀더니 시간은 어느덧 자정을 훌쩍 지나 있었다. 그렇다 해도 재이에게는 그리 늦은 시간이 아니었다. 어차피 와인 한 병으로는 취기도 오르지 않았고, 부른다면 이 새벽에도 나와줄 사람이 많았다. 그러나 휴대폰 연락처를 아무리 뒤져도 딱히 부르고 싶은 사람이 없었다. 이 중 누굴 부르더라도 그녀가 듣고 싶은 얘길 들려주고, 바라는 걸 해줘야 할 텐데. 오늘 밤에는 왠지 남의 비위를 맞출 기분이 아니었다.

"큰일이네. 요즘 너무 편한 사람이랑만 지냈나…."

재이는 혼잣말을 중얼거리며 슬쩍 옆집 현관문을 쳐다보았다. 시간이 시간이니만큼 아무 소리도 들려오지 않아 고요했다. 하지만 초인종 한 번이면 그녀가 나와주리라는 걸 알고 있기에, 이 새벽에도 자꾸 쓸데없는 미련이 생긴다. 그렇게 불러내면 그것으로 마지막 만남이 될 것 같아서 실천에 옮기진 못하지만.

재이는 도담과 주원의 집에서 눈을 떼고, 제집 도어 록을 열었다. 현관문을 열자마자 센서 등이 켜지며 그를 반겼다.

"…."

재이는 현관 앞에 놓인 신발들에 가만히 시선을 두었다. 다른 신발들보다 치수가 작은 운동화가 무시할 수 없는 존재감을 드러냈다. 하지만 재이는 별말 없이 집 안으로 들어섰고, 외투를 벗어 바닥에 아무렇게나 두었다. 그러고는 당연하다는 듯 양주 진열장으로 걸음을 옮겼다. 이미 어둠에 적응되어 버린 눈은 스위치도 켜지 않고 가장 좋아하는 양주를 발견해 냈다.

"오늘은 이거로."

재이는 양주를 꺼내 들고는 제 방 쪽을 향해 고개를 돌리며 묻는다.

"너도 이걸 제일 좋아하지?"

그러자 어둠 속에서 들려오는 목소리는 오랜만이지도 않았고, 그리 반갑지도 않았다.

"재이…."

집 안으로 새어 들어오는 달빛 사이로 유유히 걸어 나오는 그녀. 외면하는 그의 곁을 지박령처럼 맴도는 여자, 유수영.

"수영, 오랜만이야."

재이가 웃으며 그녀에게 인사를 건넸다. 공허한 그 한마디에 저주라도 발동된 듯, 수영은 제이에게로 달려가 애끓는 고백과 함께 그의 등을 와락 끌어안았다.

"…보고 싶었어."

재이에게 닿지 못하고 맴돌았던 시간만큼 애끓는 목소리였다. 하지만 그 고백을 듣는 순간, 재이의 입가는 딱딱하게 굳었다. 아무리 수영이 원한다 해도 그에게 그녀는 이미 끝나버린 인연. 그 이상의 가치도, 의미도 갖지 않았다.

"잘 있었어? 어디 아픈 데는 없고?"

"…."

"요즘도 술 많이 마시는 거 아니지? 끼니도 자주 거르는 거 아니까 항상 건강이 가장 걱정됐어."

"그만."

재이가 수영의 염려 섞인 말들을 멈추게 했다. 그는 허리를 꽉 옭아맨 그녀의 두 팔을 풀었고, 그녀에게로 몸을 돌렸다. 수영은 마치 거부하는 듯한 그의 행동이 불안했으나, 그녀를 똑바로 내려다보는 그의 얼굴에는 부드러운 미소가 어려 있었다.

"우리 집에 초대한 적은 없는데… 무슨 일로 찾아온 거야?"

그리 묻는 목소리마저도 화내는 기색 없이 나긋했다. 하지만 수영은 단번에 느낄 수 있었다. 그 안에 숨어있는 서늘한 한기를.

"내가 편지까지 줬는데 별다른 연락이 없길래, 너무 걱정돼서 찾아왔어."

그래서 주저 없이 본론을 꺼냈다.

"아아…."

재이의 반응은 단조로웠다. 그녀의 진심이 보이지도 않는 것처럼. 수영은 그런 그에게 더욱 애끓는 목소리로 물었다.

"내 편지, 읽기는 한 거야?"

"아니."

"왜…?"

"들고는 왔는데 없어졌어. 순옥 씨가 버렸나 봐. 순옥 씨한테는 내가 쓰레기라고 생각하는 걸 알아서 잘 골라 버려주는 능력이 있거든."

그건 다시 말해 수영의 편지를 읽지도, 읽어야 할 필요성을 느끼지도 못했다는 얘기였다. 이럴 거라 충분히 예상했던 수영은 마주 선 그의 손을 꼭 붙잡았다. 그런 뒤 꺼내놓는 건 꽉 닫힌 재이의 마음에 닿지도 않을 사과였다.

"미안해, 재이…."

"…"

"나한테 얼마나 배신감이 컸을지, 나 충분히 이해해. 나는 재이가 의지할 수 있는 유일한 사람이었잖아."

"…"

"그래, 그런 사람이 알고 보니까 너를 노리고 있었다는 거, 재이한테는 극복하기 힘든 충격이었겠지."

재이는 아무 대꾸도 하지 않았다. 하지만 수영에게 향한 눈빛을 거두지도 않았다.

"그래도… 그거 알아?"

"…"

"이렇게 상처받을 줄 알면서도 너한테 내 정체를 털어놨던 건, 계속 너의 곁에 있고 싶어서였어. 진심으로 너를 붙잡아주고, 사랑해주고 싶었어."

그녀의 목소리에 물기가 어리기 시작했다. 달빛에 겨우 비치는 눈가가 반짝이는 걸 보면 이미 그녀의 눈물은 흐르기 시작했는지도 모르겠다.

"나는 널 정말 사랑했어. 아니, 지금도 사랑하고 있어."

"…."

"너의 모든 것을 알고 사랑해 줄 수 있는 사람은 나뿐이라는 걸 알잖아, 재이야."

수영의 고백에는 설렘보다 아픔이 더 짙게 묻어있었다. 재이를 꼭 부여잡는 손도, 그에게 한 걸음 더 가까이 다가가는 두 발도, 전부 재이의 마음이 예전처럼 다시 화답해 주길 바라고 있다.

그리고 그 바람은 재이의 눈에도 선명하게 보였다. 그녀가 얼마나 간절하게 재이를 원하고 있는지, 그녀가 얼마나 애절하게 재이의 곁을 지키고 싶어 하는지. 수영의 진심을 받고 있는 재이는 누구보다도 그걸 정확히 알고 있다.

"하…."

하지만 비틀려 올라간 그의 입술에서 흘러나오는 건 가벼운 헛웃음이었다.

"이제 알겠다. 니가 왜 여기 왔는지."

이어지는 목소리는 일말의 동요도 없이 차분했다.

"날 지켜주겠다, 그러니까 믿어라, 다시 너한테 의지하고, 다시 너를 사랑해 달라고… 그 말 하러 온 거구나."

"재이…."

수영은 간절하게 재이의 이름을 불렀다. 그에게서 느껴지는 회의

감을 어떻게든 지워보고 싶어서였다. 그러나 재이는 감정 없는 목소리 그대로 뒷말을 꺼내놓았다.

"그런데 수영아, 뭔가 크게 착각하고 있는 게 있는데… 나를 너만큼 사랑해 주는 사람은 많아. 넌 나한테 특별하지도, 유일하지도, 소중하지도 않아."

"…."

"그러니까 돌아가. 다 끝난 인연 붙잡으려 하지 말고."

칼날처럼 예리하고 쓰라린 재이의 대답. 그 말을 들은 수영은 그를 붙잡고 더욱 매달렸다.

"아직 날 용서하기가 힘들구나."

"용서해야 할 만큼 화 안 났어, 나."

"거짓말하지 마. 그래서 내 도움 다 거절하는 거잖아. 지금 니가 얼마나 위험한 상황에 처해 있는지도 모르고."

"위험한 상황…?" 재이가 되물었다.

그의 관심만 기다렸던 수영은 참아왔던 말들을 쏟아내듯 내뱉었다.

"옆집에 사람 들어온 것 같던데, 누구야? 얼굴 봤어? 너한테 접근하지는 않아?"

"…."

"만약 그 사람이 여자인 데다, 먼저 이 집 문을 두드리고, 너와 가까워지려고 한다면 높은 확률로 우리 쪽 요원일 거야. 그 여자랑 절대…."

"그만."

수영의 말이 다 끝나기도 전에 재이의 손이 수영의 입을 막았다.

그를 바라보는 수영의 눈빛이 크게 흔들렸다.

"멀리서라도 날 지켜보고 싶다면 이쯤에서 그만하고 돌아가는 게 좋을 거야."

"……"

"이 이상 간섭하면 법적으로 조치할 거니까. 우리 사이가 그렇게까지 딱딱해지는 건 너도 원치 않잖아."

재이는 제 할 말을 다 끝내고서야 수영에게서 순순히 손을 떼어냈다. 지독히 낮은 목소리를 들어보니, 아마도 그는 화가 난 모양이다. 이 반응을 보면 그는 이미 수영이 경고하는 관계를 시작한 것 같은데…….

'내가 아는 너라면 기다렸다는 듯 마음을 줬겠지. 그 사람이 하는 말은 무엇이든 다 믿어줄 거야. 그렇게 하루하루 기댈 곳을 찾아가는 너니까.'

그의 얼굴을 빤히 들여다보던 수영은 하려고 했던 많은 말 대신 깊은 한숨을 내쉬었다. 사실 수영은 그를 데리고 자신만 아는 곳으로 잠적할 생각이었다. 어느 누구도 그에게 닿지 못하게, 그를 덫으로 밀어 넣지 못하게 자신이 지켜줄 생각이었다. 그래서 이미 출발한 버스에서 뛰어내리듯 내려, 그를 찾아왔지만…….

"재이……"

아무리 간절하게 불러도 그는 예전처럼 다가와 주지 않을 것 같다. 오히려 점점 더 멀어졌으면 멀어졌지.

"나는 널……"

수영은 한 번 더 간절한 목소리를 흘려보내려 했다. 재이는 천천히 그녀에게서 고개를 돌렸고, 낮은 목소리로 대답했다.

"잘 가, 수영아. 아쉽진 않으니까 배웅은 안 할게."

하얀 달빛이 비칠 때 가장 쓸쓸해 보이는 그 남자의 마지막 인사였다. 하고 싶은 말을 전부 다 묻어버린 수영은 숨도 제대로 쉬지 못했다. 그저 마지막이 될지도 모를 그의 얼굴만 애타게 바라볼 뿐.

* ◆ *

"뭐? 가짜 부부인 게 들통나?"

도담의 보고를 들은 주원의 눈빛이 무섭게 번뜩였다. 제대로 잘못 걸렸다 싶어 도담은 잔뜩 주눅이 든 얼굴로 대답했다.

"네…. 동생을 영화관에서 만나는 바람에…."

"정확히 어디까지 발각된 건데."

"그게… 정확히는 제가 미혼이라는 게 들통난 거고요. 예전에 서재이한테 정혼 때문에 팀장님이랑 결혼한 거라고 말해뒀거든요."

"그래서?"

"그래서 정혼 때문에 이러고 사는 건 맞다. 팀장님이 집안에서 결정해 준 결혼 피하려고 나랑 사실혼 관계인 척하는 거다, 이렇게 변명했어요."

"거기까지 해명하는 데 며칠 걸렸어."

"그날 바로 처리했습니다. 서재이가 물어보는 대로 자연스럽게 대답했어요. 서재이도 의심하는 기색은 없었고요."

정말 임기응변 하나는 최고인 여자였다. 그만큼 사고의 원인이 되기도 하지만.

"하아… 넌 정말…."

주원은 깊은 한숨을 내뱉었다. 도담으로 인해 발생한 문제이긴 하나 그녀의 잘못은 아니었기에 딱히 나무랄 건 없었다. 하지만 그냥 넘어가기엔 너무나도 절체절명의 순간이었다. 그 정도 사달이 났는데도 도담의 말을 믿어준 재이는 머리가 나쁜 건지, 아니면 다른 꿍꿍이가 있는 건지 혼란스러울 지경이다.

"걱정하실 건 없습니다, 팀장님. 팀장님한테는 위장 결혼 들킨 거 비밀로 해달라고 했으니까, 재이 씨도 별다르게 행동하진 않을 거예요."

별다르게 행동하진 않기는 개뿔. 주원은 드레스를 고르던 날, 도담을 차로 데리러 갔을 때 마주했던 재이를 떠올렸다.

'한 번 더 물어보면 마지못해 타려고 했는데, 얄짤없으시네요.'

'어디서 융통성 없다는 얘기 많이 들으시겠어요. 하하하.'

'다음에는 와이프 바람맞히지 마세요.'

웃는 낯짝으로 가시 돋친 말을 내뱉던 재이는 어쩐지 자신을 도담의 남편으로 의식하지 않는 듯 보였다. 지금 생각해 보면 그래서 그랬구나 싶지만, 따지고 들어갈수록 기분이 더욱 불쾌해지는 건 어쩔 수 없었다. 그 사실을 알고 그따위로 태도가 돌변한 거라면, 앞으로는 내 존재를 아예 무시하겠다는 소리였으니.

"거기 서있어. 아직 해명할 거 더 있어."

주원은 도담을 거실에 세워둔 채로 다른 보고서를 들어 올렸다. 드레스 셀렉트 날, 서재이와 함께 숍에 가게 된 계기와 그날 있었던 일을 소상히 적어놓은 그녀의 보고서였다. 주원은 도담을 대놓고 꼬시는 듯한 재이의 멘트들이 하나같이 다 거슬렸지만, 그중 가장 신경이 쓰이는 건 드레스 숍에서 같이 찍었다는 사진이었다.

"서재이랑 찍었다는 사진 가져와 봐."

주원은 관련 보고서 페이지를 펼쳐 보이며 도담에게 명령했다.

"아아, 사진요? 잠시만요."

도담은 입고 있던 후드 티 주머니를 뒤적여 제 휴대폰을 꺼내 재이에게서 온 메시지를 주원에게 보여주었다.

"여기요."

주원은 도담의 휴대폰을 낚아채듯 가져갔다. 서재이의 번호로 도착한 메시지에 첨부된 한 장의 사진. 드레스와 턱시도를 사이좋게 빼입은 두 남녀는 누가 봐도 결혼을 준비하는 커플 같았다.

"잘 어울리네."

얼핏 들으면 칭찬이었으나 주원의 눈빛에는 날이 잔뜩 서있었다. 그걸 미처 깨닫지 못한 도담이 얼굴을 붉히며 수줍게 대답했다.

"그래요? 아니, 안 그래도 다들 그러더라고요. 드레스랑 저랑 너무 잘 어울린다고."

"아니, 드레스는 모르겠고 서재이랑 너 말이야. 딱 바퀴벌레 한 쌍이네."

"치, 웨딩드레스 입은 사진에다 대고 바퀴벌레라니…."

도담은 야속하게 반응하는 주원을 흘겨보며 자신의 휴대폰을 되가져갔다. 그리고는 재이와 찍은 사진을 빤히 바라보는가 싶더니, 이내 무시하지 못할 말을 중얼거렸다.

"뭐, 잘 어울리긴 하네요. 브로커만 아니었으면 좋았을 텐데."

"브로커만 아니었으면… 좋았을 텐데?"

"네, 계속 좋은 관계로 지낼 수 있잖아요."

계속 좋은 관계로 지낼 수 있을 거란 말은, 다시 말해 지금 그와 좋은 관계로 지내고 있다는 뜻이었다. 그 말을 그냥 넘기지 못한 주원은 잔뜩 성질이 오른 목소리로 물었다.

"서재이가 굉장히 마음에 드나 봐?"

도담은 가벼운 목소리로 대답했다.

"네, 마음에 들어요."

"진심으로 하는 말이야?"

"그럼 이런 거로 거짓말을 해요?"

마주한 두 눈에는 일말의 고민도 없어 보였다. 그런 그녀를 보자 주원은 뒷목부터 뻐근해지는 기분이었다. 하지만 그 마음을 모르는 건지, 아니면 알고서 그러는 건지 도담은 태연하게 뒷말을 이어나갔다.

"브로커 혐의만 떼어놓고 보자면 재이 씨는 참 좋은 사람이에요."

"그걸 왜 떼. 미쳤어?"

"사람만 보자면 그렇다는 거죠. 물론 사람 말 지지리도 안 듣고 제멋대로 구는 건 정말 마음에 안 들지만, 그런 면이 마음을 더 쉽게 열 수 있도록 만드는 것 같기도 하고."

뭐? 마음을 쉽게 열 수 있게 해? 그래서 열렸다는 거야, 지금?

주원은 하고 싶은 말을 꾹 삼켰다. 자신도 미처 인정하고 싶지 않은 감정이 툭 튀어나와 버릴까 싶어서였다.

그러나 재이에 대한 도담의 칭찬은 거기서 끝나지 않았다. 마치 마음에 드는 친구를 소개하듯, 그녀는 밝은 표정으로 이야기를 이어 나갔다.

"아, 그리고 제 고민을 정말 진지하게 들어주고 이해해 줘요. 가끔 은 십년지기 친구보다도 낫더라니까요?"

"…."

"저도 처음에는 억지로 대화거리 찾느라고 고민을 털어놓긴 했는 데, 재이 씨가 하도 잘 들어주다 보니까 어느새 진지하게 상담을…."

"온도담."

주원이 그녀의 이름을 부르며 말을 끊었다. 한창 떠들던 도담은 두 눈을 동그랗게 뜨고 주원을 바라보았다. 주원은 그 토끼 같은 얼 굴을 노려보며 마른침을 삼켰다. 현재 그의 머릿속에 떠다니고 있는 질문이 하나 있는데, 정말 꺼내놓기가 싫었다. 왜 이런 걸 물어봐야 하는지도 모르겠고, 이런 대화에 투자하는 시간과 정신이 몹시 아깝 다. 그래도 혹시 모르니까. 팀원 관리를 위해서 굳이 그 질문을 꺼내 묻자면….

"브로커 이딴 거 다 뗐을 때…."

"뗐을 때?"

"서재이야, 나야."

주원이 1%의 불안과 99%의 자신감을 가지고 물었다. 뜻밖의 질 문을 들은 도담은 당황했는지 잠시 눈을 꿈뻑이다가, 이내 도톰한 입 술을 움직여 간단히 대답한다.

"재이 씨요."

그녀의 마음이 진심이라는 것을 보여주듯, 주원을 똑바로 마주한

018

상태였다.

"하…."

그 대답을 들은 주원은 굉장히 심기 불편한 눈빛으로 헛웃음을 쳤다.

설마 설마 했는데, 이 여자가 정말 뭐에 씌었나.

"너, 지금 그게 무슨 의미인지 알고 그렇게 대답하는 거야?"

주원이 살벌한 눈빛으로 그녀를 추궁했다. 그건 도담의 대답이 오답이라는 걸 여실히 드러내고 있었지만, 도담은 아랑곳 않고 대답을 이어나갔다.

"브로커가 아니면 당연히 재이 씨가 낫죠. 성격으로 보나, 나랑 맞는 정도로 보나."

"홀렸네, 홀렸어."

"홀린 건 아니고요. 객관적으로 평가한 거예요."

"그걸 홀렸다고 하는 거야. 나랑 있던 시간이랑 서재이랑 있던 시간이랑 차이가 얼마인데, 그걸 다 개무시하고 서재이를 선택해?"

"팀장님이 남편 역할을 제대로 못 하고 있다고는 생각해 본 적 없으세요?"

도담의 불만을 들은 주원의 미간이 노골적으로 구겨졌다. 하지만 그가 어떻게 받아들이든 말든 상관없었다. 이렇게 대놓고 불평할 시간은 흔치 않으니, 그녀는 이참에 속에 있는 말을 다 꺼내놓을 생각이다.

"제 역할이 서재이랑 가까워지되 넘어가진 않는 건데, 그게 저 혼자 가능한 일이면 왜 우리 둘을 붙여놨겠어요."

"…."

"가까워지는 건 제가 할 일이지만, 넘어가지 않게 붙잡아주는 건 팀장님이 도와주셔야죠."

넘어가지 않게 붙잡아달라는 그 말은 재이보다는 주원과 더 가까워지고 싶다는 그녀의 바람이었다. 그리고 그건 주원에게 무리한 요구이기도 했다. 존경하던 사수인 현도의 죽음 이후 그의 소중한 사람들이 어떻게 되었는지, 그는 너무나 잘 알고 있어서 그 누구도 가까이 둘 수가 없다.

그 마음을 알 리 없는 도담은 계속해서 말을 이었다.

"많은 걸 바라진 않아요. 우리는 임무 중이고, 팀장님은 저를 진심으로 좋아하지도 않으니까요."

"…."

"하지만 가끔은… 그 사람보다 주원 씨가 더 가깝게 느껴졌으면 좋겠어요."

주원 씨. 늘 팀장님 소리만 하던 그녀가 그의 이름을 불렀다. 원래 같았으면 상사의 이름을 멋대로 부르지 말라고, 너의 임무는 네가 알아서 책임지고 끝내라고 타박해야 하는데…. 이상하게 그런 말들은 하나도 입 밖으로 꺼내고 싶지 않았다. 그가 그토록 중요시하는 원리원칙도 지금은 딱히 내세우고 싶지가 않다.

"뭘 어떻게 해야… 가까워질 수 있는 건데."

그 대신 꺼내놓은 질문은 주원도 뒷일을 생각하지 않고 막 내뱉은 것이었다.

"말하면 그렇게 해줄 거예요?"

"잡아달라며. 서재이한테 넘어가지 않게. 어떻게 하는 건지 알려주면 최대한 맞춰줄게."

예상치 못한 대답에 놀란 도담은 잠시 주원을 빤히 바라보았다. 주원의 표정은 평소와 다를 거 없이 딱딱했지만, 그녀에게 닿은 눈빛을 보니 뭘 말하든 들어줄 것 같기는 했다. 잠시 고민하던 도담은 될 대로 되라, 라는 느낌으로 가장 기본적인 요구 사항부터 꺼내놓기 시작했다.

"우선… 출퇴근할 때 저만 인사하는 건 쓸쓸하니까, 같이 화답해 주셨으면 좋겠고요."

"오케이, 다음."

"하루에 한 끼 정도는 같이 얼굴 마주 보고 식사했으면 좋겠어요. 그건 직장 동료 관계에서도 하는 일이니까…."

"오케이, 다음."

두 번의 오케이는 도담의 용기를 조금 더 자라나게 했다. 욕심이 생긴 도담은 주원이 극구 거절하는 낯 뜨거운 바람도 은근슬쩍 드러내 보았다.

"재이 씨는 제 이름으로 다정하게 불러주는데, 팀장님은 항상 '온 도담' 하면서 딱딱하게 부르시니까… 열 번 중에 두 번쯤은 다정하게 이름으로 불러주세요. 도담아, 하고."

"뭐… 오케이, 다음."

"또, 주말에는 짧게라도 데이트 느낌 나는 시간을 가졌으면 좋겠어요. 동네 산책이라도 괜찮으니까."

"오케이, 다음."

"더 말해도 돼요?"

"처음이자 마지막 기회야. 원하는 거 있으면 지금 다 말해."

사실 이 정도만 들어준다고 해도 도담은 충분히 만족할 수 있었다. 하지만 처음이자 마지막 기회라는 주원의 말에 어쩐지 여기서 그만두기는 아쉬웠다.

뭘 더 해달라고 하지? 내가 기주원한테 가장 아쉬웠던 순간이 언제더라.

열심히 고민하던 그때, 예전 기억이 그녀의 머릿속을 스쳐 지나갔다. 로맨틱하진 않았지만 나름대로 첫 키스를 나누었던 날.

'임무는 임무일 뿐이야. 임무 도중 일어나는 일에 대해서는 수선떨 필요도, 의미 둘 필요도 없어.'

'내일부터 다시 원래대로 돌아가면 돼.'

도담은 의미 부여하지 말라고 단호하게 엄포를 놓았던 주원이 참 야속했다. 그때의 감정이 떠오른 도담은 툴툴거리듯 입을 열었다.

"우리 유수영 요원 때문에 본의 아니게 키스했던 날 있잖아요. 너무 질색하는 것 같아서 솔직히 조금 서운했어요. 내가 그렇게 싫었나 싶기도 했고."

"…"

"하긴 뭐, 생각해 보면 키스가 아니더라도 팀장님은 늘 질색하셨죠. 어쩔 수 없이 팔짱을 껴도 질색, 실수로 손이 닿아도 질색, 어느 날엔 눈만 마주쳐도 질색."

"…"

"누가 보면 내 손에 병균이라도 득실득실한 줄 알겠네…."

"그래서?"

주원이 용건의 포인트를 물었다. 그런 그에게 꺼내놓고 싶은 도담의 부탁은 이것이었다. '나한테 너무 대놓고 질색하진 말아주세요.' 그러나 첫 마디를 꺼내기도 전에 자기 식대로 생각을 마친 주원이 먼저 입을 열었다.

"그래서… 앞으로는 니 손길을 거부하지 말아 달라고?"

"네?"

"만지는 대로 가만히 있어 달라 이건가?"

도담은 감히 생각도 하지 못했던 엄청난 요구였다. 그건 아닌데, 절대 그런 음흉한 생각은 하지 않았었는데. 그 말을 들은 도담의 마음에서는 자꾸 이상한 충동이 일었다. 뒤탈 날 거 뻔히 알지만, 왠지 고개를 끄덕여보고 싶은 이 기분.

"그렇…다면요?"

도담이 넌지시 되물었다.

도담이 아는 주원이라면 정색을 하고도 남을 반응이었다. 하지만 주원은 조금도 표정을 일그러트리지 않았다. 오히려 살짝 시선을 피하며 깊은 생각에 잠기는가 싶더니.

"…오케이, 거기까진 접수."

굉장히 비장한 표정으로 기대치 않았던 대답을 꺼내놓는다.

"정말요? 정말 만져도 돼요?"

뜻밖의 허락을 받은 도담이 두 눈을 반짝 빛냈다. 주원은 혹시나 그녀가 수선을 떨까 싶어, 일부러 건조한 목소리로 말했다.

"만져. 대신 부위는 동요에 나오는 그런 부위들만."

"동요라면….."

"머리, 어깨, 무릎, 발, 무릎, 발."

"발은 좀… 대신 팔은 어때요?"

"좋아."

팔이라면 손도 포함될 터였다. 도담은 그림의 떡이나 다름없었던 그의 잘생긴 손을 실컷 잡을 수 있다는 생각에 몹시 가슴이 설렜다. 하지만 이어지는 주원의 조건은 조금 야박했다.

"기회는 하루 한 번. 삼 초까지만."

"한 번에 삼 초라니! 닿았나 싶으면 끝나겠다!"

"불만이면 다 무르던가."

다 무르는 것보다야 삼 초의 스킨십이라도 받아들이는 게 이득이었으나, 도담은 협상이라도 시도해 보기로 했다.

"삼 초는 너무 짧아요. 오 초."

"안 돼."

"사 초!"

"싫어."

"그, 그럼 삼 초 반! 진짜 이건 별 차이도 없으니까 들어줄 만하다!"

"별 차이 없는 시간에 힘쓰지 말고 삼 초로 타협하지 그래?"

그러나 상대는 NSO 훈련에서 협상의 기술을 평가하던 기주원 팀장이었다. 날카롭게 도담에게 향해 있는 그의 눈빛에선 일말의 여지조차 보이지 않는다. 시간에서는 타협이 불가능하다는 걸 깨달은 도담은 그가 지금까지의 약속을 무르겠다고 나오기 전에 한 수 물러나기로 했다.

"알겠어요. 정 그러시다면 삼 초로 만족할게요. 대신에…."

"대신 뭐."

"허리도 추가해 주시죠. 만질 수 있는 부위 리스트에."

그리고 시도해 보는 두 번째 협상. 주원의 눈썹이 살짝 구겨졌다. 하지만 도담은 그가 질색하기 전에 서둘러 이유를 덧붙였다.

"생각해 보세요, 팀장님. 허리가 그렇게 대단한 부위는 아니에요. 누군가한테 팀장님을 남편이라고 소개할 때 가볍게 팔을 두를 수도 있는 거고, 어떤 방향으로 가야 될 때 허리를 밀 수도 있는 거고."

"그 대단하지도 않은 부위를 왜 포함 시키고 싶은 거야?"

"대단하지도 않은 부위니까 포함이 가능하다고 생각했습니다. 어디까지나 팀장님이 수용할 수 있는 범위 내에서 만지고 싶으니까요."

작년, 신입들에게 협상의 기술을 가르쳤던 기주원이 말했다. 협상에서 가장 중요한 건 자신이 원하는 바를 강력하게 주장하면서도, 상대를 충분히 고려했다는 뉘앙스를 어필하는 것이라고. 그 꿀팁을 기주원과의 스킨십 타협에서 써먹을 줄은 몰랐지만, 그만큼 도담에게는 중요한 문제였다.

주원은 여전히 곱지 않은 표정으로 심각하게 고민하는가 싶더니, 이내 하는 수 없다는 듯 고개를 끄덕였다.

"알았어. 허리 포함. 더 이상의 타협은 없어."

도담의 얼굴에 만족스러운 미소가 피었다. 저번에 죽을 쏟았을 때 우연찮게 봤던 기주원의 매끈한 허리를 이제부터는 공식적으로 안을 수 있게 된 거다.

"서재이한테 흔들리지 말라고 허락해 주는 거니까 넌 마음 관리

똑바로 해."

주원은 당부하듯 말하며, 끝까지 도도한 표정으로 자리에서 일어섰다. 부엌 쪽으로 향하는 그에게서는 언제나처럼 찬바람만 쌩쌩 불었다. 그 뒷모습을 가만히 바라보던 도담은 문득 확인하고 싶어졌다. 스킨십은커녕 가까이 다가가지도 못하게 했던 주원이 방금 한 말을 정말 지킬 수 있는지. 그래서 살금살금 그의 뒤를 쫓아가, 힘겹게 허락받았던 그의 허리를 와락 끌어안았다.

"아…."

순간 경직되었던 주원의 몸은 도담의 손길을 피하지 않고, 그대로 그 자리에 멈춰주었다.

"정말 안 떼어내시네요?"

"삼 초 됐어. 떨어져, 이제."

비록 삼 초를 순식간에 세어버리긴 했지만, 예전의 주원과는 확연히 다른 태도였다.

"와아, 되게 감동이다."

도담이 격한 기쁨을 느끼고 있는 사이, 주원은 도담의 백허그 때문에 흐트러진 서츠를 정리했다. 정수기로 향하는 그의 표정은 좋지 못했다. 그러나 주원의 반응이 어떻든 도담은 만족스러웠다.

매번 남보다 못했던 기주원이 드디어 서툴게나마 남편 노릇을 해주려나 봐. 갑자기 무슨 바람이 불었는지는 모르겠지만, 적어도 하루 스물네 시간 중에 삼 초는 실컷 설렐 수 있겠네!

업무를 모두 끝낸 늦은 오후.

잠옷으로 갈아입은 도담은 휴대폰을 붙든 채, 한창 수다 삼매경에 빠져있었다. 오늘의 수다 상대는 NSO에서 가장 친한 선배이자, 친구 같은 언니인 혜인이었다. 지난번에 중간 점검 차 신혼집까지 들렀던 그녀는 주원과의 신혼생활에 대해 가장 잘 알고 있는 사람이었다.

—뭐? 기주원 팀장님이 남편 노릇을 시작했다고?

그런 그녀에게도 주원의 약속은 충격인 모양이었다. 도담은 자꾸만 새어 나오는 웃음을 애써 정리하고, 최대한 상세히 오늘 일을 설명했다.

"그렇다니까. 서재이한테 흔들린다는 말이 걱정되긴 했나 봐."

—친근하게 불러주고, 인사하고, 같이 밥 먹고, 산책하고 정도는 할 수 있어. 나도 저번에 그거 가지고 한 소리 했었으니까.

"그래?"

—응. 그런데 스킨십까지 허락한 건 정말 의외인데? 기 팀장님 성격 알잖아. 직장 동료랑 어깨만 스쳐도 정색을 하고 무안 주는 거.

"하긴… 그랬지."

혜인에게 맞장구치면서 도담은 그간 회사에서 보아왔던 주원의 모습을 떠올렸다. 완벽주의자에 지독한 FM인 주원은 본부에서도 곁을 주지 않는 것으로 유명한 사람이었다. 그런 그가 흑심 가득한 도담의 스킨십 요구에 순순히 응했다니. 이건 정말 천지가 개벽할 일이 아닐 수 없다.

—정말 수상하네? 저번에도 묘해 보이더니, 정말 말도 안 되는 상황이 펼쳐지고 있는 거 아니야?

혜인이 의심 가득한 목소리로 말했다. 그녀가 무얼 말하는지 알아들을 수 없었던 도담은 별생각 않고 되물었다.

"무슨 말도 안 되는 상황?"

―아니, 그렇잖아. 원래 기 팀장님 성격이었으면 니가 스킨십 얘기 꺼냈을 때, 널 임무에서 제해버리고도 남았을 텐데.

"으음… 그랬겠지?"

―그걸 받아준 것도 모자라서 서재이한테 흔들리지 말라는 소리까지 했어. 이건 널 좋아한다고 봐도 무방한 거 아니야?

"뭐? 팀장님이 날? 하하하!"

혜인의 추측을 들은 도담이 크게 웃었다. 오랜 짝사랑에 적응해버린 도담은 슬프게도 그와 이뤄질 거란 기대를 조금도 하지 않는 상태였다. 혜인은 그런 그녀에게 저번부터 수상쩍게 여겨왔던 부분을 얘기해 주었다.

―도담아. 니가 눈치가 없어서 몰랐나 본데, 저번에 팀장님이 나 집 앞까지 데려다준다고 해놓고서 지하철역에 버려두고 가셨잖아. 그것도 우리 집에서 엄청 먼 데로!

"응. 그게 뭐?"

―팀장님은 바쁜 일이 있어서라고 했지만 난 그렇게 생각 안 해. 내가 팀장님이 서재이 질투하는 걸로 몰아가니까 당황해서 내쫓은 거야.

"질투라…. 하긴, 전에 질투하냐고 물어보니까 얼굴이 빨개지긴 하더라."

―맞지! 질투하지? 봐봐! 너한테 마음 생긴 거라니까?

혜인은 몹시 들뜬 목소리로 호들갑을 떨었지만, 도담의 표정은 심드렁할 뿐이었다. 질투에도 여러 종류가 있는 거니까.

"에이… 그런데 그땐 그럴 만한 상황이었어. 서재이가 엄청 도발했고, 그거 때문에 팀장님이 예민해져 있었는데 내가 편을 안 들어줬었거든. 오히려 나는 내 일 하는 건데 왜 그러냐고 화만 냈지."

ㅡ아휴, 그 자체가 되게 부자연스럽다는 걸 왜 몰라. 기 팀장님이 임무 하면서 그렇게 크게 동요한 적 있었어?

"내 눈에는 동요했다기보단 그냥 자기 분에 못 이겨서 씩씩대는 걸로 보이던데."

ㅡ그게 동요라고! 이 답답아!

결국 혜인의 언성이 높아졌다. 하지만 그녀보다 주원을 잘 알고 있는 도담에게는 혜인의 추측이 어설프기만 했다.

내가 그동안 기주원한테 욕 들은 게 몇 번이고, 눈물 쏙 빠지게 혼난 게 몇 번인데. 그런 나를 왜 좋아해. 너무 뜬금없잖아.

그냥 웃기만 하는 도담을 보며 답답해하던 혜인은 번뜩 중요한 이벤트 하나를 떠올렸다.

ㅡ아, 맞다. 너 이번 주 금요일에 웨딩 촬영 있다고 했지.

"응."

ㅡ그때 날 도우미로 초대해. 월차 내고 갈 테니까.

"언니를 왜?"

ㅡ넌 바람잡이 해줄 사람이 필요해. 그래야 니가 기주원이 어떤 마음으로 널 대하는지 직접적으로 느끼지!

혜인의 목소리가 비장했다. 그런 그녀에게 별다른 의미를 두지 않는 도담은 태평하게 대답했다.

"언니 혼자 기대하는 건 좋은데, 아닌 거 확실해졌을 때 노골적으로 실망한 티 내지 마. 나만 비참해져."

그 말에 돌아오는 건 혜인의 비웃음이었다.

—기주원 반응 보고 너나 호들갑 떨어서 다 망치지 마. 그럴수록 아무렇지 않은 척 굴라고.

혜인은 진심으로 주원의 마음을 의심하는 중인가 본데, 어째서 마른 사막에서 우거진 숲을 찾는 건지 도담은 전혀 이해할 수가 없었다. 요즘 로맨스 드라마에 푹 빠져 산다더니, 아무래도 온 세상이 핑크빛으로 보이는가 보다.

꽃 같은 신부님과
목석같은 신랑님

운성 중공업 본사 로비.

서태환 대표와 최우석 상무 이사가 들어섰다. 회사의 실세인 두 사람이 등장하자 주변 공기가 긴장됐다. 로비의 사람들은 전부 그들을 의식하고 있었으나, 누구 하나 섣불리 다가가서 말을 건네지는 않았다. 유독 빠른 서태환의 걸음과 평소보다 더 굳어있는 표정 때문이었다. 운성 중공업 총 회의가 있는 오늘, 태환은 마주 하고 싶지 않은 존재와 억지로 대면해 말을 섞어야 한다.

"오늘 불참하는 인원은?"

태환이 가라앉은 목소리로 물었다. 그가 정확히 누구의 소식을 궁금해하는지 알고 있는 최우석 상무는 건조한 목소리로 보고했다.

"서재이 이사 포함 전원 참석입니다."

"…."

그러자 태환의 입술이 다시 노골적으로 닫혀버렸다. 그에게서 번지는 한기가 한층 더 짙어졌다. 최우석 상무는 그런 그에게 또 다른 재이의 소식을 전했다.

"회장님이 직접 지시 내리신 서 이사님 파티는 거의 준비가 끝났습니다. 참석자 명단은 서 이사님이 최종적으로 컨펌하시겠지만, 회장님이 신경 쓰는 자리인 만큼 VIP들도 다수 참석할 듯합니다."

"…."

"그러니 대표님도 중요한 사업적 연회라고 생각하시는 편이…."

"그 사업적 연회… 최 상무가 참석하면 되겠네."

태환이 단호하게 대답했다. 정확하게 말하진 않았으나 불참 의사에 가까웠다. 재이와 관련된 모든 것에 부정적인 태환은 이번 파티도 외면할 모양이었다.

"이번엔 반드시 참석하시라는 의미에서 서 회장님이 저희 측에 파티 주최를 맡기신 걸 텐데요."

최 상무는 염려 섞인 마음을 드러냈다. 그러나 동요 없는 태환의 눈빛에선 마음을 돌릴 기미도 보이지 않았다. 최 상무는 그런 그를 바라보다가 다시 엘리베이터로 시선을 돌렸다. 그러고서 이어가는 말엔 차분한 힘이 실려있었다.

"원래 나무는 숲에 숨을 때 가장 드러나지 않는 법이지요. 저는 이번 파티에서 그동안 흔적도 발견할 수 없었던 나무를 찾아낼 생각입니다."

"…."

"그러니 대표님은 언제나처럼 저를 믿고 기다려주십시오. 제가 대표님의 눈과 귀가 되어드리겠습니다."

운성 중공업의 핵심이 된 기술을 함께 연구했던 최우석 상무는 운성 그룹 내에서 몇 안 되는 태환의 아군이었다. 서재이가 기술을 빼돌렸다는 단서를 가장 먼저 잡아낸 공로자였고, 지금도 브로커 사건을 물심양면으로 신경 쓰는 책임자였다.

그의 확신 어린 선전포고를 듣고 나서야 날이 서있던 태환에게도 숨통의 여유가 생겼다. 물론 그 여유는 머지않아 등장한 얼굴로 인해 금세 사라져 버렸지만.

지하층에서부터 올라온 엘리베이터가 로비에 멈춰서며 내부를 드러냈다. 무거운 철문 사이로 드러나는 얼굴은 조금도 반갑지 않았다.

"어, 형!"

자신을 극도로 혐오하는 태환의 마음을 알고 있으면서, 그는 늘 밝은 표정으로 태환을 부른다.

"오랜만이네. 그동안 잘 지냈어?"

잘 지내고 있던 하루도 그를 마주하면 불쾌해진다는 걸 알면서, 그는 뻔뻔하게 안부를 묻는다.

"안녕하십니까. 서재이 이사님."

최우석 상무는 이번에도 무시할 게 뻔한 태환을 대신해 먼저 인사를 건넸다. 재이가 부드러운 눈인사로 슬쩍 화답했다. 하지만 태환이 엘리베이터에 오르자, 그는 다시 태환에게만 집요하게 말을 건다.

"있잖아, 형이 열어주기로 약속한 내 생일 파티 말이야. 거기에 개인적으로 아는 친구 데려가도 돼?"

"…."

"비즈니스 관계는 아니고 그냥 사적인 관계인데…. 알잖아, 나 의외로 숫기 없어서 안 친한 사람들 사이에 둘러싸여 있으면 소화도 안 되는 거."

"…."

"다른 날도 아니고 내 생일인데 내 사람 정도는 초대하고 싶어."

최우석 상무가 언급하는 것도 싫었던 그 파티가 서재이의 입을 통해 한 번 더 거론됐다. 이쯤 되면 재이는 태환이 무엇을 싫어하고, 불편해하는지 알고 일부러 시비를 거는 것 같다.

태환은 재이를 쳐다보지도 않고 딱딱한 목소리로 답했다.

"우리가 그런 소소한 대화를 나눌 사이였나. 어디서 굴러먹다 온 여자를 데려올지는 모르겠지만, 너 알아서 해."

정말 자비 없는 반응이었다. 하지만 재이에게는 그마저도 반가웠다. 원래는 무슨 말을 꺼내든 침묵으로만 일관하던 태환이었으니. 재이는 입가에 부드러운 미소를 지으며, 태환에게 말했다.

"형 바쁜 사람인 건 알지만, 올해는 꼭 참석해 줬으면 좋겠어."

"…."

"난 이번엔 형이랑 꼭 술 한잔하고 싶어."

술 한잔…. 같은 공간에서 숨 쉬는 것도 불쾌한 존재의 무리한 바람이었다. 상종하기도 싫다는 티는 지금까지 충분히 내왔던 것 같은데, 이쯤 되면 무시하는 걸지도 모른다는 생각이 든다. 때마침 재이가 누른 층의 문이 열렸다. 재이는 조심히 태환을 스쳐 지나 엘리베이터 밖으로 몸을 빼냈다. 그러고는 문이 닫히긴 전, 최 상무를 보며 말했다.

"최 상무님. 그 사람 이름이랑 연락처 알려드릴 테니까, 꼭 참석자 명단에 등록시켜 주세요."

"네, 알겠습니다."

최우석 상무는 가벼운 고갯짓 인사와 함께 대답했다. 재이는 그런 그에게 대답 대신 미소를 건넸고, 마지막으로 한 번 더 태환의 눈을 바라보았다.

"그럼 이따 회의 때 봐, 형."

지긋지긋한 저놈의 형 소리.

태환은 문이 닫힐 때까지 이성의 끈을 꽉 붙들기 위해 애썼다. 잠깐이라도 방심하는 순간, 불쾌한 감정만 유발하는 그의 숨통을 갈기갈기 찢어놓을지도 모르니. 이윽고 무거운 철문이 그의 얼굴을 가렸다. 하지만 좁은 공간에 남아있는 잔향은 좀처럼 사라지지 않았다. 아무리 외면하려고 해도 결국엔 의식할 수밖에 없는 그의 존재감처럼.

＊ ◆ ＊

도담이 일분일초까지 카운트다운 하며 기다려왔던 금요일. 그토록 기다리고 기대했던 웨딩 촬영 당일 아침이지만 도담은 기뻐할 새도 없이 집 안을 분주하게 뛰어다녔다.

"으아아악! 안 돼! 늦겠다!"

어제 너무 긴장한 나머지 좀처럼 잠에 들지 못하다가, 기어이 한 시간이나 늦게 일어나버렸기 때문이다.

"어떡해! 어떡해! 오 분 안에 튀어 나가야 하는데!"

얼굴에 대충 찬물만 끼얹은 도담은 드레스룸으로 와다다다 달려 갔다. 이미 옷을 다 갖춰 입고 거실 소파에 앉아있던 주원은 혀를 끌 끌 찼다.

"잘한다. 알람이 그렇게 울려도 꿈쩍을 안 하더니."

남 일 보는 듯한 주원의 말투에 서운해진 도담은 옷을 고르며 버럭 소리를 질렀다.

"사람이 못 일어나면 좀 깨워주지! 왜 안 깨웠어요!"

"노크했어."

"알람도 못 듣는데 노크를 어떻게 들어요! 들어와서 흔들든가! 아 니면 찬물이라도 끼얹든가!"

"어떤 꼴로 자고 있을지도 모르는데 어떻게 들어가."

"꼬박꼬박 말대꾸는 잘하지! 이대로 놓쳐도 상관없다고 생각했죠! 그래서 안 깨웠죠!"

도담의 예리한 질문에 주원은 입을 닫았다. 차마 아니라고 할 수 는 없어서였다. 가출한 도담을 데리고 오기 위해서 억지로 결혼사 진을 찍겠다고 대답은 했지만, 사실 주원에게 그건 엄청난 도전이었 다. 그냥 사진 찍는 것도 싫어하는데 결혼사진이라니. 생각만 해도 손발이 오그라들고, 입꼬리 근육이 마비되는 기분이다

"확실히 말해두는데 스킨십은 하루 한 번 삼 초야. 웨딩 촬영이라 고 해도 예외는 없어. 촬영기사한테 니가 니 입으로 똑바로 말해봐."

주원은 도담이 들어간 드레스룸을 향해 또렷한 목소리로 말했다. 옷을 갈아입던 도담은 별말이 없다가, 이내 방문을 쾅 열고 나오며 성질을 냈다.

"아후! 그놈의 삼 초! 팀장님 정말 융통성 꽝이네요!"

"싫으면 약속한 거 다 무르던가."

"누가 싫으요? 혼자 불평불만도 얘기 못 하나!"

도담은 앙칼지게 대꾸하며 와다다 제 방으로 뛰어 들어갔다. 그러고는 작은 가방에 휴대폰과 지갑만 구겨 넣고, 재빨리 밖으로 뛰어나왔다.

"빨리 일어나요! 차 키 챙기고!"

"머리 좀 묶든가 빗든가 하지. 누가 보면 피난 가는 줄 알겠어."

"어차피 머리는 미용실 가서 다시 해줄 텐데, 뭐! 얼른 일어나요!"

도담은 주원을 재촉하며 신발을 신었다. 주원은 그 뒤를 따라 내키지 않는 걸음을 억지로 내디뎠다.

띵동!

그때 느닷없이 벨이 울렸다. 마침 인터폰 옆에 있던 주원은 화면 속 얼굴을 확인했다.

"김혜인…?"

다소 당황스러운 손님이었다. 지난번 중간점검을 왔다가 그의 심기만 벌집처럼 쑤셔놓고 간 김혜인 요원. 초대한 적도 없는 그녀가 왜 이곳에 왔는지, 앞뒤 상황을 판단하는 데에는 그리 오랜 시간이 필요하지 않았다.

"김혜인 불렀어?"

"네? 아, 네. 웨딩 촬영 때는 도와줄 친구 한 명이 꼭 있어야 한다고 하더라고요."

"그렇다고 회사 사람을 불러? 너 내 위치가 어딘지 잊은 거야?"

"그럼 제가 팀장님이랑 신혼살림 차린 걸 아는 사람이 혜인 언니 밖에 없는데 누굴 불러요. 팀장님도 참….."

"그래도 그렇지…!"

도담과 단둘이 촬영하는 것도 싫어죽겠는데, 직장 후배 앞에서 별 짓을 다 하게 생겼다. 벌써부터 수치스러워진 주원은 성을 내려 했으나, 도담은 그가 무슨 말을 하기도 전에 현관문을 열어버렸다.

"아이고, 신부님! 준비는 다 되셨습니까!"

아니나 다를까. 요란스럽게 등장한 혜인은 주원이 감당하기 힘든 하이 텐션이었다.

"말도 마. 어제 잠을 설치는 바람에 늦잠 잤어. 나 너무 엉망이지?"

"뭐 어때! 숍 가면 으리으리한 여신님으로 변신시켜 줄 텐데!"

"그렇겠지?"

"응, 그래도 눈곱 정도는 떼야겠다. 여기 앞쪽에."

"앗."

도담과 잡담을 나누던 혜인은 조금 지나서야 멀찍이 떨어져 있던 주원을 발견했다.

"어머! 안녕하세요, 형부! 좋은 날 미간이 잔뜩 구겨져 계시네!"

"…."

"아아. 도담이 앞에서 또 내숭 부리시는구나? 하하하! 형부도 참! 그렇게 안 생기셔서 서투르다, 서툴러!"

"…."

그녀와 엮이고 싶지 않아서 한마디도 대꾸하지 않았는데도 불구하고, 순식간에 사람 속을 뒤집어놓는 어마어마한 스킬. 주원의 머리가 벌써부터 욱신거리기 시작했다. 이대로라면 아마 촬영하다가 스트레스로 죽어버릴지도 모르겠다.

헤어와 메이크업을 하기 위해 들른 청담동의 한 미용실.

일찍 세팅이 끝난 주원은 쳐다만 봐도 시비를 거는 혜인과 함께 대기 의자에 앉아있다. 행여나 그녀가 말이라도 걸까 싶어, 정면만 똑바로 노려보느라 주원은 신랑이라고 믿기 힘들 만큼 딱딱한 표정이다. 그런 그를 흘끔흘끔 바라보던 혜인은 넌지시 물었다.

"형부, 옆에 다른 신랑들처럼 좀 웃어보는 건 어때요? 누가 보면 턱시도 예쁘게 입고 어디 팔려가는 줄 알겠어요."

혜인의 말은 사실이었다. 주원은 이 숍에 있는 다른 신랑들보다 유독 심기 불편한 모습이다. 하지만 주원의 입장에서는 이렇게 불편하게 만든 당사자가 그걸로 시비를 건다는 게 어처구니없었다.

"계속 그 호칭으로 부를 겁니까."

"무슨 호칭이요?"

"형부 말입니다."

"당연하죠. 주변에 누가 있을 줄 알고."

그건 맞는 말이었으나 혜인이 부르는 형부는 왠지 놀리는 것 같아서 기분이 좋지 않았다. 별로 재밌는 일도 없는데 실실거리는 것만 봐도, 속으로 무슨 음흉한 생각을 하고 있는지 알 수가 없다. 주원은 그런 그녀에게서 아예 시선을 돌리고 신경을 꺼버리기로 했다.

"신부님 준비 다 되셨어요!"

도담의 메이크업을 전담한 아티스트가 파우더룸에서 걸어 나왔다.

혜인은 아예 자리에서 일어서서 변신한 도담을 맞이할 준비를 했다. 그러나 주원은 의식적으로 눈길을 주지 않았다. 도담보다는 호들갑스러운 혜인을 피하고 싶어서였다.

"나 어때…?"

"와! 이게 누구야! 진짜 못 알아보겠어! 너무 예뻐졌는데?"

아니나 다를까. 도담을 먼저 확인한 혜인이 이 넓은 숍을 가득 메우고도 남을 목소리로 감탄했다. 주원은 그런 그녀를 굳이 쳐다보지 않았지만, 도담이 입고 있는 벨 라인 드레스는 옆눈으로도 대충 실루엣이 보였다.

참 화려한 것도 했네그래….

"속눈썹까지 붙였어. 눈이 무거워진 느낌이야."

"그건 금방 적응돼. 나중에 떼고 나면 아쉽다?"

"그래도 속눈썹 붙이니까 눈이 더 또렷해진 것 같아."

"당연히 그렇겠지. 섀도우도 아주 반짝반짝해서 너무 예쁘다. 나도 나중에 결혼할 때 여기 와서 받아야겠어."

가장 수선 떨며 괴롭힐 거라 생각했던 혜인은 의외로 도담과 대화에만 열중했다. 하지만 도담을 데리고 나온 메이크업 아티스트에게는 주원의 반응이 제일 중요했다.

"기주원 신랑님! 여기 좀 보세요! 신부님 나오셨어요!"

"하아…."

"기주원 신랑님?"

그래서 아까부터 자꾸 주원을 부르고 있는데, 이런 상황에 면역력이 없는 주원은 좀처럼 대답을 할 수가 없다. 이곳에 온 뒤로부터 직급처럼 달라붙은 '신랑님'이라는 호칭 때문이었다.

"예, 뭐… 괜찮습니다."

"에이, 제대로 보지도 않으셨으면서."

"봤습니다. 나오는 거."

"다른 신랑님들은 신부님 나오시자마자 버선발로 마중 나오시는데, 너무 건조하시다! 누가 보면 가짜 결혼인 줄 알겠어요!"

의외로 촉이 좋은 메이크업 아티스트가 뜨끔할 멘트를 날렸다. 이제 자연스러운 연기를 위해서라도 장단을 맞춰줘야 했던 주원은 하는 수 없이 도담 쪽으로 고개를 돌렸다. 거기까지는 기주원 성격상 참 어려운 일이었는데….

"어떠세요? 신부님 마음에 드세요?"

"…."

"신랑님?"

막상 두 눈에 도담을 담고 나니, 이번엔 시선을 떼어내는 게 어렵다. 빛이 닿을 때마다 별처럼 반짝이는 웨딩드레스. 평소보다 훨씬 화려하고 생기 있는 얼굴. 게다가 이 순간이 몹시 행복한지 웃음기를 잔뜩 머금고 있는 눈빛까지. 두 시간 만에 다시 나타난 그녀는 마치 하얀 백합 꽃잎에 둘러싸인 요정 같다.

"왜요? 이상해요?"

도담이 유독 빤히 바라보고 있는 주원에게 물었다. 그녀의 변신에 넋을 놓고 있던 주원은 순간 자신도 모르게 입을 열었다.

"너무…."

'예뻐.'

하지만 뒤이어 떠오른 말은 억지로 꾹 삼켰다. 빳빳한 그가 내뱉기에는 지나치게 달고 창피한 표현이다. 그 말에 호들갑 떨 사람도 둘… 아니, 셋이나 있고.

"너무… 뭐요?"

"아니야. 무시해."

"가장 중요한 데서 끊었잖아요, 방금. 너무 뭐였는데요!"

도담은 대답을 하다가 만 주원을 닦달했다. 화려하게 변신한 모습으로 그의 앞에 짠! 하고 나타나는 이때를 얼마나 기다렸던가. 천년의 사랑에 빠지지는 않더라도 도담의 본판이 괜찮다는 것 정도는 깨달아쥤으면 좋겠거늘, 저 인간은 뭐 이렇다 할 반응이 없다.

"치… 너무하다, 너무해. 하여간 내가 좋아하는 꼴을 못 봐."

독심술을 부리지 못하는 도담은 무심한 주원을 바라보며 입술을 삐죽였다. 주원은 그 원망을 들으면서도 꿋꿋하게 입을 닫고 있었다. 하지만 그건 딱히 소용이 없었다.

"아우, 뭘 굳이 대답까지 듣고 싶어 해! 들으나 마나 예쁘단 얘기겠지! 하얀 백합 꽃잎에 둘러싸인 요정이 따로 없다고 생각하겠지!"

"표정이 아닌 것 같은데?"

"차마 그걸 입 밖으로 못 내뱉어서 그러는 거야. 너네 신랑 그런 재주는 먹고 죽으려고 해도 없잖아."

도담의 앞머리를 정리해 주며 주원의 속마음을 훤히 내다보기라도 한 듯 중계하는 혜인 때문에.

"저 여자가 진짜…."

주원의 날카로운 눈동자가 혜인을 노렸다. 그를 일부러 도발했던 혜인은 의식적으로 주원 쪽을 바라보지 않았다. 굳이 겪어보지 않아도, 하루 종일 속 뒤집힐 게 훤히 보이는 하루였다. 하지만 누가 어떻게 도발하든, 오늘은 절대 휘둘리지 않을 생각이다.

두고 봐라. 오늘은 내가 사람인지 목석인지 분간도 안 가게 만들어줄 테니.

찰칵 찰칵 셔터 소리가 터져 나오는 청담동의 웨딩 사진 스튜디오.

팔짱을 끼고 선 혜인은 한창 촬영 중인 신혼부부를 보며 혀를 끌끌 차는 중이었다.

"아이고, 누구 저기다가 나무토막 갖다 놓으신 분? 증명사진도 저렇게 정색하고는 안 찍겠다!"

그녀가 한껏 나무라고 있는 대상은 이번에도 역시 신랑 기주원이었다. 촬영이 시작된 지 벌써 두 시간 째였다. 아무리 남한테 사진 찍히는 게 어색한 사람이라도 이쯤 되면 적응이 되련만, 주원은 아직도 부자연스럽고 딱딱한 조각상 그 자체다.

"여보, 좀 웃어보는 게 어때요?"

"사람들 앞에서 낯 뜨거운 꼴 보이고 있는데, 너 같으면 웃음이 나오겠어?"

"그럼 재미있었던 일이라도 떠올려 봐요. 현실 도피 하는 셈 치고."

"하아…."

"한숨은 제가 쉬고 싶네요. 정말."

표정도 신경 써야 하고 주원의 컨디션도 신경 써야 하는 도담은 정말 죽을 맛이었다. 이런 달달한 콘셉트의 촬영을 못 할 줄은 알았지만, 이 정도까지 어려워할 줄은 몰랐다.

"신랑님! 지금 가장 힘든 사람은 드레스 입고 있는 신부님이세요. 신랑님이 제대로 못 하면 신부님 고생하는 시간만 늘어나요!"

영 어색한 부부를 보다 못한 사진기사가 도우미를 자처하고 나섰다. 그는 어색하게 서있는 두 사람에게로 다가갔고, 직접 주원의 팔을 붙잡아 도담의 허리에 둘러주었다. 그렇게 어렵거나 민망한 포즈는 아니었다. 하지만 도담이 입고 있는 드레스의 등 부분이 깊게 파여 있던 터라, 주원의 손끝이 도담의 맨 허리에 닿고 말았다. 낯선 살갗이 느껴진 주원은 깜짝 놀라며 손을 떼려고 했다.

"이건 좀…!"

그러자 사진기사는 혜인보다 더 장난스러운 목소리로 너스레를 떨었다.

"에이, 이제 곧 결혼할 사이인데 허리 만지는 게 뭐 어때서 그래요!"

"그래도….."

"신랑님이 신부님 등허리 쪽을 단단히 받치는 느낌으로 가는 거예요. 아시겠죠?"

사진기사가 다시 주원의 손을 끌어당겼다. 주원은 어떻게든 도담의 맨 등을 만지지 않기 위해 버티며, 도담에게 나서서 막아달라는 눈치를 주었다.

"온도담, 너 뒤에 훤히 드러나 있어. 알아?"

"알아요."

"지금 내 손이 거길 만져야 한다는데? 사람들 다 보는 앞에서?"

"만지세요. 허리 좀 감싼다고 해서 애 생기는 것도 아닌데, 뭐."

"미쳤어? 무슨 기준이 그렇게 후해."

하지만 도담은 눈치가 없는 건지, 아니면 애초부터 각을 잡고 온 건지. 주원의 반항에 힘을 실어주지 않았다. 오히려 혼자서만 아무렇지 않은 태도로 사진기사의 의욕만 불태워 주고 있다.

"신부님도 오케이 했으니까 딱 붙잡읍시다!"

주원이 당황하고 있는 사이, 사진기사는 주원의 손을 그녀의 등허리에 딱 갖다 붙이는 데 성공했다. 손에서 전해지는 그녀의 피부는 쓸데없이 따뜻하고 부드러웠다. 그 감각이 몹시 낯설었던 주원은 그녀를 붙잡은 손끝에 힘을 더했다.

"옳지! 단단히 잘 붙잡으시면서 괜히 튕기셨네!"

본의 아니게 사진기사의 마음에 쏙 들어버렸다. 원래 웨딩 촬영이라는 게 사람을 이런 식으로 정신 없게 만들어서, 은근슬쩍 사진기사 마음대로 움직이게 하는 건가 싶다.

"그 자세 그대로 유지하세요. 자, 두 분 다 스마일!"

사진기사는 이윽고 만족스러운 표정으로 다시 카메라 앞에 섰다. 이 순간만큼은 평범한 신부이고 싶었던 도담은 주원을 향해 설렘 가득한 미소를 지어 보였다.

그 노골적인 애정은 주원을 더욱 곤란하게 만들었다. 일부러 어긋난 방향을 보며 그녀와 눈을 마주치지 않기 위해 애를 쓰고 있는데, 얼굴이 뜨거워지는 건 피할 수 없었다.

"어머, 점점 홍조가 올라오네요. 화장 다시 해야겠다, 여보."

"…조용히 해."

"됐습니다!"

몇 번 플래시가 터지고, 사진기사가 그토록 기다렸던 사인을 보냈다. 주원은 그 말이 끝나기가 무섭게 도담의 허리에서 손을 떼어냈다.

"오케이, 다음은 더 진하게 가볼까?"

'이미 맨살까지 만졌는데 여기서 뭘 더 진하게…?'라고 생각할 무렵 혜인이 거들었다.

"진하게 가셔야죠. 웨딩 촬영의 하이라이트는 키스신 아니겠습니까."

주원은 그런 그녀에게 눈으로 욕했지만, 혜인은 아랑곳하지도 않고 기름을 끼얹었다.

"다시 서로 마주 보시고, 입술에 가볍게 쪽 해봅시다!"

"김혜인 씨, 미쳤습니까?"

"형부! 뭘 또 수줍어하고 그러세요. 평소에는 더한 것도 잘하시면서."

"내가 언제 그랬습니까. 내가 언제."

주원은 배정받은 역할도 잊고 정색했다. 이렇게 동요하는 모습을 보이고 싶진 않았지만, 혜인에게는 사람이 밑바닥까지 드러낼 만큼 속을 뒤집는 재주가 있다.

"아우, 참 언니도! 괜히 사람 놀리지 마! 우리 남편 그런 거 못 해!"

도담은 수선 떠는 혜인을 말리는 듯했지만, 말과 달리 함박웃음을 짓고 있는 꼴을 보니 빈말인 게 분명했다.

아마 이런 식으로 계속 제멋대로 굴려는 모양인가 본데….

'됐어. 놀아주는 건 여기까지야.'

그 꼴을 가만두고 볼 수 없었던 주원은 여기서 빠지기로 했다. 어차피 벽에 걸릴 결혼사진은 단 한 장일 테니, 이 정도 찍었으면 충분하지 싶다. 안 그래도 바쁜 와중에 시간 내서 턱시도까지 입고 신랑 노릇 해줬으면, 온도담도 이젠 대놓고 아쉬워하진 못하겠지.

"이제 됐으니까 그만…."

한계에 부딪힌 주원이 상황을 이제 막 파투 내려던 순간이었다.

"아, 그러고 보니까 드레스 숍에서 입에 침이 마르도록 부러워했던 그 커플이 신부님이랑 신랑님이시구나! 이름을 어디서 들어봤다 했는데 그때 들었네!"

사진기사가 알 수 없는 이야길 꺼냈다. 그 문제의 드레스 숍을 누구랑 갔는지 알고 있는 주원은 도저히 외면하지 못하고 사진기사를 바라보았다. 이어지는 말은 알고 싶지도 않고, 듣고 싶지도 않은 비하인드 스토리였다.

"드레스 숍 사장이 제 친구인데, 신랑님 칭찬을 그렇게 하더라고요. 신랑님이 신부님한테 그렇게나 다정하셨다고."

"…."

"드레스 피팅하는 동안에도 애정 표현이 장난 아니신데다가, 신부님 드레스 입은 거 딱 보자마자 그렇게나 찬사를 하셨다면서요! 신부님 예뻐 죽는 게 아주 눈에 훤히 보였다던데요?"

드레스 숍 사장이 칭찬했다던 그 신랑. 다정하고, 애정 표현이 장난 아니고, 신부 보자마자 있는 호들갑 없는 호들갑 다 떨어댄 그 신랑. 그건 주원이 아니었다. 드레스 숍에 같이 가서 주원의 턱시도까지 피팅해 본 서재이겠지.

주원의 미간이 노골적으로 구겨졌다. 그 불편한 심기를 눈치챈 도담은 어떻게든 상황을 수습해 보려 했다.

"그, 그분은 다른 사람이었어요. 아예 다른 사람!"

"그러게. 정말 아예 다른 사람 같네요. 그땐 우리 여보, 우리 여보 하면서 살갑게 불러주셨다던데, 오늘은 이름도 잘 안 불러주시는 거 보니까."

"아, 그랬었나…."

"진짜 다른 사람이라고 해도 믿겠어요. 하하하."

하지만 별 소용은 없었다. 서재이가 본의 아니게 잔뜩 기대시켜 놓은 사진기사는 계속해서 주원을 닦달하고, 덕분에 주원의 눈빛만 시베리아 벌판처럼 차가워진다.

"아이고, 이게 참… 그때 일이 이렇게 내 발목을 잡네…."

도담은 주원의 눈치를 보며 중얼거렸다. 안 그래도 서재이를 인간 적으로 몹시 싫어하는 주원인데, 여기 와서 비교까지 당했으니 집에 가서 엄청 시달릴 게 뻔했다. 이런 상황을 알 리 없는 사진기사는 분 위기를 환기하겠답시고 씩씩한 목소리로 말했다.

"아무리 카메라 앞에서 어색하다고 해도, 조금만 긴장 풀고 딱 피 팅 때처럼만 합시다! 그때의 애정을 되새겨서 이대로 키스 신 가는 거예요!"

피팅 때는 다른 사람인데, 애먼 사람 붙잡고 그때처럼 다정하기를 요구하면 어쩌자는 건지.

"파이팅! 아자아자! 할 수 있다! 기주원!"

혜인이 사진기사의 옆에서 열렬히 응원했다. 용감한 혜인은 살벌한 주원의 얼굴을 보고서도 파이팅 소리가 나오는 모양이다. 그런 그녀와 달리 잔뜩 소심해진 도담은 먼저 나서서 상황을 말려보기로 했다.

"역시 키스는 좀 오바죠? 그냥 안 하셔도…."

"하…."

도담의 말이 끝나기도 전에, 살벌한 헛웃음을 친 주원이 사진기사 쪽으로 고개를 돌렸다. 욕이나 안 하면 다행일 만큼 공격적인 눈빛에, 도담은 저도 모르게 어깨를 움츠리며 긴장했다. 하지만 정작 그의 입에서 나온 말은 예상치도 못했던 말이었다.

"자세는 이렇게 가면 됩니까."

"여보…?"

거의 하겠다는 대답이나 다름없는 질문에 도담의 눈빛이 혼란스럽게 떨려왔다. 대체 사고가 어떤 식으로 흘러가야 이 말도 안 되는 키스 신에 협조해야겠다는 결론이 나오는 건지, 도담은 주원을 도저히 이해할 수가 없다.

"네, 그 자세 그대로 갑시다!"

두 사람 사이에 흐르는 미묘한 기류를 눈치채지 못한 사진기사는 오케이 사인을 보냈다. 그 사인을 신호탄 삼아, 주원이 턱을 비틀며 그녀에게로 다가왔다.

'정말 하려는 걸까?' 싶을 때쯤 그는 부드럽게 그녀의 턱을 들어 올렸고, '진짜 닿는 걸까?' 싶을 때쯤 부드럽고 따뜻한 그의 입술이 도담의 위로 살며시 내려앉았다.

무심한 그 남자답지 않게 조심스럽고 부드러워서, 그 어느 때보다 떨리는 버드 키스. 준비되지 않은 때에 예고 없이 다가오는 그는 아무래도 내 심장을 터트리려는 모양이다. 아무래도 심쿵사도 산재처리가 되는지, 본부에 진지하게 물어봐야겠다. 자꾸 이런 식으로 휘둘리다가는 내 명대로 못 살 것만 같으니.

도담이 그토록 기다렸던 웨딩 화보 촬영이 끝났다.

"수고하셨습니다! 우리 도담이 사진 예쁘게 잘 부탁드려요!"

곁에 있던 혜인이 사진기사에게 대신 인사해 줘야 할 만큼, 도담은 넋이 나가 있었다. 그건 주원도 마찬가지였다. 짧지만 강렬했던 키스 신 이후부터, 주원은 촬영이 끝날 때까지 도담에게 한마디도 걸지 않았다. 예전처럼 무시하는 느낌은 아니었다. 그 뒤로 그는 표정만 굳어있을 뿐, 사진기사가 요구하는 포즈들을 군말 없이 곧이곧대로 해냈으니까. 하지만 도담의 시간은 여전히 키스 신에 멈춰있었다. 그의 입술이 왔다 간 이후부터 영혼이 천국으로 날아가 버렸는지, 주변 상황은 잘 보이지 않고 오직 주원에게만 시선이 간다.

그렇게 몽롱한 정신으로 나온 스튜디오 앞 복도.

"도담아, 나 화장실 다녀올게."

엘리베이터 버튼을 누르기가 무섭게 혜인이 말했다. 이렇게 민망한 분위기에서 단둘이 남다니. 도담은 잠시 그녀를 따라갈까 했지만, 주원에게 꼭 묻고 싶은 말이 하나 있어서 그냥 고개만 끄덕였다.

"응, 다녀와."

그러자 혜인은 자신의 본분에 최선을 다하려는 듯, 화장실 쪽으로 걸음을 옮기며 주원에게 말했다.

"형부, 엘리베이터 와도 저 두고 먼저 내려가시면 안 됩니다! 그리고 오늘 진짜 멋있었어요!"

그녀의 도발에 미간을 구길 법도 한데, 엘리베이터 안내판만 바라보는 주원은 아무 반응이 없었다. 예민하고 까칠한 주원답지 않은 모습이었다. 머지않아 혜인이 화장실 안으로 사라지고, 도담은 곁에 서있는 주원의 눈치를 흘끔흘끔 보았다.

"있잖아요. 팀장님."

그러다가 은근슬쩍 말문을 여니, 주원이 대답 대신 마른침을 삼켰다. 도담은 내내 품고 있었던 질문을 넌지시 꺼내놓는다.

"키스… 왜 하셨어요?"

그는 이번에도 아무런 대꾸가 없었다. 꾹 닫힌 입술이 꿈쩍도 하지 않는 걸 보니, 딱히 대답을 고르는 건 아닌 듯했다. 그런 그를 기다리던 도담은 한 번 더 슬쩍 캐물었다.

"이것도 의미 부여 하지 말까요?"

그건 도담과의 첫 키스 직후, 쓸데없이 의미 부여 하거나 기억하지 말라고 엄포를 놓았던 주원을 의식한 말이었다. 그의 성격상 그게 정답이라면 냉큼 그러라고 할 텐데, 그는 여전히 일언반구 대답이 없다. 이쯤 되니 도담은 슬슬 답답해지기 시작했다. 자기한테 사적인 감정은 기대하지 말라고 난리 칠 땐 언제고, 굳이 안 해도 되는 키스신에 먼저 응하다니. 이건 무슨, 겉 다르고 속 다른 시추에이션인지 모르겠다. 주원의 무심한 표정만 한참 살피던 도담은 이내 툴툴거리듯 말했다.

"정말 팀장님은 알 수가 없는 사람 같아요. 언제는 밀어내기만 했다가, 또 언제는 괜한 거로 질투하고 서운해 했다가."

"…."

"대체 무슨 마음으로 그러시는 건지 하나도 모르겠어요."

주원과 신혼 생활을 하는 동안, 꽤 오래 품어두었던 의문에 그는 단 한 번도 명확하게 대답해 준 적이 없었다. 신경 끄라고, 그냥 짜증이 나서 그런 거라고, 다 너의 잘못이라고 괜히 타박하며 말머리를 돌렸을 뿐. 하지만 이번에는 달랐다. 그는 제법 노골적인 질문에도 인상을 구기지 않았고, 오히려 평소보다 낮고 차분한 목소리로 대답했다.

"…모르겠어. 나도 내가 무슨 생각인지 모르겠다고."

적어도 이번만큼은 되는대로 던지는 말이 아닌, 주원의 진솔한 마음이었다. 그는 휘둘리고 싶지 않아도 휘둘리게 되고, 의식하고 싶지 않아도 의식하게 되는 도담을 두고 어찌해야 할 바를 모르고 있다. 도담은 그런 그를 조금 더 노골적인 시선으로 바라보았다. 이윽고 주원의 고개가 그녀를 향해 틀어졌다. 드디어 마주한 그의 눈빛은 평소처럼 예민하고 까칠했지만, 평소에는 볼 수 없었던 미묘한 감정이 새어 나오고 있었다.

"한 가지 확실한 건…."

주원이 다시 말문을 열었을 때쯤, 도담은 저도 모르게 마른침을 삼켰다. 그리고 이어지는 고백에 잠시 숨을 멈추었다.

"오늘 일을 굳이 없었던 거로 하고 싶진 않아."

"없었던 거로 하고 싶지 않다는 말은…."

똑바로 들어놓고도 되물어보려는 이유는 단 하나, 곧이곧대로 받아들이기엔 너무 혼란스러워서였다. 도담은 일말의 기대도 할 수 없게 만들었던 주원이 이제 와서 다시 기대하게 만드는 걸 어떻게 받아들여야 할지 모르겠다.

"휴우, 스튜디오는 좋은데 화장실이 지저분하네."

화장실에 갔던 혜인이 돌아오며 침묵을 깼다. 그녀의 등장에, 도담에게 향해있던 주원의 시선은 다시 엘리베이터 안내판으로 옮겨갔다. 혜인은 젖은 손을 툭툭 털며 다가와 왠지 모르게 어색한 기류가 흐르고 있는 두 사람에게 물었다.

"분위기가 왜 이래? 둘이 무슨 얘기 했어?"

"아, 아무 얘기도 안 했어."

도담은 냉큼 대답했지만 그녀의 얼굴은 새빨개져 있었다. 애써 이쪽을 외면하는 주원의 귀도 마찬가지였다.

"뭐야, 두 사람."

무언가를 눈치챈 혜인의 눈빛이 의미심장해졌다. 좀처럼 좁혀지지 않는 두 사람의 거리감을 좁혀주기 위해서 월차까지 내고 뛰어왔는데, 왠지 그럴 필요가 없었던 것처럼 느껴진다면 기분 탓일까. 누가 비밀 임무 중인 신혼부부 아니랄까 봐, 정말 미스터리한 사람들이다.

취중 진담은
집요하고 끈질기게

　도움이 됐거나 어쨌거나, 촬영 내내 이런저런 잔심부름을 해주느라 고생한 혜인을 데리고 온 흑돼지 전문점.

　"아… 뭔가 아쉬운데."

　비싼 제주산 흑돼지 삼겹살을 입에 넣으며 혜인이 말했다. 그녀의 맞은편에 앉아 열심히 고기를 굽고 있던 수원은 노골직으로 미간을 구겼다.

　"지금 김혜인 씨 입으로 들어간 게 몇 인분인 줄은 압니까?"

　"네, 알고 있죠. 팀장님 지갑 믿고 잘 먹는 중이긴 한데, 뭔가가 허전하네요."

　"허전하면 더 주문하세요."

　"고기는 충분해요. 지금 필요한 건…."

　말끝을 흐린 혜인이 손으로 소주 원 샷 하는 제스처를 취했다. 그녀의 옆에 앉은 도담은 손사래 치며 혜인을 저지했다.

"언니, 술은 안 돼. 나 안 그래도 술 때문에 흉한 꼴 여러 번 보였단 말이야."

"너 술 못 마시는 건 나도 알고 있어. 그렇다고 해서 형부가 같이 마셔주진 않겠지."

혜인은 그리 말하며 주원을 흘끗 바라보았다. 주원은 그 말이 정답이라는 듯 말없이 고기만 뒤집었다. 이런 상황까지도 염두에 두고 있었던 혜인은 두 눈을 반짝이며 다른 제안을 했다.

"그래서 말인데요. 우리 술 게임 하나 안 할래요?"

"술 게임?"

"응, 진실 게임! 난처한 질문을 하나 던져서 대답 못 하겠으면 마시는 거지."

"난 그런 거 안 합니다."

주원이 정색을 한 채 딱 잘라 거절했다. 혜인이 이 게임을 하려는 이유가 무엇인지 너무 훤히 들여다보였다.

"에이, 또 김빠지게 구신다."

혜인은 그런 그에게 핀잔을 주었으나, 주원은 한 번 더 확실하게 불참 의사를 내비쳤다.

"정 아쉬우면 둘이 하세요. 난 내 본분에 집중하고 있을 테니까."

"형부 꿈이 고기집 사장이에요? 왜 갑자기 고기 굽는 걸 본분으로 삼고 그래요."

"이참에 새 꿈을 가져보는 것도 좋겠네."

참 비협조적인 사람이었다. 오늘 촬영 때 본인이 나서서 키스까지

한 걸 보면 분명 도담에게 마음이 있는 것 같은데, 지금은 또다시 세상 무정한 표정으로 냉기만 쌩쌩 내뿜고 있다. 그 얼음 갑옷을 벗겨보고 싶었던 혜인은 더욱 강한 자극을 줘보기로 했다. 그가 절대 무시하지 못하고 반응하는 게 뭔지는 혜인도 명확하게 알고 있었다.

"도담아, 서재이는 술 안 빼고 잘 마셔주지?"

아니나 다를까. 혜인의 입에서 달갑지 않은 이름 석 자가 나오자, 불판 위를 분주히 돌아다니던 주원의 집게가 잠시 멈칫했다. 그 찰나의 반응을 미처 눈치채지 못한 도담은 솔직하게 대답했다.

"빼기는커녕 호시탐탐 같이 마시자고 난리지. 그 사람은 술 좋아하거든."

"그래? 역시 놀 줄 아는 놈이었구만?"

"응, 놀아본 가락이 있는 사람 같아. 내뱉는 멘트 한마디 한마디에서 그게 느껴져."

두 여자의 대화를 잠자코 듣고 있던 주원이 대뜸 끼어들었다.

"…그런 가락은 있어서 뭐에 쓰나."

목소리는 무심했으나 대화 내용을 엄청 신경 쓰고 있는 눈치였다. 자신이 던진 낚싯바늘에 입질이 왔다고 생각한 혜인은 조금 더 슬슬 긁어보기로 했다.

"난 솔직히 목석보다 그런 사람이 더 매력 있더라. 같이 있으면 재미있잖아."

"가만 보면 언니는 은근히 날티 나는 사람 좋아하더라."

"왜, 도담이 너는 그런 유들유들한 스타일 별로야?"

"나는 그런 건 별로…."

재이와는 거리가 먼 도담의 이상형이 혜인을 도와주지 않았다. 고기를 뒤집는 주원의 손길에 다시 여유가 생겼다.

"아… 그, 그래?"

"그딴 거에 휘둘릴 사람이었으면 애초부터 이 임무에 끼지도 못했겠지."

그렇게 희비가 엇갈리는가 싶던 그때 도담이 뒷말을 이었다.

"재이 씨 매력은 그런 날티가 아닌 것 같아. 전에도 말했지만 사람 편하게 해주고, 얘기 잘 들어주는 게 가장 큰 매력이 아닐까 싶네."

이래서 한국말은 끝까지 들어봐야 한다고 하나 보다. 옳다구나, 싶어진 혜인은 일부러 예민한 질문을 꺼내 물었다.

"혹시 그 사람한테 이성적으로 설렌 적 있어?"

"이, 이성적으로?"

"솔직히 말해봐. 진짜 모든 걸 다 걸고 솔직하게!"

혜인이 캐묻자 도담은 슬쩍 주원의 눈치를 봤다. 주원과 잠깐 마주친 그녀의 눈동자는 무엇이 그리도 찔리는지 마구 흔들리고 있었다. 그걸 확인한 주원의 표정이 다시금 딱딱하게 굳었다. 도담은 그런 그에게서 억지로 고개를 돌렸고, 애써 화제를 돌리려 했다.

"우리 고기나 더 시킬까? 난 조금 모자란 것 같은데…."

"고기는 아직 저만큼이나 남았는데? 그것도 부위별로."

"아, 그러네… 그, 그럼 음료수 시키자!"

"여기 콜라 있잖아."

"아아… 있었구나."

하지만 급조된 얘깃거리는 그녀가 당황했다는 사실만 더욱 적나라하게 보여줄 뿐이었다. 순간 주원은 들고 있던 집게를 테이블 위에 탁 내려놓았고, 도담은 저도 모르게 어깨를 바짝 움츠렸다. 서재 이 얘기는 무조건 싫어하는 사람이니까 이번에도 격렬하게 화를 내겠지. 빈정 상해서 얼마 전에 했던 약속도 다 취소해 버릴지도 몰라.

'잘하면 삼 초 스킨십도 안녕이겠구나….'

띵동!

언제 터질지 모를 주원의 성질머리를 경계하고 있는데, 그가 종업원을 부르는 벨을 망설임 없이 눌렀다.

"네, 필요한 거 있으세요?"

마침 근처에 있던 종업원이 곧장 그들의 테이블로 달려와 물었다. 뭐 더 시키고 싶은 게 있나 했던 도담은 눈치껏 메뉴판을 갖다 바쳤다. 하지만 그는 단호하게 메뉴판을 밀어내고, 이내 웃음기 없는 입술을 열었다.

"소주 한 병이요."

술은 안 먹겠다고 했던 주원의 앞뒤 다른 주문. 어리둥절해하는 도담에게 주원이 되묻는다.

"진실 게임인가 뭔가, 그거… 대답 못 하면 마시는 거 아니었나?"

주원이 주문한 술이 나왔다.

"자, 이제 아까 그 질문에 대해 대답해 봐."

"지, 질문이요? 무슨 질문?"

"기억나잖아. 왜 모르는 척을 해, 쓸데없이."

그와 동시에 주원의 집착도 시작되었다. 막상 그가 집요하게 굴기 시작하자, 살짝 겁을 먹은 혜인은 도담의 옆구리를 팔꿈치로 콕 찍으며 말했다.

"아무래도 서재이한테 설렌 적 있냐는 질문 말씀하시는 것 같은 데…."

"아아, 그거…."

"그래, 그거야. 이제 대답해 봐."

아무래도 '서재이'라는 이름은 기주원의 스위치를 켜는 리모컨쯤 되는 모양이다. 항상 무심하기만 하던 눈이 어쩜 그 이름 석 자에 집요해질 수 있는지, 사정을 모르는 사람이 봤을 땐 재이가 부모의 원수쯤 되는 줄 알 거다.

대답하기 전까진 추궁이 계속 될 것 같다고 생각한 도담은 그가 듣고 싶어 하는 대답을 했다.

"없습니다!"

"마셔."

주원이 그녀 앞으로 미리 따라놓은 소주를 내밀었다. 도담의 눈빛이 사시나무처럼 흔들렸다.

"진짜 없는데…."

"내가 전에 들었던 대답이랑은 다르잖아. 서재이랑 나, 둘 중에 한 치의 망설임도 없이 서재이를 골랐던 사람이 다름 아닌 너야."

확실히 그렇게 말했던 기억은 있지만 그땐 그 뜻이 아니었다. 그만큼 주원이 멀게 느껴진다는 얘길 하고 싶었던 건데, 이 남자는 그 말을 곧이곧대로 해석하고 있다. 그 사실을 깨닫고 나니, 이제야 주원의 행동들이 이해가 갔다.

"그래서 스킨십까지 허용해 주신 거구나? 더 이성적으로 보이고 싶어서."

도담이 깨달은 바를 입 밖으로 꺼내놓았다. 혜인에게는 이미 털어놓았던 얘기였으나, 그걸 모르는 주원은 심히 당황하며 도담의 입을 막으려 했다.

"조용히 좀 하지?"

"제 사랑을 엄청 부담스러워하시는 것 같더니, 막상 다른 사람한테 간다니까 아쉬우신가 봐요?"

"입 좀 닫으라고."

금방 초조해진 주원에게 혜인이 말했다.

"나 갖긴 싫고 남 주긴 아까운 상태네."

"김혜인 씨가 뭘 안다고 나섭니까."

"나도 그렇게 생각해, 언니. 이제야 내 남편의 진심을 알겠어."

"넌 대답이나 해. 그래서 서재이한테 이성적으로 홀린 적 있어, 없어."

자꾸만 몰아가는 두 여자가 짜증났던 주원은 한 번 더 강한 어조로 도담을 추궁했다. 도담은 다시 차분해진 표정으로 숨을 들이마신 뒤, 또박또박 대답했다.

"마시겠습니다."

"…뭐? 너 술 약하잖아. 다시 잘 생각해 봐."

"한 잔 정도야, 뭐. 마시겠습니다."

도담이 소주잔을 들었다. 다급해진 주원은 그녀의 팔목을 붙잡았다.

"참고로 새롭게 추가된 룰이 있어."

"뭐요?"

"중복 질문 허용이고, 대답 똑바로 할 때까지 다른 사람한테 차례 안 돌아가."

"에이, 그런 게 어디 있어요."

"여기 있어. 참고로 내 다음 질문도, 다다음 질문도… 아니, 이 집에 있는 소주 다 거덜 날 때까지 같은 걸 물어볼 생각이야."

그러니까 어떻게든 넘기지 말고 대답해!

주원이 생략한 엄포가 귓가에 들리는 듯하다. 이글이글 불타는 눈동자를 보니 정말 끈질기게 도담을 붙잡고 늘어질 생각인가 보다. 그 집념을 이길 자신이 없었던 도담은 푸욱 한숨을 내쉬며 답변을 정리했다.

사실 재이에게 이성적으로 끌렸던 적은 많았다. 계단에서 울고 있던 그녀를 제집으로 데려가 위로해 줬을 때도, 장어 한 팩을 임기응변으로 구해다 줬을 때도. 그냥 그와 함께 하는 시간들이 문득 재미있다고 느껴질 때마다 도담은 재이 같은 사람이 남자 친구였으면 참 좋겠다 싶었다. 하지만 그 때문에 기주원에 대한 마음이 흔들린 건 아니었다. 가끔 서재이의 달콤함에 떨림을 느끼더라도, 기주원의 쌀쌀맞음 따위에 설레 죽을 것 같은 제 마음을 보며 역시 내 사랑은 기주원의 것이구나 싶었던 적이 여러 번이었다. 그러니까 정말 솔직한 마음을 대답하자면 이렇다.

'이성적으로 끌린 적은 있어요. 그런데 그거 때문에 짝사랑이 흔들렸던 적은 없어요.'

그러나 이렇게 말하면 기주원은 만족할 테고, 그럼 다시 나는 '난 갖기 싫은 여자'로 전락하겠지. 그렇다면 차라리 '남 주기 아까운 여자'로 계속 남아있는 게 나아.

"네, 있습니다. 정말 여러 번."

수많은 고민 끝에 내뱉은 대답에 주원의 눈빛이 크게 흔들렸다. 아마 이렇게 돌직구를 맞을 줄은 예상도 못 했던 모양이었다.

"대체 언제…."

"여보, 진정하세요. 저는 대답했으니까 이번엔 여보 차례예요."

주원은 더 파고들려 했으나, 이번엔 도담의 차례였다. 그의 말을 중간에 잘라먹은 도담은 몹시 동요한 주원을 똑바로 바라보며 묻는다.

"기주원 씨, 나한테 계속 사랑받고 싶어요?"

그녀도 알고, 그도 알고, 이 테이블에서 흥미진진하게 상황을 지켜보고 있는 혜인도 알고 있다. 주원은 그녀의 사랑을 독차지하고 싶어서, 이토록 서재이를 견제하고 있다는 걸. 하지만 순순히 고개를 끄덕이기엔 주원의 자존심이 허락지 않았다. 그렇다고 FM인 그의 성격에 룰을 어기는 것도 용납할 수 없었기에, 주원은 도담을 위해 따라놓았던 술잔을 들어 제 입으로 가져간다.

"노코멘트. 마시겠어."

소주의 쓴맛이 싫어서 혀를 스칠 새도 없이 단숨에 술잔을 비웠다. 그래도 역한 게 남아있는 것 같아서 고기 한 점을 입에 넣으려 하는데, 젓가락을 들 새도 없이 도담이 또다시 묻는다.

"다음 질문. 여보는 나한테 사랑받고 싶은 거예요?"

"노코멘트라고 했잖아."

"그럼 또 마셔야지. 나는 또 질문하고."

"그게 무슨…."

개소리냐고 따질 때쯤, 조금 전에 본인이 바꿔놓았던 룰이 새삼 기억났다.

그 함정을 내가 밟을 줄 모르고 괜한 짓을 했구나. 내가.

"이번에도 노코멘트?"

"…."

"그럼 또 마셔야죠."

후회할 새도 없이 도담이 겨우 비운 술잔을 또 채웠다. 비장한 그녀의 눈빛을 보니, 이 집에 있는 소주가 다 떨어질 때까지 추궁할 생각인가 본데…. 주원은 절대 지고 싶지 않다. 그녀가 원하는 대답은 끝까지 안 들려주리라 다짐하며 그는 술 한 잔을 또 비운다.

"아아… 써."

"자, 이쯤에서 다음 질문해 볼까요? 같은 문장이니까 이번엔 영어로 들어봅시다. 아 유…."

"노코멘트. 난 무조건 노코멘트니까 시간 끌지 말고 술이나 따라."

어디 한 번 덤벼봐. 누가 이기나 보자. 참고로 지금까지는 부모님도 내 고집을 꺾은 적이 없었어. 그러니까 온도담 너는 아무것도 아니야. 정말 아무것도!

"노…코멘트…."

삼십 분쯤 지났을까. 고집스럽게 같은 대답만 반복하는 주원의 목소리가 한층 느려지고 흐려졌다. 평소 빳빳하던 고개도 푹 떨구어진 걸 보면, 아마도 그의 주량에 한계가 찾아온 것 같다.

"이미 술 취해서 죽을 때까지 입 안 열 것 같은데."

그런 주원을 바라보던 혜인이 혀를 끌끌 차며 말했다. 그건 도담
도 같은 생각이었다. 흐트러지는 걸 가장 싫어하는 주원이 후배들
앞에서 이 정도로 취해있다는 건, 그가 이미 제정신이 아니라는 소리
였다.

"그나저나 형부는 술에 진짜 약하구나. 소주 한 병에 훅 갔어."

"그러게. 남자가 이 정도에 만취하는 건 처음 봤어."

"둘이 결혼하면 자식은 술빵 먹어도 취하겠다."

"어머, 자식이라니. 아직 그런 얘기하기엔 이르지…."

"이르다는 건 언젠가는 낳겠다는 얘기구나? 장하다, 온도담! 승리
의 그날까지 파이팅이다!"

혜인은 도담의 포부를 응원해 주며 자리에서 일어났다. 그러고는
앉아서 졸고 있는 주원의 자켓 안주머니에서 지갑을 꺼냈다.

"뭐 해?"

도담이 묻자, 그녀는 지갑에서 능숙하게 법인 카드를 꺼내며 대답
했다.

"계산해야지."

"이이는 자기 물건에 손대는 거 되게 싫어하는데."

"그럼 술 깨고 고소하라고 해. 숙취 심하다고 했으니까 법원 앞으
로 숙취해소제 들고 가면 되겠네."

가볍게 대꾸한 혜인은 망설임 없이 계산대로 향했다. 참 모든 일
이 쿨하고 시원시원한 여자였다. 도담은 그런 그녀를 바라보다가 다
시 뻗어있는 주원에게로 시선을 옮겼다.

"그럼… 이제 마실 차례지…?"

고집통머리 제왕 기주원은 이미 빈 소주병을 들고 벌칙주를 따르려 하고 있었다. 도담은 그 팔을 붙잡고 주원을 말렸다.

"됐어요. 내가 졌어요. 그만 마셔요."

"룰대로 해… 룰대로….."

"참나, 누가 지옥의 FM 아니랄까 봐. 눈도 제대로 못 뜨면서 룰을 찾네."

도담이 자리에서 일어났다. 주원을 부축해 일으켜 세우기 위해서였으나, 주원은 곧바로 고갤 들어 꼬여버린 목소리로 물었다.

"서재이한테 가?"

"서재이는 또 왜 나와."

"내가 서재이 얼마나 싫어하는지 알면서….."

아무래도 술이 그에게 숨겨져 있던 유치함을 끄집어내주나 보다. 원래 같았으면 그 악감정을 업무적으로 포장이라도 했을 텐데, 지금은 속내를 아주 적나라하게 비쳤다.

도담은 그런 주원의 옆에 앉아 뻔한 말로 그를 달랬다.

"얼마나 싫어하시는지 너무 잘 알죠. 잘 알다마다요."

그러고는 흐트러진 그의 몸을 일으키기 위해 한 팔을 단단히 붙잡았더니 주원이 그녀의 이름을 불렀다. 흐들흐들하게 풀어진 목소리였다.

"온도담….."

"네, 저 여기 있습니다."

도담은 순순히 대답해 주며 그의 몸을 일으켜 세워보려 했다. 하지만 제대로 자세를 잡고 힘을 주기도 전에, 그가 다시 입술을 떼어냈다.

"너… 걔한테 가면 나 삐질 거야…."

"네?"

"진짜 삐져서 평생 야근시킬 거야… 야근시켜서 서재이랑 데이트 못 하게 해야지…."

기주원 치고는 굉장히 파격적인 감정 표현이었다.

"어머, 삐지겠다니… 세상에나, 주사가 귀여워지는 건가 봐."

능력 있고 섹시하고 완벽한 기주원의 귀여운 면모까지 발견해 버린 도담의 두 눈이 유리처럼 반짝반짝 빛났다.

어젯밤 일,
어떻게 책임지면 돼?

만취한 주원 대신 대리운전 기사가 주원의 차를 운전했다.

"언니, 오늘 여러모로 고마웠어. 언니 없었으면 촬영이 훨씬 더 힘들었을 것 같아."

뒷좌석에 주원을 구겨 넣은 도담이 혜인에게 인사했다. 오늘 법인 카드 덕분에 비싼 고기로 실컷 배를 채운 혜인은 호탕하게 웃으며 너스레를 떨었다.

"덕분에 좋은 구경 많이 했는데 내가 고맙지!"

"오늘 우리 집 바깥양반이 좀 볼만하긴 했지."

"저 꽐라 데리고 집으로 들어가려면 고생 좀 하겠다, 야."

두 여자가 작별인사를 나누고 있는 사이, 먼저 뒷좌석에 탄 주원이 도담을 재촉했다.

"온도담, 너 빨리 안 와…?"

맨정신에는 못 떨어트려서 난리더니, 취하니까 이제는 못 떨어져서 난리다.

천하의 기주원이 저렇게나 절절하게 매달리다니. 이건 정말 꿈에서나 실컷 꿔봤던 일이잖아.

"사람이 술 한 병에 저렇게 달라지나?"

그 모습을 본 혜인은 살짝 질색했지만, 도담은 오히려 싱글벙글한 얼굴이었다.

"네, 온도담 곧 갑니다! 그럼 언니, 나 먼저 들어갈게!"

도담은 혜인에게 인사하며 서둘러 차에 올라탔다. 혜인은 그런 그녀에게 걱정스러운 표정으로 말했다.

"응, 조심히 들어가. 도착하면 연락하고."

도담은 시종일관 웃는 얼굴로 곁에 앉은 주원을 단단히 붙들었다.

"고생은 무슨. 지금 아니면 언제 저런 집착 받아보겠어."

"넌 정말 긍정적인 아이구나?"

"사랑의 힘이야. 언니도 꼭 좋은 사랑을 찾길 바라. 화이팅!"

도담은 아무래도 지금 이 순간을 몹시 즐기고 있는 것 같다. 혜인은 그런 그녀에게 손을 흔들며 작별을 고했다. 두 사람을 실은 주원의 까만 차는 뒷좌석 문이 닫힘과 동시에 유유히 출발했다.

"그래도 맨날 기주원 뒤에서 시무룩해 있을 때보다 낫네…."

멀어지는 까만 세단을 보며 혼잣말을 중얼거리던 혜인은 문득 얼마 전까지만 해도 짝사랑에 시달리던 도담을 떠올린다. 그땐 기주원의 눈빛 한 번, 손짓 한 번에도 천국과 지옥을 오갈 만큼 애절하던 짝사랑이었는데. 그 사랑은 그와 함께한 시간만큼 단단해졌고, 그의 새로운 면을 마주한 순간 커졌다. 어차피 가짜 결혼이니 누군가는 그녀가 키워가는 사랑을 보며 헛된 꿈이라 하겠지만…. 그래도 혜인의 눈엔 기주원 때문에 전전긍긍하던 예전보다 당차게 붙들고 사라지는 지금의 모습이 훨씬 더 좋아 보인다. 어차피 헛된 꿈인지 아닌지는 깨어나 봐야 아는 법. 오늘 본 모습대로라면, 그 꿈이 아예 헛되지는 않을 것 같다.

"우리 도담이, 조만간 진짜 시집도 가게 생겼네."

그 희망에 기대를 걸어보기로 한 혜인의 입가에 시원시원한 미소가 번졌다.

* ◆ *

비틀비틀 정신이 없는 주원을 데리고 겨우겨우 돌아온 집.

"팀장님, 신발 벗으세요."

"넌 어떻게 벗으라는 말을 아무렇지 않게 해…?"

"그럼 신발 안 벗고 들어가시게요?"

"서재이면 몰라도, 난 그렇게 쉬운 남자가 아니야…."

주원은 여전히 정신 나간 소리만 늘어놓는 중이었다. 여기까지 오는 동안에도 어찌나 서재이 타령을 해댔는지. 처음엔 귀여웠던 그의 주사도 슬슬 귀찮게 느껴진다.

"아유, 말 좀 들어요! 진짜!"

도담은 그런 그를 신발장에 기대 세워놓고 억지로 구두를 벗겨주었다. 신발에 감춰져 있던 그의 발이 드러내는 순간, 주원은 고개를 떨구며 중얼거린다.

"수치스러워…."

정말 가지가지 하는 남자였다. 그래도 평소에는 상상도 할 수 없었던 모습이라 그가 귀엽게 보이는 건, 짝사랑하는 입장에선 어쩔 수 없었다.

"자꾸 그렇게 아양 떨면 오늘 밤에 큰일 나는 수가 있어요."

신발 두 짝을 다 벗겨버린 도담은 박력 있는 멘트와 함께 주원을 집 안으로 이끌었다. 원래 그의 잠자리는 서재였지만, 지금은 이부자리를 펴고 그를 눕힐 정신이 없었다.

그렇다면 어쩔 수 없지. 현관에서 가장 가까운 내 방 침대로 데려가는 수밖에.

"자, 들어갑시다. 문 조심하고 천천히 한 걸음씩."

도담은 그녀의 침대로 주원을 부축했다. 주원은 별다른 저항 없이 그녀의 작은 몸에 의지한 채 방 안으로 들어가, 말 잘 듣는 아이처럼 순순히 그녀의 침대 위에 앉았다.

"휴우, 겨우 여기까지 끌고 왔네."

그러고 나서야 숨을 고르는 도담에게 주원이 물었다.

"여긴… 어디야?"

"예?"

그의 눈빛이 왠지 혼란스러워 보였다. 묘하게 겁을 먹었다 싶더니만, 이내 그가 꺼내놓는 물음은 기가 막히고 코가 막혔다.

"혹시 호텔…?"

"호텔은 뭔 놈의 호텔이에요. 나한테 얼마나 관심이 없었으면 내가 자는 방이 어떻게 생겼는지도 몰라!"

찰싹!

도담이 사리분간 못 하는 주원의 등짝을 맵게 때렸다. 딸은 엄마를 닮는다더니. 온도영이 만취해서 돌아올 때마다 홍 여사가 보여주는 행동이 도담에게도 그대로 보였다.

"아…."

주원은 등을 붙잡고 신음을 흘렸다. 찡그린 미간은 그의 짜증을 여실히 보여주고 있었지만, 도담은 아랑곳하지 않고 잔소리를 늘어놓았다.

"주량이 이 정도로 형편없으면 적당히 빼든가. 그걸 곧이곧대로 다 받아 마시면 어떡해요."

"룰이었잖아…."

"그놈의 룰! 룰! 룰! 법 없이도 잘 살 양반이 법에 엄청 집착하네! 차라리 판검사를 하지 그랬어요!"

"비슷한 거 하고 있어, 지금…."

이 와중에도 말대꾸는 잘한다. 눈은 이미 절반 정도 감긴 주제에, 지지 않으려고 엄청 노력하는 게 훤히 보인다. 도담은 그런 그를 보며 흐린 한숨을 내쉬었고, 방문 쪽으로 돌아섰다.

"에휴… 물 갖다 줄게요. 여기 얌전히 앉아서 기다려요."

미운 놈 떡 하나 더 주는 대신, 그녀는 오늘 밤 물 한 잔을 더 챙겨줄 생각이다. 아까 듣기로는 술 먹은 다음 날 숙취가 심하다고 하던데, 소주 숙취에는 물이 최고라는 말을 주당 친구에게서 들었다.

도담은 정수기에서 차가운 물을 받아서 다시 방으로 돌아갔다.

주원은 그새 더 취기가 올랐는지 꾸벅꾸벅 졸고 있었다. 사실은 양치질 정도는 시킬 생각이었는데, 이 상태라면 물 한 컵도 혼자 못 먹게 생겼다. 도담은 하는 수 없이 두 팔을 걷어붙이고, 억지로 그의 고개를 들어 올렸다.

"자, 천천히 마셔봐요."

그러나 물컵을 입술 가까이 대줘도 주원은 마시질 않았다. 오히려 저항하듯이 고개를 틀어버리는 바람에, 기껏 떠 온 물만 다 엎질러 버리고 말았다.

"앗! 쏟았잖아요! 내가 못 살아!"

덕분에 주원과 도담의 옷이 물에 젖어 엉망이 되어버렸다. 도담이 엎질러진 물을 닦기 위해 잠시 그를 놓아두었다. 그사이, 주원의 몸이 침대 위로 스르륵 무너져 내렸고, 소중한 그녀의 이불은 주원과 하나가 되어 다 젖어버릴 위기에 처했다.

"안 돼! 안 돼! 젖은 옷 벗어요! 벗고 누워!"

놀란 도담은 바닥에 흘린 물은 일단 제쳐두고, 서둘러 주원의 축축한 와이셔츠부터 벗겨냈다. 그때까지만 해도 이불이 젖지 않는 데만 신경을 썼지만, 잔소리를 퍼붓기 위해 다시 내려다본 주원은 생각지도 못한 자태로 그녀의 이성을 뒤흔들어 놓는다.

"으음…."

나른하게 흘러나오는 신음 소리, 물기 어린 맨가슴, 길게 늘어진 속눈썹, 무방비하게 드러난 목덜미. 주정뱅이치고는 미치도록 섹시한 그녀의 남편, 기주원.

"어머…."

도담은 저도 모르게 감탄사를 내뱉었다. 그러다 퍼뜩 정신줄을 붙잡았다. 가만히 있어도 묘한 섹시함이 흘러나오는 사람인데, 완전히 무방비하게 흐트러져 있으니 그 매력이 백배는 뛴다.

"안 돼! 정신 차리자! 침대 위에 누워있는 건 호랑이야! 호랑이!"

하지만 내일 아침의 뒷감당이 자신 없었던 도담은 제 뺨을 두 손으로 꽈아아악 꼬집으며 이성을 다잡았다. 얼얼한 아픔이 선명해지자 동요할 뻔했던 마음이 조금은 가라앉는 듯했다.

"답답해…."

그때, 주원이 인상을 쓰고 바지 버클을 풀기 시작했다. 입고 있는 정장 바지가 답답한 모양이었다.

"아, 안 돼!"

갑작스러운 상황에 당황한 도담은 일단 침대 위 이불로 그의 몸을 확 덮어두었다. 방금 엄청난 대형사고를 낼 뻔해놓고, 주원은 머지않아 그대로 다시 깊은 잠에 빠져든다.

"아이참… 바지도 완전 다 젖어있을 텐데…."

도담은 갈수록 답이 없어지는 이 상황에 머리를 흩트리며 한탄했다. 벗으려면 알아서 다 벗고 이불 밖으로 내던져 주지. 왜 하다가 마는지 모르겠다.

"일단 버클은 푼 것 같으니까, 아래로 잡아당기기만 하면 되겠지…."

도담은 축축한 주원의 바지를 제거하기 위해 일단 침대 아래쪽으로 내려갔다. 그러고는 이불 안으로 조심스레 손을 집어넣고, 주원의 바지 끄트머리를 잡았다.

"좋아. 하나, 둘, 세엣…!"

마치 체육대회 때 줄다리기를 하듯 온 힘을 다해 바짓단을 당기는데, 주원이 도와주질 않으니 힘이 두세 배로 들어간다.

"흐아압!"

도담은 한 번 더 대찬 기합을 외치며 바지를 끌어 내렸다. 그렇게 얼마나 실랑이를 벌였을까. 조금씩 내려오던 주원의 바지가 드디어 홀렁 이불 밖으로 빠져나왔다. 물기가 아까보다 적어진 걸 보니 분명 절반은 이불에 스며들어 버렸을 거다.

"아휴… 힘들어 죽겠네."

성공적으로 임무를 해결한 도담은 송골송골 맺힌 땀을 닦아냈다.

원래 술 취한 사람 상대하기가 이렇게 힘든 건가. 호적메이트 온 도영이 이 정도로 취해 온 게 한두 번이 아니었는데, 엄마는 이 어려운 일을 그동안 어떻게 해냈는지 모르겠다.

"추워…."

이 사달을 알 리 없는 주원이 잠꼬대를 하며 옆으로 돌아누웠다. 덕분에 도담의 침대에는 딱 만질빈큼의 공간이 생겨났다. 마치 그녀를 위한 것처럼 마련된 자리를 본 도담은 그의 옆에 털썩 몸을 뉘었다.

나보다 두 뼘은 더 큰 남자를 여기까지 끌고 왔는데, 잠깐 옆에서 쉬는 것 정도는 괜찮겠지.

"하아… 술주정이 귀엽지만 않았어도, 중간에 내버려 두고 왔을 텐데."

도담은 곤히 자는 주원의 뒷모습을 바라보며 마음에도 없는 혼잣말을 중얼거렸다.

"…"

그는 새근새근 숨만 내쉴 뿐, 별다른 대답이 없었다. 얄미운 말만 골라 하는 것보다 차라리 듣기 좋았다.

예전에 결혼해서 애까지 낳은 사촌 언니가 그랬었지. 남편이나 애나 자는 모습이 제일 예쁘다고.

"아직 애는 안 낳아봐서 모르겠지만, 남편이 그렇다는 건 확실히 알겠네…."

도담은 그의 규칙적인 숨소리를 따라 천천히 눈을 감았다. 그러자 더욱 진해지는 향기와 은은하게 닿아오는 온기는 곁에 누운 주원의 존재감을 선명해지게 만들었다.

두근, 두근, 두근, 두근.

그걸 실감하는 순간, 그녀의 심장박동이 주체할 수 없이 빨라졌다.

왜 나에게는 시간을 멈추는 초능력이 없는 건지 모르겠다. 너무 특별해서 아쉬운 이 밤에 조금이라도 더 머물러 있고 싶은데, 몸은 갈수록 피로해지고 머릿속은 점점 아득해진다. 그런 걸 보면 시간은 잠시도 쉬지 않고 흘러가는 중인가 보다. 정말 부지런하고 야속하게도.

* ♦ *

커튼 사이로 들어오는 햇살이 잠을 깨우는 아침.

"으음…."

지난밤, 언제인지도 모르게 잠들었던 도담이 눈을 떴다. 어젠 분명 이 침대에 기주원을 눕혀놨던 것 같은데. 일어나자마자 바로 옆

자리부터 확인했지만 주원은 벌써 나가버리고 없다.

"새벽에 자기 방으로 갔나 보네….."

눈을 비비며 남아있는 잠을 마저 쫓아낸 도담은 돌돌 말고 있던 이불을 걷어냈다. 딱히 옷을 벗고 잠들지는 않았는데, 민소매에 팬티만 입고 있었다. 그런 제 몸을 물끄러미 내려다보던 도담은 놀란 기색 하나 없이 중얼거린다.

"어제 더웠나? 옷을 또 내팽개쳐 버렸네."

예쁜 잠옷을 갖춰 입고 침대에 누워도, 자다 보면 민소매에 팬티 차림이 되어버리는 건 그녀의 오랜 잠버릇이었다. 먼저 깨어난 주원이 이 꼴을 봤을까 봐 살짝 걱정되긴 하지만, 얌전히 그녀의 몸을 두르고 있던 이불을 생각하면 이 정도로 적나라하게 보이진 않았을 것 같다.

"아 함… 아침 먹으러 나가야지."

도담은 크게 하품을 하며 침대 밖으로 나와 의자에 걸쳐져 있던 옷가지 중 적당한 걸 골라 입었다. 어차피 머리는 곧 감을 거니까 대충 묶고, 안방 화장실로 가서 고양이 세수를 마쳤다. 조금 더 말짱해진 정신으로 나와 다시 제 방을 확인하니, 그의 옷과 그녀의 옷이 뒤섞여서 널브러져 있는 모습이 꼭 거사라도 치른 꼴이다.

"아이구야, 우리 신랑 와이셔츠 다 구겨지겠다."

도담은 바닥에 떨어진 제 옷은 발로 대충 밀어놓고, 주원의 옷들만 조심스럽게 골라 들었다. 늘 깨끗하게 관리되어 있던 그의 옷은 어제 술자리의 여파 때문인지 엉망이 되어있었다. 원래는 밥을 먹자마자 집부터 치울 생각이었는데, 오늘은 세탁소부터 가야 할 것 같다.

도담은 머릿속으로 오늘의 스케줄을 대충 정리하며 방 밖으로 향했다.

"…."

거실 소파에는 진작 일어난 주원이 평소처럼 말끔한 모습으로 앉아 있었다. 그를 발견한 도담은 늘 그렇듯 고개를 까딱이며 인사를 했다.

"안녕하세요, 좋은 아침이네요! 숙취는 좀 괜찮으세요?"

"하아…."

돌아오는 건 깊은 한숨이었다. 원래도 다정하게 인사를 받아주는 사람은 아니었다만, 오늘따라 낯빛은 더욱 좋지 않아 보인다.

"속 많이 안 좋아요? 저 어차피 세탁소 가야 하는데, 갔다 오는 길에 숙취해소제라도 사다 드릴까요?"

도담은 그런 그에게 걱정스러운 표정으로 물었다.

"하아아…."

그러자 주원은 한 번 더 깊은숨을 내쉬는가 싶더니, 겨우 고개를 들어 그녀를 바라본다. 왜인지 모르게 착잡하고 불안하고 심란한 눈빛. 그게 하도 이상해서 주원을 빤히 마주 보자, 그가 아주 조심스럽게 입을 열었다.

"어떻게 책임지면 돼…?"

"예?"

"어젯밤 일… 어떻게 책임지면 되냐고."

어젯밤 일?

주원을 바라보는 도담의 눈에 의아함이 어렸다. 어젯밤 우리 부부에게는 너무 많은 일이 있었는데, 그중 어떤 걸 책임지려는 건지 혼란스럽다.

"어젯밤 일이라면…."

그래서 넌지시 물으니, 주원은 살짝 미간을 좁히며 말했다.

"어제… 우리 같이… 잤잖아."

그랬지. 도저히 서재로 들어가 이부자리까지 펴줄 힘이 없어서 그냥 침대에 눕혀놨었지. 난 그러고 뻗어서 그대로 잠들었고.

"그랬죠."

도담이 대답했다. 부끄러운 기색 하나 없는 담백한 목소리였다. 하지만 그에 비해 주원은 점점 더 기어가는 목소리로 뒷말을 잇는다.

"술에 취했었다는 변명은 하고 싶지 않아. 모든 걸 술기운 탓으로 돌리면서 무책임하게 구는 건 악질 중에 악질이니까…."

"…."

"그래서 덮어두지 않고 책임을 질까 해."

"뭘를요?"

"우리가… 어제 선을 넘었던 거…."

"선을 넘었다고?"

거기까지 듣고 나서야, 도담은 주원의 머릿속이 잘못 흘러가고 있다는 걸 깨달았다. 아무리 고리타분한 기주원이라 할지라도, 겨우 한 침대에서 잠을 같이 청한 거로 책임까지 운운하지는 않을 터였다. 그러고 나니 새삼스레 오늘 아침의 꼬락서니가 떠올랐다. 기주원의 흔적이 선명했던 침대. 속옷 차림의 그녀. 침대 밑에 널브러져 있던 두 사람의 옷가지들…. 꼭 거사라도 치른 듯한 그 꼴을 본 도담은 그냥 그러려니 하고 넘겼는데, 안타깝게도 주원은 그러지 못한 모양이다.

"아! 뭔가 오해하신 것 같은데, 우리 아무 일도 없었어요. 신경 쓰지 마세요."

도담은 그런 그의 오해를 풀어주려 했다. 그러나 주원은 믿지 못하겠다는 듯 인상을 쓰며 말했다.

"아무 일도 없었는데 내가 니 옆에서 다 벗고 누워있었을 리 없잖아."

"아, 그건…."

'팀장님이 물을 쏟으시는 바람에 제가 다 벗겼어요.'라고 대답하면 정말 많이 화를 내겠지. 진짜 불같이 화를 내겠지. 어쩌면 욕을 할지도 몰라.

그에게 솔직하게 털어놓는 건 생각보다 많은 용기를 필요로 하는 일이었다. 그래서 도담은 대충 둘러대서 상황을 모면해 보려 했다.

"더, 더우셨나 보죠. 하하."

하지만 그 어색한 거짓말이 더 수상해 보였는지 주원은 더 심각해지고 말했다.

"아니, 그런 식으로 덮을 일이 아니야. 어떤 방식으로든 책임을 지고 싶어."

"진짜 아닌데…."

"내가 추천하는 방법은 본부에 피해 신고를 접수하는 건데, 최대한 빨리 내 징계 여부 처리해 달라고 말해놓을게. 이 임무는 다른 담당자를 구하라고…."

"자, 잠깐만요! 피해 신고라니! 제가 그런 걸 할 리가 없잖아요!"

"…왜?"

적극적으로 자신을 처벌할 방법을 찾아주던 주원이 의아한 표정으로 물었다. 아무래도 그는 어젯밤 일을 책임지기 위한 마음의 준비까지도 끝내놓은 모양이었다.

도담은 그런 주원의 옆에 앉아 차분히 달랬다.

"저는 팀장님 처벌할 생각 없어요. 진짜 아무 일도 없었다니까요. 괜찮아요, 저!"

"그렇게 덮어두면 안 된다니까. 나중에 상처가 될 거야, 분명."

"하아… 이 사람 참 내 말 못 믿네."

주원의 고집은 이럴 때도 발휘되나 보다. 정말 괜찮다고, 진짜 아무 일 없었다고 힘주어 말해도 그는 이미 자신의 오해를 진실이라고 믿고 있다. 이럴 때 그를 정신 차리게 할 방법은 아예 그가 들어줄 수 없는 걸 내미는 것뿐.

"알았어요, 정 그렇다면 이렇게 합시다."

도담이 운을 뗐다. 주원은 심각한 얼굴 그대로 그녀를 마주하며, 이어질 말을 기다렸다. 도담은 그런 그의 어깨에 턱, 하니 손을 얹었고 비장한 눈빛으로 엄청난 소릴 내뱉었다.

"저랑 결혼을 전제로 사귀어주세요."

"…뭐?"

아니나 다를까. 도담의 진지한 교제 신청에 주원의 눈동자가 크게 흔들렸다. 이건 도담도 충분히 예상했던 반응이었다. 그 누구에게도 곁을 내주려 하지 않는 주원은 이제 곧 가당찮은 소리 하지 말라고 역정을 낼 것이고, 도담은 그걸 빌미로 역시 없었던 일로 하는 게 좋겠다고 다시 한번 말할 생각이다.

도담은 이 시나리오의 개연성을 높이기 위해 애원과 비슷한 뒷말을 이었다.

"눈감고 넘어갈 생각이었는데, 그렇게 책임을 지겠다고 하시니까 어쩔 수 없네요."

"…."

"진심으로 짝사랑하는 남자를 본부에 신고해서 처벌받게 하고 싶진 않고, 그 대신 팀장님의 여생을 제가 가져가는 쪽으로 마무리 짓죠."

"내 여생…?"

"왜요, 그거까진 못 하겠어요? 그럼 그냥 아무 일도 없었다는 내 말 좀 믿어주세요."

도담은 확신하고 있었다. 물어보나 마나 당연히 못 하겠다 하겠지. 그러나 어차피 답이 정해져 있는 사람치고, 주원은 꽤 오래 시간을 끌었다. 심각하게 좁혀진 미간은 그의 복잡한 머릿속을 여실히 드러내는 듯했다.

얼마나 지났을까. 주원이 큰 결심을 내린 듯 깊은숨을 들이마셨다. 그러고는 생각지도 못한 말을 꺼내놓았다.

"생각할 시간을… 일주일만 줘."

생각할 시간? 이런 말도 안 되는 요구를?

심상치 않게 흘러가는 분위기를 감지한 도담이 놀란 눈으로 주원을 바라보았다. 주원은 여전히 근심 많은 표정으로 그런 그녀를 마주했고, 이내 어느 때보다 진지하고 엄숙한 목소리로 대답했다.

"결혼은 내 인생 계획에 없던 일이라, 진지하게 고민해 볼 시간이 필요해."

임페리얼 파크 단지 내 공원 단지.

도담은 세탁 바구니를 바닥에 놓아두고, 벤치에 앉아 심각하게 고민 중이다. 오늘 아침, 본의 아니게 한 침대에서 눈을 뜨게 된 이후로 시작된 기주원의 오해. 도담은 그 오해를 풀어주려 했지만 생각처럼 잘되지 않았고, 쓸데없이 책임감이 강한 주원은 어떻게든 보상을 해주겠다고 나섰다. 그것도 결혼을 전제로 한 교제까지 염두에 두면서.

"아이참, 이걸 어떻게 해야 할지 모르겠네…."

도담은 갑작스럽게 벌어진 이 상황이 몹시 혼란스러웠다. 물론 기주원의 입에서 결혼을 전제로 만나볼지 말지 고민해 보겠다는 얘기가 나온 건 엄청난 기회이자 행운이었다. 하지만 마냥 기뻐하고 있을 수만은 없었다. 그녀가 아는 기주원이라면 결국 연애까지는 못 하겠다는 결론을 내릴 게 뻔했기 때문이었다. 그렇다면 난 일주일 뒤에 괜히 실연이나 당해야 한다는 소린데….

"내가 괜한 짓을 했지. 괜한 짓을 했어."

도담은 그에게 거절당할 생각에 벌써부터 마음이 찌르르 아프다. 굳이 받지 않아도 될 상처를 받는다는 건, 생각보다 더 억울하고 서러운 일이었다.

"지금이라도 다시 가서 제대로 말해봐? 아무 일 없었다고?"

도담은 잠시 고민했지만 아무 일 없었다는 말만 반복하는 거로는 별 효과가 없을 것 같았다. 어차피 본인의 오해에 심취한 기주원은 무슨 말을 해도 들은 척도 하지 않을 터였다. 그나마 이 사태를 해결할 방법은 옷을 벗기게 된 경위를 정확하게 설명하고, 답이 뻔한 고민을 그만두게끔 하는 것뿐.

'내가 추천하는 방법은 본부에 피해 신고를 접수하는 건데, 최대한 빨리 내 징계 여부 처리해 달라고 말해놓을게.'

하지만 그랬다간 주원이 말했던 그 피해 신고를 그녀가 당할 것 같았다. 자기 자신도 그렇게 냉정하게 처벌하려던 사람인데, 날 상대로는 뭘들 못하겠어.

"그냥 차일 때까지 기다리면 되는 문젠가…."

결국 아무런 해결책도 얻지 못한 도담은 한숨을 푸욱 내쉬었다.

"도담!"

아주 멀리서부터 익숙한 목소리가 쩌렁쩌렁 들려왔다. 그녀는 곧장 주위를 둘러보았지만, 목소리의 주인은 어디에도 없었다.

"뭐야? 어디서 부르는 거야?"

"도담! 도담! 위에 봐! 위에!"

"위…?"

"야아아! 호오오오!"

도담이 고개를 위로 들어 올렸다. 그제야 눈에 들어온 재이는 제 집 창문에서 열심히 그녀를 향해 손을 흔들고 있었다. 도담은 그런 그를 향해 대충 고갯짓으로 인사했다. 그러자 재이는 정신없이 흔들어대던 두 팔을 내려놓는가 싶더니, 다시 입가에 손을 모으고 쩌렁쩌렁 소리 지른다.

"내려갈게! 같이 놀자!"

"나 노는 거 아닌데요! 세탁소 가는 중인데요!"

"그럼 나도 같이 가! 나도 밥 안 먹었어!"

"밥이 아니라 세탁! 세탁! 세탁소에 옷 맡기러 간다고!"

"알았어! 금방 갈게! 기다려!"

아무래도 그는 좋은 목청을 얻은 대신 청력을 잃은 모양이다. 그렇지 않고서야 이렇게 말귀를 못 알아들을 수가 없다.

다시 한번 두 팔을 휘휘 흔들던 재이는 창문을 닫더니 이내 제집 안으로 사라져 버렸다. 대화는 하나도 통하지 않았지만, 어째 기다려 줘야 할 분위기에 도담은 석연찮은 혼잣말을 중얼거리면서도 그 자리에서 발을 떼지 않았다.

"오늘은 내가 노닥거릴 기분이 아닌데…."

그런 그녀를 몰래 지켜보는 시선이 더욱 날카로워졌다.

"도담…?"

"아아, 밥이 아니라 세탁소 가는 중이었구나."

도담이 빨래를 맡기는 동안 세탁소 옆 편의점 앞에 앉아 아이스크림을 먹고 있던 재이가 말했다. 빈 빨래바구니를 들고 세탁소에서 걸어 나온 도담은 그의 옆에 앉으며 대답했다.

"그 멀리서 제 얼굴은 봤으면서 세탁 바구니는 안 보였어요? 엄청 크게 말했는데."

"너 얼굴 보느라 다른 건 눈에 안 보였어."

"정말 말은 잘 한다니까."

도담은 괜히 너스레를 떠는 재이에게 핀잔주듯 말했지만, 재이는 그저 싱글벙글 웃고만 있을 뿐이었다. 어쩜 사람이 이렇게 흐린 날이 없는지. 마음이 싱숭생숭한 오늘은 그의 여유가 부러워진다.

"점심은 뭐 먹을까?"

태평한 재이가 물었다. 오늘은 집에 있는 주원과 점심을 먹을 생각이었던 도담은 잠시 고민에 빠졌다. 요즘 유수영 요원 때문에 외출이 자유롭지 않은 주원은 집에서 식사를 기다리고 있을 텐데. 서재이에게 접근해서 많은 정보를 캐내야 하는 도담은 이 식사 자리를 거절할 수 없고.

"음…."

그래서 괜히 뜸을 들이며 시간을 끌자, 그녀의 속마음을 훤히 읽어낸 재이가 물었다.

"왜? 남편이 기다려?"

"네? 아, 네… 그렇죠."

"너희 남편은 출근도 안 하나 봐."

"원래 출퇴근 시간이 불규칙한 직장이에요."

이렇게 말하면 '아, 그럼 다음 기회에 먹어야겠네.'라고 대답해 줄 만도 하건만 범상치 않은 사고방식을 가진 재이는 파격적인 제안을 던졌다.

"그럼 셋이 같이 먹자."

주원이 그를 얼마나 질색하는지 알고 있는 도담은 당황한 눈으로 재이를 바라보았다.

"가, 같이요?"

"응. 같이. 옆집 사는 이웃인데 그 정도는 괜찮잖아."

"글쎄요. 제 생각엔 저랑 남편이랑 먹거나, 저랑 재이 씨랑 먹거나, 둘 중에 하나로 가야 할 것 같은데…."

삼자대면만큼은 피하고 싶었던 도담은 필사적으로 상황을 막아보려 했다. 그러나 재이는 도담의 불편한 반응이 전혀 개의치 않는지, 생글생글 웃으며 계속해서 보챘다.

"그러지 말고 물어라도 봐. 나 도담이 가짜 남편 너무 궁금해."

"재이 씨가 우리 남편을 왜 궁금해하고 그래요?"

"궁금해할 수도 있지. 여러 번 마주치기는 많이 마주쳤는데, 제대로 얘기 나눠본 적은 한 번도 없잖아."

그건 초반에는 재이가 남자 사람은 전혀 상종하지 않아서였지만, 어느 순간부터는 주원이 노골적으로 싫은 티를 냈기 때문이었다. 그런 두 남자가 만나서 좋은 꼴을 볼 리 없다고 확신한 도담은 한 번 더 재이를 설득해 보려 했다.

"그냥 이렇게 데면데면하게 지내는 게 서로한테도 좋을 거예요."

"왜 그렇게 꽁꽁 숨겨?"

"꽁꽁 숨기는 게 아니라…."

"혹시 남편이 마주치면 안 되는 블랙 요원이라도 되는 거야?"

하지만 그 순간, 재이의 입에서 장난스럽게 나온 단어는 도담의 가슴을 철렁 내려앉게 했다.

"블랙… 요원이요?"

"응, 드라마에 나오는 거 있잖아. 알려지지 않은 미스터리한 블랙 요원. 비밀 임무 하고 그러는 사람."

"아아… 알죠, 알죠. 그런 직업이 있었죠, 참."

"남편이 그런 직업 가진 거 아닌 이상, 같이 밥 한 끼 하는 정도는 문제 될 거 없다고 생각하는데."

이 남자는 진짜 다 알고 저러는 걸까?

도담이 굳어버린 표정으로 재이의 얼굴을 빤히 들여다보았다. 그 눈을 가만히 마주하던 재이는 위화감 없는 눈웃음을 싱긋 건네주었다. 도담은 최대한 동요한 티를 내지 않기 위해 노력하며, 재이만큼이나 평온한 목소리로 말했다.

"참나, 그럼 그 말은. 우리 남편이 평범한 직장인이라서 꼭 재이 씨랑 같이 식사를 해야 한다는 소리예요?"

"돌려 말하면 그렇게 되나?"

"여기 블랙 요원 아닌 사람 서러워서 살겠나…."

사람이 이렇게 매달리는데 더 이상 거절하는 것도 예의는 아니었다. 게다가 서재이가 무엇을 의심하는지도 모르는 상태에서 계속 부자연스럽게 굴 수도 없는 노릇이고. 도담은 짧은 순간 맹렬히 머리를 굴렸다. 그 끝에 다다른 결론은 서재이의 요구에 어느 정도 장단을 맞춰주자는 것이었다.

"음… 그럼 나오라고 해볼게요. 재이 씨 데리고 집으로 들어가는 건 잠자는 호랑이의 콧잔등을 밟는 거나 마찬가지니까."

도담은 하는 수 없이 휴대폰을 꺼내 들고는 주원에게 메시지 한 통을 보냈다.

[여보, 재이 씨가 같이 밥 한 끼 하자는데 나올래요?]

돌아올 반응은 셋 중 하나였다. 무시당하거나, 짜증 내거나, 대차게 거절하거나. 도담은 어떤 반응이 돌아오든 그거보다 과장되게 전달해서, 두 번 다시는 서재이가 이런 말도 안 되는 자리를 제안하지 못하게 할 생각이다. 도담은 그 밑밥을 깔아두기 위해서 재이에게 단단히 일러두었다.

"물어는 봤는데 별 기대는 하지 마요."

"나올걸. 나 때문이라도."

재이는 알 수 없는 자신감을 내비치며 그의 답장을 기다렸다.

띠링.

잠시 뒤, 짧은 안내음과 함께 주원의 답장이 도착했다. 도담은 물론 재이의 시선까지 그녀의 휴대폰 화면으로 일제히 향했다.

[어디야. 당장 말해.]

정말 생각지도 못한 수락이었다.

"온다고…?"

의아해하는 도담의 옆에서 재이가 빙긋 웃었다.

"그거 봐, 나 때문이라도 온댔잖아."

결코 바란 적 없었던 삼자대면이 이뤄지기까지 몇 분을 남기고 도담과 재이는 임페리얼 파크 근처 이탈리안 레스토랑에 앉아있었다.

"우리 남편 진짜 바쁜데. 식사는 나중에 하면 안 돼요?"

입구 쪽만 바라보고 앉아있던 도담이 마지막으로 물었다. 재이는 먼저 주문해 놓은 와인으로 목을 축이고는 나직하게 대답했다.

"남편이 자기 발로 오겠다는데 뭐가 문제야."

"그래도 집에서 해야 할 일이 많은 사람인데…."

"평소 하던 걸 보면 집안 살림은 니가 하는 것 같고, 오늘은 출근도 안 했다면서."

"그냥 본인이 개인적으로 하는 일이 많은 사람이에요. 그래서 나랑도 식사 잘 못 하는구만…."

도담은 툴툴거렸으나 재이는 생긋 웃어 보일 뿐이었다. 그러고서 이어지는 뒷말은 그녀를 더 의아하게 만들었다.

"할 말이 있어서 그래."

"할 말이요? 우리 남편한테?"

"아니, 너희 가짜 남편이랑 너한테."

"무슨 말을 하겠다고… 혹시 우리 가짜 부부인 거 다 안다고 폭로할 건 아니죠?"

"음… 아마 아닐걸?"

아마 아닐걸?

탐탁찮은 대답을 들은 도담의 눈썹이 구겨졌다. 그 뿔난 표정을 본 재이는 긴 손가락으로 그녀의 미간을 톡 건드렸다.

"안심해. 나 그렇게 유치한 사람 아니야."

"지금까지 하는 행동을 보면 유치한 사람 같던데?"

"그랬어? 그럼 유치한 사람인가 보다. 나도 몰랐네."

"이씨, 진짜 나 곤란하게 만들기만 해봐요! 앞으로 두 번 다신 안 놀아줄 줄 알아!"

말은 이렇게 해도 도담은 임무가 끝날 때까지 재이를 벗어날 수 없었다. 하지만 그는 그 사실을 모를 테니, 도담은 일부러 단호한 표정을 지어 보이며 한 번 더 엄포를 놓는다.

"내가 말했죠? 나 사고 치는 순간 우리 남편이랑 한 계약 파투 나고, 위약금 왕창 물어야 한다고."

"응. 나도 말했지? 그 위약금 내가 갚아주겠다고. 그래서 말인데, 지금 하는 짓 때려치울 생각 없어?"

"없어요. 계약된 남편이기 전에 내 짝사랑 상대라니까. 맡은 바 책임을 다하고 싶어요."

그동안 도담이 본의 아니게 쌓아온 거짓말들은 이 순간 탄탄한 뒷받침이 되어주었다.

"짝사랑 상대⋯."

재이는 그녀의 완강한 반응에 더 이상 매달리지 못하고 혼자 중얼거렸다. 그러더니 이내 어린아이처럼 맑고 투명한 미소를 입가에 띄운 채 엄청난 막말을 한다.

"그 짝사랑 꼭 망했으면 좋겠다."

"어머, 인간성 좀 봐."

그렇게 시답잖은 말을 주고받으며 투닥거리고 있던 그때 입구 쪽에서 직원이 누군가를 맞이하는 소리가 들렸다.

"어서 오세요. 일행 있으신가요?"

"네, 저 구석에 앉아있네요."

뒤이어 들려오는 목소리는 분명 주원의 것이었다.

"어머! 우리 남편 왔나 보다!"

도담은 언제 표정을 구기고 있었냐는 듯, 초롱초롱한 눈빛으로 입구 쪽을 바라보았다. 때마침 직원과 함께 그들이 앉아있는 테이블로 걸어오고 있던 주원과 제대로 눈이 마주쳤다. 그는 도담과 재이를 번갈아 쳐다보는가 싶더니, 노골적으로 미간부터 찌푸렸다.

"물은 레몬수로 드릴까요, 그냥 물로 드릴까요?"

"그냥 물로 부탁드립니다."

"네, 금방 가져다드리겠습니다. 즐거운 시간 보내세요."

점원은 즐거운 시간을 보내라 말했지만, 정작 도담의 옆에 자리를 잡는 주원은 그럴 생각이 없어 보였다. 그는 앉자마자 도담에게로 고개를 틀었고, 가시가 잔뜩 돋친 말투로 물었다.

"세탁소 간다며. 세탁 바구니는 어쨌어?"

"세탁소에 맡기고 왔어요."

"볼일 봤으면 바로바로 들어와야지. 매번 이런 식으로 농땡이 칠 거야?"

"아, 나도 들어가려고 했는데…!"

도담이 매섭게 캐묻는 주원에게 한창 변명하려 하자, 이를 가만히 지켜보고 있던 재이가 입을 열었다.

"와, 진짜 가부장적이시네요. 우리 도담이 밥 먹기도 전에 얹히겠어요."

대놓고 비꼬는 멘트부터 '우리 도담이'라는 살가운 호칭까지. 재이의 도발에 넘어가지 않겠다고 다짐하고 온 주원이었지만, 이것들만큼은 도저히 그냥 둘 수가 없었다.

"우리…?"

그래서 가장 거슬렸던 단어부터 콕 집어 불편한 심기를 드러내자, 재이는 얄미운 눈웃음을 치며 말했다.

"아! 죄송해요! 요새 다른 사람들 앞에서 살갑게 부를 일이 많다 보니, 입에 붙어버렸나 봐요."

"다른 사람들 앞에서 그런 식으로 부를 일이 뭐가 있습니까?"

"에이, 아시면서 모른 척하신다. 제가 대외적인 자리에서 그쪽 대신 남편 노릇 해주고 있었잖아요."

"…."

"장 도 같이 보고, 드레스도 같이 골라주고, 오늘 세탁소도 같이 가고… 이쯤 되면 동네 사람들은 제가 남편인 줄 알 걸요?"

싸우자는 건가? 싶었지만 재이의 얼굴엔 무해한 웃음기가 가득 어려있었다. 하지만 그 표정을 믿기에는 그의 말에 숨어있는 독기가 너무 확연했다.

"이 사람이 진짜…!"

"아!"

주원이 어떻게 대처해야 할지, 고민하고 있던 그때 도담이 웃고 있던 재이의 발을 콱 밟았다. 당당하던 재이는 금세 눈썹을 내려트리고 불쌍한 척 말한다.

"도담… 이거 비싼 신발인데…."

"신발 아까우면 그만 해요. 사람 놀리려고 이 자리까지 불러낸 거 아니잖아요."

서재이의 도발을 느끼자마자 화살처럼 튀어나가 공격하는 여자. 그래, 이 여자가 내 와이프였다. 눈앞의 백여우가 아무리 꼬리를 흔들어대도, 나의 와이프는 굳건히 내 곁을 지키고 있나.

그 사실을 실감하자마자 굳어있던 주원의 입꼬리가 부드럽게 휘어졌다. 그러고는 재이 못지않은 독기를 품고 날카로운 한마디를 장전했다.

"할 일이 없나 보네. 남의 와이프 뒷수발…."

"당신도 그러지 마요!"

찰싹! 막 운을 떼자마자 도담의 매운 손이 주원의 어깨를 가격했다.

나는 아직 말도 다 안 했는데. 왜 이렇게 빠르게 말리는 거야?

도담을 제 백으로 삼고 있던 주원의 눈썹이 다시금 불편하게 구겨졌다. 재이는 그런 그를 보며 터져 나오는 비웃음을 애써 감췄다. 덕분에 더 열기를 띠게 된 두 남자의 기 싸움. 그 사이에서 죽어나는 건 도담이었다. 이렇게 눈만 마주쳐도 으르렁대는 두 남자를 데리고 식사라니. 날카로운 포크도 있고, 나이프도 있는 이 자리에서 누구 하나 죽어나지 않으면 다행이겠다, 싶다.

"으음, 여기 진짜 맛있네요. 특히 스파게티 소스가 최고다!"

테이블 한가득 먹음직스러운 이탈리안 음식들이 차려졌다. 안 그래도 배가 고팠던 도담은 빠르게 포크를 움직이며 만찬을 즐겼다. 그런 도담을 바라보던 재이가 그녀의 앞접시로 카프레제 샐러드를 덜어주며 말했다.

"야채도 먹어야 쑥쑥 크지."

"내가 알아서 먹을게요. 재이 씨는 재이 씨 식사해요."

"나도 그러고 싶은데, 아까부터 토마토는 손도 안 대길래."

"그랬나? 먹을 게 하도 많아서."

도담이 배시시 웃었다. 그녀를 따라 눈웃음 짓는 재이는 몹시 다정해 보였다. 그 꼴이 주원에게 눈엣가시처럼 걸려왔다.

'다 큰 성인들끼리 밥 먹는데 뭘 챙겨주고 난리야.'라고 생각은 하면서도, 테이블 위 음식들을 훑어보던 주원은 스테이크 한 조각을 쿡 집어 도담에게 건네준다.

"먹어. 고기야."

"저 앞접시에 스테이크 두 점이나 있는데요."

"세 점 먹어. 그러면 되잖아."

"아, 예. 뭐… 감사합니다."

주원에게 챙김 받는 게 어색했던 도담이 살짝 고갤 숙여 인사했다. 그게 주원의 심기를 건드렸다. 서재이가 토마토 나부랭이 챙겨줄 때는 웃었으면서, 나는 무려 고기를 챙겨줬는데 '아, 예, 뭐. 감사합니다.'란다. 주원은 그런 그녀에게 한마디할까 하다가, 맞은편에서 자신을 바라보고 있는 재이를 의식하고 관두었다. 이런 거에 일일이 반응하는 건 시간 낭비, 멘탈 낭비였다.

"하하."

재이가 웃었다. 비웃는 건가 싶어서 곧바로 째려봤지만, 그는 입술을 오물거리는 도담을 보며 즐거워하는 중이었다.

"도담, 너 지금 다람쥐 같아."

"볼 빵빵하다고 놀리는 거죠?"

"응, 도토리 같은 거 더 넣어주고 싶어. 하하."

그건 그거 나름대로 짜증이 났다. 이쯤 되면 서재이는 존재 자체로 짜증을 유발하는 인간이지도 모르겠다. 주원은 애써 신경을 꺼트리려고 스테이크 한 조각을 푹 찔러 제 입으로 밀어넣었다. 육즙이 좌르르 흐르던 먹음직스러운 고기는 막상 입에 들어가니 아무 맛도 나질 않았다.

"아, 맞다. 드릴 게 있어요."

더욱 언짢아진 기분으로 고기만 질겅질겅 씹는데 재이가 가지고 온 클러치에서 무언가를 꺼냈다. 짙은 빨간색이 고급스러워 보이는 봉투였다.

"이게 뭐예요?"

도담은 포크를 내려놓고 재이가 내민 봉투를 받아들었다. 조심스럽게 열어보니 까만색 카드가 수줍게 고개를 내밀었다.

"신용카드?"

"아니, 입장 카드."

"어딜 입장하는 건데요?"

"다음 주 금요일 일곱 시에 내 생일 파티가 열릴 예정이거든."

정확히 말하면 재이가 운성 그룹의 본가로 들어온 날을 기념하는 날이었다. 재이의 진짜 생일과는 가깝지도 않고, 관련도 없는 날이었지만 재이는 굳이 긴 설명을 갖다 붙이지 않았다.

"우와, 우리 초대해 주는 거예요?"

"응, 원래는 도담이만 초대하고 싶었는데 늦게까지 열리는 파티라서 또 집에 가면 잔소리 들을까 봐."

"무슨 생일파티에 입장 카드까지 있대? 엄청 크게 여나 보다."

"선물 꼭 사와. 알았지?"

서재이가 여는 파티라면 운성 그룹과 밀접한 관련이 있는 주요 인사들도 많이 참석할 터였다. 어쩌면 그 안에 러시아 브로커가 섞여 있을 수도 있겠지. 주원은 반드시 가야 할 중요한 자리였다. 하지만 너무 기다렸다는 듯이 반응하는 건 부자연스러웠기에, 그는 일부러 모호한 반응을 보였다.

"저희는 스케줄 보고 알려드리죠."

"아! 혹시 스케줄 안 되시면 도담이만 보내주세요."

"그럴 수 있나요. 부부는 일심동체인데."

"그래요? 몰랐네요. 제가 볼 땐 완전히 개인플레이 하시는 것 같았거든요."

역시 뭐 하나 그냥 넘어가는 법이 없는 놈이다. 감시 대상만 아니었다면 얼굴에 물이라도 뿌려버렸을 텐데.

주원은 노골적으로 불편한 티를 내며 재이를 노려보았다. 재이는 그런 그를 보며 여유롭게 웃었고, 사람 좋은 척 마음에도 없는 뒷말을 덧붙였다.

"농담이에요. 두 분이 같이 오는 편이 좋죠. 파티는 사람이 많을수록 재미있는 법이잖아요."

"그러게요! 우리 남편도 스케줄 돼서 같이 놀러 갔으면 좋겠다!"

아마 이 여우 같은 얼굴에 속는 건 이 여자뿐일 것이다. 그러니까 서재이가 인간적으로 괜찮은 사람 같다는 소리나 하지. 주원은 도담을 한숨 쉬며 바라보다가 다시 제 접시로 시선을 내렸다.

도담은 재이가 준 카드를 조그만 가방에 조심히 집어넣고, 별안간 자리에서 일어나며 말했다.

"전 화장실 좀 다녀올게요. 저 없는 동안 싸우지 말고 각자 식사 맛있게 하고 계세요."

"혼자 간다고?"

"그럼 화장실을 혼자 가지, 둘이 가요?"

서재이와 둘이 남는 건 끔찍이도 싫었던 주원은 은근슬쩍 따라 일어나려 했다.

"아, 마침 나도…."

하지만 도담의 손길이 주원의 어깨를 단호하게 눌렀다.

"내가 다녀오면 가요. 재이 씨 혼자 남잖아요."

"그게 뭐."

"셋이 있을 땐 둘이 자리 비우는 거 아니에요. 빨리 갔다 올 테니까 좀 참아요."

도담은 한 번 더 고집부릴 수도 없이 매정하게 테이블을 떠났다. 주원은 그 뒷모습을 노려보다가, 하는 수 없이 다시 재이 쪽으로 고개를 돌렸다.

"많이 급하신가 봐요."

재이가 웃으며 말했다. 대답할 가치도 없다고 생각한 주원은 괜히 물만 들이켰다. 그를 가만히 바라보던 재이는 조금 더 입꼬리를 끌어올렸다. 그러고는 주원이 뜨끔할 만한 질문을 대놓고 던졌다.

"제가 그렇게 거슬려요?"

마치 주원의 불편한 감정을 훤히 들여다보고 있는 듯한 눈빛. 그 앞에서 아니라고 하는 것도 의미 없다고 생각한 주원은 물잔을 내려놓으며 대답했다.

"일부러 거슬리게끔 행동하는 것 같아서 마음껏 거슬려 하고 있습니다."

그 말에 재이의 입꼬리가 더욱더 올라갔다. 그는 조금밖에 남지 않은 와인으로 목을 축이며, 이내 도담과 있을 때보다 한층 낮아진 목소리를 꺼내놓았다.

"그건 이해해 주서야 해요. 제가 누굴 질투하는 게 처음이라서, 숨기는 데 능숙하지가 못하거든요."

"질투…?"

감정이 노골적으로 담긴 말에 주원의 눈동자가 조금 더 날카로워졌다. 혹시 잘못 들은 건 아닐까 싶었는데, 이어지는 말은 그의 감정을 더욱 확실해지게 만들었다.

"분명 나랑 있을 때 더 즐거워 보이는데, 때가 되면 당연하다는 듯이 남편한테로 돌아가 버리고…."

"…."

"분명 나를 신경 쓰고 있는 것 같은데, 중요한 순간이 되면 결국엔 남편한테로 모든 관심을 쏟아버려요."

재이가 털어놓는 솔직한 얘기들은 단순한 옆집 이웃으로서는 하지 못할 생각이었다. 듣다 못 한 주원은 낮은 목소리로 추궁하듯 물었다.

"그 말, 내 와이프를 마음에 두고 있다는 소리로 들리는데."

그러자 재이의 눈가엔 보기 좋은 눈웃음이 맺혔다.

"빙고."

"…."

"나 도담이가 좋아요."

얄미울 만큼 순수한 미소가 어린 입술로 꺼낸 도발적인 고백에 순간 주원의 뒷목이 뻐근하게 아파졌다.

아내에게
반하는 순간

　서재이의 파격적인 고백이었다. 그것도 온도담의 남편 되는 사람 앞에서. 물론 주원과 도담이 진짜 부부 사이는 아니었다. 서재이가 그 사실을 각색된 버전으로 인지하고 있다는 것도, 도담에게 들어서 익히 알고 있다. 그렇다고 해서 그가 도발하는 걸 그냥 두고만 볼 수는 없었다.

　'나를 얼마나 우습게 알았으면 면전에다 대고….'

　하지만 그에게 날카로운 송곳니를 드러내기도 전에, 재이는 태연한 목소리로 뒷말을 이어나갔다.

　"물론 도담이는 저한테 이런 흑심이 있는지 모를 거예요. 저를 워낙 헤픈 사람으로 생각하고 있어서."

　"…."

　"무슨 짓을 해도 친구 이상으로는 못 넘어가는 게 조금 서운하긴 한데, 그래도 그런 사람을 붙잡고 제 마음을 강요하지는 않으려고요. 전 지금 이대로의 거리감도 만족하거든요."

재이는 그녀와 더 나아가고 싶지 않은 이유를 설명했지만, 그 안에 도담의 마음이나 주원의 존재는 포함되어 있지 않았다. 누가 이성 관계 복잡한 서재이 아니랄까 봐, 철저히 본인의 감정에 의해서 모든 거리감을 컨트롤하고 있다. 이럴 때 조바심을 참지 못한 나머지, 그를 더 욕심내거나 그가 그어둔 선을 넘으려 한다면 서재이의 마음은 그대로 닫혀버리겠지. 같은 방식으로 대했을 유수영 요원이 그러했듯이.

주원은 굳어가는 입꼬리를 억지로 올리고 되물었다.

"그 얘길 굳이 나한테 꺼내는 이유는?"

워낙 말투가 날카로웠던 탓에 꼭 캐묻는 것처럼 되어버렸지만, 재이는 눈 하나 깜짝 않고 대답했다.

"저랑 도담이 사이를 너무 예민하게 받아들이시는 것 같아서, 애먼 사람 붙잡고 닦달할까 봐 직접 말씀드리는 거예요."

"…"

"저는 그 사람을 좋아하지만 그 사람은 나를 친구로만 생각하니까, 그래서 나도 친구 이상은 욕심내지 않겠다…. 제가 하고 싶은 말은 딱 이 정도로 정리할게요."

"…"

"그러니까 저를 그 사람 친구 중 하나 정도로 생각해 주세요. 일일이 거슬려하지 말고 마음 편하게."

재이는 주원을 보며 해맑게 웃었다. 조금의 악의도 없어 보이는 그 순수한 얼굴은 언제 봐도 위화감이 넘쳤다. 제 속내를 모두 드러내는데도 전혀 속을 알 수 없는 인물. 그래서 더욱 불안한 재이는 주원도 상대하기 힘든 녀석이다. 어떻게 대처해야 과도한 경계심을 사지 않고 이 상황을 잘 모면할 수 있을지 쉽사리 감이 오질 않는다.

주원은 우선 깊은 심호흡부터 한 번 내뱉었다. 호흡 한 번으로는 뒤집어진 속이 정리되지 않았지만, 적어도 욱하는 감정은 많이 가라앉았다. 그렇게 급한 불부터 꺼놓고, 그는 재이를 똑바로 마주 보았다.

"난 내 와이프의 친구도 딱히 좋아하지 않습니다."

"…"

"그 친구가 내 와이프를 짝사랑하면 더욱 불편하겠군요."

기가 센 서재이라면 무시해 버릴 말이었다. 하지만 일부러 그가 무시해 주길 바라며 던진 무의미한 공격이었다. 그래야 서재이는 그 누구의 눈치도 보지 않고 도담과 계속 가까운 관계를 유지해 줄 테니까. 눈앞에서 내 여자를 가지고 이리도 도발을 하는데, 나는 한 수 비켜줘야 한다. 성질대로 상대를 위협하지도 못하고, 그녀와의 관계를 끊어놓지도 못한다.

주원은 오늘 처음으로 임무상 남편이라는 처지가 몹시 불합리하게 느껴졌다. 그래서 딱딱하게 굳은 표정으로 서재이에게서 억지로 시선을 떼어낸 그때 화장실에 갔던 도담이 다시 자리로 돌아왔다.

"오, 여기 화장실 핸드워시 냄새 되게 좋다."

재이는 주원에게 향해 있던 눈동자를 곧장 그녀에게로 옮기고, 다정한 목소리로 물었다.

"무슨 냄새인데?"

"글쎄요. 꽃 냄새인가, 과일 냄새인가? 정확히는 모르겠네."

"내가 한번 맡아볼래."

재이는 그녀에게로 상체를 숙였다. 그건 누가 봐도 꼬리치는 중이었으나, 도담은 별 낌새를 못 느꼈는지 순순히 그에게로 손을 내밀었다.

그 모습을 강제로 보고 있는 주원의 머릿속에 몹쓸 상상들이 펼쳐졌다. 그녀의 손은 이내 그의 얼굴 근처로 가까워지겠지. 그는 향기를 맡는 척 그녀의 손목을 잡을 테고, 조금 더 제 쪽으로 끌어당기겠지. 그러고는 아무것도 모르는 척 입술을 갖다 댈지도 몰라.

거기까지 상상을 이어나갔을 때쯤, 도담의 손끝이 재이의 코에 닿았다.

"무슨 향인지 알겠어요?"

"음… 조금 더 자세히 맡아봐야 할 것 같은데."

주원의 상상이 맞아들 거라는 걸 증명이라도 하듯, 재이의 손이 그녀의 팔목으로 향했다. 순간 주원의 눈에서 뜨거운 불이 일었다.

'오케이. 거기까지. 나도 더 이상은 못 참아.'

잠시 이성에서 벗어난 주원은 재이보다 빠르게 손을 뻗었다.

터업!

그러고는 재이가 노리던 그녀의 팔목을 붙잡아버렸다. 빼앗기고 싶지 않은 만큼 강하게.

"아…."

뜻밖의 손길에 당황한 도담의 눈동자가 휘둥그레졌다. 갑작스러운 견제에 놀란 건 재이도 마찬가지였다. 순식간에 모두의 이목을 끌어버린 주원은 그대로 자리에서 일어섰다.

"따라 나와."

"…예?"

도담이 난처함 가득한 얼굴로 되묻기가 무섭게, 주원이 그녀를 레스토랑 밖으로 이끌었다. 처음 보는 그의 대책 없는 행동에, 도담의 머릿속이 몹시 혼란스러워지기 시작했다.

"자, 잠깐만! 여보!"

도담은 주원의 손에 맥없이 끌려가는 중이다.

"아니, 왜 이러는 건데요! 재이 씨 아직 안에 있잖아요!"

"…."

그녀는 예의 주시해야 할 대상인 재이의 존재를 상기시켜 봤지만, 그럴수록 주원의 걸음은 더욱 빨라질 뿐이다.

"기주원! 진짜 정신 안 차릴래?"

결국 격하게 내질러 부른 그의 이름. 막무가내로 앞으로 향하던 그가 멈칫했다. 그 틈을 놓치지 않고 팔을 뿌리치듯 빼내자, 그제야 경주마처럼 앞만 보던 주원의 시선이 그녀에게로 향했다.

"재이 씨 보는 앞에서 무작정 끌고 나오면 어떡해요!"

도담은 그런 그를 보며 따졌다. 그러자 주원은 욱한 감정이 그대로 담긴 말을 여과 없이 내뱉었다.

"같이 있는 꼴 보기 싫어."

"네?"

"너랑 서재이랑 같이 붙어먹는 꼴 보기 싫다고."

가끔씩 튀어나오는 그의 영문 모를 심술이었다. 처음엔 정말 무슨

실수라도 한 줄 알고 쩔쩔맸었지만, 이제는 그게 그냥 이유 없는 시
비라는 걸 알고 있다.

"붙어먹긴 누가 붙어먹었다고 그래요! 내가 할 일이…!"

도담은 같이 화를 내며 맞받아치려다가, 쩌렁쩌렁한 제 목청을 인
지하고 관두었다. 서재이와 그렇게 멀리 떨어져 있는 것도 아닌데,
혹시나 그의 귀에 들어가선 안 될 말이 들어가게 될까 싶어서였다.

"하아… 일단 다시 들어가요. 재이 씨만 저렇게 덜렁 내버려 두고
나오면 어떡해요, 정말."

그 대신 머리카락을 쓸어 올리며 주원을 타이르듯 말하자, 주원의
미간에 못된 심술보가 잡혔다. 아주 마음에 안 들어 죽겠는 모양이
다. 두 남자가 이렇게 되리라는 건, 서재이가 주원과 함께 점심을 먹
자고 제안할 때부터 예상했었다. 역시 셋이 모이는 자리를 만든 것
부터가 잘못이었나 보다. 서재이가 뭘 의심하든 말든 어떻게든 도담
선에서 막았어야 했다.

"아니다. 주원 씨는 그냥 집에 들어가요. 그게 더 자연스럽겠어요."

같은 실수를 되풀이하고 싶지 않았던 도담은 그냥 주원을 집으로
돌려보내기로 했다. 주원은 도로 들어가자고 했을 때보다 더 인상을
쓰며, 곧바로 어깃장을 놓았다.

"뭐? 싫어."

"이게 좋고 싫고의 문제예요? 어차피 재이 씨랑 겸상할 생각 없잖
아요."

눈 하나 깜짝 않고 주원의 거절을 받아치는 도담은 참 매정했다.
화장실 간다고 자리 비운 사이에 서재이가 얼마나 도발했는지도 모

르면서 '재이 씨', '재이 씨' 살갑게 잘도 부른다. 순간 확 짜증이 솟구친 주원은 격양된 감정을 가득 담아 도담을 다그쳤다.

"우리가 어젯밤 부로 어떤 사이가 됐는지 잊었어? 내가 더 깊은 관계도 생각해 보겠다고 했잖아."

낯 뜨거운 사건까지 언급할 만큼 주원은 간절했다. 지금 이 순간은 물론, 앞으로도 계속 그녀 혼자 흑심 가득한 서재이를 상대하지 않았으면 한다.

"하아…."

그러나 원래 같았으면 얼굴이 붉어졌을 도담은 뜻밖에도 깊은 한숨을 내쉬었다. 예상치 못한 그녀의 반응은 하루 사이 일방적인 구애에 익숙해진 주원도 당황하게 만들었다.

"한숨 쉰 거야? 지금?"

주원은 그런 그녀에게 믿을 수 없다는 눈빛으로 물었다.

"온도담, 지금 한숨 쉰 거냐고 물었…."

하지만 한 번 더 캐물어 보기도 전에, 도담의 손이 주원의 멱살을 거칠게 붙잡아 끌어당겼다. 무방비하게 서 있던 주원은 그대로 도담에게 몸을 기울였다. 주원의 귓가에 가까워진 그녀의 입술.

"기주원 팀장님, 정신 좀 차리세요."

머지않아 흘러나오는 말은 신입치고는 굉장히 무례한 발언이었다.

"…저 지금 임무 중이잖아요. 사적인 감정은 배제하고 이성적으로 구셨으면 좋겠어요."

하지만 이어지는 프로페셔널한 멘트는 주원의 신경질이 아닌 왼쪽 가슴의 심장을 제대로 건드렸다. 두근두근. 어찌나 가슴이 빠르게 뛰는지, 짜증 가득하던 주원의 머릿속이 순간적으로 멍해졌다. 그때쯤 도담은 주원의 멱살을 놓아주었고, 굉장히 이성적인 눈빛으로 주원을 올려다보며 말했다.

"그럼 다녀오겠습니다."

담담한 인사 끝에 뒤를 돌아 다시 서재이에게로 향하는 도담의 뒷모습은 참 쓸데없이 멋있었다. 아무에게도 관심을 내어주지 않는 철벽남의 마음을 본의 아니게 탕! 하고 쏴버린 그녀. 저항할 새도 없이 단발에 명중 당해버린 주원은 그녀가 사라지고 나서도 한동안 그 자리를 떠나지 못했다.

"진정해. 쟨 온도담이야. 그냥 평범하게 미친 애라고⋯."

부인하지 못할 만큼 강렬하게 터진 감정을 어떻게든 외면하기 위해 발악하며 서있을 뿐이었다.

* ◆ *

저녁 여섯 시. 재이와 심심을 미거 끝내고, 난처했던 상황을 잊게 하려고 소소한 수다를 떨며 커피를 한잔한 뒤, 맡겨놨던 세탁물까지 찾아서 돌아온 집. 철컥 하고 문 열리는 소리가 들리자마자 소파에서 벌떡 일어서는 인기척이 들려왔다. 고개를 들어 거실 쪽을 확인했더니, 주원이 주인만 기다리고 있던 강아지처럼 득달같이 그녀에게로 다가왔다.

"왜 이제 와?"

"수습 잘 하고 이제 왔는데 왜요?"

"기다렸어, 계속."

"아, 그러셨구나."

주원의 애타는 기다림에 비해 굉장히 담백한 반응. 그게 마음에 안 들었던 주원은 팔짱을 끼고 비스듬히 서서 그녀를 노려보았다. 하지만 도담은 별로 신경도 안 쓰이는지, 신발을 벗으며 사무적인 목소리를 이어나갔다.

"팀장님이 저 끌고 나갔던 사건은 대충 잘 둘러대 놨고요, 자세한 내용은 오늘 자정까지 보고서로 올릴 테니까 읽어보시고 협조해 주세요."

"…"

"아 참, 서재이 생일파티에 대해서는 저도 정보 좀 더 모아볼 테니까 혹시 모를 사태에 대비해서 본부에 협력요청까지 부탁드려요."

군더더기 없이 오늘의 성과를 보고하고, 뒷일까지 알아서 착착 대비하는 도담은 몹시 프로페셔널했다. 자신이 프로페셔널한 여성을 좋아한다는 사실을 약 네 시간 전에 처음으로 깨달은 주원은 스멀스멀 기어 올라오는 설렘을 외면하기 위해 일부러 삐딱선을 탔다.

"너, 갑자기 일 잘하는 척하지 마."

그러나 그의 안타까운 노력은 도담의 입장에선 어이없는 시비일 뿐이었다.

"왜 잘해도 뭐라 그래요?"

"잘하면 잘하는 대로 문제야. 그러니까 앞으로는 적당히 실수도 해."

"실수를 일부러 계획해서 하면 그게 실수인가. 일 망치려고 작정한 스파이 짓이지."

도담은 반박 불가능한 말을 하며, 쌩하니 주원을 지나쳐 제 방으로 들어갔다. 그건 그거 나름대로 마음에 안 들었던 주원은 그녀가 사라진 방문을 노려보았다.

아무래도 서재이를 만나고 올 때마다 점점 더 사람이 쿨해지는 것 같은데…. 원래는 나랑 눈만 마주쳐도 얼굴이 빨개지던 여자였잖아. 그런데 언제 저렇게 날 나무토막 보듯 보게 되었을까. 그것도 지난밤 엄청난 거사까지 치렀던 나를!

혼자 심각하게 생각하던 그때, 불현듯 재이가 했던 말이 떠올랐다.

'분명 나랑 있을 때 더 즐거워 보이는데, 때가 되면 당연하다는 듯이 남편한테로 돌아가 버리고….'

'분명 나를 신경 쓰고 있는 것 같은데, 중요한 순간이 되면 결국엔 남편한테로 모든 관심을 쏟아버려요.'

그 얘길 들었을 당시엔 나를 더 신경 쓰고 있다는 뒷말에 더 집중하느라 의식하지 못하고 있었다. 그놈과 함께 있을 때 더 즐거워하고, 그놈을 신경 쓰는 것 같다는 도담에 대한 평가를.

'역시 그놈한테 홀려가고 있는 거 아니야…?'

순간 떠오른 의심은 네 시간 전, 주원을 내버려 두고 재이에게로 돌아갔던 도담의 모습과 맞물려 그럴듯한 신빙성을 더해 간다.

"이 여자가 진짜…."

그 꼴을 상사로서도, 남편으로서도 가만두고 볼 수가 없었던 주원은 도담의 방 문고리를 덥석 잡았다. 그리고 일말의 망설임도 없이 벌컥 열었다.

"온도담, 너 혹시…."

추궁을 막 시작하려는 주원에 눈에 보이는 건 티셔츠를 벗고 있던 도담의 뒤태였다.

"엄마야! 깜짝이야!"

깜짝 놀란 도담이 버럭 소리를 질렀다. 그녀보다 더 많이 놀란 주원은 그 자리에 그대로 얼어붙었고.

"어머, 미쳤나 봐! 진짜! 당장 안 나가요?"

결국 도담이 던진 베개에 정면으로 얼굴을 맞고 말았다. 정말 미치고 환장할 노릇이었다.

지금 난
당신이 필요해

내가 끔찍하게 싫어하는 현실보다 더 끔찍한 꿈이 하나 있다. 사람들의 시선을 한 몸에 받으며 무대에 서는 꿈. 무슨 무대인지는 모르겠다. 내가 설 공간에는 스포트라이트 조명이 켜져있지만, 그 어떤 무대효과나 배경도 없어서 뭘 해야 할지도 모르겠다. 하지만 꿈속에서 나는 조금의 고민도 없이 무대 위로 발을 내딛는다.

"안녕하세요!"

나는 관중을 향해 손을 흔들고, 멋지게 허릴 숙여 인사까지 올린다. 그러면 앉아있던 관중들은 모두 다 입가에 손을 모으고 나를 보며 고함을 지른다.

"꺼져버려!"

"너 같은 건 여기 있을 가치가 없어!"

"나는 니가 이 세상에서 사라졌으면 좋겠어!"

"죽어!"

그들의 목소리는 내 귀가 아닌 가슴에 칼날처럼 박힌다. 하지만 나는 아무 일도 없다는 듯이 웃는 얼굴로 다시 허리를 세우고, 관중들의 분노를 똑바로 직시한 채 음악도 흘러나오지 않는 무대 위에서 나 혼자 춤을 추기 시작한다. 아주 지루하고 볼품없는 춤을. 내 꿈에 찾아와 준 그 어느 누구도 원하지 않는 쇼. 굳이 해야 할 이유도 없는데 오기 부리듯 이어가는 혼자만의 싸움. 아무리 꿈이라 할지라도 이건 지켜보는 사람도, 하는 사람도 고역이다. 흘러가는 매초가 어찌나 절망스러운지, 차라리 이대로 현실의 누군가가 나를 깨워줬으면 싶다.

하지만 그렇게 마음을 먹다가도….

'깨어나면 뭐해. 현실도 이만큼 지옥인걸.'

꿈에서든 현실에서든, 체념은 참 쉬운 일이다. 버릇처럼 차오르는 절망을 비우고 나면, 나는 다시 줄에 묶인 꼭두각시처럼 한참 동안이나 더 춤을 춘다.

그 외로운 춤사위가 드디어 끝이 난 순간. 사람들의 분노는 한계점까지 격렬해지고, 나만 혼자 웃는 얼굴로 무대 중앙에 서서 인사를 한다.

"감사합니다!"

크게 외치며 허리를 숙인다. 사실은 하나도 감사하고 있지 않으면서. 그리고 다시 몸을 꼿꼿이 세워 정면을 바라보았을 땐, 끔찍하던 무대에는 아무도 없다. 날 증오하던 사람들도. 그들이 내뱉던 저주도, 나를 향한 서슬 퍼런 감정들도. 숨 쉬는 건 오직 나뿐인 적막한 공간. 나에게는 그 편이 더 무서운 일이었다. 딱 그 시점부터 이 꿈은 내게 악몽이 되고, 형용할 수 없는 공포가 온몸을 짓누른다.

보통은 그때쯤 눈을 뜨기 마련이다. 외마디 비명과 함께 식은땀이 범벅이 된 채로.

"아아…!"

현실로 돌아왔다는 걸 알면서도 몸을 떠나지 않는 오한. 좀처럼 진정하지 못하고 점점 가빠지는 숨. 오랜만에 최악의 꿈을 꾼 재이는 얼굴을 감싸 쥐고 한동안 괴로운 신음만 토해냈다. 자주 꾸는 꿈은 아니지만 꿀 때마다 사람이 이 모양으로 황폐해진다. 이런 순간마다 재이는 폭풍처럼 찾아온 절망이 잦아들 때까지 무기력하게 앉아있곤 했다.

하지만 오늘은 달랐다. 누구라도 곁에 두고 싶었고, 그 누구를 떠올리는 건 너무나도 쉬웠다.

"아…"

그는 지친 신음을 내쉬며 휴대폰을 들었다. 그녀에게 향하는 통화 연결음은 다른 이들의 것과 조금도 다를 바 없이 단조로웠지만, 재이에게는 그 어떤 음악보다 듣기 좋았다. 불안했던 심장박동이 차분히 진정될 만큼.

* ♦ *

지이이잉 지이이잉.

침대 머리맡에 놔둔 휴대폰이 울었다. 곤히 자고 있던 도담은 알람이 울리나 싶어서, 한 손만 뻗어 평소 쓰는 개인 휴대폰을 잡았다.

하지만 도담의 휴대폰은 잠잠했다. 실눈을 뜨고 시간을 확인해 보니 아직 알람이 울리기 십 분 전이다.

"응…?"

도담의 시선이 자신의 휴대폰 옆 배급 받은 휴대폰으로 향했다. 재이와 주원의 번호밖에 입력되지 않은 휴대폰. 여전히 몸을 떨고 있는 그 휴대폰 화면에는 재이의 이름이 선명히 떠 있다.

"재이 씨?"

도담은 눈을 반밖에 못 뜬 와중에도 휴대폰을 잡아 통화 버튼을 눌렀다.

"여보세요? 아침부터 무슨 일이에요?"

그러고는 잠긴 목소리로 인사를 건네자, 휴대폰 너머에서는 한동안 숨소리만 들려온다. 고르지 않고 불규칙한 것이, 마치 신음도 내지 못할 만큼 앓고 있는 사람 같다.

"재이 씨?"

그제야 퍼뜩 잠에서 깨어난 도담은 상체를 반쯤 일으켰다. 한동안 위태로운 호흡만 반복하던 재이가 겨우 목소리를 냈다.

―우리 집으로 와줘….

"목소리가 왜 그래요? 어디 아파요?"

―응…. 아프니까… 빨리 와줘.

햇살이 무척이나 따사로운 아침. 먹음직스러운 음식 냄새가 솔솔 풍겨 나오는 주방.

그곳에 앞치마를 단정하게 차려 입은 주원이 서있었다. 도담보다 두 시간 전에 일어난 그는 몸단장을 끝내자마자, 가장 먼저 도담과 함께 먹을 아침 밥상부터 차리는 중이다.

반찬은 가장 자신 있는 메뉴로 네 가지나 준비했다. 밥은 전자렌지에 이 분만 돌리면 되는 즉석식품이지만, 그래도 온 신경을 기울여서 탄생시킨 뜨끈뜨끈한 콩나물국으로 성의를 더했다.

"음… 이번에는 소금 제대로 쳤네."

그릇으로 퍼 담기 전, 혹시나 싶어서 맛본 국물은 간이 딱 좋았다. 이거라면 지난번의 실수도 만회할 수 있을 듯하다.

출근하기도 바쁜 그가 이렇게 분주히 식사를 준비하는 이유는 단 하나였다. 지난번, 도담이 내걸었던 조건 중 하나인 하루에 한 끼라도 같이 먹자는 것을 지키기 위해서다. 하지만 오늘은 주원이 오랜만에 본부로 출근하는 날이었고, 그렇게 되면 점심 저녁은 밖에 나가서 먹어야 할 터였다. 약속을 지키기 위해선 평소보다 조금 더 바쁘게 준비해야 하더라도, 아침 식사를 같이하는 것이 최선이었다.

"슬슬 일어날 때가 됐는데 소식이 없네. 깨워야 하나."

테이블 세팅까지 끝낸 주원은 도담의 방을 흘깃 보며 중얼거렸다. 호랑이도 제 말하면 나타난다고 했던가. 그 말이 끝나기가 무섭게 세수를 끝내고 옷까지 갈아입은 도담이 방문을 열고 걸어 나왔다.

"왜 이렇게 늦게 일어나? 아침 다 됐는데."

대놓고 자랑하기 민망했던 주원은 괜히 잔소리하는 척하며 자신이 차린 굉장한 밥상을 어필했다. 하지만 도담은 바쁜 걸음으로 다가오며 무심하게 대답했다.

"일어나기는 평소보다 십 분 일찍 일어났죠. 안에서 씻고 나오느라 좀 늦었지."

그리 말하는 도담은 곧장 부엌으로 다가와 찬장을 뒤진다. 이쯤이
면 음식 냄새가 신경 쓰일 법도 한데, 그녀는 별다른 반응이 없다.

"그럼 준비를 빨리했어야지. 밥 다 식잖아."

주원은 한 번 더 같은 화법으로 '밥'의 존재를 알렸다.

"미안해요, 미안해."

도담은 이번에도 역시 대충 대꾸했다. 아무래도 주원의 말이 가슴
깊숙이 닿지 않는 모양이었다.

"온도담. 나 밥 차렸어. 두 시간 전부터 일어나서 지금까지 내내."

결국 주원은 제 성질에 못 이겨, 정확하고 또박또박하게 자신의 업
적을 일러주었다. 도담은 그제야 흘깃 뒤를 돌아 식탁을 확인했고,
놀란 눈으로 말했다.

"앗, 그러네! 이거 다 팀장님이 차린 거예요?"

"팀장님 말고 주원 씨."

"그거나 저거나. 어머, 국도 끓였구나! 잘 됐다!"

도담은 뜨거운 김이 모락모락 피어나고 있는 콩나물국을 보며 방
긋 웃었다. 그건 주원이 원하던 반응이었으나, 그는 그녀가 들고 있
는 감기약이 더 신경 쓰였다.

"어디 아파?"

그래서 심각한 표정으로 물으니, 도담은 약을 주머니에 되는대로
집어넣으며 대답한다.

"나 말고 재이 씨가 아파요."

"서재이가 왜."

"모르겠어요. 목소리 들어보니까 감기 같던데. 요즘 감기가 유행인가 봐요. 저번엔 팀장님도 걸렸었잖아요."

"팀장님 말고 주원 씨라니까."

"아휴, 그거나 저거나라니까!"

도담은 예민해진 주원을 슬쩍 밀쳐두고 가스레인지 앞으로 다가갔다. 그러고는 주원이 끓인 국을 냄비 채 집어 들었다.

"뭐야, 어디 가. 너."

왠지 모를 불안함에 주원이 오만상을 쓴 채 그녀에게 물었다.

"말했잖아요. 재이 씨 아프다고. 가서 약 좀 먹여야겠어요. 그 전에 국에 밥 한술 말아줘야지."

아니나 다를까. 그녀는 주원이 혼신의 힘을 다해 끓인 콩나물국을 서재이에게 갖다 바치려 하고 있다. 그 꼴만큼은 두고 볼 수 없었던 주원은 그녀의 팔목을 붙잡았다.

지금 내 눈을 똑바로 바라보고 있는 그녀에게 하고 싶은 말은….

'너 미쳤어? 내가 너를 위해서 정성을 다해 끓인 콩나물국을 왜 다른 남자한테 줘? 나 그런 거 싫어. 내가 차린 건 전부 너만 먹어.'

하지만 그건 꼭 매달리는 것처럼 느껴져서, 쓸데없이 자존심만 센 주원은 고고한 태도를 유지하며 말한다.

"나 오늘 출근해. 이따 나가서 엄청 늦게 들어올 거야."

"아, 그래요?"

"어, 그래. 너 나랑 얼굴 마주 보면서 밥 한 끼 정도는 하고 싶다며. 그거 지금 이 순간밖에 못 한다고."

"그럼 오늘은 안 되겠네. 오늘 잘 다녀오세요."

도담은 한 치의 아쉬움도 없이 주원을 보내줬다. 손에 냄비만 안 들고 있었다면 휘이휘이 손까지 흔들어줄 기세였다. 그 모습에 몹시 핀트가 나가버린 주원이 사납게 물었다.

"넌 나랑 아침 먹는 것보다 서재이 병 수발드는 게 더 중요해?"

그의 질투가 노골적으로 드러나는 아이 같은 질문이었다. 그에 대한 도담의 대답은 군더더기 없이 간결했다.

"난 서재이 병 수발들러 가는 게 아니라, 그 사람의 마음을 열러 가는 거예요. 사람은 약해졌을 때 속내를 보이는 법이니까."

또 한 번 비치는 도담의 프로페셔널한 면모.

이 여자는 엉성하고 혼자서 잘 하는 것도 없으면서 요즘 왜 이런 식으로 구는 건지 모르겠다.

어제부터 이상형이 '자기 일에 프로페셔널한 여자'로 굳어져 버린 주원은 반사적으로 빠르게 뛰는 가슴 때문에 점점 더 평정심을 잃어가는 기분이다. 주원은 혼란스러운 머릿속을 가라앉히기 위해 깊게 심호흡을 했다.

"그럼 다녀오겠습니다. 아침은 다녀와서 먹고 인증샷 보낼게요!"

그사이, 도담은 콩나물국이 담긴 냄비를 들고 현관 쪽으로 등을 돌리더니 군더더기 없는 인사와 함께 집을 나가버렸다.

"하아… 저게 진짜…."

달달한 상황을 연출할 생각은 없었지만 이렇게 찬밥처럼 버려질 줄도 몰랐는데.

'진짜 왜 저렇게 변한 거야? 도대체 누구 때문인 거야?'

서러움에 씩씩대고 있던 주원의 머릿속에 문득 신경도 안 쓰고 있던 과거의 일이 스쳐 지나갔다.

'팀장님, 잠깐만요!'

'오늘 저 장도 보고, 밥도 차려놓으려 그랬는데! 언제 오는지 말을 해줘야 준비를 하죠!'

이 집에서 처음 맞이했던 아침. 바삐 출근을 하며 나를 붙잡는 그녀에게 난 뭐라고 대답했더라.

'온도담, 지금 뭐 하는 거야?'

'와이프 역할을 하라고 했지, 누가 내 시중을 들라고 했어?'

'정신 줄 똑바로 잡아. 니가 신경 써야 할 건 내가 아니라 서재이야.'

지난 과오가 생생하게 떠오르자 주원의 낯빛이 급격히 어두워졌다.

내가 그랬구나. 내 말이라면 무조건적으로 절대 복종하는 여자에게 내가 먼저 서재이나 챙기라는 망발을 퍼부었구나.

"하아…."

본인이 쏘아 올린 작은 공에 본인 처지가 난처해진 주원은 긴 한숨을 내쉬었다. 갑자기 간간히 듣던 노래의 한 구절이 가슴 깊이 사무쳤다.

시간을 돌릴 수만 있다면…. 다시 예전으로 돌아가고 싶은 마음뿐이다. 젠장.

* ◆ *

주원이 도담을 위해 만든 콩나물국을 들고 도착한 서재이의 집.

띵동.

냄비 때문에 두 손을 쓰지 못하는 도담이 이마로 벨을 눌렀다. 하지만 재이의 집에서는 아무런 인기척도 들려오지 않았다.

"응? 집에 있다고 했는데?"

조금 기다려보던 그녀는 다시 초인종에 머리를 박았다.

띵동 띵동.

이번에는 두 번. 그러나 여전히 서재이는 감감무소식이다.

"뭐야. 장난으로 불렀을 리는 없고…."

슬슬 걱정이 된 도담은 결국 들고 있던 냄비를 바닥에 내려놓았다. 그러고는 현관문을 쿵쿵 두드리며 애타게 재이를 불렀다.

"재이 씨. 저 왔어요. 문 좀 열어 봐요, 재이 씨."

대답이 늦어지면 늦어질수록 도담의 불안감은 점점 더해갔다. 이쯤 되면 앓아눕다 못해 혼절을 한 게 아닌가 싶다. 도담은 짧은 시간 동안 119라도 불러야 하나 몹시 고민했다. 그때 도어락이 해제되는 소리가 들리고, 아주 느리게 현관문이 열렸다. 머지않아 얼굴을 드러내는 건 평소와는 사뭇 다른 분위기의 서재이였다. 입가에 늘상 어려있던 미소가 완벽하게 지워져 무표정한 얼굴이었다. 아픈 사람이라기보단 넋이 나간 사람에 가까운 그의 눈빛은 극도의 두려움과 불안감을 띠고 있다.

"재이 씨…?"

도담은 그런 재이를 조심스럽게 불렀다.

"도담…."

재이는 삐걱거리듯 눈동자를 움직여 도담을 바라보았고, 힘겹게 마른침을 삼켰다. 그러고는 막을 새도, 피할 새도 없이 그녀의 작은 몸을 두 팔로 힘주어 끌어안았다.

쿵쿵쿵쿵.

가슴에서 가슴으로 전해지는 불규칙한 심장박동. 그의 품에 들어가 버린 도담의 눈이 휘둥그레졌다. 상황 파악이 안 돼 눈만 깜빡이고 있던 그때, 재이의 흐린 목소리가 끊어질 듯 끊어지지 않고 이어졌다.

"다행이다… 와줘서."

"네?"

"정말 죽을 뻔했는데… 너라도 와줘서 다행이다…."

위태롭던 그의 호흡이 '다행이다'라는 한 마디와 함께 점차 안정적으로 돌아왔다. 그 숨소리를 듣던 도담은 자기도 모르게 그의 등을 토닥였다.

"괜찮아요. 괜찮아. 내가 왔잖아요."

"하아… 하아…."

"그래요, 그렇게 천천히 숨 내쉬어요."

도담의 차분한 손길을 따라 경직되어 있던 그의 몸이 풀어져 갔다. 온몸으로 맞닿은 그의 체온은 감기치고는 그리 높지 않았다.

"몸에 열은 없네. 아직 감기가 심하진 않은가 보다. 일단 들어가서 다시 누워요."

도담은 축 늘어진 재이를 집 안으로 이끌었다. 하지만 재이는 걸음을 옮기다 말고, 여전히 도담을 끌어안은 채 물었다.

"열 없으면… 그냥 갈 거야?"

"네?"

"나 감기 걸린 거 아니라고 하면, 그냥 다시 돌아갈 거냐고."

의미를 알 수 없는 재이의 질문. 열만 재봐도 감기는 아닌 것 같았으나, 그렇다고 해서 평소처럼 멀쩡한 상태 같진 않았다. 도담은 그런 그를 일단 차분히 달랬다.

"감기 아니면 다행이지, 뭐. 내가 필요한 거면 안 갈게요."

재이는 원하는 말을 듣고 나서야 도담을 감싸고 있던 팔을 풀어주었다. 원래도 어른스러운 사람은 아니었지만, 오늘따라 그는 더 아이처럼 느껴졌다.

"일단 들어가서 얘기해요. 복도에서 이러지 말고."

도담은 슬슬 정신을 차려가는 재이를 다시 집 안으로 이끌었다. 이윽고 그녀의 손에 의해 재이네 집 현관문이 닫히고 얼마 지나지 않아 그 옆집의 현관문이 열렸다. 성심성의껏 준비한 아침 식사를 도저히 혼자 먹고 싶지 않아서, 식탁에 그대로 내버려 두고 출근하려던 기주원이었다.

"…뭐야, 이거."

그의 눈에 도담이 미처 챙겨가지 못한 냄비가 눈에 들어왔다. 휑한 복도에 덩그러니 버려져 있는 국 냄비. 주원의 눈동자에 엄청난 스파크가 튀었다.

* ◆ *

위태로운 재이를 데리고 들어온 집.

도담은 그를 커다랗고 푹신한 침대 위에 다시 눕혀두고서야, 자신이 들어온 방이 재이의 침실이라는 걸 실감했다. 위치상 도담이 쓰는 안방과 같은 방일 텐데, 창문을 가린 짙은 회색 커튼 때문에 빛은 잘 들지 않았다. 자신의 본분을 잊지 않은 도담은 혹시나 이곳에 단서가 될 만한 무언가가 있을까 싶어서 빠르게 스캔해 보았다. 하지만 방 안에 있는 거라곤 침대와 메탈릭한 조명, 그리고 널브러진 재이의 옷가지들이 전부였다. 아무래도 그는 이 안에서 딱 잠만 자고 일어나는 모양이다.

"도담."

재이가 티 안 나게 구석구석을 살펴보던 도담을 불렀다. 도담의 눈동자는 그제야 고개를 푹 떨어뜨린 재이에게로 향했다.

"네?"

"잠깐만 이리 와 앉아봐."

"어디요?"

"여기, 내 앞."

침대 끝에 길게 누워있던 재이는 바로 옆을 툭툭 쳤다. 외간남자의 잠자리에 앉는 건 불편했던 도담은 그냥 침대 아래에 자릴 잡고 앉았다.

"왜요? 뭐 필요한 거 있어요?"

도담이 묻자, 재이는 힘이 다 빠져버린 손으로 도담의 팔목을 감싸 쥐었다. 그러고는 그녀의 손을 자신의 정수리 위로 살며시 올려놓았다.

"재워줘."

"재워달라고요? 어떻게?"

"머리 쓰다듬어 주면 금방 잠들 수 있을 것 같은데…."

그리 말한 재이는 그녀의 팔목에서 손을 떼고 조용히 눈을 감았다.

재이의 요구는 몹시 당황스러웠지만, 딱히 거절하기에도 애매했던 도담은 어색하게나마 그의 머리카락을 쓰다듬어주었다. 얇고 숱이 많은 그의 머리카락은 손가락 사이사이로 흐르는 느낌이 들 만큼 부드러웠다. 게다가 좋은 향기도 났다. 도대체 무슨 샴푸를 쓰는지, 나중에 기회가 된다면 물어봐야지 싶을 만큼.

그렇게 한참을 그가 원하는 대로 쓰다듬어주고 있는데, 재이가 눈을 감은 채 조용히 말했다.

"…나쁜 꿈을 꿨어."

"나쁜 꿈?"

"응, 사람들이 전부 사라져 버리는 꿈. 그래서 나 혼자 남는 꿈."

보통 악몽이라고 하면 무서운 괴물이나 귀신이 나오는 것이겠지만, 재이에게는 모두가 사라져 버리는 게 가장 무서운 꿈인 것 같았다. 지금의 지친 모습은 그가 간밤에 꾸었다는 악몽 탓인 게 분명하다.

도담은 그런 그를 안심시키기 위해 말했다.

"정말 외로운 꿈이었네. 그래도 꿈은 꿈이잖아요. 잘 깨어났으니까 됐어요."

하지만 재이는 잠시 숨을 멈추는가 싶더니, 이내 흐린 한숨이 섞인 목소리로 다시 입술을 떼어낸다.

"내가 이 꿈을 가장 무서워하는 이유가 뭔 줄 알아?"

"뭔데요?"

"깨어나도 깨어난 것 같지가 않아서. 나도 악몽에서 깨어나면 '와,

꿈이었구나. 정말 다행이다.' 하고 싶은데… 이 꿈은 깨어나도 마음이 놓이지 않아."

"…"

"오히려 악몽이랑 현실이랑 별반 다를 게 없다는 게… 그게 나를 더 힘들게 해."

담담하게 흘러나오는 말은 늘 장난스럽기만 하던 그의 어두운 그림자였다. 항상 웃는 낯을 유지하고 있어도 어딘가 텅 비어 보였던 이 남자. 그에게서 이따금씩 비쳐 나오던 공허함은 아마도 이 그림자에서 비롯된 모양이다.

도담은 머리카락을 쓰다듬는 손을 멈추지 않고, 그의 불안감을 어떻게든 덜어주려 했다.

"아무도 없긴 뭐가 아무도 없어요. 재이 씨 주변에는 사람이 되게 많잖아요. 재이 씨 좋다는 여자들도 많고."

"다 스쳐 지나가는 사람들이잖아. 전에 니가 그걸 뭐라 그랬더라?"

"…"

"터미널."

"…"

"맞아, 터미널이라고 했어. 나는 사람들이 스쳐 가기만 하는 터미널 같은 사람이라고…."

재이는 막 친해질 무렵 도담이 했던 말을 기억해냈다. 오는 여자 막지 않고, 가는 여자 붙잡지 않으며 외로움을 달래던 그를 '터미널'에 비유했었는데, 이런 상황에 또 꺼내는 걸 보면 그 비유가 꽤나 마음에 걸렸었나 보다.

"그 얘긴 뒷말이 중요하잖아요. 딸랑 '터미널' 하나만 기억하면 어떡해요. 난 재이 씨가 수많은 사람이 스쳐 가는 터미널이 아니라, 한 사람이라도 오래 머무를 수 있는 안락한 집이 되길 바라요."

도담은 그가 잊은 듯한 부분을 다시 제대로 짚어주었다. 사실 그녀가 재이에게 전하고 싶었던 뜻은 앞부분보다 뒷부분에 있었으니까. 하지만 그 말을 들은 재이는 긴 숨을 내쉬었고, 생기라고는 조금도 없는 목소리를 이어 나갔다.

"누군가의 집…."

"…."

"난 그게 참 어렵더라. 한 사람만을 위한 집이 되고 싶어도, 내 곁에 그만큼 오래 머무르고 싶어 하는 사람이 없어서."

한동안 감겨있던 재이의 눈이 천천히 떠졌다. 허공을 바라보고 있는 그의 눈에는 미처 보지 못했던 쓸쓸함이 잔뜩 묻어있었다.

"나를 찾아오는 사람들은 저마다 원하는 목적지가 있어. 누군가는 나를 통해서 드라마 같은 사랑을 하고 싶어 하고, 또 누군가는 호화로운 생활을 흉내 내고 싶어 하기도 하고."

"…."

"또 가끔은 나 자체가 접근하는 목적이 되기도 하더라. 그 사람은 정말 날 특별하게 여기는 줄 알았는데, 결국엔 다 원하는 게 있었어."

다른 건 모르지만 마지막에 붙은 수식어는 분명 유수영을 얘기하는 것이 분명했다. 그녀와 똑같은 임무 중인 도담은 순간 가슴이 철렁 내려앉았지만, 조금도 내색하지 않고 그의 머리카락만 계속 쓰다

듣었다. 재이는 그 손길을 따라 편한 숨을 내쉬었다. 하지만 이어지는 뒷말은 도담의 마음에 불편한 짐으로 쌓여갔다.

"내가 아무리 텅 비어있어도… 나한테 바라는 것 없이, 목적 없이, 떠날 시간 같은 거 정해두지 않고 내 곁에 머물러주는 사람이 한 사람이라도 있었다면…."

"…."

"그랬다면 나도 누군가의 집이 될 수 있었을 텐데. 나한테는 그런 사람이 없어서 내가 터미널처럼 사나 봐."

"…."

"어떻게 하면 이 지긋지긋한 터미널 생활을 끝낼 수 있을까."

재이가 물었다.

"알려줘, 도담…."

확실한 목적지를 가지고 그를 찾아온, 떠날 시간까지 분명히 정해져 있는 터미널 승객인 도담에게.

순간 도담의 머릿속은 몹시 복잡해졌다. 그가 듣고 싶어 하는 말이나 허울 좋은 위로를 내뱉는 건 쉬운 일이었으나, 입술이 천근만근 무거워져서 한 마디도 꺼낼 수 없었다.

재이는 그런 도담의 눈을 집요하게 마주 보았고, 한 번 더 대답하기 어려운 질문을 건넸다.

"나… 어떻게 하면 돼?"

더는 피할 곳도 없는 도담의 시선이 그와 맞닿았다. 상처를 입은 채 숲에 혼자 내버려진 짐승처럼 유약하고 혼란스러운 눈동자였다. 그 눈을 보고서는 도저히 표정 관리가 안 될 것 같아서, 도담은 재이의 머리카락을 매만지던 손으로 그의 눈을 가렸다.

"도담…?"

그녀를 부르는 재이의 목소리에 의아함이 깃들었다. 하지만 아무리 그의 의심을 산다 하더라도 이 얼굴을 보고 뻔뻔한 소리를 늘어놓진 못하겠다. 임무를 맡은 요원이기 전에 나도 사람이라서.

도담은 짧은 숨을 내쉬며 마음을 진정시켰고, 최대한 담담한 톤으로 입을 열었다.

"일단 자요. 머릿속은 깨끗하게 비우고 아무 걱정 없이 잠들었던 어젯밤처럼."

"…."

"그러고 나서 다시 기분이 좋아졌을 때. 무서운 게 하나도 없어졌을 때… 그때 우리 멀쩡한 정신으로 같이 생각해 보자."

"…."

"어떻게 하면 재이 씨의 외로움을 달랠 수 있을지."

언뜻 듣기로는 위로였다. 하지만 그 안에 아무 내용이 없다는 건 한 번만 곱씹어봐도 알 수 있었다.

"멀쩡한 정신… 그래, 푹 자고 일어나면 적어도 지금보다는 멀쩡해지겠지."

다행히도 재이에게는 그녀의 말을 한 번 더 곱씹어 볼 여유가 없었고, 도담은 이번에도 이렇게 그의 신뢰를 사며 그와 거리를 벌렸다. 재이는 굳이 잠들 때까지 있어 달라는 말을 하지 않았지만, 도담은 그의 숨소리가 새근새근해질 때까지 침대 머리맡을 떠나지 않았다. 그동안 심란해진 머릿속으로 계속해서 되뇐 고민은 단 하나였다.

이 임무가 끝나고 나면 나도 당신을 터미널 취급한 사람들 중 한 명이 되어 있으려나.

이럴 줄 알았으면 그때 주제 넘는 그런 조언은 해주지 말 걸 그랬다. 아무리 당신의 공허함이 마음에 가시처럼 걸렸다 하더라도.

* ♦ *

"네, 그렇게 되었습니다. 배 팀장님."

주원은 지금 어마어마한 짓을 저지르고 있다.

―그래? 와, 기 팀장이 갑작스럽게 병가를 낼 정도면 진짜 심각한가 본데?

"아주 심각한 상황입니다."

―몸이 어디가 어떻게 안 좋은 거야?

"정확하게 콕 집어 말할 수도 없을 만큼 여기저기가 몹시 안 좋은 상태입니다."

기주원 인생사 처음으로 거짓말을 해서 병가를 얻어내는, 본인 스스로도 용납할 수 없는 짓을 눈 하나 깜짝 않고 저지르고 있다.

―알았어. 원래 당일 통보는 안 되긴 하지만 오늘 중요한 일정도 아니었고, 그냥 그동안의 업무 보고 차 모이는 거니까 집에서 쉬도록 해.

배 팀장은 갑작스러운 주원의 월차를 순순히 받아들였다. 강제로 휴가를 줘도 회사에 출근해서 일을 하는 기주원이 오죽하면 쉬겠다고 할까 싶어서였다. 이럴 때 써먹으려고 그동안 성실하게 근무한 건 아니었지만, 어쨌든 그건 주원에게 몹시 잘된 일이었다.

"감사합니다. 부장님께도….."

—아, 계 부장님한테도 내가 전달 드릴게.

"그렇다면 더욱 감사드려야겠군요."

—뭐 이런 거 가지고. 업무 보고 일정은 다음 주중으로 다시 잡아서 통보할게.

"네, 알겠습니다. 그럼 이만."

그렇게 원활하게 병가를 얻어낸 주원은 통화가 마무리되자마자 전화를 끊었다. 그러고 나서야 긴 한숨을 쉬었다. 직장에서 처음으로 해본 거짓말이었지만 생각보다 배덕감은 들지 않았다. 아무래도 아프다는 것 자체는 사실이기 때문인 것 같다.

실제로 주원은 지금 어딘가가 몹시 불편하고 답답하고 저릿저릿 아프다. 이걸 어느 부위라고 콕 집어 말할 수는 없지만, 가만히 있어도 턱턱 숨이 막히고 피가 거꾸로 솟는 느낌이다.

하지만 병원에서 진료를 받아볼 생각은 없었다. 언제부터 이렇게 아프기 시작했나, 곰곰이 생각해 보면 그녀가 아침식사에 관심을 주지 않을 때부터 슬슬 조짐이 보이기 시작했다. 그때의 불편함은 그녀가 정성이 담긴 콩나물국을 서재이에게 갖다 바칠 때 급격히 거세졌고, 그 국이 복도에 내버려진 걸 봤을 때 강렬한 통증이 되었다. 이걸 의사에게 곧이곧대로 말한다면 아무것도 모르는 의사는 이렇게 진료를 내리겠지. 뭔가 불편하고 답답해서 온몸이 다 아픈 건 전부 기분 탓이라고. 스트레스에서 벗어나서 심적 안정을 찾으시라고.

"후우….."

주원은 그놈의 심적 안정을 찾기 위해 몇 번이나 심호흡을 거듭했다. 그러나 그에게 스트레스를 주는 사람들은 너무 가까운 곳에 함께 있어서, 도저히 불편한 마음이 가라앉지를 않았다. 그래서 몇 번의 시도 끝에 결국 오만상만 쓰고 앉아있던 그때 도어락 버튼 누르는 소리가 들렸다.

삑 삑 삑 삑.

무겁게 문이 닫히고 머지않아 모습을 드러내는 사람은 확인해 볼것도 없이 도담이었다.

"이제 들어와?"

소파에 앉은 주원은 그녀 쪽을 바라보지도 않고 물었다.

"어? 출근 안 하셨어요?"

하, 출근 안 하셨냐고…. 출근 못 하게 만든 여자가 저딴 질문을 뻔뻔하게 잘도 하네.

주원은 불쑥 올라오는 짜증을 애써 억누르고 한 번 더 가라앉은 목소리를 냈다.

"서재이는 잘 만나고 왔어?"

"아… 네. 일단은요."

"별일은 없었고?"

"으음… 글쎄요. 이걸 별일이 있었다고 해야 할지 없었다고 해야 할지."

뭔가 시원찮은 도담의 대답. 확실한 건 그 안에 미안한 감정이라고는 밥풀 한 톨만큼도 없다는 것이었다. 그게 굉장히 괘씸했던 주원은 날카롭게 도담을 노려보며, 가장 중요한 질문을 꺼내놓았다.

"아침에 들고 간 냄비는 어디 있어?"

"예?"

"뭘 되묻고 그래. 아침에 니가 내 콩나물국 냄비 채로 들고 갔잖아. 서재이 먹이겠다고."

"아아… 냄비!"

재이 때문에 여러 가지로 머릿속이 복잡했던 도담은 그제야 까맣게 잊고 있었던 냄비의 존재를 기억해냈다. 도담은 서둘러 뒤를 돌았고, 두고 온 냄비를 가져오기 위해 다시 현관문 쪽으로 몸을 틀었다. 하지만 도어락을 열기 전, 어느새 다가온 주원이 그녀의 팔을 붙잡았다.

"온도담."

낮게 꺼내진 그의 목소리는 심각하고 진지했다.

"나랑 얘기 좀 하지."

심상치 않은 그의 대화 요청에, 도담의 시선이 저절로 주원에게 되돌아갔다.

아내에게 차이는
기분이란

어쩐지 평소보다 무거운 공기가 감도는 부엌.

도담에게 얘기 좀 하자고 붙잡아둔 주원은 십 분째 아무 말도 안 하고 있다. 사실 할 말이 없었나 싶어서 그의 얼굴을 마주 보면 그건 또 아닌 것 같았다. 십 분 동안 도담의 얼굴만 빤히 노려보고 있는 주원의 눈엔 분명 많은 것들이 담겨있다.

하지만 도담은 그걸 신경 쓸 마음의 여유가 없었다. 오늘 아침, 갑작스러운 서재이의 포옹과 처음으로 마주한 그의 어두운 면 때문에 도담의 머릿속은 온통 서재이로 가득 차있다. 지금까지 무엇을 했는지, 앞으로 무엇을 해야 하는지. 분명 전부 다 계획이 있었는데도 불구하고 한 치 앞이 안 보이는 기분이다.

'아, 그만 생각하자. 지금 서재이한테 동요하면 큰일 나.'

눈앞에 주원을 두고도 심란해지는 기분에, 도담은 억지로 모든 생각을 멈추어 두기로 했다. 그러고는 괜히 주변을 훑어보자, 그녀의 눈에 싱크대 위 콩나물국 냄비가 눈에 띄었다.

"어, 냄비 여기 있었네요?"

냄비를 보자마자 아는 체를 하니, 주원의 까칠한 목소리가 득달같이 따라 나왔다.

"지금 그게 중요해?"

"네?"

"왜 내가 정성을 다해 끓인 콩나물국이 서재이 집 앞에 버려져 있었는지, 일 분 안으로 알아듣게 설명해."

본론은 그것이었나 보다. 안 그래도 냄비 챙겨들 때부터 표정이 안 좋아지기 시작하더니만. 거기에 대해선 확실히 할 말이 있었던 도담은 지체 없이 해명을 시작했다.

"벨을 눌러도 안 나와서 문 두드리느라 잠깐 내려놨었어요. 문이 열렸는데 서재이 상태가 심각해 보여서, 정신없이 집 안으로 데려가느라 냄비는 못 챙겼고요."

이거면 이해할 거라고 생각했는데, 주원의 눈빛에는 더욱 예리한 날이 섰다.

"냄비? 너한테는 그냥 냄비였나 봐?"

"그럼 그게 냄비가 아니고 뭐…."

"난 그 안에 담긴 콩나물국을 끓이겠다고 새벽 여섯 시에 일어나서 편의점에 갔어. 거기 콩나물이 없길래 차 끌고 이십사 시 마트까지 다녀왔고."

"아아… 그러셨구나. 몰랐어요."

"그러셨구나, 몰랐어요, 하고 넘어갈 일이 아니야. 넌 어느 순간부터 나에 대한 감정이 싹 없어졌어."

'싹' 부분에서 주원의 톤이 살짝 높아졌다. 아마 그 부분에 그의 서러움이 담겨있었던 모양이다. 도담은 그에 비해 차분한 톤으로 되물었다.

"팀장님에 대한 감정이요?"

"하, 또 나만 팀장님….."

"저 아직도 팀장님 좋아해요. 처음 반했을 때랑 똑같은 마음으로."

이어지는 건 그녀의 태도로만 봐서는 전혀 신빙성 없는 고백이었다. 기가 차다는 듯 헛웃음을 친 주원은 처음과 완전히 달라진 그녀를 콕콕 지적하기 시작했다.

"아니, 넌 다 바뀌었어. 하나부터 열까지 똑같은 게 없어."

"뭐가 그렇게 바뀌었다는 건데요?"

"나에 대한 존중, 감사, 경외가 하나도 없어. 특히 오늘은 눈에 거슬릴 만큼 심하게."

"존중, 감사… 그 다음에 뭐요?"

"됐어. 너처럼 손바닥 뒤집히듯이 감정이 변하는 사람이랑 결혼까지 생각해야 하는 내가 불쌍하지."

주원은 인상 쓴 얼굴로 한탄하듯 말했다.

결혼까지 생각할 일은 일어나지도 않았다니까. 참, 사람 말 못 믿어서 피곤하게도 산다.

"오늘은… 제가 좀 신경 쓰이는 일이 있었어요. 그래서 냄비도 잃어버릴 뻔했고. 기분 나쁘셨다면 죄송해요."

도담은 그런 주원을 보며 한숨 섞인 목소리로 사과했다.

"오늘 일어난 지 몇 시간이나 됐다고 벌써부터 신경 쓰일 일이 생겨. 딱 보니까 서재이랑 관련된 거네…."

"그건 그렇고 진짜 회사는 왜 안 나간 거예요? 오늘 본부 출근하는 날이라면서요."

여전히 심기 불편해하는 그에게 가장 의아했던 부분에 대해 묻자, 주원은 잠시 입을 다물고 있다가 삐딱하게 대답한다.

"출근해 봤자 일도 손에 안 잡힐 만큼 최악의 컨디션이니까."

그 말을 들은 도담이 의아한 표정으로 되물었다.

"제가 나가기 전엔 출근하실 생각이었잖아요. 그래서 점심 저녁 같이 못 먹을 것 같다고 아침 차려주신 거고."

"…."

"그런데 왜 갑자기 왜 컨디션이…."

"맞혀봐."

주원이 뜬금없이 수수께끼를 냈다. 이걸 평범한 연인들의 대사로 풀어보자면, '내가 왜 화났을 것 같아? 나를 그렇게 몰라?' 쯤 되려나.

"혹시… 제가 아침 안 먹고 나가서 그래요?"

"아니."

"그럼 팀장님이 끓여준 콩나물국을 서재이한테 들고 가버려서?"

"아니."

"그것도 아니면… 냄비 버려놓고 가서?"

"틀렸어."

잇따른 오답에 도담은 정말 모르겠다는 표정으로 주원을 쳐다보았다. 주원은 그런 그녀를 보며 한숨을 푹 내쉬는가 싶더니, 까칠하다 못해 따가운 말투로 힌트를 주었다.

"다 합칠 생각은 못 해? 저지른 잘못이 그렇게나 많은데?"

그 말을 들은 도담은 잠시 더 생각하다가 조심스럽게 말했다.

"아, 그럼 제가 팀장님이 차려주신 아침도 안 먹고 나가는 주제 콩나물국까지 서재이한테 갖다 바쳤고, 그것도 모자라서 냄비를 복도에 버려두고 와서…."

"그래, 맞아. 바로 그거야."

드디어 정답을 맞추긴 했지만 딱히 기쁘지는 않았다. 순간 더욱 거센 불이 이는 주원의 눈빛 때문이었다. 또 사과를 해야 할까, 잠시 생각하는 사이에 주원이 다시 입을 열었다.

"비록 일주일이라는 유예기간을 뒀지만, 나는 지금도 그날 밤 일에 막대한 책임감을 느끼고 있어. 그래서 바쁜 와중에 아침도 준비했던 거고, 나름대로 너랑 시간도 보내려고 했던 거고."

"…."

"그런데 내가 그렇게 애쓰는 동안 너는 뭘 했지? 노골적으로 서재이를 더 챙기지 않았나?"

"내가 그랬었나?"

"그랬었나가 아니라 그랬어. 확실히 그랬어, 넌."

단호한 주원의 말에는 그간의 설움이 담겨있었다. 주어진 일을 했을 뿐, 의도한 건 아니었던 도담은 긍정도 부정도 하지 않고 주원의 눈만 마주했다. 화가 풀리지 않은 주원은 거친 숨을 몰아쉬는가 싶더니, 도담에게 따지듯이 물었다.

"일부러 그러는 거야?"

"뭘요?"

"혹시 나 질투심 같은 거 일으키려고 일부러 시답지도 않게 도발하는 거냐고."

주원은 시답지도 않다는 수식어를 붙이기에는 이미 심하게 동요해 버렸다. 도담은 그런 그를 보며 고개를 가로저었다.

"아니요. 그런 거 아니에요."

"하, 아니긴."

무슨 말을 해도 도담의 말이라면 전혀 안 들어먹는 기주원 아니랄까 봐, 그가 곧바로 코웃음을 쳤다. 그는 한쪽 입꼬리만 비틀어 올렸고, 가시가 가득 박힌 목소리로 초강수를 뒀다.

"이렇게 도발하면 내가 홧김에 널 받아줄 거라 생각 하나 본데, 큰 착각이야. 난 오히려 지금 너의 행동 때문에 다 때려치우고 싶어."

그건 다시 말해, 자꾸 이런 식으로 군다면 교제고 뭐고 얄짤 없을 줄 알라는 엄포였다. 사실 잘못을 저지른 입장에서 이렇게 공격적으로 나가고 싶지는 않았지만, 지금의 도담은 한 번쯤 위기의식을 주지 않으면 안 될 정도로 몹시 막 나가고 있으니 어쩔 수 없는 선택이었다.

"다 때려치우신다는 건…."

예상한 대로 무덤덤하던 도담의 눈빛이 살짝 조심스러워졌다. 주원은 그녀의 반응이 무척이나 반가웠지만, 애써 침착한 척 냉랭하게 대답했다.

"결혼을 전제로 한 교제. 그거 없던 일로 하겠다고."

어때. 이제 나를 조금 더 존중해야겠지.

주원은 원래의 위엄 있고 도도한 표정으로 도담을 바라보았다. 도담은 그런 그를 보며 잠시 생각에 잠기는가 싶더니.

"그러세요. 제가 생각해도 그게 좋겠네요."

이내 주원이 아는 그녀라면 절대 하지 않았을 대답을 한다. 이런 전개는 예상하지도 못했던 주원의 눈동자가 크게 흔들렸다.

"뭐, 뭐…?"

"저도 지금은 머리가 너무 복잡해서, 팀장님이 저를 두고 무슨 결심을 내릴지까지 신경 쓰기 힘들 것 같아요."

자존심 때문에 튕기는 거라고 생각하고 싶지만, 그럴 수도 없을 만큼 군더더기 없는 대답.

"진심이야?"

당황한 주원의 머릿속이 순간 하얘졌다. 그러나 도담은 시종일관 야무진 표정으로 당돌한 말을 이어 나간다.

"네, 진심이에요. 게다가 일밖에 모르는 팀장님이 오늘 저 때문에 회사도 출근 안 하셨다는 건 그만큼 저한테 휘둘리고 계시다는 건데…."

"휘둘리긴 누가 휘둘린다고…."

"저는 팀장님의 일을 방해하고 싶지 않아요. 그런 식으로 팀장님의 여생에 해악을 끼치고 싶지도 않고요."

언제는 내 여생을 달라면서. 그럼 그 얘긴 뭐였어?

불쑥 꺼낼 뻔했던 얘기는 허끝에 맺혔을 때 가까스로 삼켰다. 꼭 매달리는 것처럼 보일까 싶어서였다.

"…그래서 어쩌자는 건데."

그 대신 갑작스레 딱딱해진 음성으로 물으니, 도담은 간단명료하게 상황을 정리했다.

"사귀어달라는 제 말은 다 잊고, 그냥 평범한 직장 선후배 사이로 지내요."

"…"

"그럼 저도 제 일에 집중할 수 있고, 팀장님도 팀장님 일에 집중할 수 있고. 서로한테 윈윈이잖아요."

윈윈은 개뿔. 적어도 나는 지금 엄청 패배감에 사로잡혀 있는데, 뭐가 서로 이거. 대체 뭐가.

주원은 하나도 납득할 수 없었지만, 도담은 할 말을 다 끝낸 듯 후련한 얼굴로 자리에서 일어났다. 그러나 여기서 대화를 정리할 수 없었던 주원은 떠나는 그녀를 붙잡고 한 번 더 확인했다.

"지금 다 없었던 일로 하자는 거야?"

그녀의 입가에 혼자서만 아무렇지 않은 미소가 맺혔다.

"다 없었던 일이에요. 그러니까 머릿속에서 저에 대한 고민은 다 밀어내시고, 업무에 집중해 주세요. 저도 제가 해결해야 할 일에 집중할게요."

그녀가 말했다. 전부 다 없었던 일로 하자고. 소주 한 병에 기억을 통째로 빼앗긴 그날 밤 일도, 그녀를 두고 진지하게 해왔던 고민도, 자꾸 선을 넘는 그녀를 따라 슬쩍 넘어보았던 선도 전부 다 없던 일로 되돌리자고 한다.

하지만 그건 주원에게 말처럼 쉬운 일이 아니었다. 직장 상사와 부하직원, 그 이상의 관계를 만들고 싶지 않아서 각고의 노력을 하던 날 뻔뻔한 태도로 무너트릴 땐 언제고.

'이제 와서 뭘 되돌려. 그거 어떻게 하는 건데.'

순간 욱해버린 주원의 눈이 번뜩였다. 그러나 도담은 이미 그의 곁을 떠나, 미련 없이 제 방으로 향하는 중이었다. 그 뒷모습을 보자 다시금 알 수 없는 감정들이 밀물처럼 밀려 들어왔다. 불편하고, 불안하고, 하나부터 열까지 다 거슬리고, 마음에 안 들어 죽겠는데… 멀어지는 그녀를 붙잡아다가 내 옆에 앉혀놓고 싶다. 왜 그러는지 이유는 진짜 모르겠지만.

머지않아 도담의 방문이 닫혔다. 이번에도 혼자 달랑 남아버린 주원은 아무도 없는 맞은편 자리로 시선을 돌렸다. 그러고는 오래도록 빈 의자만 바라보았다. 이게 기주원 인생의 첫 실연이라는 걸 깨닫게 되는 건, 그로부터 열 시간 뒤의 일이었다.

* ◆ *

타닥타닥.

늦은 밤, 도담의 방에선 노트북 타자 두드리는 소리만 흘러나오고 있다. 서재이와 만나는 모든 순간을 보고서로 정리해 온 그녀는 오늘 아침의 짧은 만남도 문서로 남기는 중이다. 하지만 그 타자 소리는 계속 이어지지 못하고 자꾸만 끊겼다. 평소에는 한 번 시작한 일에 대해선 집중을 잘 하는 도담이었지만, 어째 오늘은 한 문장 한 문장 써 내려가는 일이 힘들고 버겁다.

"하아…."

결국 도담은 몇 글자 적지 못하고 키보드 위에서 아예 손을 떼 버렸다. 그리고 미처 끝내지 못한 마지막 문단을 유심히 들여다보았다.

서재이는 자신에게 다가오는 사람들의 목적을 인지하고 있다. 그에 대해서 심한 회의감을 느끼고 있으며, 만성적인 고독감에 시달리고 있다. 서재이에게는 이 부분을 채워주는

서재이에게는 이 부분을 채워주는… 방향으로 접근해야 중요 정보까지 공유하는 신뢰 관계를 쌓을 수 있을 것으로 보인다.

끊어진 뒷문장은 이미 마침표까지 다 생각해 두었다. 그러나 마저 적어 내려가기가 힘들었다. 그녀를 온전히 믿고 있는 서재이의 아이 같은 웃음이 자꾸만 생각나서였다. 힘겹게 NSO에 합격해서 일 년 동안 죽어라 교육을 받을 때도 이렇게 지치지는 않았다. 산업보안부에 배정받고 같은 동기들에게 외면당할 때도 이 정도로 마음이 힘들지는 않았다. 하지만 오늘은 이 일에 대해 다시 생각해 볼 정도로 지치고, 마음에 돌덩이라도 내려앉은 것처럼 힘이 든다. 요즘 인간적으로 가까워졌다고 느꼈던 서재이기에 더더욱.

"다들 이래서 이 사건을 관둔 건가…."

심란한 도담의 머릿속에 앞서 서재이 공략에 실패했던 요원들이 한 명씩 떠올랐다. 처음엔 그녀들이 본부를 배반했다고만 생각했는데, 어쩌면 배반 이전에 서재이를 동정해 버렸는지도 모르겠다. 그렇

다고 해서 임무에 실패했다는 사실이 변하지는 않겠지만.

"아이고, 복잡해라. 머리가 터져버리겠어."

심란한 혼잣말을 중얼거리던 도담은 그냥 노트북을 닫아버렸다. 아무래도 이번 보고서는 마음이 정리되고 난 후, 조금 더 말짱한 정신에서 써야겠다.

어려운 일을 미뤄둔 도담은 샤워나 하기 위해 옷가지들을 챙겨 들었다.

띠링.

그때, 그녀에게 문자 한 통이 도착했다. 혹시 서재이인가 싶었던 도담은 순간 가슴이 철렁 내려앉는 기분이었다. 하지만 재이만 알고 있는 그녀의 임무용 휴대폰은 잠잠했다. 다행히 야밤에 부른 사람이 그녀의 최대 걱정거리인 서재이는 아닌 모양이었다.

도담은 그녀가 사적으로 쓰는 원래 휴대폰을 집어 들었다. 새로운 메시지의 발신인은 다름 아닌 기주원. 할 말이 있으면 부르면 되지, 왜 같은 집에 살면서 메시지를 보내는지 모르겠다.

"아직 안 자나 보네. 보통 열 시면 바로 취침이더니."

도담은 망설임 없이 손가락을 움직여 주원의 메시지를 확인했다.

[자니?]

어쩐지 전남친이 보낸 것 같은… 뭔가 미련이 뚝뚝 떨어지는 문자.

"안 자요! 왜 그러세요!"

한 손에 갈아입을 옷을 들고 있어서 메시지를 입력하기 귀찮았던 도담이 소리 높여 대답했다. 하지만 주원은 말없이 잠잠하나 싶더니, 이내 또 다른 메시지 하나를 보낸다.

[아니다. 아무것도.]

메시지 내용 그대로 믿기에는 왠지 기분이 찜찜했다. 안 그래도 정신 사나운 와중에 주원까지 걱정하고 싶지는 않아서, 도담은 그에게 크게 소리치는 대신 답장 한 통을 보냈다.

[네, 그럼 안녕히 주무세요!]

그걸 받자마자 서재에서 깊은 한숨이 흘러나오는지도 모르고.

* ◆ *

"안녕히 주무셨어요?"

다음 날 아침, 단장을 하고 막 방에서 나온 도담이 거실에 앉아있던 주원에게 인사를 건넸다.

"…아니."

의례적인 인사였는데, 돌아오는 주원의 대답은 어쩐지 시원치가 않았다.

"왜요? 어디 불편하세요?"

도담은 그런 주원에게 걱정 어린 시선을 보냈다. 그러자 주원은 잠시 그녀의 얼굴을 빤히 들여다보는가 싶더니, 짧은 한숨을 내쉬며 말한다.

"잠을 못 잤어. 하나도."

"왜요? 어디 불편하세요?"

"아니, 머릿속이 복잡해서."

마주한 그의 표정은 머릿속만큼 복잡해 보였다. 그런 그를 그냥 지나칠 수 없었던 도담은 주원의 곁으로 다가가 물었다.

"무슨 일 때문이에요? 뭐 문제라도 생겼어요?"

"아니, 됐어. 말해봤자 내 꼴만 우스워지지."

"뭐 때문에 그러는지 말씀해 주세요. 어쩌면 제가 도움이 될지도 모르잖아요."

"됐다니까."

하지만 주원은 도담의 도움을 극구 거절했다. 예민하게 구겨진 눈썹을 보니, 더 보채봤자 좋은 소리도 못 들을 것 같다.

"흐음… 그래요, 그럼. 무슨 걱정이신지는 모르겠지만 잘 해결되길 바라겠습니다!"

그런 그를 붙잡고 늘어질 생각은 없었던 도담은 깔끔하게 물러나기로 했다. 그건 그거 나름대로 마음에 안 들었는지 주원의 눈빛에 더욱 가시가 돋쳤다. 거실 창 쪽으로 아예 걸음을 옮겨버린 그녀는 눈치채지도 못했지만.

"오늘 날씨가 되게 좋더라고요. 이런 날에는 도시락 싸서 소풍이라도 가면 딱 좋을 텐데."

도담이 반쯤 쳐져있었던 커튼을 완전히 열며 신난 목소리로 말했다.

"…."

주원은 별 호응이 없었지만, 도담에게 그건 특별한 일이 아니었다.

"아침 토스트 할 건데, 같이 먹을 거죠?"

그래서 여전히 밝은 표정으로 물으니, 주원이 착 가라앉은 목소리로 대꾸했다.

"넌 기분 좋은가 봐?"

"네?"

"하긴, 원래 떠난 사람은 미련이 없는 법이니까."

언뜻 평소와 다를 바 없는 시비 같았지만, 도담은 어쩐지 그 말이 의미심장하게 들렸다. 떠난 사람은 미련이 없다니. 그런 건 실연당한 사람이나 하는 말 아닌가? 도담이 어리둥절해 하는 사이, 주원이 소파에서 몸을 일으켰다. 여전히 착잡한 얼굴의 그는 서재 쪽으로 걸음을 옮기며, 착 가라앉은 목소리를 남겨두었다.

"한동안은 노골적으로 널 피해도 이해해 줘."

"…."

"난 사적인 감정에 휘둘린 게 처음이라, 정리하는 데도 시간이 오래 걸릴 것 같으니까."

역시 아무리 봐도 실연 당한 사람처럼 굴고 있는데. 혹시 나한테 차였다고 생각하는 건가….

도담이 주원의 우울한 뒷모습을 바라보며 심히 혼란스러워 하고 있던 그때 현관문 초인종 소리가 집 안을 메웠다.

띵동!

거실에 서있던 도담은 물론, 서재로 향하던 주원의 시선까지 나란히 인터폰 화면으로 향했다. 방문객이 서재이라는 걸 확인한 두 사람은 잠시 그 자리에 굳어버렸다.

"어, 재이 씨…."

쓸데없이 화질이 좋은 화면에 비친 그의 얼굴은 언제 외로움에 젖어있었냐는 듯 미소만 가득했다. 하지만 그 미소를 본 도담의 마음속에는 어제 겨우 지웠던 죄책감이 스멀스멀 다시 피어오르기 시작했다.

'어떻게 하면 이 지긋지긋한 터미널 생활을 끝낼 수 있을까.'

'알려줘, 도담….'

어제 미처 대답해 주지 못했던 그 질문을 다시 물어보러 온 거면 어쩌지? 오늘도 딱히 해줄 말이 없는데, 난 뭐라고 해야 하지?

평소 같았으면 곧장 현관문을 열어주러 갔을 그녀였다. 그러나 오늘은 섣불리 두 발을 움직이지도 못했다.

"…."

주원의 시선은 어느새 그런 그녀에게로 향해 있었다. 그녀의 뒷모습에서 느껴지는, 결코 가볍지 않은 감정. 주원은 그게 무엇인지 알고 싶지만, 한편으로는 알기 두렵다. 순간, 재이가 한 번 더 초인종을 눌렀다. 이번에도 그녀가 움직이지 않는다면 기꺼이 주원이 나가 볼 생각이었는데, 도담은 부자연스럽게나마 걸음을 옮겨 현관으로 향했다.

"도담! 굿모닝! 잘 잤어?"

현관문이 열리자마자 등장한 재이의 얼굴은 인터폰에서 보이던 것보다 밝았다. 그래서 더욱 당황스러워진 도담은 어리둥절한 표정으로 물었다.

"잘 자긴 잤는데… 재이 씨는 아침부터 무슨 일이에요?"

"조금 있으면 내 생일 파티잖아. 그거 때문에 줄 게 있어서 왔어."

"줄 거?"

"잠깐 집에 들어가도 돼?"

그리 묻는 재이의 손에는 뒤에 무언가를 감추고 있었다. 도담은 수상하게 뒷짐 진 팔을 빤히 바라보며 도리도리 고개를 저었다.

"지금은 안 돼요. 우리 바깥양반이 있어서…."

"오늘도 출근 안 했어?"

"네, 몸이 좀 아프다네요."

"아아… 그렇구나."

"줄 게 뭔데 그래요?"

도담은 재이가 고집을 부리기 전에, 본론을 다시 꺼내 물었다. 그러자 재이는 줄곧 감추고 있었던 쇼핑백 하나를 내밀며 말했다.

"파티 규모가 크다 보니까 드레스 코드가 정해져 있는데, 거기에 맞는 옷은 없을 것 같아서."

"드레스 코드가 뭔데요?"

"선명한 레드. 혹시 그런 드레스 있어?"

"아, 아니요. 빨간 드레스가 흔한 아이템은 아니죠."

"그럴 줄 알고 내가 샀어. 유명한 디자이너 작품이니까 마음에 안 들 리는 없고, 혹시 입어보고 불편하거나 안 맞으면 말해줘."

재이는 얼떨떨해하는 도담에게 쇼핑백을 넘겨주었다. 하지만 도담은 받으면서도 걱정스러운 표정이었다.

"유명한 디자이너 옷이면 비싼 거 아니에요?"

"비싸. 엄청."

"그런데 이걸 왜 저한테…."

"이거 받고 부담스러워서라도 꼭 오라고."

여느 때처럼 장난기만 가득해진 재이는 어제의 우울감은 전부 털어낸 듯 보였다. 그리고 그건 도담에게 정말 다행인 일이었다. 그가 또 죄책감을 건드리는 소릴 하면 어쩌나 했었는데, 재이는 제 그림자를 하루 이상 내보일 생각이 없는 모양이다.

"일단 잘 받을게요. 선물은 정말 근사한 거로 준비해야겠네."

덕분에 한결 마음이 편안해진 도담은 평소처럼 웃으며 대답했다. 그런 그녀를 본 재이의 눈가가 둥글게 휘어졌다.

"내 선물은 그 드레스로 잘 포장해서 와."

"네?"

"다 이해했으면서 모르는 척 하긴."

살며시 뻗어 나온 재이의 손이 도담의 머리를 가볍게 흩트렸다. 그 다정한 모습은 현관 거울을 통해 멀찍이 떨어진 주원의 눈에도 훤히 비쳤다.

"그럼 난 이만 갈게. 이따 심심하면 연락할 테니까 받아."

뒤집어진 주원의 속을 아는지 모르는지, 재이는 시종일관 해맑은 표정으로 손까지 흔들며 현관을 나섰다.

"들어가요! 오늘도 삼시 세끼 꼬박꼬박 챙겨 먹고!"

멀쩡해진 재이를 확인하고 나서야 긴장이 풀린 도담은 평소처럼 씩씩하게 작별인사를 고했다.

"…삼시 세끼?"

현관문을 닫고 뒤돌아보니, 어느새 현관 앞을 정승처럼 지키고 서 있는 주원과 떡하니 눈이 마주쳤다.

"깜짝이야!"

"왜. 내가 만든 밑반찬도 서재이한테 다 갖다 바치게?"

"아휴, 간 떨어질 뻔했네. 왜 다 끝난 얘기를 또 꺼내고 그래요, 정말."

"찔려하는 거 보니까 맞네."

"찔려하긴 누가… 좀 비켜보세요! 현관 막고 서있지 말고."

도담이 주원의 몸을 옆으로 휙 밀며 제 방으로 향했다. 하지만 주원의 예리한 눈빛은 도담의 손에 들린 쇼핑백에서 떠날 줄을 몰랐다.

그걸 들고 바로 제 방으로 향하는 걸 보면, 서재이가 준 드레스를 입어보려는 모양인데….

'누가 그 꼴을 두고 볼 줄 알고.'

방으로 들어간 도담이 문을 닫으려는 순간, 주원이 턱 하니 그 문을 붙잡았다. 놀란 도담은 토끼처럼 동그래진 눈으로 주원을 올려다보았다.

"할 말 있으세요…?"

아까보다 더 표정이 안 좋아진 주원에게 넌지시 묻자, 주원은 그녀를 잡아먹을 듯 내려다보며 대답한다.

"나랑 어디 좀 가지."

"어디요?"

"시간 없어. 옷 챙겨 입고 나와."

"저 어제 못 쓴 보고서 써야 되는데…."

"아, 방금 받은 그 옷은 말고."

제 할 말만 던져놓은 주원은 도담의 미적지근한 반응에도 개의치 않고 방문 앞을 떠났다. 아깐 한동안 피해 다녀야겠다고 하더니, 그 새 무슨 바람이 불어서 저러는 건지 도통 모르겠다. 도담은 요즘따라 정말 이해 안 되는 주원의 뒷모습을 보며 곤란한 표정을 지어 보였다. 서재이 눈치 보는 것도 머리 아픈 와중에 기주원까지 저렇게 나오니, 정말 머리가 터지다 못해 사라질 것 같은 기분이다.

임페리얼 파크와 그리 멀리 떨어지지 않은 백화점.

"여긴…."

주원을 따라 여성복 층에 도착한 도담이 얼빠진 표정을 지었다. 평소에는 장 한 번 같이 보러가자고 해도 바쁘다는 핑계로 꼼짝도 안 하더니만. 오늘은 무슨 바람이 불어서 백화점까지 행차하신 건지, 도담은 도무지 알 수가 없다. 그녀가 당황해하거나 말거나, 주원은 많은 매장들 중 가장 크기가 큰 매장으로 향했다.

"어서오세요."

대기 중이던 직원이 주원에게로 다가왔다. 주원은 걸려있는 옷들을 쭈욱 훑어보는가 싶더니, 특유의 시크한 목소리로 원하는 것을 주문한다.

"빨간 원피스를 찾고 있습니다. 제 안사람이랑 어울리는 옷으로 추천 부탁드립니다."

빨간 원피스?

주원의 말을 들은 도담의 눈동자가 휘둥그레졌다.

"저 재이 씨한테 옷 받았는데요?"

"그래서?"

"팀장… 아니, 여보가 또 사줄 필요 없다고요."

도담은 그리 말하며 주원의 옷 소매를 끌어당겼다. 하지만 주원은 앙칼진 손길로 그녀를 떼어냈고, 주름 잡힌 소매 끝을 똑바로 정돈하며 단호하게 말했다.

"내가 서재이가 사준 옷 입고 서재이랑 노는 꼴은 못 볼 것 같아서."

"팀장님이 사준 옷 입고 서재이랑 노는 꼴은 괜찮고요?"

"아니, 그것도 못 볼 꼴이지."

"그럼 이래도 못 볼 꼴, 저래도 못 볼 꼴인데 뭐 하러 돈까지 쓰면서 옷을 사요?"

"어차피 못 볼 꼴은 확정인데, 적어도 그 시간 동안 내 옷이라도 입고 있어야 나의 존재감을 잊지 않을 거 아니야."

주원이 쿨한 말투로 꺼내놓는 멘트는 다소 구질구질했다. 도담은 그런 그의 태도가 전혀 납득 되지 않았지만, 옷을 들고 다가오는 점원 때문에 더 뜯어말릴 수가 없었다.

"이 원피스는 어떠세요? 단정하고 길이감도 적당해서 잘 어울리실 것 같은데."

"네?"

점원은 매장에 있는 빨간 원피스 중에서도 가장 선명한 색을 자랑하는 원피스를 가지고 왔다. 색상은 부담스럽지만 단아해 보이는 디자인은 도담이 입기에도 과하지 않았다.

"아, 정말 예쁘네요. 원단도 좋고…."

도담은 점원이 가벼운 원피스의 끝단을 슬쩍 매만져보았다. 그러던 중 눈에 들어온 원피스의 가격표. 왠지 살짝 길다 싶던 그 숫자는 무려 사십육만이었다.

"사십육만 원…?"

"원래는 그 가격에 팔던 옷인데, 이번 달엔 특별 세일을 하고 있어요."

"특별 세일 해서 가격이 얼마인데요?"

"이 고급스러운 원피스를 단돈 삼십팔만 원에 만나보실 수 있답니다. 호호."

사십육만 원이나 삼십팔만 원이나, 도담에게 부담스러운 가격인 건 매한가지였다. 그 어마어마한 가격을 도저히 받아들일 수 없었던 도담은 잡고 있던 원피스 끝단을 내려놓고, 슬슬 뒷걸음질을 쳤다.

"하하… 잠시만요. 신랑이랑 얘기 좀 하고 올게요."

그녀의 신랑은 어느새 카운터 앞에 서서 지갑까지 꺼내 들고 있었다. 도담은 그런 주원에게로 쪼르르 다가갔고, 점원에게는 들릴락 말락한 작은 목소리로 속삭였다.

"여기 원피스 하나가 사십만 원대인데요…?"

"적당히 부담스러운 가격이네."

"뭘 적당히 부담스러워요? 엄청 부담스럽지."

"그렇게 느낀다면 더 잘된 일이고."

"잘되다니 뭐가…."

"부담 느끼는 만큼 저거 입는 동안 날 생각해 줄 거 아니야."

이 비슷한 얘기는 오늘 아침 서재이에게도 들었던 것 같은데…. 왜 내 주변 남자들은 하나 같이 부담을 못 줘서 안달인지 모르겠다. 두 남자의 사랑에 버거워하는 여자들은 드라마에서 종종 봐왔지만, 두 남자의 부담 공격에 버거워하는 여자는 나밖에 없을 거다.

"저, 우리 그러지 말고 조금 더 이성적으로 생각해 봅시다. 예? 심사 뒤틀렸다고 막 나가지 말고."

도담은 그런 주원을 어떻게든 말려보려 했다. 그때, 점원이 또 다른 빨간 원피스를 손에 들고 도담에게로 다가왔다.

"아, 이것도 보여드릴게요! 이것도 세일 상품인데, 훨씬 저렴한 가격으로 나와서 부담도 없으실 것 같아요!"

아무래도 가격을 부담스러워하는 도담을 위해 적당한 원피스를 다시 찾아온 모양인데, 그래봤자 브랜드 값 때문이라도 비쌀 건 뻔했다. 일단 이곳을 벗어나야겠다고 생각한 도담은 어색하게 웃으며 점원에게 작별인사부터 꺼내놓으려 했다.

"아, 저희는 아무래도…."

"아니요, 더 저렴한 거로 찾아주실 필요 없습니다. 저희 집사람한테 어울릴 만한 옷 중에서 가장 고급스럽고, 가격대 높은 옷으로 부탁드립니다."

하지만 도담의 말이 다 끝나기도 전에 주원이 단호하게 점원을 가로막았다. 순간 당황하다 못해 경악한 도담은 주원을 팩 쏘아보았지만, 그녀 속을 알 리 없는 점원은 몹시 부러워하며 말했다.

"어머, 남편분이 부인을 정말 사랑하시나 봐요. 더 좋은 거 못 해줘서 안달이시네."

그 말을 들은 기주원이 자신만만하게 웃었다.

"그럼요. 그래야 어디 떨어뜨려도 내 생각밖에 못 할 테니까요."

저는 팀장님이랑
몸을 섞을 수 없어요!

주원의 고집통머리를 이기지 못해서 그 매장에서 가장 신상품인 빨간 원피스를 사고, 주원의 성화에 못 이겨 거기에 어울리는 구두를 사고, 그것도 모자라 원피스랑 매치할 가방까지 사고 나서야 겨우 백화점 한정식집에 앉을 수 있었다.

그는 그 많은 걸 사주면서 법인 카드는 단 한 번도 꺼내지 않았다. 마치 도담에게 보라는 듯, 매번 자신의 개인 카드를 꺼내서 도담의 눈을 똑바로 마주치며 스윽 스윽 긁어댔다. 덕분에 주원의 의도대로 부담감이 잔뜩 쌓인 도담은 식당 의자에 앉기가 무섭게 한숨부터 푹 내쉬었다.

"하아… 솔직히 말해주세요. 오늘 얼마 썼어요?"

"백이십삼만 원."

"백이십… 뭐요?"

"부담스러워? 그래, 그럼 실컷 부담 느껴."

부담을 장려하는 그는 서재이보다 더 고집불통이었다. 그런 그를 가만두고 볼 수가 없었던 도담은 단호한 표정으로 말했다.

"계좌 불러주세요. 저 팀장님한테는 부담스러워서 이렇게 큰 선물 못 받아요."

"싫어."

"진짜 불러요, 빨리. 안 그러면 현금으로 뽑아서 지갑에 쑤셔 넣어 버린다?"

"그래 보든가."

그녀의 엄포에도 눈 하나 깜짝 안 하는 주원은 상황을 이렇게 만든 게 몹시 뿌듯한 모양이었다. 도담은 그런 그를 씩씩대며 쳐다보다가, 그동안 쌓아왔던 당황스러움과 의구심을 따지듯이 터트린다.

"내가 그렇게나 살갑게 굴어달라고 매달려도 안 해주더니, 이제 와서 왜 이래요? 나 놀리려고 그러는 거죠?"

"넌 누구 놀리는 용도로 백 몇십만 원씩 투자해?"

"씨이… 놀리는 게 아니면 왜 그러는 건데요. 도대체 왜!"

답답한 만큼 높아진 그녀의 언성에 주변 테이블에서 식사하던 손님들이 그들을 바라보았다. 주원은 그 시선을 쓰윽 흘기며 내쫓았고, 이내 다시 도담을 똑바로 마주한 채 낮게 되물었다.

"너야말로 왜 나한테만 그래? 서재이 건 덥석 받고, 내 건 극구 사양하는 이유가 뭔데."

"그, 그거야…."

"왜. 이미 찬 사람한테는 신세 지고 싶지 않다 이건가?"

주원의 빈정거림 속에 섞인 '이미 찬 사람'이라는 말. 그걸 들은 도담의 눈동자가 반짝 빛났다.

"혹시나 했었는데 역시나 맞구나!"

"맞긴 뭐가…."

"어제 나한테 차였다고 생각하는 거잖아요. 그래서 어제부터 이상하게 구는 거 맞죠?"

도담의 확신 섞인 물음에, 주원의 눈동자가 잠시 애먼 곳을 봤다. 하지만 이어지는 목소리는 잔뜩 찌푸려진 미간과 달리 작디작았다.

"찬 거 맞으면서 아닌 척하기는…."

기어 들어가는 목소리를 듣고 나서야 기주원의 기행들이 이해되기 시작했다. 어젯밤 대뜸 전 남친 같은 문자를 보낸 것도, 오늘 아침에 죽상으로 앉아있던 것도, 서재이의 선물을 필요 이상으로 의식하며, 그것보다 더한 선물로 그녀를 부담스럽게 만들려는 것도. 전부 자신이 차였다고 생각해서인 듯하다. 그래서 지금 이렇게 구질구질하게 막 나가고 있는 모양이다. 도도한 철벽남이자 일밖에 모르는 완벽주의자 기주원 팀장으로서의 품위와 어울리지 않게.

"저 어제 팀… 아니, 여보 뻥 찬 거 아니에요. 말했잖아요. 내 마음은 변하지 않았다고."

도담은 그런 그를 붙잡고 어제의 일을 해명했다. 그러나 주원은 여전히 그녀와 눈을 마주치려 하지 않으며 대꾸했다.

"변했어. 요즘 들어 조금씩 변하기 시작하더니, 그저께부터는 더 이상 내가 알던 온도담이 아니야."

"제가 팀장님이 알던 온도담이 아니면 누군데요?"

"서재이에게 온 정신이 팔린 사람. 그래서 내가 남편인 것도 새까맣게 잊은, 그런 사람."

주원은 그간의 설움을 담아 힘주어 말했다. 일부러 도발하기 위해 워딩을 세게 한 것도 있었는데, 의외로 도담은 입을 꾹 닫고 잠시 말을 아꼈다. 흔들리는 눈빛을 보니, 마치 감추고 싶은 속내라도 들킨 사람 같다.

"내가 끓인 국 갖다준 날⋯. 그날에 대해선 아직 보고서도 안 올려났던데."

"⋯."

"원래 넌 그날 일은 그날 바로 정리하잖아. 유독 오래 걸리는 이유라도 있어?"

주원은 그런 그녀에게 낮은 목소리로 물었다. 순간 또다시 어제의 기억이 머릿속을 스쳤다.

'누군가의 집⋯.'

'난 그게 참 어렵더라. 한 사람만을 위한 집이 되고 싶어도, 내 곁에 그만큼 오래 머무르고 싶어 하는 사람이 없어서.'

처음으로 서재이의 그림자를 맞닥뜨린 도담은 그 뒤로 머릿속이 서재이로 가득 차서, 다른 건 신경도 못 쓰겠다. 하지만 그걸 솔직하게 얘기해 봤자 주원의 불안만 커질 터이니, 도담은 짐짓 아무렇지 않은 목소리로 대답했다.

"전 진짜 서재이 안 좋아한다니까요. 저한테는 우리 여보밖에 없는 거 알잖아요."

"난 그런 말에 속아주는 타입이 아닌데."

"왜 그렇게 사랑받는 거에 자신 없어 해요? 그 높던 콧대는 다 어디 갔어요?"

"니가 다 깎았잖아. 이제 세울 콧대도 없어, 난."

주원이 삐딱하게 대꾸하며 다시 도담을 쳐다보았다. 가시 돋친 그의 눈빛은 아직 도담에 대한 의심을 거두지 못하고 있었다. 도담은 그런 주원의 손을 조심스레 잡았다. 그녀의 손길이 닿자, 그가 움찔하는 게 느껴졌지만, 도담은 주원의 눈을 똑바로 바라보며 한 번 더 입을 열었다.

"무슨 일이 있었던 건 아니에요. 그냥 어제는… 제가 맡은 임무가 뭔지 새삼 실감 나서 혼란스러웠어요."

"…"

"그래도 전 단순해서 안 좋은 건 금방 홀홀 털어내는 성격이니까, 너무 걱정하실 필요 없어요."

원래 사사로운 감정에 휘둘리지 않는 사람이니까, 이 정도로만 정리해 줘도 주원의 불안은 훨씬 나아질 것이다. 이런 식으로 대놓고 재이를 경계하는 일노 줄어들겠지.

도담은 그의 긍정적인 반응을 기다리며 싱숭생숭한 제 마음도 정리하려 애썼다. 하지만 그 싱숭생숭함을 싹둑 잘라내는 건, 이어진 주원의 파격 발언이었다.

"그럼 오늘부터 시도해 볼까."

"뭘요?"

"우리 둘의 부부 관계."

"…네?"

그의 입에서 파격적인 단어가 나왔다. 그 말에 몹시 당황한 도담은 옆 테이블의 눈치를 보며 의문을 표했다.

"아니, 왜 갑자기 그런 걸⋯."

"그동안 우리가 서로에 대해 너무 소홀했잖아. 이제 그런 걸 슬슬 신경 쓸 때가 됐다고 생각하는데."

"진심이세요? 그냥 평범한 '관계' 말씀하시는 거죠?"

"부부 관계가 개나 소나 다 하는 평범한 그런 관계는 아니지."

본의 아니게 두 사람의 대화를 엿들어버린 옆 테이블 사람들까지 젓가락질을 멈추었다. 그들 때문에라도 무슨 반응을 보일 수 없었던 도담은 뭐라 대꾸도 못 하고 동공만 파르르 떨었다. 하지만 정작 주원은 태연하기 그지없는 목소리로 뻔뻔하게 상황을 일단락 지었다.

"일단 밥 마저 먹지. 식겠어."

지금 이 상황에서 밥이 들어가겠냐, 이 인간아!

도담은 왁! 소리치고 싶은 걸 참고 옆 테이블의 민망한 시선을 피해 고개를 숙였다. 아무래도 기주원의 취미는 와이프 쪽 팔리게 하는 것인가 보다. 그렇지 않고서야 이렇게 사람을 낯부끄럽게 만들 수가 없다.

* ◆ *

좀처럼 걷질 않는 커튼 때문에 항상 어두컴컴한 집.

하지만 어제와 달리 밝은 표정의 재이는 식탁 의자에 앉아 통화 중이었다.

"누나, 빨리 보내줘서 고마워. 쇼 준비 때문에 바빴을 텐데."

―에이, 사랑스러운 동생 부탁인데 이 정도는 들어줘야지.

"하긴, 내가 많이 사랑스럽긴 하지?"

―어머! 난 니가 자화자찬할 때가 제일 좋더라!

예쁘게 웃으며 살가운 대화를 나누는 상대는 요즘 패션계에서 가장 주목받고 있는 디자이너 메리 황이었다. 사람의 얼굴을 보면 그에 가장 잘 어울리는 드레스를 화려하게 뽑아내는 그녀는 톱 연예인들의 시상식 드레스도 여러 벌 제작했을 만큼 알아주는 실력자였다. 재이는 파티에 도담을 초대하겠다고 마음을 먹었을 때부터 그녀에게 미리 도담을 위한 드레스를 의뢰해 두었고, 혹시라도 메리 황이 바쁜 스케줄을 탓하며 일정을 미루지 않도록 집요하게 참견했었다. 덕분에 파티 이틀 전 완성된 도담의 레드 로즈 미니드레스. 가슴 부분에 들어간 귀여운 장미꽃 수가 포인트인 그 드레스는 사진으로만 봐도 도담과 잘 어울릴 듯했다.

―입은 건 봤어? 실물로 보니까 사진보다 훨씬 디테일한 디자인이 많이 들어가 있지?

무리한 만큼 인정을 받고 싶었던 메리 황은 재이에게 수고스러웠던 부분을 적극적으로 어필했다. 아직 그녀가 입은 실물을 보지 못한 재이였지만, 그는 이미 봤던 것처럼 극찬을 아끼지 않았다.

"그 디테일, 이미 보고 감동까지 끝냈지. 누나 아니면 못 만났을 드레스였어."

―그래, 내가 술만 잘 마시는 동네 누나가 아니었지?

"응, 나 오늘부터 누가 존경하는 사람 물어보면 누나라고 대답하려고."

─어우야, 그건 오바가 좀 심하고!

"진심인데? 우리 누나 손끝에서 나온 드레스 아니면 이제 눈에도 안 차."

'우리'까지 붙여가며 메리 황에게 살갑게 구는 재이는 그녀를 다루는 법을 알고 있었다. 수많은 커리어를 쌓아왔어도 항상 인정에 목말라 있는 메리 황은 이 정도 띄워놓아야 내년에도 기꺼이 협조해 줄 터였다.

─오호호호! 내가 높여놓은 안목이니까 앞으로 계속 내가 책임져야겠네!

휴대폰 너머로 들려오는 메리 황의 웃음소리가 커졌다. 이걸로 내년 파티 때도 도담을 위한 드레스를 문제없이 맞출 수 있겠다. 물론 그때도 도담이 곁에 있어야 가능한 일이겠지만.

─아, 재이. 그나저나 그 드레스 선물해 줄 여자는 누구야? 이렇게까지 신경 쓰는 걸 보면 꽤 진지한 사이인가 봐?

감탄사를 들을 만큼 들은 메리 황이 줄곧 궁금했던 점을 물었다. 순간 재이는 잠시 숨을 멈추었다가, 이내 차분한 목소리로 간결하게 대답했다.

"…친구."

─친구? 그동안 애인한테도 안 하던 짓을 겨우 친구한테 한다고?

"아직은 친구야. 아직은…."

두 번이나 거듭된 '아직'이라는 단어는 재이의 마음을 그대로 대변해 주고 있었다. 사실 그보다 훨씬 이상을 원하고 있지만 아직은 그녀의 마음이 열리질 않아서. 아직은 그 남자보다 그녀를 신경 쓰이게 할 자신이 없어서. 그래서 아직 우리는 친구. 하지만 시간이 흐르면 세상의 전부가 될 수도 있는 사이.

—재이⋯ 너 그렇게 안 봤는데⋯.

"⋯."

—짝사랑도 하는구나?

굳이 꺼내지 않은 속마음까지 알아차린 메리 황이 신기하다는 반응을 보였다.

그런가? 나는 그 사람을 짝사랑 하고 있는 건가?

순간 떠오른 고민에 반응하듯, 재이의 심장 한 구석이 찌르르 떨려왔다. 그건 확실히 다른 사람들에게서는 느껴본 적 없었던 감정이었다. 갑자기 괜히, 그녀를 또 보고 싶어졌다.

* ◆ *

대쪽과도 같은 금욕의 아이콘. 팀원들과도 사적인 친밀도를 쌓지 않는 철벽남. 관심사라고는 오로지 일밖에 없는 성격 파탄 난 일벌레.

기주원을 설명할 수 있는 수식어는 하나같이 완고하고 보수적이다. 아마 본부 앞에 패널을 갖다 놓고 설문 조사를 해도, 그에 대한 평가는 달라지지 않을 것이다. 그런 그의 입에서 부부 관계라는 파격적인 단어가 나왔다. 부부 사이에 맺을 관계야 뻔하지만, 화자가 기주원이다 보니 도담은 그걸 알고 있는 대로 받아들일 수가 없었다. 아무리 서재이한테 질투심이 폭발했다고 해도, 아무리 나한테 차인 게 기분 나빠서 미쳤다고 해도 '천하의 기주원이 나한테 그런 걸 요구할 리가 없잖아.'라고 생각하며 도담은 신혼집으로 돌아왔다.

집에 들어서자마자 주원이 자신의 침실이나 다름없는 서재로 향했다. 이윽고 그가 품에 한 아름 안고 들고 오는 건 평소 깔고 자는 이부자리였다.

"뭐, 뭐예요?"

도담은 얼떨떨한 표정으로 그를 바라보며 물었다. 그러자 주원은 조금의 부끄러움도 없는 표정으로 당당하게 말한다.

"오늘부터 제대로 된 부부 관계를 시도해 보기로 했잖아."

"그래서요?"

"오늘부터 너랑 같이 자려고."

"예, 예?"

저렇게까지 말하는 거 보니 어쩌면 그가 언급한 '부부 관계'가 그 '부부 관계'일 수도 있겠다. 말을 마친 주원이 곧장 도담의 방으로 향하는 걸 보면 아무래도 확실한 것 같다. 기주원이 그 말을 꺼냈다는 사실이 아직도 믿어지진 않지만.

"잠깐만요, 잠깐만요, 팀장님."

불안해진 도담은 일단 그를 따라 안방으로 들어갔다. 그러고는 침대로 다가가는 그의 앞을 터억 막았다.

"뭐 하는 거야?"

주원의 질문은 도담이 묻고 싶은 말이었다.

"진짜 나랑 자려고요?"

"아까 다 합의가 끝난 걸 왜 자꾸 물어?"

"합의는 무슨 개뿔딱지 협의가 돼요! 우리 그럴 사이도 아니잖아요!"

"그럴 사이가 아니라니. 너 우리가 무슨 역할로 배정됐는지 그새 까먹었어?"

지금에서야 느끼는 건데, 기주원은 정차를 모르는 폭주 기관차 같다. 처음엔 뒤로 하염없이 후진하더니, 지금은 앞으로 미친 듯이 직진해서 달려왔다. 어떻게 된 사람이 중간이 없다. 중간이.

"부부 역할로 배정됐죠. 그건 알아요. 아는데…."

"알면 됐네. 슬슬 팔 아프니까 비켜."

"그래도 갑자기 이러는 건 너무 당황스럽죠. 바로 얼마 전까지만 해도 철벽이란 철벽은 다 쳐놓고서, 하루아침에 관계 타령하는 건 너무 성급하다고 생각 안 해요?"

도담은 최대한 이성적으로 주원을 말려보려 했다. 하지만 주원은 눈 하나 꿈쩍 않고, 태연스럽게 되물었다.

"서재이 생일 파티까지 얼마나 남았지? 이틀이던가?"

"네, 그렇죠…?"

"이틀 동안 완벽한 부부가 되려면 지금 속도도 느려. 지금부터 파티 당일까지 너랑 딱 붙어서 천생연분 타령을 해도 모자란다고."

"하아… 갑자기 뭔 천생연분 타령이야, 또."

불통의 아이콘과 종잡을 수 없는 대화를 하던 도담이 결국 깊은 한숨을 내쉬었다. 주원은 그런 도담을 몹시 불만스러운 눈빛으로 바라보았고, 턱 끝을 까딱이며 비키라고 명령했다.

이대로라면 꼼짝없이 선을 넘어버리고 말 상황. 은근히 보수적이었던 도담은 진짜 연인도 아닌 사이에서의 스킨십을 용납할 수가 없었다. 그래서 두 주먹을 꽉 쥐고, 두 눈을 꽉 감고 그녀는 방 안에 다 울리도록 쩌렁쩌렁 소리를 질렀다.

"난 팀장님이랑 몸을 섞을 수 없어요!"

어찌나 목청이 컸던지, 침대 협탁 위에 놓아두었던 물컵의 물이 파르르 진동했다. 그 뒤에 찾아온 정적은 언제 실랑이를 했었냐는 듯 무거웠다.

"…뭐?"

이어지는 건 주원의 흐린 되물음이었다. 혹시 자존심에 스크래치라도 난 건가 싶어서 슬쩍 눈을 떠보니, 의외로 그는 무척이나 황당하다는 듯한 표정을 짓고 있다.

"뭘 섞어?"

"네, 네?"

"몸을?"

"아…."

"내가… 너랑?"

분명 잘못 이해한 건 아닐 텐데 왜 몇 번이나 캐묻는 거지.

"…너 제정신이야?"

주원이 물었다. 그것도 경계심 어린 눈빛으로 주춤 뒷걸음질하며. 갑자기 이상해진 기류를 이해하지 못한 도담의 머릿속에 수많은 물음표가 들어찼다. 주원은 오만상을 쓰는가 싶더니, 못 들을 거라도 들은 사람처럼 제 귀를 털어댄다.

"어떻게 나를 두고 감히 그런 상상을 할 수 있어?"

"예…?"

"정말 음습하기 짝이 없네."

지금껏 부부 관계 타령만 계속해 온 주원에게 들은 '음습'이라는 단어만큼은 도저히 용납할 수 없었던 도담이 버럭 언성을 높였다.

"먼저 부부 관계 얘기를 꺼낸 건 팀장님이었어요! 식당에서도 옆 테이블 사람들이 얼마나 당황했는데!"

"부부 관계라는 말을 어떻게 그런 쪽으로 해석해?"

"어머, 나만 이상한 사람 만드는 것 좀 봐? 그럼 어떻게 해석을 해야 하는데요?"

"말뜻 그대로 부부인 관계지."

주원이 아주 당당하게 말했다. 하늘 우러러 한 점 부끄러움 없다는 그의 태도에, 도담은 대놓고 코웃음을 쳤다.

"하, 나 참 어이가 없어서! 그럼 이불은 왜 내 방으로 들고 들어오는데요? 같이 자자면서요!"

"합방이 뭐가 이상해. 한 침대에서 살 맞대고 자자는 것도 아니고. 넌 침대, 난 바닥에서 따로따로 자는 것 정도는 어렵지 않잖아."

하지만 괜한 발악이었다는 걸 깨닫는 데까지는 그리 오래 걸리지 않았다.

"따로… 따로요?"

"뭐야, 그 반응."

"…"

"설마 너… 그것도 한 침대에서 같이 자는 거로 생각한 거야?"

지금껏 도담 혼자 삽질해 왔다는 것만 여실히 드러나게 되었으니.

"그, 그야…."

"넌 정말 구제 불능이구나."

주원이 도담의 얼굴을 보며 혀를 끌끌 찼다. 사람 민망하게 만드는 태도가 도담의 성질을 제대로 건드렸다.

"누, 누가 부부 관계라는 단어를 부부인 관계라고 해석해요? 다 그렇고 그런 쪽으로 받아들이지!"

사나운 치와와처럼 왈왈거리니, 주원은 미간을 더욱 찌푸리며 그녀를 타박한다.

"그렇고 그런 쪽으로 받아들이는 건 머릿속에 마귀가 들어찬 너밖에 없을걸."

"뭐예요? 마귀?"

"니가 요즘 나한테 무관심한 게 그동안 내가 너무 직장 동료 관계로만 선을 그어둬서 그런가 싶었어. 그래서 앞으로는 진짜 부부 같은 관계로 잘 지내보고 싶었고."

"아, 그러니까 누가 그렇게 생각하냐고!"

"왜 이상한 쪽으로만 해석하려는 건지 이해가 안 되네. 그럼 넌 친구 관계라고 하면 친구랑 그렇고 그런 거 하자는 쪽으로 받아들여?"

"그, 그런 건 아니지만…!"

도담의 억울함은 진심이었지만 그걸 어필하기엔 주원의 말발이 너무 셌다. 그래서 더 이상 무슨 대꾸도 못 하고 속눈썹만 파르르 떨고 있자, 주원은 빨개진 도담의 얼굴을 내려다보며 훈계하듯 말한다.

"부부로서 충실하자고는 했지만, 그래도 난 어디까지나 너의 직장 상사야. 나한테 관심 가지고 애정 품는 건 허락해 줘도, 날 가지고 낮

뜨거운 상상하는 건 허용 못 해."

"나 참…."

"앞으로는 조심해 줬으면 좋겠어."

주원이 자신의 순수한 의도를 증명이라도 하듯 가져온 이부자리를 침대 밑에 내려놓았다. 그런 뒤 미련 없이 도담의 방을 빠져나가면서 고개를 좌우로 휘휘 젓는다.

"하아… 어떻게 그런 생각을…."

"…."

"말을 말자, 말을…."

주원의 한숨 섞인 혼잣말이 못 들은 척할 수도 없게끔 크게 들려왔다. 분명 그 말을 할 때 옆 테이블에 있었던 사람들도 눈이 휘둥그레졌는데. 그가 이 방으로 이불을 들고 온 것도 오해하기 충분한 행동이었는데….

'이런 식으로 나만 또 바보 만든다 이거지? 그것도 아주 날 음란마귀 취급하면서.'

제대로 휘말려버린 도담의 눈빛에 순간적으로 화르륵 불이 일었다. 어릴 때부터 누가 약 올리는 건 절대 참고 넘기지 못했던 불같은 성질의 온도담. 그녀는 애꿎은 주원의 이부자리만 발로 콱! 밟아 누르며, 앙심을 품고 한 가지 다짐을 했다.

'흥! 나한테 면박까지 줘놓고서 순순히 이 방에서 잘 수 있을 것 같아? 그렇게는 절대 안 되지!'

　　　　　* ◆ *

　자정이 다 된 야심한 밤. 거실 조명이 꺼진 뒤에 들려오던 건 주원이 서재로 들어가는 발소리와 조심히 문이 닫히는 소리였다. 하지만 오늘은 달랐다. 그가 슬리퍼를 끄는 소리는 느리게, 중간중간 망설이는 듯 불규칙하게 도담의 침실로 가까워졌고 도담의 방문이 열리는 소리로 이어졌다.

　끼익.

　"진짜 들어오셨네요?"

　이미 이불에 폭 쌓여 얼굴만 빼꼼 내밀고 있던 도담이 인사했다. 주원은 그런 그녀를 경계 어린 눈빛으로 바라보다가, 마지못해 미리 펴둔 제 이부자리 위에 몸을 눕혔다.

　"다시 한번 말해두지만, 내가 말한 관계는 니가 기대하는 그 관계가 아니야. 침실은 함께 쓰지만 각자 수면에 집중했으면 좋겠어."

　그러면서 도담에게 한 번 더 경고하는 것도 잊지 않았다. 그럴 거면 그냥 서재에서 잘 것이지. 왜 갑자기 합방을 하겠다고 고집을 부리는지 모르겠다.

　"알았어요. 기대 안 해요."

　도담은 순순히 대답해 주었다. 하지만 상황을 이상하게 만들고 본인만 쏙 빠져나간 주원에게 되갚음을 해주겠다는 생각은 아직 거두지 않았다.

　"그런데요, 팀장님. 제가 제 잠버릇에 대해서 한 가지 말씀 못 드린 게 있는데요."

그 복수의 시작으로 슬며시 운을 떼자, 주원이 무심하게 대꾸했다.

"뭔데."

도담은 제 몸을 돌돌 감싼 이불 끄트머리를 붙잡고, 최대한 악의 없어 보이는 순수한 목소리를 꺼내놓았다.

"제가 좀 많이 굴러다녀요. 데굴데굴."

"어차피 침대 같이 쓰는 것도 아닌데 상관없잖아."

"혹시 그러다가 침대 아래로 떨어져도 너무 놀라지 마시라구요."

"침대랑 충분히 거리 벌려놨어. 떨어져도 신경 안 쓸 테니까 알아서 잘 기어 올라가."

그리 말한 주원은 정말 신경을 안 쓰려는 듯 침대로부터 등을 돌렸다. 도담의 잠버릇에 대해서는 다행히 한 치의 의심도 없다. 도담은 삐져나오려는 웃음을 애써 감춘 채, 정말 잘 준비를 하려는 것처럼 주원에게 인사했다.

"그럼 안녕히 주무세요, 팀장님."

"그래."

돌아오는 주원의 대답은 몹시 짧았다. 보통은 상대방이 '굿나잇' 해주면 '너도 굿나잇' 해줄 법도 한데. 당연스럽게 받기만 하는 걸 보니, 아까 다 깎였던 콧대는 여전히 건재한 모양이다. 자신이 차였다고 인지한 사람치고는 굉장히 아쉬울 것 없는 태도였다.

도담은 주원이 그런 식으로 자신을 대하는 이유를 너무 잘 알고 있었다. 그는 날 좋아하는 게 아니다. 지금껏 자신을 좋아해 주었던 내가 변심하는 게 자존심 상하는 거지.

생각해 보면 주원이 도담에게 동요하기 시작한 것도 재이와 도담이 급격하게 가까워졌을 무렵부터였다. 그때부터 도담은 온 신경을 예의주시해야 하는 브로커 서재이에게 쏟아부었고, 매사에 서재이를 최우선으로 두다 보니 주원은 본의 아니게 뒤로 밀려날 때가 많았다. 그럴 즈음, 항상 도담을 외면하기만 했던 주원이 본격적으로 도담을 신경 쓰기 시작했다. 주원의 임무가 도담의 마음을 단단히 붙들어놓는 거라고는 하지만, 쓸데없이 반복되던 숱한 질문들이 떠올랐다.

'너 서재이야, 나야.'

'결국 서재이한테 홀린 건가?'

'그놈한테 홀린 거 맞지?'

얼핏 질투처럼 보였고, 도담에게 관심을 주는 것처럼 보였다. 그러나 도담은 도저히 그가 자신을 좋아한다고 해석할 수가 없었다. 아니, 심지어 좋아하는 게 아니라고 확신까지 할 수 있다.

도담이 반년이 다 되어가도록 한 사람만을 좋아해 본 결과, 좋아하는 사람에게는 절대로 자존심 같은 걸 내세울 수가 없으니까. 내가 좋아하는 사람이 나를 좋아해 줬으면 하는 바람 때문에 항상 그 사람의 눈치를 보고, 그 사람이 좋아할 짓만 골라서 하게 되니까.

요즘처럼 재이를 가지고 시비만 걸어대고, 무슨 얘기든 짜증스럽게 말하고, 꿈에만 그리던 합방을 하는 순간에도 사람 약 올리게 했던 주원의 마음은 절대 누군가를 좋아하는 사람의 태도가 아니다. 그냥 자신을 떠나가려는 노예에게 감정 상해서 앙갚음을 하려는 못된 주인일 뿐.

'흥, 내가 그 장단에 맞춰줄 줄 알고? 약 올라서라도 그렇게는 못

하지.'

그런 이유로, 도담은 그토록 흠모하던 기주원 팀장과의 합방을 온 마음 다해 즐기지 못하고 있다. 오히려 어떻게 하면 그가 저 망할 놈의 자존심을 꺾고 순순히 물러날지, 그것만 고민하는 중이다. 물론 그러다가 주원에게서 완전히 비호감을 살 수도 있겠지만….

'내가 너무 오냐오냐 떠받들어서 저렇게 막나가는 거야! 이참에 아주 당연하다는 듯이 날 깔보는 저 버르장머리를 확실히 고쳐줘야 해!'

짝사랑은 혼자서 하는 사랑일 뿐, 절대 약점 같은 게 아니다. 굳이 매번 그에게 휘둘릴 필요도, 알아서 을의 자리를 자처할 필요도 없다.

도담은 혼자만의 결의를 다지며 주원에게 집중했다. 평소 입 꾹 다물고 있을 때처럼 단조롭고 조용한 호흡은 시간이 좀 지나자 점차 무방비해졌다. 도담은 그제야 푹 덮고 있던 이불에서 나왔고, 조심히 침대 끝쪽으로 다가가 주원의 얼굴을 확인했다.

"…."

달빛에 비치는 그의 모습은 어느새 천장 쪽을 향해 꼿꼿하게 누워 있었다. 어쩌나 똑바로 꼿꼿하게 누워서 자는지, 기주원을 모르는 사람도 그가 자는 모습만 보면 성격을 훤히 파악할 수 있을 정도다.

"좋았어. 잠은 확실히 들었고…."

그의 상태를 확인한 도담은 조심히 침대 아래로 두 발을 내디뎠다. 그러고는 최대한 조심조심, 고양이 걸음으로 주원의 곁에 다가갔다. 제법 가까워졌는데도 불구하고 눈조차 뜨지 않는 걸 보니 다행히 깊게 잠든 모양이었다.

'그래, 잘 수 있을 때 자둬라. 진정한 합방이 시작되면 한숨도 못

잘 테니까.'

번뜩이는 눈으로 그를 내려다보던 도담은 숨죽여 그의 곁에 누웠다. 옆에 있는 건 분명 사람인데, 마치 호랑이의 곁에 누운 듯한 긴장감이 흘렀다.

"후우…."

하지만 심호흡을 하며 뒷일에 대한 두려움은 지워내고, 도담은 본격적으로 주원 쪽으로 몸을 돌렸다. 이제 그녀는 마치 잠버릇인 양 천연덕스럽게 주원을 꽈악 끌어안을 것이다. 그러면 주원은 몹시 당황해서 눈을 뜰 테고, 달라붙은 도담을 떼어내려 하겠지만 그럴수록 더 꽉 그의 몸을 조일 것이다. 화를 참지 않는 기주원이라면, 아주 성질을 내겠지.

'일부러 그랬지, 너!'

하지만 돈 워리. 그럴 땐 기주원의 한 말을 그대로 되돌려주면 된다.

'부부 관계에 충실하면서 겨우 포옹 가지고 호들갑 떨긴.'

'뭐? 겨우 포옹? 그걸 말이라고 해?'

'오늘 밤에도 어디 한 번 부부 관계에 충실해 보시든가요. 호호호.'

키득키득. 거기에 말문이 막힌 기주원이 씩씩대는 모습을 상상만 했을 뿐인데도 벌써부터 속이 시원해지는 느낌이다. 킥킥거리며 생각하는 바를 실행에 옮기려던 그때 주원의 잠꼬대 같은 음성이 흘러나왔다.

"추워…."

그 소리에 긴장할 새도 없이, 그의 손이 도담의 허리를 부드럽게 감쌌다. 먼저 껴안으려던 건 도담이었는데, 어쩌다 보니 도리어 안겨

버렸다. 당황감에 눈만 깜빡이던 도담이 주원의 얼굴을 바라보았다. 길게 내리감긴 그의 속눈썹이 조금도 떨리지 않는 걸 보면 여기까지는 잠버릇인 모양이었다. 갑작스러운 포옹에 당황한 도담은 그의 품을 벗어나기 위해 슬쩍 팔을 치우려 했다. 하지만 주원의 두 팔은 그녀가 벗어나려 할수록 더욱 꽈악 그녀를 옭아맨다. 덕분에 가까워진 그의 입술은 곧 도담의 뺨에 닿을 듯하다.

도담의 귓가를 간질이는 새근새근한 그의 숨결. 이불 속보다 따듯한 그의 품속. 어두운 방 안에서 더욱더 강렬해지는 그의 존재감. 이렇게 있다가는 심장마비가 올 것 같아서, 도담은 주원의 이름을 불러 깨워보려 했다.

"아… 저, 저기… 팀장님?"

"응….."

그냥 잠결에 하는 말인지, 대답인지 모를 만큼 모호한 톤이었다.

"이, 이거 좀 놔주시겠어요?"

도담은 그런 그를 살짝 흔들며 말했다. 이번엔 아까보다 더 선명한 목소리였지만, 주원은 감은 눈을 뜨지도 않았고, 팔에 힘을 풀지도 않았다.

이도 저도 못 하고 난처해하던 그 순간, 그의 입술 새로 그녀의 이름이 흘러나왔다.

"…도담."

성이 뚝 떨어져 나간 채 살갑게 불려진 이름에, 도담의 얼굴에 순간적으로 화악 열이 올랐다. 하지만 거기서 멈추지 않고, 그는 한 번 더 입술을 움직여 도담의 귓가에 나긋한 속삭임을 흘려보낸다.

"너… 좋아하는 거…."

"…."

"맞아…."

이어지는 그의 고백에 도담의 심장이 쿵, 하고 내려앉았다. 그에게 처음 반했을 때보다 더 격하고 짜릿하게.

* ◆ *

"으음…."

도담의 침대 밑에서 고집스럽게 잠을 청한 지 얼마나 지났을까. 주원은 늘 그렇듯 일곱 시에 칼같이 눈을 떴다. 원래는 잠자리가 바뀌면 곧잘 잠을 설치곤 하는데, 요 며칠 스트레스 때문에 제대로 못 잤던 탓인지 이번엔 거의 눕자마자 잠이 들었던 것 같다.

하지만 주원의 기분은 그다지 좋지 못했다. 밤사이 꾼 꿈, 그 망할 놈의 서재이가 나왔던 그 꿈이 문제였다.

'안녕하세요, 기주원 씨. 전 이제 도담이랑 살 거예요.'

'뭐, 뭐?'

꿈속에서 재이는 도담과의 동거를 선언했고, 도담은 그의 곁에 딱 달라붙어서 금방이라도 떠날 듯 굴고 있었다.

'온도담, 저 말이 무슨 뜻이야?'

그런 그녀에게 오만상을 써가며 물으니, 곁에 서 있던 빌어먹을 서재이가 도담 대신 대답을 했다.

'도담이가 절 선택했어요. 이걸로 게임은 끝인 것 같은데… 굳이

매달려서 못 볼 꼴 보이진 말아요. 서로.'

'저게 뚫린 입이라고….'

주원은 잡아먹을 듯 재이를 노려보았다. 그러나 재이는 눈 하나 깜짝하지 않았고, 오히려 여우 같은 눈웃음을 지으며 말했다.

'도담이는 앞으로 제가 행복하게 해줄게요. 도담이도 그걸 원하고 있고, 나도 도담이라면 내 평생을 바칠 수 있을 것 같아요.'

'하, 나 참….'

'그렇지, 도담아. 우리 도담이는 나랑 평생 행복하게 살 거지?'

'네! 그럼요, 재이 씨!'

도담이 고개를 끄덕이며 대답했다. 그 모습에 큰 배신감을 느낀 주원은 체면이고 뭐고 다 내던지고 언성을 높여 화를 냈다.

'이것들이 뭐 하자는 거야! 온도담, 미쳤어?'

'우리 도담이 겁먹게 왜 소리를 지르고 그러세요.'

'그놈의 도담이, 도담이! 듣기 싫어 죽겠네!'

그러자 도담은 분노한 그의 팔목을 살며시 붙잡았고, 아주 해맑게 생글생글 웃으며 말했다.

'그래도 제가 좋아하는 건 팀장님이에요.'

이 뭔 말도 안 되는…. 그때부터였던 것 같다. 꿈속의 주원의 미친 듯이 폭발하기 시작한 건.

'온도담!'

'너 서재이 좋아하는 거 맞아! 너 서재이 좋아하는 거 맞다고!'

'자꾸 아니라고 하지 말고 그냥 인정해!'

'나 말고 저 새끼 좋아하는 거 맞아!'

그 소리를 몇 번이나 외쳤는지. 자고 일어났는데 괜히 목이 아픈 기분이다.

"아, 골 아파…."

모든 것이 꿈이라는 걸 알았지만 여전히 기분이 언짢았던 주원은 관자놀이를 문지르며 이부자리에서 일어났다. 그리고 소스라치게 놀랐다.

"아, 깜짝이야…."

"…."

"너 거기 앉아서 뭐해."

침대가 아닌, 화장대 의자에 귀신처럼 앉아있던 도담 때문에.

"씨이…."

도담이 태평하게 자다 일어난 주원을 노려보았다. 울 듯 말 듯 한 그녀의 표정은 주원을 혼란스럽게 만들기에 충분했다.

"왜 그래. 너도 개꿈 꿨어?"

주원은 그런 그녀에게 넌지시 물었다. 그러자 도담은 두 주먹을 꽈악 쥐는가 싶더니 버럭 소리를 질렀다. 마치 꿈속에서의 주원처럼.

"잠도 못 잤는데 개꿈은 개뿔! 일부러 그랬지!"

돌아가는 상황을 조금도 이해하지 못한 주원의 동공이 놀란 만큼 휘둥그레졌다.

존댓말을 어디다 팔아 치운 걸 보니, 또 무언가에 핀트가 어긋난 모양이었다. 주원은 그런 그녀에게 노골적으로 인상을 쓰며 되물었다.

"무슨 소릴 하는 거야? 왜 아침부터 시비인데?"

그러자 도담의 얼굴은 더욱 붉으락푸르락해진다. 그러고는 화장대 의자에서 벌떡 일어나 목청껏 성질을 부린다.

"시비라니! 사람 골탕 먹여놓고 아주 뻔뻔한 거 봐!"

"골탕? 내가?"

"기억 안 나는 척하지 마세요! 어젯밤에 일부러 그런 거 맞잖아요! 아무리 봐도 그건 잠꼬대가 아니었어!"

"좀 알아듣게 설명해. 내가 어제 뭘 했다는 건데."

도담은 화르륵 타오르고 있었지만, 주원으로서는 이해할 수 있는 부분이 하나도 없었다. 그래서 한 번 더 힘주어 물으니, 도담은 두 눈을 일렁거리며 대답했다.

"절 껴안았잖아요! 그것도 두 팔로 꽈악! 진짜 자고 있었다면 그렇게 세게 안을 수가 없지!"

"꿈꾼 거 아니고?"

"뭐요? 꿈?"

"넌 침대, 난 바닥에서 잤잖아. 그런데 내가 널 어떻게 껴안아."

"그, 그야…!"

주원의 예리한 지적에 도담의 말문이 막혔다. 사실은 주원을 꽈악 끌어안아서 밤새 잠도 못 자게 만들 참이었는데…. 이걸 그의 앞에서 순순히 실토해도 될까.

'당연히 안 되겠지! 기주원 성질머리가 어떤 성질머리인데!'

어젯밤 기주원의 행동이 전부 고의였다고 해도, 나의 먼저 그러려고 했다는 건 용납하지 않을 터였다. 이럴 땐 목소리 큰 게 장땡. 도담은 허리춤에 손까지 짚은 채 사납게 대꾸했다.

"어, 어쩌다 보니 제가 팀장님 이부자리까지 진출했어요! 왜요!"

"어떤 식으로 어쩌다 보면 저 위에서 내 자리까지 진출해?"

"말했잖아요! 잠버릇이 굴러다니는 거라고! 어제는 거기까지 데굴데굴 굴러갔나 보죠!"

그 말을 들은 주원은 시답잖다는 듯이 반응했다.

"어제 내가 어지간히 피곤하긴 했었나 보네. 가끔 너무 피곤하면 누가 흔들어도 못 깨어날 때가 있는데. 어제가 그 날이었나 보다."

"거짓말!"

"내가 그런 거로 거짓말을 왜 해. 무슨 이득을 보겠다고."

주원은 결백하다는 눈빛으로 말했지만, 도담의 분은 좀처럼 가라앉지를 않았다. 잠버릇치고는 너무나도 단단했던 그의 두 팔과 잠꼬대치고는 너무나도 선명했던 속삭임. 거기에 밤새도록 잠 한숨 못 자고 동요했던 도담은 이 모든 게 고의라고 믿고 싶다.

"하여튼 사람 진짜 못됐어! 아주 내가 이겨 먹는 꼴을 못 보지!"

도담은 화가 난 치와와처럼 맹렬하게 그를 타박했다. 하지만 주원은 조금도 찔려하는 기색 없이, 담담한 목소리로 반박했다.

"그래, 어제 내가 자는 동안 본의 아니게 널 껴안았다고 치자."

"껴안았다고 치는 게 아니라 확실히 껴안았다니까!"

"어쨌든. 그게 뭐라고 이렇게 호들갑을 떠는 거야? 막말로 저번처럼 몸을 섞은 것도 아니잖아."

"뭐, 뭐예요?"

"이 임무가 끝날 때까지 우린 부부야. 어제부터는 그 사실을 자각하고 살기로 했고."

"하 참…."

"그러니까 겨우 껴안은 것 정도로 사람 피곤하게 하지 마."

부부사이에 뭐 이런 거로 이러냐는 말은 분명 내가 해야 했는데. 눈 뜨고 할 말을 빼앗긴 도담은 억울할 따름이었다.

"겨우 껴안은 것 정도라고요? 무슨 말이 그래요!"

그래서 계획대로라면 그가 해야 했을 대사를 우렁차게 내뱉자, 주원은 근엄한 목소리로 상황을 정리한다.

"그런데 쓸 정신력 있으면 내일 파티나 제대로 준비하란 말이야."

"씨이… 그럼 고백은 뭐였는데요!"

도담은 그런 그의 뒤통수에다 대고 소리 높여 물었다. 순간, 이부자리를 개려던 주원이 잠시 멈칫했다.

"내가 뭘 했다고?"

"나 좋아하는 거 맞다고 고백했잖아요!"

"내가?"

"그래요! 팀장님이요!"

그녀의 말을 듣자, 지난밤 꿈이 흐릿하게 떠올랐다.

'온도담!'

'너 서재이 좋아하는 거 맞아! 너 서재이 좋아하는 거 맞다고!'

'자꾸 아니라고 하지 말고 그냥 인정해!'

'나 말고 저 새끼 좋아하는 거 맞아!'

그녀가 들었다는 대사랑 꿈속에서 목 터져라 외쳤던 대사랑 미묘하게 비슷한 것 같은데, 주원은 꿈 내용까지 구구절절하게 설명하고 싶지는 않았다. 우선 서재이의 이름을 입에 담기가 싫었고, 서재이와 도담이 붙어있는 꼴을 보고 필요 이상으로 화를 냈던 것도 말해주기 싫었고. 무엇보다 꿈에서도 서재이에게 도담을 빼앗길까 봐 전전긍긍했다는 사실을 들키기가 싫었다.

지금처럼 뭐라 대답하기 곤란한 상황에서, 도담은 목소리를 높여서 박박 우기는 거로 위기를 모면하곤 했지만, 주원은 아예 무시해 버리는 쪽이 더 성격에 맞았다.

"…이불은 씻고 와서 개도록 하지."

주원은 붙잡고 있던 이불 끄트머리를 다시 바닥에 내려놓고, 도담의 방을 아예 빠져나가 버렸다. 노골적으로 회피하는 그의 모습에 뿔이 난 도담은 득달같이 따라 나가며 주원을 닦달했다.

"어머, 피하는 것 봐! 일부러 그랬죠! 내가 골탕 먹이기 전에 먼저 선수 친 거죠?"

"…"

"진짜 성질머리 봐! 그렇게 무책임하게 나 꼬시는 척하면 진짜 꽉 잡고 안 놔준다? 혼인신고서 가져와서 강제로 도장 꽉 찍어버린다!"

"시끄러워. 목소리 좀 낮춰."

뭐 하나 마음에 안 드는 거 찾았으니까 한동안 이걸로 닦달하겠네.

그건 주원에게 귀찮은 일이었으나, 그래도 지금으로선 그리 기분 나쁘지 않았다. 화가 나도 혼인신고서에 도장 찍는다고 협박하는 걸 보면, 아직은 서재이한테 완전히 홀리진 않은 모양이다. 그거 확인했으면 됐지. 왜 여기서 안도를 하게 되는지는 나도 잘 모르겠지만.

신뢰와 설렘은
한 끗 차이

운성 중공업 서태환 대표의 집무실.

"내일이 그날이던가."

소파에 앉은 태환이 맞은편에 있는 최우석 상무에게 물었다. 최상무는 최대한 그의 심기를 거스르지 않도록 사무적인 톤으로 대답했다.

"네, 그렇습니다."

"준비는."

"회장님의 마음에 드실 만큼 화려하게 준비해 놓았습니다. 각 기업 귀빈들도 전원 참석 의사를 밝혀둔 상태이고요."

"…."

맡은 일을 완벽하게 준비해 놓았다는 건 다행이었지만, 태환의 표정은 조금도 밝아지지 않았다. 그도 그럴 것이, 내일은 이 세상에서 가장 증오하는 존재를 억지로 환영해야 하는 날이다.

"난 서재이가 우리 집안에 들어온 거 축하해 줄 생각 없어."

태환은 완고한 목소리로 말했다. 그 말인즉, 내일 파티에 불참하겠다는 강력한 의사였다.

서자임에도 불구하고, 운성 그룹의 총수 서 회장의 총애를 받고 있는 서재이. 재벌계에서는 서 회장이 진짜 장남인 태환이 아닌 재이에게 회사를 물려줄 수도 있다는 소문까지 암암리에 돌고 있었다. 그렇기에 각 그룹의 인사들은 서재이와 좋은 관계를 쌓아보려 호시탐탐 노력하는 중이었다. 물론 그런 데에는 아무런 관심이 없는 재이는 다가오는 사람들을 개무시한 채, 자신이 데려온 여자들과 희희낙락거리기 바빴지만. 태환은 도저히 그 꼴을 보고 있을 수가 없었다. 어차피 가봤자 인사치레만 하고 돌아올 텐데, 그건 태환에게 몹시 무의미한 짓이었다.

"걱정하지 마십시오. 대표님의 불참에 대해선 제가 잘 둘러대고 오겠습니다."

최 상무는 그런 그에게 걱정하지 말라는 듯 말했다. 모두가 서재이를 진정한 실세로 아는 이 회사에서도 전혀 굴하지 않고 태환의 편에 서주는 사람. 서재이가 탐내는 핵심기술을 함께 개발한 최 상무는 태환이 전적으로 신뢰하고 있는 유일한 아군이었다. 솔직한 감정을 있는 그대로 표현할 수 있는 사람도 최 상무밖에 없을 것이다.

"서재이는 내가 본 인간들 중에 가장 약삭빠르고 머리 잘 돌아가는 놈이야. 가만히 있다가는 자네도 잡아 먹혀. 그러니까…."

"…."

"최선을 다해서 그놈의 꼬리를 잡아내."

태환은 그런 그에게 진심을 담아 신신당부를 했다. 최 상무는 앞에 놓인 커피를 한 모금 들이켰고, 은은한 미소를 띤 채 되물었다.

"실례되는 말인 건 알지만, 가끔 대표님을 보고 있으면 그런 생각이 듭니다."

"…."

"서재이를 싫어하는 게 아니라, 두려워하고 있는 것 같다는 생각."

꽤나 날카로운 최 상무의 말에 태환의 눈빛이 순간적으로 굳었다. 찰나에 비친 감정은 증오보다 강렬했고, 두려움보다는 깊었다. 하지만 이내 고요한 숨과 함께 찰나의 감정들을 모두 정리한 그는 담담한 음성을 흘려보낸다.

"두려워한다라…."

"…."

"정확히 본 거인지도 모르지. 그 애는 나한테 사람이 아니라 귀신이거든."

"…."

"사람한테 꼭 붙어서 피 말리는 악귀 중의 악귀."

그리 말하며 태환은 재이를 떠올렸다. 모든 이의 환멸에 가까운 눈총을 받으면서도 눈물 한 방울 흘리지 않고, 얼굴 한 번 붉히지 않고. 미움받는 게 익숙한 아이처럼 놈은 악착같이 이 세계에서 살아남았다. 그리고 정신을 차려봤을 땐, 원래 태환에게로 와야 했던 많은 것들이 재이에게로 넘어간 후였다. 서 회장의 신임도, 세간의 관심도, 제 인생에만 충실할 수 있는 자유까지도. 마치 원래부터 서재이의 것이었던 것처럼.

서 회장은 운성 그룹의 핵심 기업인 운성 중공업조차 서재이에게 넘겨주려 했다. 태환은 이곳을 지키기 위해 악착같이 핵심기술을 연구했고, 그 험난한 길을 함께 했던 최우석 상무와 함께 운성 중공업만큼은 지켜냈다. 그러니, 이제 와서 서재이가 이곳을 다시 노린다 해도….

'난 절대 이 집안 사람들처럼 눈 뜨고 당하지 않아. 놈의 숨통을 끊어놨으면 끊어놨지….'

커피 한 잔을 다 비운 최우석 상무가 입을 열었다.

"내일은 저에게 맡기십시오. 대표님이 바라는 결과를 반드시 가져다드리겠습니다."

다른 사람을 쉽게 신뢰하는 타입은 아니었지만, 최우석 상무라면 말이 달랐다.

"자네가 나서준다면 모든 건 시간문제겠지."

태환의 어깨가 그제야 느슨히 풀어졌다. 어차피 진통제 같은 찰나의 안도감인지라 곧 부질없어지겠지만.

* ◆ *

"온도담, 이리 와 봐."

소파에 있던 주원이 도담을 불렀다. 방에서 업무 중이었던 도담은 하던 걸 멈추고 곧장 밖으로 나왔다.

"네, 부르셨어요?"

"내일 외근 준비는 어떻게 되어가?"

"음… 시나리오는 대충 짜봤고, 지금은 생각할 수 있는 돌발 상황에 대한 대비책도 준비하고 있어요. 적어도 오늘 자정까지는 끝낼 수 있을 것 같아요."

"그래, 끝나면 나한테 검수받아."

"어? 팀장님 일찍 자는 편 아니었어요?"

"이제 너랑 같이 자니까 너 잘 때까지는 못 자겠지."

"진심으로 앞으로 계속 내 방에서 자려고요?"

도담은 어이없다는 눈빛으로 주원에게 되물었다. 그러자 주원은 조금의 망설임도 없이 곧바로 고개를 끄덕인다.

"당연하지."

"또 나 골탕 먹이려고 이러죠?"

"어제 고의로 그런 거 아니라니까. 사람이 말을 하면 좀 믿는 시늉이라도 해."

도담에게 타박을 늘어놓던 주원은 거실 테이블 위에 올려놓았던 파일과 박스 하나를 내밀었다. 손바닥만 한 크기의 박스는 예쁜 리본으로 포장되어 있었다.

"이게 뭐예요?"

도담이 어리둥절한 눈으로 물었다.

"내일 서재이 생일 파티 계획서 최종 정리안. 보기 편하게 정리해뒀으니까 마지막으로 한번 더 체크하라고."

"이 박스는?"

"서재이한테 전달할 시계야. 파티 당일 날 생일 선물인 척 주면서 서재이의 손목에 채워."

"그냥 시계가 아니구나, 이거."

"본부랑 연결되는 소형 카메라랑 도청 장치가 들어 있어. 지금까지 쌓아온 관계라면 그 정도는 할 수 있잖아. 긴장하기 말고 자연스럽게 행동하면 돼."

이런 대화를 나누고 있으니, 요즘 자꾸만 마음이 갔던 재이가 우리의 타깃이라는 사실이 새삼 실감 났다. 이 시계를 손목에 채우기까지는 별로 어렵지도 않겠지. 도담의 말이라면 의심도 없이 덥석덥석 믿어버리는 재이는 이 선물이 시계라는 걸 알자마자, 자기가 먼저 차겠다고 나설지도 모를 일이다. 하지만 그 뒤가 문제였다. 도담은 그날, 이 시계를 손목에 차고 진심으로 기뻐할 재이의 얼굴을 미안해서 똑바로 바라보지 못할 것 같다.

"하아… 착잡하네."

도담은 착잡한 심정을 담아 깊은 한숨을 내쉬었다. 그게 무엇을 뜻하는지 알고 있는 주원은 진지하게 가라앉은 목소리로 말했다.

"쓸데없는 생각하지 말고 정신 똑바로 차려. 서재이를 계속해서 의심하고 뒷조사하는 게 너의 역할이고, 니가 제대로 임무에 임할 수 있도록 지켜주는 게 나의 역할이야."

"…."

"그러니까 내일 서재이랑 함께 다니더라도… 그 뒤에 있을 나를 더 생각해 줬으면 좋겠어."

매사에 명령조인 그의 마지막 말이 부탁처럼 들렸다면, 그건 단순한 나의 착각일 뿐일까.

도담은 주원과 똑바로 눈을 마주했다. 늘 차갑고 매정했던 그의 눈빛은 오늘따라 깊고 진중했다. 게다가 어딘지 모르게 불안한 기색을 띠고 있었다. 어제 드레스를 이미 선물 받았는데도 불구하고 원피스를 선물하고, 가방을 선물하고, 액세서리를 선물했던 건, 서재이에게 흔들리지 말고 임무가 끝날 때까지 같은 편으로 남아있어 달라는 부탁이었나 보다. 이런 식으로 서툴게나마 잡아두려 한다는 건, 날이 갈수록 가까워지는 서재이와의 관계가 진심으로 걱정되고 신경 쓰인다는 뜻이겠지. 도담은 작게 숨을 들이마셨다. 그러고는 요즘 들어 그가 통 믿지 않는 고백을 또다시 꺼내놓았다.

"다시 한번 진심으로 말하지만, 저는 팀장님이 좋아요."

"…."

"그래서 내일 정말 잘 해내고 싶어요. 요즘 팀장님이 불안해하셨던 것들, 걱정했던 것들, 전부 기억도 안 날 만큼."

"온도담…."

주원을 위해 하는 말인데, 이상하게 불편했던 도담의 마음이 가라앉았다. 이런 걸 보면 아무리 서재이에 대한 감정이 다채로워졌어도, 사랑만큼은 아직 그에게만 향해 있는 것 같다. 그 사실을 느끼자 도담은 확신 어린 목소리로 약속할 수 있었다.

"제가 팀장님을 버리는 일은 없을 거예요. 그러니까, 내일은 걱정하지 말고 팀장님은 팀장님의 임무에 임해주세요."

두근, 두근, 두근, 두근.

그토록 바라던 말을 들었는데, 안심되기는커녕 가슴이 더 난리를 피워댔다. 처음엔 아무것도 모르는 도담이 너무 무능력한 것 같아서 불만이었는데, 이제 제 할 일을 책임지고 처리할 수준이 되니 그 모습에 일일이 반응하는 제 마음이 문제다. 얼굴에 살짝 열이 오르는 것 같은 기분에, 주원은 그녀와 마주치고 있던 눈을 피해버렸다.

"당연한 소리 선심 쓰듯이 하지 마…."

합동 임무는 이래서 힘들다고 하나 보다. 원래 타인에 의해 감정이 휘둘리는 성격이 아닌데. 어느 순간부터는 그녀의 말 한마디, 눈빛 한 번에 천국과 지옥을 왔다 갔다 하게 된다. 정말 프로답지 못하게.

반짝반짝
빛이 나

대비하는 과정에서 걱정도 많고, 신경 쓰이는 것도 많았던 서재이의 생일 파티 당일. 평소보다 신경 쓴 화장으로 꽃단장을 마치고, 주원이 선물한 빨간 원피스와 주원이 선물해준 가방까지 들어서 모든 준비를 끝내고 현관문에 선 도담이 우렁차게 인사했다.

"준비 끝! 다녀오겠습니다!"

재이와 파티 두 시간 전부터 만나기로 한 그녀보다 삼십 분쯤 늦게 출발할 생각이었던 주원은 서재에서 나와 현관으로 다가갔다. 그러자마자 보이는 도담의 모습은 빨간 원피스 때문인지, 아니면 평소보다 붉은 립스틱 때문인지, 참 곱고 생기 있어 보였다.

지금 저 여자는 다른 남자와 함께 파티장에 갈 텐데, 이걸 예쁘다고 해야 할지 아니면 얄밉다고 해야 할지 모르겠다.

"항상 조심해. 실전 임무 땐 무슨 사고가 어떤 식으로 생길지 모르니까."

주원은 복잡한 마음을 깔끔하게 숨긴 채, 무심한 목소리로 마지막 당부를 했다. 그러자 도담은 조금도 무섭지 않다는 듯 여유로운 목소리로 대답했다.

"에이, 그렇게 걱정하면 될 일도 안 돼요. 이럴 때일수록 긴장하지 말고 평소처럼 침착하게 굴어야지."

"…"

"오늘 파티 무사히 마무리되면 맛있는 거 먹으러 가요. 결과가 좋든, 안 좋든 애쓴 건 사실이니까."

하지만 주원의 표정은 조금도 나아지지 않았다. 오히려 도담이 달래주면 달래줄수록 그녀를 바라보는 눈빛이 묘하게 무거워진다.

"왜요, 내가 그렇게 못 미더워요?"

가라앉는 그의 분위기를 눈치챈 도담은 넌지시 물었다. 주원은 대답하지 않았지만, 그의 속내는 훤히 비쳐 보였다. 도담은 그런 주원의 손을 억지로 붙잡고, 천연덕스럽게 새끼손가락을 걸었다.

"저 오늘 진짜 잘할게요. 자, 약속."

마주 잡은 손이 공중에서 흔들렸다. 이렇게 장난스럽게라도 다짐을 하면 고개라도 끄덕여줄 만한데, 그는 짧은 한숨만 내쉬는가 싶더니 이내 새끼손가락을 빼낸다.

"이런 거로 약속하지 말고 결과로 보여줘. 난 결과 나오기 전까지 안 믿어."

주원은 핀잔을 주면서도 주머니에서 무언가를 꺼내 들었다.

"이건 내가 예전에 받은…."

그러고는 호기심 어린 눈동자로 자신을 바라보는 도담에게 막 내 밀던 그 순간 초인종 소리가 요란하게 집 안을 울렸다. 인터폰을 확인할 것도 없이, 도담을 데리러 온 재이가 분명했다.

"아, 재이 씨 왔나 보다."

도담은 주원에게서 휙 몸을 돌려 순순히 현관문을 열어주었다. 그 뒷모습을 가만히 지켜보던 주원은 머지않아 드러난 재이의 얼굴을 보고는 잠시 표정을 굳혔다.

"도담! 벌써 준비 다 끝내고 현관에서 나 기다리고 있었던 거야?"

"이쯤 온다고 했었으니까요."

"내가 엄청 보고 싶었었구나?"

저 뻔뻔하고 태연하고 쓸데없이 생글생글한 얼굴은 언제 봐도 꼴 보기가 싫다. 주원은 너무 노골적으로 인상을 쓰지 않도록 표정 관리에 신경 썼다.

"그런데…."

하지만 표정 관리가 되지 않는 쪽은 재이였다. 도담과 인사를 나누자마자 그녀의 옷차림부터 확인한 재이는 자신이 선물한 드레스와 전혀 다른 원피스를 입고 있는 도담을 혼란스러운 눈빛으로 바라본다.

"내가 선물해 준 드레스는… 이게 아닌 것 같은데."

"네?"

"왜 그거 안 입었어?"

"아아… 그거?"

미묘하게 낮아진 재이의 온도를 느낀 도담은 해맑게 웃으며 미리 준비해 둔 변명을 했다.

"아! 그 드레스! 입어봤는데 제가 요즘 갑자기 살이 쪄서 그런지 안 잠기더라고요!"

"아….."

"그래서 하는 수 없이 새로 샀어요! 왜요? 지금 입은 거 안 어울려요? 별로야?"

도담은 행여나 재이가 집요하게 굴까 봐 먼저 선수를 쳐 물었다. 재이는 도담의 빨간 원피스를 가만히 바라보다가 입꼬리를 들어 올렸고, 다시 평소와 다를 바 없는 목소리로 대답했다.

"아니, 예뻐."

"정말요?"

"도담이는 밝은색이 정말 잘 어울리네. 피부가 하얘서 그런가 보다."

재이의 눈가에 어린 해맑은 미소를 본 도담은 그제야 마음을 놓고 편하게 대꾸했다.

"남편 앞에서 그런 칭찬 하지 마요!"

"남편? 아아, 너 쳐다보느라 이 집 아저씨를 못 보고 있었네."

거짓말. 시야가 고시원 단칸방만 하더라도 현관 앞에 정승처럼 서 있는 장신의 남자가 안 보이지는 않을 텐데. 주원은 호락호락하지 않은 눈빛으로 재이를 노려보았다. 그와 눈이 마주친 재이는 생글생글 웃으며 말했다.

"오늘 아주 늦게 오시거나 못 오실 수도 있다면서요."

"네, 그렇게 됐네요."

"도담이는 제가 잘 챙길게요. 걱정하지 마세요."

쌍으로 걱정하지 말라고 하니까 더 걱정되네.

마음속에 커다란 뿔이 돋아난 주원은 대꾸 없이 도담에게로 시선을 돌렸다. 신발장을 보며 옷매무새까지 정리한 도담은 재이와 함께 현관을 나서려 하고 있었다.

"온도담, 잠깐만."

주원은 출발하는 도담을 붙잡고, 성큼 그녀에게로 가까이 다가갔다. 머지않아 그가 조심스러운 손길로 그녀의 팔에 채워주는 건, 네잎 클로버 모양의 참이 달린 낡은 팔찌였다.

"이게 뭐예요?"

예상치 못한 선물에 놀란 도담은 그에게로 고갤 돌려 물었다. 그러자 주원은 보기 힘든 미소를 입가에 머금은 채 대답한다.

"손목이 허전한 것 같아서 준비했어."

"새 건 아닌 것 같은데. 누구 거예요?"

"궁금해? 귀 대 봐."

주원은 그리 밀하며 세 입술을 도담의 귓가로 가져갔다. 그러고는 재이가 듣지 못할 만큼 작은 목소리로 아까 미처 하지 못했던 말을 속삭였다.

"…어떤 상황에서든 멀쩡하게 돌아와. 이건 응원이 아니라 약속이야."

"여보…?"

"니가 반드시 지켜야 할 약속…."

멀쩡하게 돌아오라 명령하는 주원의 목소리가 평소와 다른 느낌으로 가라앉아 있었다면, 그건 단순히 기분 탓일까.

현관에 선 재이를 의식했는지, 주원의 입술은 머지않아 도담에게서 떨어졌다. 하지만 도담의 신경은 그를 떠나지 못했다. 혹시 아직까지 나를 불안하게 여기는 건가, 싶어서 한 번 더 확신을 줘야 하나 고민하던 그때, 재이가 그녀의 이름을 불렀다.

"도담."

퍼뜩 정신을 차린 도담이 시선을 돌리자, 재이는 눈꼬리를 사르르 휘어 웃어 보인다.

"가자."

"…."

"나랑 같이."

재이가 묘하게 힘이 실린 목소리로 말했다. 현관문을 더욱 활짝 열어젖히는 그는 도담을 재촉하는 듯하다. 주원과 재이 사이의 긴장감이 어찌나 팽팽한지, 도담은 마치 줄다리기용 밧줄 가운데에 묶인 리본이 된 느낌이었다.

재이의 차 안.

"겨우 도착했네. 금요일 고속도로는 정말 지옥이야."

파티가 열릴 청담동의 한 이벤트 홀 정문에 차를 세운 재이가 운전대를 놓았다. 하도 붙잡고 있어서 뻐근해진 손을 풀고, 아직 파티가 시작되지도 않았는데 벌써부터 피곤한 눈을 풀고.

"도담, 멀미는 안 했어?"

다정한 눈빛으로 조수석을 바라보니, 도담은 지루한 교통 체증을 이기지 못하고 그새 잠이 들어있다. 머리부터 발끝까지 세팅은 완벽하게 내놓고서, 무방비하게 자는 모습이 재이의 눈에 작은 동물처럼 귀여워 보였다.

"도담."

재이는 그녀의 이름을 불렀다. 일부러 속삭이듯이 작게 낸 그의 목소리는 그녀를 깨울 수 있을 리 만무했다.

"도담, 일어나야지."

재이는 입가에 은은한 미소를 띤 채 도담의 어깨를 조심히 흔들어 본다. 그러자 꼿꼿하게 정면을 향해 있던 도담의 고개가 재이 쪽으로 툭 치우쳤다. 똑바로 마주 본 그녀의 자는 얼굴은 진한 화장이 무색할 만큼 평소보다 앳되다. 그 얼굴을 바라보는 재이의 눈가에 둥그런 눈웃음이 맺혔다.

오늘 파티의 주인공만 아니었다면 계속 이대로 쿨쿨 자게 놔뒀을 텐데. 아쉬워라.

정문에 서있던 발렛파킹 직원이 운전석 문을 조심스레 두드렸다. 덕분에 잠에서 깬 도담은 아직 비몽사몽한 얼굴로 눈을 떴다.

"아 함… 도착했네?"

"일어났어?"

"언제 도착했어요?"

"한… 두 시간 됐나?"

"뭐! 그렇게 오래?"

재이의 농담에 깜짝 놀란 도담은 서둘러 시계를 확인했다. 하지만 시간은 출발할 때 내비게이션에 떴던 도착 예정 시간보다 십 분밖에 지나지 않은 시간이었다. 하여간 실없는 이 남자는 별 쓸데없는 거로 장난을 친다.

"뭐야, 도착한 지 얼마 안 됐잖아요."

도담은 재이를 흘겨보며 안전벨트를 풀고 가방을 챙겼다.

"잘 잤어?"

재이는 그런 그녀의 흐트러진 머리카락을 정리해 주며 물었다. 도담은 그 손길을 터억 막아두고, 조수석 거울을 내려 스스로 머리를 정리했다.

"어제 잠을 못 자서 그런지 아직 피곤하네요."

"왜 잠을 못 잤어? 나랑 만나는 게 너무 설레서?"

"네, 오늘은 재이 씨 생일이니까 그렇다고 칠게요."

도담의 대답은 누가 봐도 진심이 아니었지만, 재이는 그걸로도 만족스럽다는 듯이 씨익 웃었다.

"앞으로 나 때문에 설렌다는 얘기 듣고 싶을 때마다 내 생일 해야지."

"또 말도 안 되는 소리 한다. 또."

도담은 너스레를 떠는 재이를 두고 먼저 차에서 내렸다.

"베르사유 홀에 오신 걸 환영합니다."

그러자마자 재이의 차 옆에서 대기 중이던 정장 차림의 가드가 정중하게 손을 내밀었다. 누군가의 에스코트를 처음 받아보는 도담은 당황감을 감추지 못했다.

"어머. 이러지 않으셔도 되는데… 수고하십니다."

도담은 어색하게나마 인사를 하며, 가드의 손을 잡고 차에서 몸을 내렸다. 그러자마자 마주한 파티 홀은 그야말로 영화 촬영장소를 방불케 했다. 대리석 기둥과 화려한 분수로 장식된 홀의 외관은 파티의 주인공인 재이의 지위와 재력을 충분히 실감하게 만들었다.

"이래서 드레스를 선물해 줬구나. 확실히 원피스보다는 드레스가 더 어울리는 파티이긴 하네…."

도담은 새삼 선물의 의미를 깨달으며 재이를 기다렸다. 이제 막 운전석에서 내린 재이는 발렛파킹 직원과 대화를 나누는 중이었다.

"이따 서태환 대표님이 오시거든 저한테 미리 연락 주세요. 홀로 마중 나오게."

"네, 알겠습니다."

그럴 가능성은 희박하다는 걸 알고 있다. 그의 불참 의사는 몇 번이나 누차 들어왔으니. 그래도 혹시 몰라서 신신당부하고, 재이는 도담에게로 가기 위해 걸음을 떼어냈다. 그때 클러치 안에 넣어두었던 휴대폰이 요란하게 울렸다. 다시 두 발을 멈춰서 확인해보니, 발신자는 도담의 빨간 드레스를 제작해주었던 메리 황이었다. 통화버튼을 누른 재이는 즐거운 목소리로 인사했다.

"누나, 오늘 쇼 때문에 출국하는 날이지? 공항엔 잘 도착했어?"

—나야 잘 도착했지. 비행기 출발 시각까지 삼십 분 남았어. 그나저나 오늘 파티에 참석 못 해서 너무 미안하다. 다른 날도 아니고 생일인데.

"쇼 일정이 그렇게 잡힌 걸 어쩌겠어. 나중에 밥이나 사."

—당연히 그래야지. 아 참, 내가 준 드레스는 어때? 그 여자분한테 잘 어울려?

메리 황의 질문은 드레스 디자이너로서는 당연히 물어볼 법했다. 문제는 선물을 받은 사람이 다른 원피스를 택했다는 것이었지만, 재이는 도담을 똑바로 바라보며 대답한다.

"응, 예뻐. 반짝반짝 빛이 나."

—색감도 어울리고?

"두말할 것도 없지."

비록 메리 황의 드레스를 입고 있진 않았지만, 그건 어디까지나 진심이었다.

—전에도 설명했다시피 끈으로 디테일한 사이즈를 조절하게 만들어놔서, 체형이 어떻든 핏 좋게 잘 맞을 거야.

"알아. 그래서 안심하고 선물했던 거니까."

그래서 바로 알아챘던 도담의 거짓말. 그땐 조금 씁쓸했지만, 지금은 아무래도 상관없다. 무엇을 입고 있든지 그녀는 지금 내 눈앞에 있고, 나는 오늘을 함께 보내주는 것만으로도 만족하니까.

"그럼 누나, 파리 도착해서 연락해. 쇼 마무리 잘하고."

재이가 전화를 끊을 때쯤, 도담은 화려한 차림의 다른 손님들을 구경하는 중이었다. 두 눈이 호기심으로 반짝반짝한 게, 누가 봐도 이런 자리가 처음인 사람 같다. 그런 도담이 귀여웠던 재이는 생글생글 웃으며 그녀에게로 다가갔다.

"뭘 그렇게 신기하게 구경하세요. 아가씨."

도담의 귓가에 입술을 가져다 대고 조용히 속삭이자, 사람들 구경에 정신이 팔려있던 도담이 화들짝 놀랐다.

"아, 간지러워라! 좀 평범하게 말을 걸 순 없는 거예요?"

"이런 반응 나오게 하려면 어쩔 수 없잖아. 그나저나 뭐 보고 있었어?"

"그냥 여기 오는 사람들이요. 진짜 으리으리하게 차려입고 왔네요."

"아무래도 자리가 자리니까."

"아유, 예뻐라. 다들 후광이 번쩍번쩍 나네."

나의 세계에서는 그리 말하는 그녀가 가장 밝게 빛나고 있다는 걸, 본인은 알까.

재이는 감탄하는 도담의 허리를 자연스럽게 감쌌다. 갑작스럽게 닿은 손길에, 도담은 휘둥그레진 눈으로 재이를 올려다보았다. 재이는 그 눈을 가만히 내려다보며 나직한 목소리로 말한다.

"안으로 들어가실까요, 공주님."

스물을 넘긴 이후로는 아빠에게서조차 들어본 적 없던 호칭. 하지만 으리으리한 장소 때문인지, 아니면 이곳과 너무나도 잘 어울리는 서재이 때문인지 그다지 위화감은 들지 않았다.

여기서 더 휩쓸렸다가는 본분도 잊어버릴 것 같아서, 도담은 정신 줄을 더욱 꽉 다잡고 대답했다.

"그래요, 갑시다."

"…."

진짜 문제는 그녀의 정신 줄이 아닌 그런 그녀를 바라보는 은밀한 시선이었지만.

파티가 열리는 베르사유 홀과 가까운 주차장 건물.

도담과 재이가 홀에 도착한 지 얼마 지나지 않아서, 주원의 차가 그곳에 도착했다. 미리 준비해 놓은 자리에 익숙하게 차를 세워둔 주원은 바로 노트북부터 꺼내 세팅했다.

오늘 그가 공식적으로 맡은 임무는 브로커 증거 확보와 혹시나 이곳에 나타날지 모를 유수영 검거. 이를 위해 본부에서는 베르사유홀 측에 협조를 요청해 CCTV 화면을 감시하는 중이었다. 도담이 선물하게 될 시계를 통해 혹시나 대화 중에 나올지 모를 증거도 놓치지 않고 수집할 계획이다. 게다가 미연의 사고가 발생했을 시 빠르게 대처하기 위해 홀 직원으로 변장한 요원들도 다수 배치해 두었으니, 본부에서는 오늘 뭐라도 건질 수 있겠다며 내심 기대를 걸고 있었다.

하지만 현장 임무를 총괄하는 주원의 표정은 그리 자신만만하지 않았다. 스케일이 큰 현장에 나올 때마다 매번 겪는 불안감 때문이었다. 아무 일 없이, 늘 그렇듯 완벽하게 일을 끝내려고 계속해서 계획을 짜고 수정하고 인이 박일 때까지 숙지하는데. 막상 큐 사인이 들어가면 하나부터 열까지 위태롭고 불안해진다.

'어이, 기주원. 임무는 머릿속에 잘 넣어뒀어?'

'너무 긴장하지 말고 딱 평소처럼 해. 평소처럼.'

'그동안 나랑 같이 개고생했으니까, 끝나면 법인 카드로 비싼 고기 먹으러 가자.'

이번에도 잘 할 거라고, 이번 건 마무리 끝나면 같이 축하하자고 평소와 다름없는 약속을 해놓고.

'아, 그리고 이건… 불안해하지 말고 임무 잘 완수하라는 의미에서

주는 선물.'

'나 신입 때 첫 임무에 대한 부담감이 너무 커서, 하나 장만했어. 문방구 출신이지만 나름 효력 좋아.'

그 효력 좋다는 싸구려 네잎 클로버 팔찌를 수갑처럼 내 손목에 채워놓고.

'차현도….'

'4월 28일 오후 여덟 시 삼십 분.'

'…운명하셨습니다.'

그날, 작별인사를 할 틈도 주지 않고 허망하게 떠나버린 그 사람 때문에. 안 그래도 슬슬 시동을 거는 트라우마 때문에 괜히 불안하던 오늘 아침. 그녀는 내 눈을 똑바로 보며 말했다.

'에이, 그렇게 걱정하면 될 일도 안 돼요. 이럴 때일수록 긴장하지 말고 평소처럼 침착하게 굴어야지.'

'오늘 파티 무사히 마무리되면 맛있는 거 먹으러 가요. 결과가 좋든, 안 좋든 애쓴 건 사실이니까.'

걱정하지 마라. 평소처럼 해라. 다 끝나면 고생한 만큼, 맛있는 거 먹으러 가자. 내색은 하지 않았지만, 그녀가 했던 말들은 하나 같이 현도를 떠올리게 만들었다. 그래서 심장이 철렁 내려앉고, 덜컥 겁이 났다. 하지만 주원은 불안해하는 대신, 그에게서 넘겨받았지만 차마 꺼내보지도 못하고 살았던 팔찌를 채워주었다.

'내가 구하러 갈게.'

그녀에게 건넨 말이 얼마나 큰 의미를 가지고 있었는지. 도담은 정확히 알지 못할 거다. 아직은 현장에 대한 두려움이 조금도 없는 그녀이니까.

'이래서 긴밀한 파트너 같은 건 두 번 다신 만들고 싶지 않았는데….'

소중한 사람이 곧 약점이 되어버리는 주원은 얼핏 부질없는 후회를 했다. 하지만 그 후회는 얼마 가지 않아 사라졌다.

지잉. 짧은 진동과 함께 도착한 도담의 애교 섞인 문자 때문에.

[우리 여보 파이팅! 아자아자!]

굳어있던 주원의 입가에 저도 모르게 피식, 웃음이 새어버렸다. 딱딱하게 굳어있던 마음에도 금세 이렇게 틈을 만들어 버리는 여자. 처음엔 난처하고 불쾌할 따름이었지만, 요즘엔 이리저리 휘둘리는 기분도 나쁘진 않다. 이것도 부부라고, 그새 그녀에게 물이 들어버렸나 보다. 정말 나답지 않게.

* ◆ *

베르사유 홀의 파티장에 슬슬 사람이 모이기 시작했다. 재이와 도담은 넓은 파티장에 비치된 테이블이 아닌, 이 층 룸들 중 가장 구석방에 자리를 잡고 앉아있었다. 여기서는 손님들을 제대로 맞이할 수 없을 것 같은데, 재이는 구석진 곳에 처박혀 있는 것이 익숙한 사람처럼 맥주까지 주문해서 마시고 있다.

"파티 시작 전에 술부터 마시는 거예요?"

도담은 그런 재이에게 걱정스레 물었다. 그러자 재이는 맥주잔을 살랑살랑 흔들며 능청스레 대답한다.

"맥주가 술인가. 음료수지."

"어우, 그거 내 동생이 하는 말인데. 그래 놓고서 주량은 엄청 약해서 그 음료수만 마시고도 고주망태 되더라."

"나는 술이 되게 잘 받아. 이 정도는 끄떡도 없어."

재이는 제 주량을 보여주려는 듯 잔에 담긴 맥주를 원 샷 했다. 저러다 온도영처럼 고주망태가 되어버리면 어쩌나 싶긴 하지만, 지금까지 그만큼 취한 걸 본 적은 없었으니 본인 알아서 하겠지 싶다.

"그런데 이렇게 구석진 방에 있으면 사람들이 재이 씨를 찾지도 못하겠는데?"

도담은 화려한 파티장과 상반되는 조용한 룸 안을 훑어보며 말했다. 재이는 병맥주를 한 잔 더 잔에 따랐고, 입가로 가져가며 대답했다.

"숨어있는 거야. 일부러."

"왜? 오늘 생일 파티 주인공이잖아."

"내 생일 아니야. 그러니까 파티 주인공도 나는 아니지."

뜻을 알 수 없는 그의 말. 그걸 곧이곧대로 믿기엔 초대장에 적힌 'Birthday'라는 단어가 너무 강렬했고, 일찍 도착한 사람들이 재이와 마주칠 때마다 건네던 '생일 축하해요!' 라는 인사말이 아직 생생했다.

"그럼 누구 생일인데요."

그래서 미심쩍은 눈빛으로 되물으니, 재이는 눈웃음을 지으며 대답했다.

"제레미 서."

"제레미 서가 누구야."

"내 영어 이름."

"아이, 진짜. 이 사람이…."

도담은 장난만 치는 재이를 실없는 사람 보듯 흘겨보았다. 재이는 그런 도담의 반응이 재미있는지, 푸핫 웃음을 터트렸다. 그렇게 농담을 주고받다 보니 어느새 본격적으로 시작된 파티 시간. 홀 전체에서 흘러나오던 음악이 더욱 빠르고 커졌다. 사람들의 웃음소리와 함성이 커지는 걸 보니, 인파도 몇 배는 더 많아진 모양이다. 그때 철컥 문이 열리며 행사 담당자가 들어왔다. 재이를 보자 정중하기 인사부터 건넨 그는 격식 있는 말투로 상황을 보고했다.

"대화 중에 죄송합니다. 본격적인 행사 진행에 앞서, 찾아와 주신 손님들께 짧게나마 감사 인사를 전하셔야 할 것 같습니다."

"…."

"그럼, 아래에서 기다리겠습니다."

다시 고갤 숙인 담당자는 들어왔을 때처럼 조용히 문을 닫고 룸을 나갔다. 끝까지 대꾸를 않던 재이는 문이 닫히고 나서야 한숨 섞인 목소리를 중얼거렸다.

"하아, 그런 건 빼라니까…."

"감사 인사를 어떻게 빼요. 이렇게 큰 파티에서."

"하나도 안 고마운데 거짓말하는 것도 웃기잖아."

재이는 그렇게 말하면서도 느리게 자리에서 일어났다. 도담은 그런 그를 가만히 바라보다가, 가방 안에서 미리 준비해 둔 작은 상자를 꺼냈다. 반드시 행사 당일 날, 서재이의 손목에 채우라며 본부에서 내려준 시계. 이걸 전할 타이밍은 바로 지금이 적기였다.

"재이 씨."

도담의 부름에 룸을 나서려던 재이의 걸음이 잠시 멈추었다. 그에게로 다가간 도담은 최대한 자연스러운 미소와 함께 선물 아닌 선물을 건넸다.

"생일 축하해요."

"…."

"내려가면 인사하느라 바쁠 텐데… 둘이 있을 때 미리 주는 게 나을 것 같아서."

재이의 눈이 상자 위에 가만히 머물렀다. 일렁이는 그의 눈빛은 참 순진하게도 빛났다.

"난 그냥 니가 와준 거로도 충분한데… 내 선물까지 챙겨줄 줄 몰랐어."

"생일인데 선물 챙겨주는 건 당연하잖아요."

"너는 나한테 바라는 게 없으니까, 선물을 줄 이유도 없잖아. 그런데 이렇게 챙겨주니까…."

"…."

"너무 기분 좋다. 진짜 축하받는 기분이야."

이 남자는 대가 있는 호의에만 너무 익숙해진 모양이다. 그래서 이해관계가 얽혀있지 않은 대상의 선물은 의심할 줄도, 경계할 줄도 모른다. 문제는 그가 대가를 바라지 않는다 믿고 있는 도담조차 순수한 의도는 아니었다는 것이었지만.

"풀어봐도 돼?"

재이가 물었다. 마침 그 말을 하려 했던 도담은 고개를 끄덕였다. 그러자 재이는 조심스럽게 상자의 리본을 풀었고, 그 안에 든 시계를 마주했다.

"시계네. 니가 골랐어?"

"네?"

"예쁘다. 나 메탈 체인은 나이 들어 보여서 안 차는데 이건 정말 예뻐."

재이는 박스 안에 담긴 시계를 가만히 들여다보았다. 도담은 혹시나 그가 시계의 이상한 점을 눈치챌까 싶어, 살짝 긴장한 표정으로 눈치를 봤다. 하지만 재이는 그저 기쁜 듯 배시시 웃었고, 박스 안에서 시계를 꺼내 들었다.

"지금 차고 나갈까?"

그것 역시 도담이 제안했어야 할 말이었다. 본부에서 시킨 임무는 이렇게나 수월하게 흘러가는데, 어째서 마음은 점점 더 무거워지는 건지 모르겠다. 그래서 대답 없이 재이의 얼굴만 바라보고 있었더니, 그는 시계를 꺼내 왼쪽 손목에 능숙하게 찼다.

"어때? 잘 어울려?"

차마 거기에 대답은 못 하겠다. 도담은 저게 족쇄라는 걸 알고 있으니까.

"이제 슬슬 나가봐야 하지 않아요? 아까 그 직원분 밖에서 계속 기다리시는 것 같은데."

그녀는 애써 밝은 표정으로 말을 돌렸다. 재이는 시계를 만지작거리며 웃음기 밴 목소리로 대답했다.

"응, 나가봐야지. 너도 같이 갈래?"

"근처에 있을게요. 인사 잘 하고 내려와요."

"그럼 같이 나가자. 내 눈에 잘 보이는 데 서 있다가, 나 인사하고 내려오면 맛있는 거 먹으러 가자. 여기 뷔페 엄청 크고 맛있어."

그리 말하는 재이의 눈가에는 어린아이처럼 순수하고 앳된 미소가 얹혀있었다. 도담에 대한 경계심이나, 도담에게 다른 마음이 있을 것 같다는 의심이나, 도담이 언젠가는 떠날 수도 있을 거라는 걱정 따위는 하나도 없는 얼굴이었다.

이런 사람이니까 이렇게 속이기가 쉽지. 그리고….

'이런 사람이니까 내 마음이 이렇게 무거운 거겠지.'

"도담."

재이가 그녀의 이름을 불렀다. 생각에 잠겨 있던 도담은 그제야 고개를 들고 재이를 마주 보았다.

"왜 가만히 멍 때리고 서있어. 나랑 같이 가자니까."

재이는 그런 그녀의 앞에 다정한 손을 내밀었다. 그걸 차마 붙잡을 면목이 없어서 쳐다만 보고 있었더니, 그가 도담의 손목을 부드럽게 휘어 감쌌다.

"긴장할 필요 없어. 내 옆에 있으면 너도 주인공이야."

다정한 목소리가 들려왔다. 이 말도 안 되는 연극의 주인공은 본인이라는 것을 전혀 모르는 재이는 참 예쁘게 웃고 있었다. 얼굴을 제대로 쳐다보지도 못하게.

오늘의 주인공, 서재이를 관찰하며 느낀 세 가지.

"어머, 재이 오빠. 오랜만이다!"

"세리구나. 잘 지냈어?"

"요즘 사업 때문에 바쁘지. 오빠는 볼 때마다 더 근사해지는 것 같아."

"그래? 세리보다야."

"치, 너스레는. 아 참! 인사해. 여기는 나랑 비즈니스 같이 하는 김동균 씨."

"안녕하세요, 말씀 많이 들었습니다. 소호 패션 김동균이라고 합니다."

"…"

"서재이 이사님?"

"…"

첫 번째로 서재이는 노골적으로 남자를 경계한다. 본부에서 미리 보고 받은 내용에서도 서재이는 여자만 상대한다고 했었는데, 인제 보니 여자만 상대하는 게 아니고 남자를 경계하는 것 같다. 그의 수많은 여자 친구들은 그런 그가 익숙한지, 알아서 남자 손님들을 상대했다.

"이해해. 이 오빠가 여자를 너무 밝혀서 남자는 개인적으로 상종을 안 해."

"아, 아… 그러시구나. 하하."

"오빠, 우린 저쪽 테이블에 있으니까 이따 와인 한잔해."

그리고 두 번째.

"그래, 세리. 오늘 재미있게 놀다 가."

"오오오! 서재이! 이게 무슨 일이야!"

"깜짝이야. 미옥 누나?"

"미옥은 노노. 나 연아로 개명했잖아. 앞으로 연아 누나라고 불러."

"아, 맞다. 그랬지. 이름 어울린다. 예뻐."

"아니, 이게 누구야! 재이 씨! 잘 지냈어요?"

"수희 씨도 오셨네요. 안녕하세요."

서재이는 참 인기가 많다. 한 명이 인사를 하고 가면 그다음 사람이 기다렸다가 인사를 하고, 그 사람이 가면 또 그다음 사람이 찾아오고. 마치 평일 점심시간의 은행 창구처럼 그의 앞에 사람이 바글바글 몰린다.

마지막으로 세 번째.

"하아⋯."

그 많은 사람들과 자신을 향한 관심 속에서, 서재이는 행복이랑은 거리가 먼 표정을 하고 있다. 이번 사람들이 가고 다음 사람들이 다가올 때 생기는 짧은 틈마다 길게 이어지는 그의 한숨. 서재이는 마치 물을 너무 많이 줘서 죽는 꽃처럼, 사람들이 찾아오면 찾아올수록 시들어가고 있다.

'어울려 노는 거 되게 좋아할 줄 알았는데⋯.'

도담은 그런 재이의 옆자리에 앉아서 돌아가는 상황을 가만히 관찰했다. 그가 즐거워하며 떠놓은 음식들은 다가오는 인파들 때문에 어느덧 차갑게 식어있다. 특히 저 크림 파스타는 냄새부터 좋다면서 호들갑을 떨어댔지만, 지금 먹어봤자 맛도 없겠지. 그걸 보다 못한 도담이 그새 또 바뀐 여자와 한창 대화 중이던 재이의 접시를 가져갔다. 여자에게 향해 있던 재이의 시선은 자연스럽게 도담에게로 옮겨왔다.

"내 접시 왜?"

"네? 아니, 그냥. 식은 것 같아서….."

"재이, 사실 아까부터 궁금했는데. 같이 온 이 여자분은 누구야?"

덕분에 여자까지 도담에게 관심을 가진 듯했다. 도담은 여자의 눈을 빤히 바라보며 뭐라 대답해야 할지 고민하기 시작했다.

'안녕하세요. 서재이의 옆집 사는 사람입니다.'라고 말하기엔 옆자리까지 차지하고 앉아 있는 꼴이 영 수상하고, '아! 저요? 그냥 재이 씨 친구예요!'라고 말하면 진짜 서재이의 친구들이 나에게도 서재이만큼의 관심을 줄 것 같고. 도대체 뭐라고 말해야 자연스럽게 이 상황을 빠져나갈 수 있을까 고민하던 그때, 재이가 입을 열었다.

"요즘 내가 만나고 있는 사람."

"…네?"

그 말을 들은 도담의 눈이 휘둥그레졌다. 만만찮게 놀란 건 재이와 이야기를 나누던 화려한 여자도 마찬가지였다.

"정말? 농담 아니고?"

"응. 농담 아니고 진심으로."

"아아… 그렇구나."

여자는 '아아, 그렇구나'에서 반응을 끝냈지만, 도담을 아래위로 훑는 눈빛에선 더 많은 감정이 고스란히 드러났다. 마치 '재이 그동안 취향 많이 바뀌었네'하고 말하는 것 같은데. 이걸 대놓고 기분 나빠해도 되는지 모르겠다. 하지만 아무리 생각해도 나설 타이밍은 아닌 것 같아서, 그냥 재이의 접시만 들고 자리에서 일어서니 재이가 곧장 그녀를 따라 자리에서 일어서며 말했다.

"아직은 혼자서만 좋아하는 중이야."

저도 모르게 걸음을 멈춘 도담은 재이에게로 시선을 돌렸다. 그러자 재이는 도담을 향해 다정한 눈웃음을 지어 보이며, 부드러운 목소리를 이어나간다.

"그러니까 잠깐 실례. 인사는 그만하고 둘만의 시간을 보내고 싶어서."

여자를 떠나 도담에게 다가온 재이는 그녀의 곁에 나란히 섰다.

"아까 그 방으로 들어갈까?"

낮게 꺼내는 질문에 도담의 눈빛이 일렁였다.

"…."

시계를 통해 또렷이 전달되는 음성과 장면들을 지켜보고 있는 주원의 미간에 진한 내천 자가 새겨졌다.

혼자 기다리는 건
괜찮잖아

"이것들이…."

베르사유 홀 근처 공영주차장, 주원의 차 안.

본부가 보고 있는 화면과 음성을 같이 듣고 있는 주원의 표정이 눈에 띄게 불쾌해졌다. 서재이의 손목시계에 달린 카메라를 통해 미루어 짐작했을 때, 두 사람은 단둘이 어딘가로 향하고 있는 것 같은데. 대화 내용을 들어보니 '단둘'이 있을 수 있는 곳으로 가려는 모양이다. 마음 같아서는 지금 저 현장을 확 덮치고 싶지만, 주원은 참을 인을 새기며 현장에 집중하려 애썼다.

지금 그가 찾아야 할 사람은 계속해서 도망치고 있는 유수영 요원. 정식으로 초대받지 않았을 그녀는 직원으로 위장하거나, 눈에 띄지 않는 차림으로 잠입했을 확률이 높았다.

"유수영… 유수영…."

주원은 어지러운 화면 속에서 빠르게 스쳐 가는 사람들의 얼굴을 눈에 담으려 애썼다. 그때, 두 사람의 대화가 들려왔다.

─아, 요즘 남편이랑은 어때?

대놓고 나온 자기 얘기에, 주원의 눈썹이 다시 꿈틀거렸다.

─어떠냐뇨? 뭐가요?

─남편이 예전하고 다르게 너한테 많이 매달리는 것 같아서. 전에 같이 식사할 때도 대놓고 날 견제하던데?

─아아… 맞아. 그랬었죠.

재이가 말하는 그 날은 주원도 똑똑히 기억하고 있었다. 그때 먼저 견제하고 도발했던 건 본인이면서, 인제 와서 내 탓을 저렇게 한다. 저 불여우 같은 놈이.

─그 원피스도 남편이 사준 거지? 내가 사준 옷 입고 가는 꼴 못 보겠다고.

그리 말하는 재이의 목소리에는 웃음기가 섞여있었지만, 주원은 그 안의 가시를 또렷이 느낄 수 있었다. 거기에 대해서 할 말은 참 많지만, 두 사람의 대화에 낄 수 없는 주원은 도담의 대답에 의지할 수밖에 없다. 잠깐의 침묵이 흘렀고, 머지않아 다시 그녀의 목소리가 흘러나왔다.

─우리 남편 진짜 유치하죠.

주원의 기대와는 어긋난 대답이었다. 살면서 한 번도 '유치'하다는 소리를 들어본 적 없던 주원은 도담 대신 애꿎은 모니터만 노려본다.

─저도 우리 남편이 그렇게 질투 많고 유치한지 요즘 들어서 처음 알았어요. 결혼 초반엔 내가 북을 치든, 장구를 치든 아무 신경도 안

쓰더니, 재이 씨랑 친해지고 나니까 별것이 다 신경 쓰이나 봐요.

도담의 말을 들은 재이는 가볍게 웃더니, 속 뒤집힐 만한 대답을 했다.

—북이랑 장구는 너 못 꼬시잖아.

이젠 드러내놓고 흑심을 드러내는 불여시. 그의 뻔뻔한 태도에, 주원은 헛웃음이 나올 지경이다.

"잘들 논다."

주원은 통신을 끊어버리고 싶은 마음을 간신히 억누르고 다시 유수영 찾기에 돌입했다. 개인적으로 복잡하고 힘든 일이 있을 때 업무에 더욱 집중하는 것은 주원만의 도피 방법이었다. 하지만 이어지는 도담의 말은 주원의 귀를 다시 집중시켰다.

—난 누가 꼬신다고 해서 넘어가는 여자 아니거든요. 나는 내가 찍은 남자만 따라다녀요.

—그게 남편?

—응, 그게 기주원.

나이도 한참이나 어린 주제, 직급도 한참이나 낮은 주제, 이름으로 턱턱 부르다니. 마음에 들지 않는다고 생각은 하면서도 이상하게 기분이 좋아졌다. 원래는 이런 걸 이해해 주는 사람이 아닌데, 지금은 그녀의 입에서 나온 '기주원' 석 자에 마음이 놓이기까지 한다. 본인도 인지하지 못한 채로 인상을 풀어버린 주원은 그녀에게는 들리지도 않을 혼잣말을 중얼거렸다.

"따라다니긴 뭘 따라다녀. 속만 긁어대면서⋯."

얼핏 듣기로는 핀잔이지만 그의 눈빛은 순식간에 온화해져 있었다. 요즘 들어 그가 도담의 행동이나 말 하나하나에 일희일비하고 있다는 건, 아직 본인조차 눈치채지 못한 사실이었다. 하지만 그렇게 겨우 기분이 좋아지면 뭐 해.

―아아, 기주원….

―….

―괜찮아. 나는 별로 상관 안 해. 어차피 계약 결혼이잖아. 계약금과 위약금으로 묶인.

도담의 말을 똑똑히 듣고도 고집을 부리는 재이가 다시 그의 심기를 땅 밑으로 꺼트리려 했다. 재이가 그 말을 할 때쯤, 시계와 연결된 화면은 어느새 룸 안을 비추고 있었다. 문이 닫히는 소리와 함께 주변 잡음도 급격히 조용해진다. 그래서 왠지 모를 불안감에 휩싸이는 듯한 이 순간. 도담을 밀폐된 공간으로 데리고 간 재이가 다시 입을 열었다.

―그래서 말인데, 도담….

장난기가 사라진 그 목소리에 주원의 마음이 왠지 모르게 불안해졌다.

* ◆ *

커다란 파티 홀에서 가장 구석진 은밀한 룸.

시끄러운 음악과 사람들의 이야기 소리와는 동떨어진 그곳에서, 재이가 천천히 입술을 떼어냈다. 도담은 그를 가만히 바라보며 이어질 말을 기다렸다.

"그래서 말인데, 도담…."

재이는 그런 그녀에게로 가만히 손을 뻗었고, 테이블 위에 가만히 놓여있던 도담의 손을 살며시 붙잡았다.

"재이 씨…?"

갑작스럽게 닿아온 온기에 그녀의 눈빛이 흔들렸다. 재이는 그 눈을 피하지 않은 채 부드럽지만 힘이 실린 목소리를 냈다.

"나 니가 좋아."

지금 이 순간도, 내가 감쪽같이 속이고 있는 그의 고백.

"그게 무슨 소리예요?"

한 마디도 빠짐없이 다 들어놓고서도, 도담은 흔들리는 눈빛으로 되물었다. 그러자 재이는 잡은 손에 은근한 힘을 더하며 고백을 이어나갔다.

"우리 그동안 꽤 많은 시간을 보냈다고 생각해."

"…."

"니가 기뻐할 땐 내가 너랑 같이 기뻐했고, 니가 슬퍼할 땐 내가 너의 곁에서 같이 슬퍼했고, 니가 화났을 땐 나만 너를 위로해 줬어."

"…."

"그 정도면 지금 너의 옆에 있는 사람보다 내가 더 너를 특별하게 대하는 것 같은데… 너도 그렇게 느끼지 않아?"

도담의 앞에선 항상 무방비하고 능청스러웠던 재이였다. 하지만 고백하는 지금의 모습은 진지하고, 단호하기까지 했다. 아무래도 그는 자신의 감정에 확신이 있는 모양이다. 하지만 도담은 그 마음이 난처하고 당황스러울 뿐이다. 그가 믿고 있는 시간들이 전부 거짓이었다는 걸, 그녀는 너무나도 잘 알고 있으니까.

"재이 씨, 몇 번이나 말했잖아요. 우리의 결혼이 연극이라고 하더라도 그 사람에 대한 내 마음만큼은 진심이에요. 그러니까…."

도담은 재이를 차분히 달래려 했다. 하지만 재이는 그 말이 다 끝나기도 전에 뒷말을 이어나갔다.

"알아. 그 정도는 내 눈에도 보여. 하지만 사람 마음이라는 게 계속 두드리면 빈틈은 생기기 마련이잖아."

"…."

"너의 마음이라고 해서 다를 것 같진 않아. 나는 그 빈틈을 찾을 거야."

그 말에 나는 뭐라고 대답해야 할지….

도담의 머릿속이 순식간에 복잡해졌다. 분명 나는 오늘의 파티에서 일어날 수 있는 돌발 상황들을 모두 대비해 놓았고, 무슨 일이 벌어지든 자연스럽게 넘길 수 있을 것 같았는데. 이렇게 도망갈 구석도 없이 막아두고 고백을 해올 줄은 몰랐다. 도담은 우선 붙잡힌 손부터 조심스럽게 빼냈다. 그리고 꾹 닫아두고만 있었던 입술을 조심스레 열었다.

"나는 우리가… 어디까지나 좋은 친구라고 생각해요."

"…."

"같이 기뻐해 주고, 슬퍼해 주고, 위로해 주는 그런 좋은 친구. 난 딱 그 정도 사이가 좋은 것 같아요."

담담하게 이어졌지만 확실한 거절이었다. 그런데도 재이는 입가의 미소를 거두지 않고 있다. 혹시나 장난스럽게 넘기려는 건가, 싶어 불안해진 도담은 한 번 더 확실하게 선을 그었다.

"전에도 말했다시피, 저는 그 사람과의 계약을 성실히 이행하고 싶어요. 그래야 할 이유도 있고요. 그러니까 재이 씨도….."

하지만 그 선을 마무리 짓기도 전에, 재이는 여전히 웃는 낯으로 입을 열었다.

"그래, 그 계약. 중간에 잘못되면 위약금을 문다고 했었지."

"…."

"사실 마음 같아서는 그깟 위약금 내가 물어주고 데려오고 싶어. 얼마가 됐든, 나한테는 그리 어려운 금액이 아닐 것 같거든."

그건 꼭 고집을 부리는 것 같아서, 도담의 표정이 심각해졌다. 그러나 재이는 그녀의 예상과는 다르게 그저 여유로운 목소리를 흘려보낸다.

"그래도 개입하지 않고 지켜보고만 있는 건, 돈을 쓴다고 해서 너의 마음까지 살 수는 없다는 걸 알고 있어서야."

"…."

"그 사람한테서 뺏어오겠다는 얘기가 아니라 너의 옆에 자리가 생길 때까지 기다리겠다고….."

"재이 씨….."

"나는 그냥, 그 말을 하고 싶었어."

하고 싶은 말이 모두 끝났는지, 재이가 테이블 위에 올라와 있던 손을 거두어갔다. 그 뒤에 찾아온 침묵은 평소보다 어색하고 길었다. 그 동안 그녀의 마음에는 또 죄책감이 쌓여간다. 그의 마음이 얼마나 무거운지와는 상관없이, 도담은 그냥 거짓뿐인 관계에 쏟고 있는 재이의 감정이 안타까울 따름이다. 단 한 줌이라도 그에게 되돌려줄 수 없다는 걸 아니까. 그래서 무슨 말을 해야 하는지, 어떤 표정을 지어야 하는지 난처해하고 있던 그때 문이 열렸다.

파티의 웨이터 한 명이 방으로 들어왔다.

"대화 중에 죄송합니다. 지배인님이 방으로 커피를 가져다드리라고 하셔서…."

느닷없이 찾아온 그는 이 순간만큼은 반가운 존재였다.

"어, 마침 카페인이 당기던 참이었는데 잘 됐다. 향이 좋네요. 무슨 커피에요?"

도담은 화제도 돌릴 겸, 반가워하며 직원에게 말을 걸었다. 직원은 그런 그녀의 앞에 커피잔을 놓아주며 친절한 설명을 하려 했다.

"네, 지배인님이 특별히 신경 쓰신… 앗!"

그러다가 사고가 일어난 건 순식간이었다. 서빙이 익숙지 않은 초보인 건지, 잔을 들 때부터 묘하게 떨린다 싶었던 손은 테이블에 얌전히 내려놓아야 할 커피를 도담의 옷에 쏟아버리고 말았다.

"앗!"

깜짝 놀란 도담은 황급히 자리에서 일어났지만, 이미 그녀의 옷은 축축하게 다 젖어버린 상태였다. 건조한 시선으로 웨이터를 바라보던 재이는 몹시 당황하며 그녀에게 달려왔다.

"도담아!"

"아…."

"괜찮아? 많이 데였어?"

그녀의 앞에 무릎을 꿇다시피 하고 앉은 재이가 걱정스레 물었다.

하지만 도담은 조금 놀랐을 뿐, 딱히 뜨거워하는 반응은 아니었다. 오히려 손을 커피로 젖은 옷을 툭툭 털어대며 어리둥절한 듯 말한다.

"미지근하네요. 다행히….."

"뭐?"

"안 데였어요. 그렇게 뜨겁지도 않다고요."

그 말을 들은 재이의 시선이 쏟아진 커피 쪽으로 내려갔다. 허벅지 부근인 원피스 대신 의자 시트에 쏟아진 커피를 매만져보니, 온도는 그녀가 말한 대로 미적지근했다. 순간, 재이의 손이 부자연스럽게 시트 위에서 멈추었다.

"화장실 가서 수습 좀 하고 와야겠어요."

하지만 그걸 눈치채지 못한 도담은 재이와 직원을 남겨두고 서둘러 룸에서 벗어났다. 문이 열렸다 닫히는 소리와 함께 정적이 찾아왔다. 룸 안의 공기는 이내 소름 끼칠 만큼 차갑게 얼어붙는다. 아주 천천히 자리에서 일어나, 직원에게로 싸늘한 시선을 두는 재이 때문에.

"…누가 보냈어."

재이가 웃음기가 싹 사라진 낮은 목소리로 물었다. 아무것도 모르는 채, 돈 이십 만 원에 심부름을 하게 된 직원의 눈동자에 긴장감이 어렸다.

"비켜."

재이는 그런 직원을 옆으로 치워두고 황급히 도담의 뒤를 따라가려 했다. 하지만 직원은 잔뜩 위축된 와중에도 재이의 팔을 터억 붙잡았다.

"서, 서재이 이사님만 있을 때, 전해드려야 할 물건이 있습니다."

"물건…?"

"저는 전달만 부탁받은 거라 뭔지는 잘 모르겠지만…."

From 너의 달

직원은 유니폼 자켓의 안주머니에서 작은 엽서 봉투 하나를 꺼냈다. 겉면에 적힌 글자를 보는 재이의 표정에 혼란스러움이 맺혔다.

메인 홀과 가까운 화장실로 향하는 길.

"아휴, 옷이 엉망이 됐네. 물로 수습이 되려나."

도담은 얼룩진 원피스를 확인하며 툴툴거렸다. 직원이 쏟은 커피가 그리 뜨겁지 않았기에 망정이지, 자칫하면 큰 사고로 이어질 뻔했다.

"기주원이 보면 또 온갖 잔소리만 늘어놓겠네."

도담은 이 와중에도 주원을 걱정하며 걸음을 재촉했다. 하지만 화장실에 거의 가까워졌을 때쯤 한 직원이 도담의 앞을 가로막으며 말을 걸었다. .

"아, 화장실 가는 길이세요? 지금 급하게 대청소 중이라 이용 못 하시는데."

의례적인 미소를 짓는 그녀를 보는 도담의 눈빛이 어리둥절해졌다.

"대청소요? 갑자기?"

"네, 그렇게 됐어요. 자세한 내용은 안 들으시는 게 좋을 거예요."

"아, 그럼 어떻게…."

도담의 질문에, 직원은 그녀를 비상계단 쪽으로 자연스레 이끌었다.

"상황이 급하신 것 같으니 아래층 화장실을 쓰시면 됩니다."

"아래층이면, 일 층 로비 쪽 말씀하시는 건가요?"

"네, 그렇습니다. 불편을 드려 진심으로 죄송합니다."

직원은 시종일관 미소를 잃지 않는 얼굴로 비상계단 문을 열었다. 일 층 로비 화장실은 메인 홀 입구와 연결되어있는 계단을 이용하는 편이 더 가까웠지만, 약간 막무가내라고 여겨질 만큼 밀어대는 그녀의 손길 때문에 발길을 돌릴 수가 없었다.

"가, 감사합니다."

도담은 얼떨결에 직원에게 인사까지 하고 비상구로 들어섰다. 직원은 마지막까지 친절한 미소를 머금고, 쾅! 소리가 날 만큼 거칠게 문을 닫았다.

"깜짝이야!"

그 소리에 깜짝 놀란 도담의 어깨가 잔뜩 움츠러들었다. 덕분에 빠르게 뛰는 심장을 진정시킬 새도 없이 누군가의 팔이 빠르고 강하게 그녀의 목을 휘감았다.

화악!

본능적으로 위험을 감지한 도담은 그 팔을 잡고, 숨통이 짓눌리지 않도록 온 힘을 다해 기도를 확보했다. 그러고는 호신술에서 배운 대로 양 무릎을 굽혀 무게중심을 앞으로 가져온 뒤에, 왼발을 뒤로 걸어 가해자의 몸을 넘어트리려 했다.

"으아!"

순발력이 좋은 도담도 어쩌지 못할 만큼 순식간에 가해진 공격이었다.

"누, 누구야…!"

가해자의 밑에 깔려버린 도담은 발버둥을 치며 발악했다. 곧 기다렸다는 듯이 그녀의 입과 코를 막는 손수건. 아릿한 약품 냄새가 코를 찌르다 못해 의식까지 앗아갈 무렵, 가해자의 목소리가 들려왔다.

"…제대로 만나는 건 처음이지? 잠에서 깨면 다시 인사하자."

무지막지한 힘을 맞닥뜨렸을 때 귓가에 들려온 건, 상상하지도 못했던 여자의 음성이었다.

* ◆ *

'온도담 요원이 사라졌습니다.'

갑작스러운 보고를 들은 건 몇 분 전이었다. 서재이의 옆에서 한시도 떨어지지 않으며 밀착 감시 중이라는 현장 상황만 계속 들려오고 있었는데, 한순간에 도담은 사라졌고 현장에 있던 잠입 요원들은 전부 패닉이었다.

CCTV를 확인한 미코는, 흰 직원의 손에 이끌려 지하 8 비상계단으로 향한 도담이, 약 삼 분 뒤 실신한 채로 지하 주차장에 모습을 드러냈다. 축 늘어진 그녀를 등에 이고, 하얀색 차에 태우는 용의자. 그야말로 비상사태였다. 주원은 그 보고를 듣자마자 차를 출발시켰고, 현장팀에서 알려준 번호판의 차량을 샅샅이 찾아 헤맸다.

"하아… 어디 있는 거야…."

하지만 용의자의 차는 어디에서도 찾을 수 없었다. 빨간 불이란 빨간불은 다 걸릴 때마다 불안하다 싶었는데, 이렇게까지 안 보이는 거로 봐서는 홀 주변에서 이미 멀어진 모양이었다. 이대로는 안 되겠다 싶어진 주원은 다시 차를 돌렸다. 그렇게 반쯤 패닉이 된 상태로 돌아온 베르사유 홀 옆 건물의 현장팀 상황실.

"하아, 하아… 온도담 찾았습니까."

주원이 문을 열고 들어서자마자 가쁜 숨을 몰아쉬며 물었다. 그러자 이 사건의 전 책임자로서 현장팀 지원에 배정된 배 팀장은 난색을 표하며 대답했다.

"아니, 그 대신 온도담을 비상계단으로 집어넣었던 직원을 붙잡아뒀어."

"직원…?"

"저쪽에 앉아 있으니까 가 봐. 너무 겁주진 말고."

상황실 한구석을 가리키는 배 팀장의 턱짓에, 주원의 매서운 눈빛이 잡아먹을 듯한 기세로 옮겨갔다. 눈이 마주친 여자는 용의자의 조력자치고는 몹시 겁에 질려 있었다. 하지만 그런 것 따위는 상관없이, 주원은 성큼성큼 그녀의 앞으로 다가갔다.

"당신 뭐야. 누구의 명령을 받고 움직인 거지?"

매사에 이성적인 그가 노골적인 협박조로 나간다는 건, 주원이 그만큼 동요하고 있다는 뜻이었다. 그러나 답답하리만큼 움츠러들어 있는 직원은 들릴락 말락 한 목소리로 대답한다.

"저한테 왜 그러세요, 정말…."

"당신이 끌고 간 그 여자 어디 있어."

"저야 모르죠…. 저는 그냥 당신들이 시킨 대로 협조해 준 것뿐인데…."

"협조…?"

이해할 수 없는 말을 들은 주원의 눈썹이 노골적으로 구겨졌다. 그에 관한 설명을 잇는 건 이미 조력자가 된 직원에 대한 조사를 모두 끝마친 배 팀장이었다.

"이쪽 소속이라고 신분증까지 보여주면서 협조를 요청했대."

"신분증까지 제시했다면, 혹시 그 용의자가…."

"그래, 유수영. 그 여자가 온도담을 데려갔어."

유수영. 서재이에게 제 신분을 불고 잠적하는 바람에, 수사에 큰 혼란을 빚었던 요주의 인물. 잡으려고 해봤지만 계속해서 도망 다녔던 탓에 잡을 수 없었던 배신자. 그녀가 용의자라는 말에 주원의 심장은 땅바닥으로 내동댕이쳐지듯 내려앉았다. 서재이에게 혼이 팔려 본부까지 배반한 여자가 서재이를 밀착감시 중인 신입 요원을 납치했다는 건, 생각보다 중대하고 위급한 상황이었다. 게다가 그녀는 모든 것을 다 잃어버린 상태인지라, 극단적인 범죄를 저질러도 이상할 게 없는 상태일 텐데….

'온도담에게 무슨 짓이라도 저지른다면….'

굳이 노력하지 않아도 저절로 떠오르는 나쁜 생각들은 주원을 불안의 한계로 몰아넣었다. 애써 잊어두고 있었지만 이쯤 되니 다시금 떠오르는 아침의 대화.

'에이, 그렇게 걱정하면 될 일도 안 돼요. 이럴 때일수록 긴장하지 말고 평소처럼 침착하게 굴어야지.'

'오늘 파티 무사히 마무리되면 맛있는 거 먹으러 가요. 결과가 좋든, 안 좋든 애쓴 건 사실이니까.'

그 사람과 같은 말을 했던 그녀도 그 사람처럼 영영 돌아오지 않을까. 불안이 고통이 되는 데까지는 그리 오랜 시간이 걸리지 않는다. 주원은 정신 못 차릴 만큼 아파져 오는 상처투성이 심장 때문에 숨이 멎을 지경이다.

* ♦ *

"아아…."

흐린 신음과 함께 흐렸던 의식을 되찾았다. 어깨 쪽에 찾아온 불쾌한 고통은 도담을 절로 인상 쓰게 만들었다. 도담은 미간을 구긴 채로 천천히 무거운 눈꺼풀을 들어 올렸다. 아직 어지러운 시야. 그 와중에도 확실히 알 수 있는 건 이곳이 낯선 차 안이라는 것과 이 차가 서있는 곳이 고속도로 졸음 쉼터라는 것이었다. 자신이 왜 이곳에 있는지 어리둥절했던 도담은 아직 잘 움직이지도 않는 고개를 운전석 쪽으로 돌렸다. 그러자 보이는 사람은 어깨를 살짝 넘는 까만 중단발에 차분하게 생긴 이목구비를 가진 여자였다. 얼굴은 낯설었지만 묘하게 익숙한 느낌이 들었다. 그러나 그 얼굴을 보고 딱히 어떤 이름을 매치할 수가 없어서 혼란스러워하던 그때.

"NSO 산업보안부1팀 소속 온도담… 맞지?"

여자가 도담의 이름과 소속을 불렀다. 너무 놀란 도담은 감히 고개도 끄덕이지 못하고 여자의 얼굴만 빤히 바라보았다. 그리고 이내 기억해 냈다. 지금 눈앞에 있는 이 여자가 바로 서재이를 위해 본부를 배신한 유수영 요원이라는 것을.

227

"유수영…."

도담은 저도 모르게 그녀의 이름을 입에 올렸다. 그러자 수영은 실소를 흘리는가 싶더니, 도담에게로 고갤 돌려 비꼬듯 말한다.

"까마득한 선배 이름을 막 부르네. 조직을 배신한 년이니까 이젠 선배 취급도 안 해주는 거야?"

"아, 아! 아니요, 그건 아니고…."

"됐어. 내가 누군지 눈치챘으면 훨씬 대화가 쉽겠네."

수영은 아직 놀라서 두 눈만 깜빡거리고 있는 도담에게로 몸을 돌렸다. 그리고 마음의 준비할 새도 없이 단호한 목소리로 본론부터 꺼내 물었다.

"요즘 서재이 감시하지? 러시아 브로커랑 내통하고 있다는 증거, 하나라도 잡았나?"

"네, 네?"

"난 똑같은 말 두 번 하는 거 싫어해. 내가 무슨 질문 했는지 똑바로 들어놓고서 되묻지 마."

수영은 수원과는 다른 느낌으로 도담을 밀어붙였다. 도담은 이런 압박에 약한 편이었으나, 애써 정신을 다잡고 야무지게 대답했다.

"선배님한테 대답해 줄 의무는 없다고 생각합니다."

"왜, 내가 조직의 배신자라서?"

"그, 그것도 있고… 그리고 지금도 봐요! 절 막무가내로 납치하셨잖아요! 이제 선배님은 그냥 배신자가 아니라 납치범이에요!"

도담은 겁먹은 걸 티 내지 않으려고 일부러 목소리를 크게 냈다. 그러나 수영은 여전히 비웃음을 띤 얼굴로 도담에게 물었다.

"먹고 죽으려 해도 알려줄 게 없는 건 아니고…?"

"네?"

"하나도 못 찾겠지? 아무리 따라다녀도 수상한 구석이 없지? 시간이 지날수록 그 사람은 너 하나만 따라다니는 것 같은데, 운성 중공업에서도 대체 무엇을 의심하는 건지 혼란스럽지?"

어차피 배신자의 말이니 동요하지 않으려 해도, 수영이 꺼낸 확인 질문들은 하나같이 도담의 가슴을 쿡쿡 후벼 팠다. 오늘 자신을 찾아온 사람들이 그렇게나 많았음에도 불구하고, 도담과 구석진 룸 하나로 숨어 들어갔던 서재이. 그는 곁에 있는 도담 외에는 관심도 없어 보였고, 흥미도 없어 보였다. 사실 그의 이런 모습은 사이가 가까워지면 가까워질수록 더욱 선명하게 보여서, 도담은 요즘 서재이를 어떤 식으로 대해야 좋을지 모르겠다.

그래도 도담은 이런 속내를 수영의 앞에 드러내놓고 싶지 않았다. 일부러 심각한 표정으로 아무런 대꾸도 하지 않자, 수영은 도담을 똑바로 바라보며 담담한 목소리를 이어나갔다.

"나도 그랬어. 처음엔 하나부터 열까지 모든 게 수상스럽고, 다 알고 있으면서 쉬운 남자인 척 날 기만하는 건 아닐까 불안하고."

"…"

"하지만 시간이 지날수록 깨닫게 될 거야. 이 사람은 내 말이면 정말 다 믿는구나. 나를 속일 생각도, 의심할 생각도 없구나…"

그리 말하는 수영의 눈동자에는 쓰라린 감정이 어려 있었다. 얼핏 동정이었고 깊게 들여다보면 사랑이었다.

바로 이 동정심이 사랑으로 변해버린 탓에, 그녀는 자신을 믿고 있던 동료들을 배신한 걸까?

잠시 고민하고 있는 사이, 수영의 목소리가 다시 이어졌다.

"그건 그 사람이 멍청하거나 단순해서가 아니야. 그렇게라도 자기 사람을 만들고 싶어 하는 발버둥이지."

"발버둥…?"

"그래, 발버둥. 거대한 늪에 빠진 사람이 살고 싶어서 발악할 때의 그 발버둥."

처량한 그 단어에 얼마 전 보았던 재이의 모습이 생각났다. 세상에 혼자 남게 되는 악몽을 꾸었다며 슬퍼하던 서재이. 늘 여유롭고 장난기 넘쳤던 그가 두려움에 떠는 건 처음 보았다. 도담의 기억을 같이 공유하는 듯, 수영은 차분하게 이야기를 계속해 나갔다.

"그 사람은 혼자 남겨지는 걸 가장 무서워하고 있어. 그래서 항상 의지할 곳을 찾아 헤매지. 그러다 곁에 두고 싶은 누군가를 만나면 아무 대가 없이 마음을 주고, 믿을 구석도 없는데 신뢰를 해."

"…."

"아마 그걸 받고 있는 너는 모를 거야. 그래서 한껏 이용하고, 죄책감 없이 그 사람을 속이는 거겠지?"

수영은 그를 의심하는 게 도담의 잘못인 것처럼 이야기하고 있었다. 거기엔 동조하지 못하는 도담은 확실히 반박했다.

"그렇게 말씀하시지 마세요. 서재이의 마음을 사서, 밀착 감시하고 수사하는 게 저의 역할이에요. 선배님이 버려놓고 도망치셨던 임무이기도 하고요."

그리 말하는 도담의 눈빛은 순한 눈매가 무색할 만큼 예리하게 빛나고 있었다. 수영은 그런 그녀를 지그시 응시했고, 공허하지만 또렷한 목소리로 되물었다.

"그렇게 사람 캐내서 뭐라도 건졌어?"

"…."

"뒤에서 지켜보기엔 많이 가까워졌던데, 그쯤 되면 작은 단서라도 발견해야 하는 거 아닌가?"

"그, 그건 더 가까워져서 깊은 속내까지 터놓는 사이가 되면…."

"아, 지금은 아직 단서를 발견할 만큼 가까워진 게 아니라는 거야? 그걸 순진이라고 해야 할지, 일차원적이라고 해야 할지…."

시종일관 도담의 말에 트집을 잡는 수영은 당초에 속내를 알 수 없었다. 이렇게 시비를 걸려고 사람을 납치까지 한 건 아닐 텐데, 지금 도담을 잡아다 놓고 하는 짓은 갈구는 것밖에 없다. 도담은 살짝 인상을 쓴 채 조금 더 사나운 목소리를 냈다.

"이렇게 절 붙잡고 이런저런 얘기 하셔봤자 아무 소용 없어요. 저는 제 임무를 져버릴 생각도, 팀장님을 배신할 생각도 없으니까요."

나름대로 단호한 엄포였지만, 수영은 조금도 겁먹은 기색 없이 되묻는다.

"1팀 팀장이라면 기주원 맞지? 그때 스치듯이 마주친 얼굴이 잘못 본 건 아니었네."

"설마 팀장님도 어디다가 잡아놓고, 그런 건 아니죠?"

"아무리 나라도 기주원까지 손댈 생각은 없어. 그 성격 파탄 난 놈 이랑 엮였다가 무슨 화를 입으려고."

"씨이… 만에 하나라도 손댔다가는 여기서 선배님 죽고 저 죽는 거예요!"

주원의 얘기에 예민해진 도담은 수영을 잡아먹을 듯이 노려보았다. 그러자 수영은 한쪽 입꼬리만 들어 올려 피식 웃는가 싶더니, 멈춰있던 차에 다시 시동을 걸었다. 갑자기 움직이는 차에 당황한 도담은 금세 토끼 눈이 되어버렸다.

"어, 어디로 가는 거예요?"

"…."

"어디로 가는 거냐고요! 지금 너 죽고 나 죽게요?"

"…."

도담은 재차 물었으나 이미 고속도로의 흐름에 끼어든 수영의 차는 무한정 속도를 높였다.

"엄마야, 미쳤나 봐…."

도담은 차창 위에 달린 보조 손잡이를 꼬옥 잡고 정면으로 시선을 돌렸다. 어찌나 속도가 빠른지 같이 달리는 차들이 금세 뒤처지다 못해 사라졌고, 그럴수록 도담의 작은 심장은 튀어나올 듯 벌렁거렸다. 아무래도 유수영의 목적지가 황천길인 것 같은 지금, 생각나는 건 단 하나였다. 서재이의 파티로 향하기 직전, 그가 귓가에 비밀스레 흘려보냈던 목소리.

'어떤 상황에서든 멀쩡하게 돌아와. 이건 응원이 아니라 약속이야.'

'니가 반드시 지켜야 할 약속….'

아무래도 그 약속을 못 지키겠다 싶어서 눈물이 왈칵 터져 나오려던 그때 수영이 불안하리만큼 꾸욱 닫고 있던 입술을 열었다.

"계속 가까워져. 그 사람이 자신의 모든 걸 털어놓을 수 있을 만큼."

232

"뭐, 뭐요?"

"그러고 나면 너의 눈에도 보일 거야. 그 사람의 세상이 얼마나 비좁고 쓸쓸한지. 그 사람이 주는 마음이 얼마나 무거운 건지…."

이 와중에도 서재이의 얘기를 꺼내는 수영은 확실히 사랑에 미친 듯했다. 하지만 그거보다 더 미친 건, 이미 등줄기가 오싹해질 만큼 빨리 달리고 있는 이 차가 더더욱 속도를 높이고 있다는 사실이었다.

"으아아악! 진짜 왜 이러는 거예요! 저를 해치운다고 재이 씨가 타 깃에서 벗어날 수 있을 것 같아요?"

도담은 버럭 언성을 높이며 수영을 뜯어말리려 했다. 바로 그때 켜진 줄도 몰랐던 내비게이션의 안내 음성이 차 안을 울렸다.

―고속도로 왼쪽 출구로 진입합니다. 목적지까지 8km 남았습니다.

어두운 고속도로의 끝에만 머물러 있던 도담의 시선이 무의식적으로 내비게이션 화면에 닿았다. 그러고는 혼란스러움을 감추지 못했다. 유수영이 목적지로 설정해 둔 낯익은 주소는 그녀가 제 발로 걸음 할 거라고는 생각지도 못했던 곳이었기에.

"뭐야, 지금 본부에 가는 중이잖아…?"

돌아와 줘서
고마워

고속도로를 미친 속도로 내달리던 유수영의 하얀 차가 드디어 멈춰 섰다.

—목적지에 도착했습니다. 경로 안내를 마칩니다.

내비게이션의 안내음성이 목적지라 일컫는 이곳은 도담에게 너무나도 익숙한 장소였다.

"진짜 본부…잖아?"

NSO의 외관을 확인한 도담은 수영에게로 홱 고개를 돌려 캐물었다.

"여긴 왜 왔어요? 폭탄이라도 설치해서 쾅! 터트리게요? 아니면 뭐, 제 목에 칼을 대고 인질극이라도 벌이실 건가요?"

하지만 도담의 맹렬한 질문 세례를 들은 수영은 헛웃음만 흘릴 뿐이었다.

"이 친구, 영화를 너무 많이 봤네."

"뭐예요? 영화요?"

"나 혼자 그런 일들이 가능하다고 생각해? 진심으로?"

"그, 그야…."

'사랑 때문에 본부까지 배신한 것도 모자라서 납치극까지 버린 사람이 뭔 짓이든 못하겠어요!'라고 소리치고 싶은 마음은 굴뚝 같았다. 하지만 그런 그녀를 여기서 더 도발하는 것도 위험한 짓이었기에, 도담은 그렇게까지 닦달하지는 않기로 했다.

"그럼 여긴 뭐 하러 왔는데요…."

그 대신 볼멘 목소리로 묻자, 유수영은 입고 있던 검은 재킷 안주머니에서 휴대폰을 꺼내 들었다. 어쩐지 낯이 익다 싶어서 봤더니, 도담의 개인 휴대폰이었다.

"이건 또 언제 가져갔어요!"

도담은 제 휴대폰을 재빨리 낚아챘다. 꺼져 있던 휴대폰의 전원을 켜자 열두 시를 넘어가는 시간이 그녀를 경악하게 만들었다.

"몇 시간이 흐른 거야!"

"어제 잠을 잘 못 잤나 봐. 세 시간을 내리 자더라. 보통은 그 전에 깨던데."

도담은 자신과 영 상관없다는 듯이 구는 수영을 흘겨보았다. 그리고는 밀려드는 메시지와 부재중 통화들을 확인했다. 현장팀에서 온 연락이 섞여 있긴 했지만, 대부분 주원에게서 걸려온 전화들이었다. 바로 오 분 전에도 찍혀 있었던 걸 보면 지금 그는 혹시라도 도담의 휴대폰 전원이 켜질까 싶어, 계속해서 확인해 보고 있는 모양이다.

[혹시라도 휴대폰 켜게 되면 주변 사진 한 장이라도 찍어서 전송해.]

주원이 가장 마지막에 보낸 문자가 눈에 들어왔다. 말 잘 듣는 도담은 그가 시키는 대로 순순히 본부를 찍으려 했다. 하지만 갑작스럽게 닿아온 수영의 손이 그녀를 가로막았다.

"잠깐. 그 전에 먼저 연락할 데가 있어."

"연락할 데 어디요."

"본부에 알려. 니가 날 여기로 데리고 왔다고."

"네…?"

그녀의 말은 도담의 머릿속을 순식간에 혼란스럽게 만들었다. 납치극까지 벌여서 찾아온 곳이 본부라는 것도 이해가 안 되는데, 도담이 잡아 온 것처럼 본부에 알리기까지 하라니. 이건 너무나도 뜻밖이어서 무슨 속셈인지 알아채기도 힘들다.

그래서 흔들리는 눈빛으로 바라보고 있었더니, 수영은 그 눈을 피하지 않고 한 번 더 단호한 목소리로 말했다.

"아마 내가 널 파티장에서 데리고 나갔다는 것까지는 금방 알아챘을 거야. 그러니까 거기까지는 솔직하게 얘기하고, 그 뒤엔 약 세 시간 동안 나를 설득해서 자수시켰다고 해."

"네, 네? 제가요? 왜요…?"

"그래야 니가 본부로부터 신임을 얻을 테니까."

수영의 설명은 도담의 머리로는 하나도 이해되지 않았다.

"선배님이 저의 신임까지 생각해주시는 이유가 뭔데요."

그래서 더 '의심스러운 기색을 띤 눈빛으로 묻자, 수영은 한 치의 망설임도 없이 대답했다.

"너도 곧 있으면 나처럼 깨닫게 될 거야. 재이에게는 아무 죄도 없다는 걸."

"지금 서재이한테… 혐의가 없다고 말씀하시는 건가요?"

"그래. 그 사람은 무죄야."

"본부에서 얼마나 오래 공을 들였는지 알면서, 어떻게…."

수영을 바라보는 도담의 얼굴에 경계심이 어렸다. 하지만 수영은 조금도 흔들리지 않는 표정으로 수영에게 말했다.

"지금이야 내 말이 억지로 보이겠지. 넌 아직 재이를 보면서 이 사람이 정말 그런 짓을 했을까, 의아해하는 정도밖에 안 왔으니까."

"…."

"하지만 시간이 지날수록 그 생각은 확신으로 자리 잡을 거야. 그 사람에게는 형의 회사를 차지할 욕심도, 동기도 없고, 그럴 수 있을 만큼 모진 사람도 아니라는 게 너의 눈에도 보일 거야."

"선배님…."

그녀에게서 느껴지는 강한 확신의 출처가 어디인지는 모르겠다. 도담보다 더 많은 시간을 그와 함께 보낸 그녀가 대체 무엇을 깨달았는지도.

"그때가 되면 나처럼 브로커에 대한 단서가 아니라, 무죄를 입증하려 들게 될 텐데…."

"…."

"본부에서도 너의 말은 제대로 들어줬으면 좋겠어. 서재이한테 정신 팔려서 사리 분간도 못 하는 배신자 취급받는 게 아니라."

하지만 그녀의 뜻이 무엇인지는 이제야 제대로 와닿기 시작한다.

그녀는 도담이 자신과 같은 길을 걷게 되리라 확신하고 있다. 재이에 대한 의심을 믿음으로 바꾸고, 그를 지키기 위해 본부에 반기를 들게 될 도담을 생각해 주고 있다.

그러나 지금 당장은 하나도 이해할 수 없었던 도담은 혼란스러운 눈빛으로 수영의 얼굴만 바라보았다.

"파티가 끝날 시간이네. 그럼 이제…."

수영이 휴대폰을 들고 있는 도담의 손을 꽉 붙들었다. 그러고서 떼어놓는 입술에선 비장한 목소리가 흘러나온다.

"어서 날 검거했다고 보고해. 너의 입으로 직접."

* ◆ *

유수영이 본부로 찾아왔다. 이 사실 하나만으로도 NSO는 초비상 사태였다. 본부에 있던 양은화 팀장은 유수영의 반항을 염두하고 만반의 준비를 했지만, 예상외로 유수영은 별다른 잡음 없이 잡혀주었다. 그동안 그렇게 백방으로 도망 다녔던 게 이해되지 않을 만큼 순순히. 경찰들이 유수영에게 수갑을 채워 연행하고, 상황이 정리되는 것을 지켜보던 양 팀장이 도담에게로 다가왔다.

"온도담, 이게 다 무슨 일이야? 정말 혼자 잡은 거 맞아?"

그녀를 검거하기 위해 본부가 얼마나 애를 썼는지 알고 있는 양 팀장은 오늘의 일이 믿기지 않는 모양이었다. 도담은 그런 그녀의 눈을 제대로 마주치지 못했다. 솔직히 사실대로 얘기하자면, 잡기는커녕 유수영에게 납치가 되었고, 유수영이 시키는 대로 그녀가 잡은 척

하고 있는 건데 이상하게 솔직히 털어놓지를 못하겠다. 절차상 본부와는 조금의 거짓도 없이 모든 걸 고해야 하는 게 맞지만, 유수영의 마지막 말이 자꾸만 그녀의 마음에 가시처럼 걸려온다.

'시간이 지날수록 깨닫게 될 거야.'

'이 사람은 내 말이면 정말 다 믿는구나. 나를 속일 생각도, 의심할 생각도 없구나….'

'그때가 되면 나처럼 브로커에 대한 단서가 아니라, 무죄를 입증하려 들게 될 텐데, 본부에서도 너의 말은 제대로 들어줬으면 좋겠어.'

'서재이한테 정신 팔려서 사리 분간도 못 하는 배신자 취급받는 게 아니라.'

서재이는 범인이 아니라고. 시간이 지나면 깨닫게 될 거라고. 그때를 위해 도담의 손에 잡혀주는 거라는 그녀의 말. 거기에 휘둘리면 안 된다는 걸 알고 있지만, 도담은 유수영이 말한 '시간'을 두고 조금 더 서재이를 몰래 지켜보려 한다. 그녀가 무엇에 홀렸는지, 서재이가 그녀에게 어떤 식으로 동정을 샀는지 알아두는 것도 어떻게 보면 수사를 위한 것이니까, 하고 애써 생각했다.

"아, 예. 뭐…."

당장은 사실대로 고할 수 없었던 도담은 애매모호한 대답을 했다. 그러자 양 팀장은 도담의 어깨에 터억 손을 걸치며 격한 칭찬을 쏟아냈다.

"도담 씨가 고속도로 한복판에서 세 시간 동안 회유해서 데리고 왔다면서! 역시 도담 씨는 특이한 캐릭터야!"

"네, 네?"

"어떻게 보면 어리숙한 것 같은데, 또 어떻게 보면 야무지고. 사람 들었나 났다 하는 스킬이 장난 없잖아. 그래서 기주원이랑도 잘 지내는 거겠지만."

"하하하… 제가 그런 가요, 하하."

그녀가 꺼낸 주원의 이름에 도담의 양심은 더욱더 콕콕 찔려왔다.

그이도 이 소식을 들으면 이렇게 날 영웅 대접하면서 칭찬해 줄까? 그 사람까지 속이고 싶지는 않은데, 그이에게는 이 모든 상황을 솔직하게 말해야 하나 싶기도 하다.

이런저런 생각을 하던 도담의 시선이 저도 모르게 수영에게로 향했다. 수사대 차량 뒷좌석에 앉아있던 수영이 도담과 눈을 마주쳤다. 도담은 그 시선을 굳이 피하지 않고 복잡한 심경으로 바라보았다. 수갑이 채워져 있던 수영의 손이 다른 사람들은 눈치채지 못할 만큼 조심스럽게 움직였다. 마치 휴대폰을 매만지는 듯한 손 모양이었다. 잠시 고민하다가 은밀한 시그널을 해석해 낸 도담은 제 휴대폰을 꺼내 들었다.

"양 팀장님, 저 잠시만 통화 좀…."

"어, 그래. 다녀와."

도담은 양 팀장에게서 조금 멀리 떨어져 나와, 미처 제대로 확인하지 못했던 휴대폰을 확인했다. 지금으로부터 두 시간 전, 아직 도담이 깨어나지도 못했을 시각에 도착한 메시지 한 통이 그녀의 시선을 사로잡았다. 모르는 번호였으나 도담은 왠지 그 번호의 주인을 알 수 있을 것 같았다.

"마지막까지 나한테 무슨 소릴 하려고…."

도담은 긴장한 표정으로 휴대폰 메시지를 열어보았다. 그러고서 곧바로 표정을 굳혔다.

[재이가 널 많이 찾고 있을 거야. 너무 늦기 전에 가보는 게 좋을걸. 내가 다녀간 흔적을 지금쯤 그 사람도 봤을 테니까.]

수영이 보낸 메시지는 도담의 머릿속을 서재이로 가득 채워버리고 만다.

"흔…적?"

도담은 불안함에 떨리는 눈빛으로 다시 수영을 바라보았다. 어느새 수사대의 차 안에 몸을 싣고, 이송될 준비를 마친 유수영. 차 문이 닫히기 직전, 그녀의 입가엔 얼핏 미소가 어려있었다. 그걸 확인한 순간, 심장이 쿵 떨어져 버린 도담은 황급히 발길을 돌렸다. 화려한 파티장, 그 많은 사람 중에서도 오로지 단 한 사람, 나에게만 의지하던 그 사람에게로.

* ◆ *

새벽 한 시. 파티가 끝나고, 사람들이 삼삼오오 또 다른 술자리를 찾아 떠난 탓에 조용해진 빅토리아 홀 앞에 택시 한 대가 멈춰 섰다. 그 안에서 다급하게 뛰어나오는 사람은 다름 아닌 도담이었다.

"잔돈은 됐어요! 감사합니다!"

도담은 택시에서 내리면서도 휴대폰을 놓지 않았고, 계속해서 재이에게 통화 연결을 시도했다.

유수영이 이곳에 남겨둔 흔적을 봤을 거라고 했다. 그게 무엇인지는 정확히 알 수 없다. 하지만 그걸 본 재이가 날 애타게 찾고 있을 거라는 말은 충분한 위험이 된다.

"제발 받아라… 받아…."

도담은 휴대폰을 붙든 채 애타는 눈빛으로 주변을 살폈다. 그러나 재이는 전화를 받지도, 도담의 눈앞에 나타나지도 않았다.

"진짜 어디 있는… 아!"

반쯤 혼을 빼고 걷던 도담이 순간 휘청했다. 발목이 다치진 않았지만 주원이 선물한 구두 한 짝이 형편없이 벗겨져 버렸다.

"하아… 미치겠네."

도담은 안 그래도 불편했던 구두의 나머지 한쪽도 벗어버렸다. 주원이 사준 거라 버리지는 못하고, 둘 다 손에 쥔 채 다시 재이를 찾아보려는데 아주 느린 발소리와 함께 어둠보다 더 짙은 그림자가 도담의 앞으로 늘어졌다. 온 신경을 기울여야 겨우 들을 수 있을 만큼 작은 숨소리는 어딘지 모르게 낯이 익었다. 도담은 아주 천천히 허리를 세워 정면을 바라보았다.

"도담…."

마주친 눈동자는 얼마 전에 마주했던 절망을 고스란히 담고 있었다.

"재이 씨…?"

느리게 그의 이름을 불러봤지만, 대답 대신 돌아오는 건 흐린 한숨뿐. 그가 무엇을 알고, 무엇을 모르는지 파악하지 못한 도담은 가만히 재이를 살폈다. 흔들리는 눈빛과 미약한 숨소리는 그녀의 마음을 불안하게 만들었다.

"재이 씨, 내가…."

도담은 무슨 변명이라도 해야겠다는 생각에 무턱대고 말문을 열었다. 하지만 말을 잇기도 전에, 그녀에게 한 발짝 다가온 재이가 물었다.

"어디 갔었어?"

"네?"

"한참 찾았잖아. 이렇게 오랫동안 안 돌아오면 어떡해….."

원망은 맞았으나 도담이 생각했던 것과 결이 달랐다. 이런 반응이 혼란스러웠던 도담은 더 이상 무슨 말도 하지 않고 시선만 마주했다. 그러자 그는 몇 발자국 앞으로 다가와 도담의 어깨를 붙잡아 힘주어, 하지만 부드럽게 끌어안았다.

"계속 기다렸어."

흐리다 못해 곧 사라질 듯한 목소리와 함께.

"계속 기다려도 안 와서 그대로 잃어버린 줄 알았어…."

언제나 따뜻했던 그의 품은 몹시도 차가웠다. 그가 얼마나 오랜 시간 그녀를 찾아 헤맸는지, 또 얼마나 오랜 시간 애타게 기다렸는지, 식어버린 그의 온도에서 또렷하게 전해졌다. 하지만 그 품 안에서도 도담은 계속 다른 고민을 했다. 유수영이 남겼다는 흔적은 무엇이고, 그는 오늘부로 무엇을 깨달은 걸까. 당신은 이제 나를 보면서 무슨 생각을 하는 걸까. 그 불안감을 견딜 수 없었던 도담은 넌지시 떠보기로 했다.

"표정이 안 좋은데… 나 없는 동안 무슨 일 있었어요?"

이 질문이 걱정을 가장한 수사라는 사실은 도담의 죄책감을 가중시켰다. 재이는 도담의 목덜미에 고개를 파묻었고, 이내 푹 잠긴 목소리를 꺼내놓았다.

"있었어. 너무 많은 일이."

재이의 대답에 긴장감이 커진 도담은 남몰래 마른침을 삼켰다. 하지만 이어지는 그의 대답은 그 긴장감을 하염없는 안쓰러움으로 바꿔 놓기에 충분했다.

"니가 없어진 지 삼십 분쯤 지났을 땐 조금 늦는다고 생각했어. 그러다 한 시간이 지났을 땐 이상하다고 생각했고, 두 시간이 지났을 땐 너한테 위험한 일이 생겼을지도 모른다고 생각했어."

"…."

"그런데 열두 시가 넘어가면서부터는… 그냥 어쩌면 너도 날 떠났을지 모른다고 생각했어. 나한테는 그게 당연한 순서였으니까."

"재이 씨…."

담담하지만 절박하게 꺼내진 재이의 고백을 들은 도담은 저도 모르게 두 손을 들어 올렸다. 그러나 마주 안아주지는 못하고 허공만 맴돌다가, 다시 아래로 가라앉았다. 놀란 그를 달래주기에는 너무 염치없는 저지였기 때문이다.

"하아…."

도담은 마음에 차오르는 죄책감을 덜어내기 위해 긴 한숨을 내쉬었다. 재이는 그런 그녀를 다시는 잃어버리지 않겠다는 듯이 꽉 끌어안았고, 불안감이 덕지덕지 묻은 목소리를 흘려보냈다.

"그래도 너는. 아니, 너만큼은 잃고 싶지 않았는데…."

"…."

"다시 돌아와 줘서 고마워."

재이는 도담에 대한 어떠한 진실도 깨닫지 못한 게 분명하다. 그동안 도담이 자신을 속여왔다는 걸 알았더라면, 이렇게 돌아와 줘서 고맙다는 말은 하지 않았을 테니.

재이의 차를 타고 집까지 오는 동안, 그는 아무 말도 하지 않았다. 혹시 화를 내고 있는 건가 싶어서 끊임없이 표정을 살폈지만, 그건 아니라고 확신할 수 있었다. 잠시 차가 정차해야 할 때마다 눈이 마주친 그는 어색하게나마 미소를 지어보려 하고 있었으니까.

조용한 분위기에서 도착한 임페리얼 파크 주차장. 주차 공간에 차를 주차 시킨 재이가 핸들을 놓았다. 이제 내릴 차례라는 걸 알지만, 이대로 내리기는 뭐 했던 도담은 인사부터 건넸다.

"피곤할 텐데 운전까지 하느라 수고 많았어요."

"아니야, 처음부터 내가 데려온 거잖아."

"그래도…."

하지만 대화는 얼마 가지 않아 끊어졌다. 두 사람 사이에 흐르는 미묘한 긴장감은 확실히 전에 없던 것이었다. 그때, 재이가 다시 입을 열었다.

"아까… 어디 갔었다고 했지? 아직 나한테 얘기 안 해줬었나?"

"네? 아, 그게…."

사라졌던 이유를 묻는 걸 보니, 재이는 이제야 이성을 되찾은 모양이다. 도담은 잠깐의 고민 끝에 가장 만만한 상대를 팔아먹기로 했다.

"동생 때문에 잠깐 좀…."

"동생?"

"네, 걔가 또 도박하러 간 것 같다고 엄마한테 전화가 왔었거든요. 그래서… 걔 잡으러 갔었어요."

거짓말일수록 뻔뻔하게 굴어야 했지만, 그녀의 변명에는 힘이 빠져 있었다. 재이한테 남겨놓았다는 유수영의 흔적을 아직 파악하지 못한 상황이기 때문이었다. 도담은 혹시나 그가 의심을 품을까 싶어, 차창 밖으로 고개를 돌렸다.

"에휴, 걔도 참 정신 차려야 할 텐데. 도박은 손이 잘리면 발로 친다더니만…."

그러고선 한숨 섞인 한탄까지 덧붙이니, 그녀를 한참 동안 바라만 보던 재이가 입을 열었다.

"그러게. 누나가 이렇게 걱정하고 있는 걸 알아야 할 텐데…."

이번에도 그녀의 거짓말을 전부 믿고 꺼내놓는 동조였다. 도담은 그 믿음이 진심인지 확인하기 위해 다시 재이에게로 시선을 돌렸다. 담담하게 가라앉은 그의 눈빛. 언제 울 것처럼 굴었냐는 듯, 평온한 얼굴. 그건 그녀의 다른 거짓말들에 순순히 속아주던 때와 조금도 다르지 않았다.

"철이 들면 알겠죠, 하하."

도담은 어색한 미소와 함께 이 대화를 마무리 지으려 했다. 오늘은 여러모로 마음이 혼란스럽고 머리가 복잡한 날이니, 서재이와의 진지한 대화는 피하는 것이 상책이었다. 하지만 그때 나온 재이의 말은 그녀를 다시 뜨끔하게 만들었다.

"그래도 다행이다. 누가 널 납치하거나, 해코지한 게 아니라서…."

"네, 네?"

246

'납치', '해코지'와 같은 범상치 않은 단어에, 도담의 두 눈에 긴장이 어렸다. 재이는 그런 그녀를 똑바로 내려다보며 의미심장한 뒷말을 이어나갔다.

"너무 불안해서 그런 것까지 걱정했어. 혹시 더 이상 널 만나지 못하는 상황이 오면 어떡하나, 니가 날 떠나버리면 어떡하나…."

"…."

"널 기다리는 동안에는 정말 별생각 다 했었는데… 그래도 동생일 때문이라서 다행이야."

"다행?"

"응, 그런 건 내가 해결할 수 있는 문제잖아."

해결할 수 있는 문제라니…?

남의 가정사만큼은 끼어들기 힘들 거라 생각했던 도담은 어리둥절한 표정으로 재이를 바라보았다. 그러나 재이는 더 이상의 설명 없이 차 키를 챙겨 들고, 내릴 준비를 했다.

"우리 뭐 먹고 들어갈까? 나 너 찾아다니느라 소화 다 돼서 배고파."

재이는 어느새 평소처럼 가벼운 말투로 말을 걸었다. 도담은 그런 그를 빤히 바라보았다. 눈가에 어린 미소만 보면 오늘 그저 즐거운 시간을 보내고 온 사람 같다. 그가 모든 걸 덮어버리고 없던 일로 치부해 버리는 건, 적어도 도담에게는 참 잘된 일이었다. 도담은 재이의 대답을 여전히 이해하지 못했으면서, 아무 일 없었던 척 동조해 주기로 했다.

"새벽인데 어디 연 식당이 있어요? 멀리 나가야 하지 않아요?"

"우리 집 바로 앞에 24시 해장국집 있잖아."

"아아, 거기. 오다가다 봤던 것 같아요."

"거기서 만두도 시켜 먹어야지. 다섯 개 나오는데 도담이는 오늘 나 혼자 내버려 뒀으니까 두 개만 먹어. 내가 세 개 먹을 거야."

"일부러 그런 것도 아닌데 너무하네."

두 사람이 오늘 일을 동시에 덮어버리니, 분위기는 금세 예전의 편한 사이로 되돌아왔다. 그러나 도담은 진심으로 안도하지는 못했다. 그녀가 원하는 대로 믿어주는 재이를 두고 수영이 했던 말들 때문이었다.

'나도 그랬어. 처음엔 하나부터 열까지 모든 게 수상스럽고, 다 알고 있으면서 쉬운 남자인 척 날 기만하는 건 아닐까 불안하고.'

'하지만 시간이 지날수록 깨닫게 될 거야. 이 사람은 내 말이면 정말 다 믿는구나. 나를 속일 생각도, 의심할 생각도 없구나….'

'그건 그 사람이 멍청하거나 단순해서가 아니야. 그렇게라도 자기 사람을 만들고 싶어 하는 발버둥이지.'

'거대한 늪에 빠진 사람이 살고 싶어서 발악할 때의 그 발버둥.'

지금도 그는 발버둥을 치는 중인 걸까. 바보처럼 전부 믿어서라도 제 곁에 있어주는 사람을 잃지 않으려 하는 걸까.

"어…?"

이런저런 생각을 하며 조수석에서 몸을 내린 그때 재이가 누군가를 보고 잠시 걸음을 멈추었다. 그걸 본 도담의 시선도 자연스럽게 재이의 눈동자를 따라 움직였다. 그리고 눈에 들어온 얼굴은 도담의 숨을 잠시 멎게 만들었다.

"기주원…."

주원이 재이의 차와 얼마 떨어지지 않은 곳에 가만히 서서 두 사람을 바라보고 있었다.

"…."

원래 같았으면 어색하게나마 아는 체라도 했을 텐데, 도담과 눈이 마주친 주원은 아무 말도 하지 않았고 아무런 표정도 없었다. 하지만 제 휴대폰을 쥐고 있는 그의 손에는 무언가를 참으려 애쓰는 듯 힘이 잔뜩 들어가 있다. 그 손을 가장 먼저 발견한 도담은 몹시 초조해졌다. NSO에서는 유수영이 의도한 대로 도담이 검거에 성공한 것처럼 보고했을 텐데, 아마 기주원까지 속지는 않았을 거다. 유수영이 도담의 어리숙한 말발에 설득당할 만큼 호락호락한 상대가 아니라는 건, 번번이 그녀를 놓쳤던 주원이 가장 잘 알고 있을 터였다.

'저이한테는 솔직하게 실토하는 편이 낫겠지….'

주원에게까지 거짓말을 하고 싶지는 않았던 도담은 나름대로 각오를 다지며 걸음을 떼어냈다. 그 순간 재이가 조용히 물었다.

"…나 혼자 가?"

"네?"

"밥 같이 먹고 들어가기로 했잖아. 오늘 내가 많이 기다렸으니까."

재이의 말이 도담의 두 발을 잡았다. 분명히 신경 쓰이는 태도였다. 평소 제멋대로 도담을 데려가거나 붙잡아놓았던 그였다 해도, 주원의 앞에서까지 고집을 부리지는 않았었으니. 지금처럼 관계가 불안한 상황에서는 작은 신의도 져버려서는 안 됐다. 객관적으로 판단해 보았을 때, 더 신경 써서 달래줘야 할 사람도 어차피 한 팀인 주원이 아니라 적이자 목표물인 서재이였다. 그렇다면 지금 누구를 따라

나서야 하는지는 고민할 필요도 없이 명확했다. 문제는 죽을 고비를 넘기고 다시 만난 기주원 팀장을 외면하고 싶지 않은 도담의 개인적인 감정이었지만.

"허락은 받아야죠. 이 새벽에 옆집 남자랑 외식하러 가는 건데."

그래도 일단 오늘 일을 수습하는 게 우선이라고 생각한 도담은 부드러운 목소리로 재이를 달랬다. 다시 주원에게로 고개를 틀자 이미 모든 대화를 빠짐없이 들었는지, 이미 오피스텔 입구 쪽으로 발길을 돌린 주원의 뒷모습이 눈에 들어왔다.

"…."

터벅 터벅 터벅. 평소보다 느리고 힘없는 걸음. 그 차가운 뒷모습에서 시선을 떼지 못하고 있던 그때, 재이가 다시 입을 열었다.

"미안, 나 때문에 또 싸우겠네."

"…."

"그래도 오늘은 안 되겠어…."

재이의 걸음이 도담에게로 한 발짝 더 다가왔다.

"조금 더 같이 있고 싶어. 정말 아무 일 없이 다시 돌아왔다는 게 믿어질 때까지."

그의 목소리는 참 절실했다. 감히 주원의 뒤를 따라가지 못할 만큼.

다행이라고 해야 할지는 모르겠지만, 한 시간 남짓 되는 재이와의 식사는 아무 일도 없던 것처럼 무난하게 지나갔다. 밥알이 입으로 들어가는지 코로 들어가는지 분간도 가지 않았으나 어쨌든 불편한 내색 없이 잘 먹었고, 대화도 어색한 부분 없이 잘 이어나갔다.

"잘 들어가, 도담. 또 연락할게."

재이는 웃으며 인사를 건넸고 도담은 웃으며 고개를 끄덕였다. 며칠이 지나 다시 만나게 되면 서로를 지금보다 더 편하게 대할 수 있을 테니, 오늘의 사건 사고가 어느 정도 수습됐다고도 볼 수 있겠다.

그렇게 제 할 일을 하고 돌아온 집 안은 거실의 국부조명만 켜져있어 어둑어둑했다. 벽시계가 가리키고 있는 시간은 벌써 새벽 세 시. 지금 이 시간이면 주원도 자고 있을 거라고 생각한 도담은 조심조심 걸음을 옮겼다. 주원의 방이나 다름없는 서재를 살피며 최대한 숨죽여 방에 들어섰다.

"…이제 오네."

도담의 방 화장대 의자에 주원이 걸터앉아 있었다. 침대 협탁 위에 올려진 작은 무드등만 켜놓은 채로. 도담은 순간적으로 놀랐지만 이내 정신을 차리고 되물었다.

"아, 맞다. 팀장님 이제 이 방에서 주무시지. 아직 안 자고 있었어요?"

그러자 주원은 대답 대신 앉아 있던 의자에서 몸을 일으켰고, 느린 걸음으로 도담에게 다가왔다. 점점 가까워지는 그의 얼굴은 화가 난 것 같기도 하고, 서러운 것 같기도 하고…. 좀처럼 어떤 감정이라고 콕 집어 설명할 수가 없었다. 도담은 그 표정을 바라보며 할 말을 고르다가 오늘 일에 대해 이야기하기 위해 입술을 떼어냈다.

"오늘 유수영을 만났는데…."

"온도담…."

바로 앞까지 다가온 주원이 도담을 끌어안았다. 맞닿은 심장보다 더욱 그녀를 놀라게 만든 건, 어느 때보다도 힘이 들어가 있는 주원의 두 팔이었다.

"팀장님…?"

당황한 도담은 떨리는 목소리로 주원을 불렀다. 이어지는 그의 질문은 굳은 표정으로만 봐서는 전혀 예상치 못했던 것이었다.

"괜찮아?"

"…."

"너 정말 무사히 돌아온 거 맞아…?"

흐린 그의 목소리에 담긴 불안은 서재이보다 더했으면 더했지, 결코 덜 하지 않았다. 그가 얼마나 자신을 걱정하고 있었는지는 떨리는 숨소리만으로도 알 수 있었다. 도담은 그의 품에 가만히 안긴 채 고개를 끄덕였다. 그리고 차분한 음성으로 그를 안심시키기 위해 애썼다.

"저 멀쩡해요. 오늘 여러 가지 일들이 있긴 했지만, 나름대로 최선을 다했어요."

"…."

"제가 얼마나 잘 하고 왔는지 들으시면 팀장님도 저를 엄청 자랑스러워하실걸요."

"…."

하지만 주원은 그녀의 위안에도 불구하고, 팔에 더욱 힘을 실었다. 이어지는 목소리에는 한숨이 가득했다.

"다행이다…."

"팀장님…."

"정말… 다행이야."

그제야 안도하는 이 남자는 평소의 대쪽 같던 기주원이 아니다. 행여나 지난 악몽이 되풀이될까 봐 잔뜩 겁에 질려있는 과거의 노예일 뿐. 누구에게도 알려주지 않은 그의 속내를 당연히 눈치채지 못한 도담은 그의 등을 부드럽게 쓸어내렸다.

"뭘 그렇게 걱정한 거예요. 제가 그렇게 많이 다짐하고 갔는데, 이번에도 내 말은 하나도 안 믿어준 거예요?"

장난기 어린 핀잔은 경직된 분위기를 풀어보고자 하는 도담 나름의 시도였다. 하지만 그런데도 좀처럼 그녀를 놓아주지 못하고 있던 주원은 뜻밖의 말을 꺼내놓는다.

"…미안해."

"네?"

"지켜준다고 했으면서, 넋 놓고 기다리는 것밖에 못 해서…. 이번에도 아무것도 못 해서 미안해."

이번에도…? 이런 상황을 맞이하는 건 이번이 처음이었던 도담은 의아한 표정을 지었다. 그러나 주원은 되물을 새도 없이 도담을 떼어놓았다.

"…이리 와, 안아보게."

그리고 흐린 목소리와 함께 입을 맞췄다. 가장 불안하고 혼란스러운 순간, 급작스럽게 시작된 키스였다. 깊게 들어오는 그의 숨결에 놀란 도담의 두 눈이 휘둥그레졌다.

고요한 새벽, 방 안에서 들려오는 마찰음은 유독 야릇했다. 오늘 얼마나 복잡한 일이 있었는지, 얼마나 마음이 혼란스러웠는지는 주원의 입술이 닿는 순간 아무래도 상관없어진다. 호흡을 나누던 두 사람의 입술이 떨어졌다. 다시 마주친 그의 눈빛에서는 불안 대신 애틋한 감정이 담겨있었다.

"하아…."

그 시선을 올려다보며 도담은 작은 숨은 내쉬었다. 붉게 상기된 두 볼과 옅게 일렁이는 둥그런 눈동자. 이를 빤히 들여다보는 주원의 심장에 강렬한 떨림이 일었다. 살면서 한 번도 느껴본 적 없었던 그 떨림은 주원의 이성을 송두리째 뒤흔들기 충분했다. 이번만큼은 제 본능을 무시할 수 없었던 주원은 한 번 더 그녀의 입술을 집어삼 켰다.

"음…!"

곧바로 이어진 다음 키스는 아까보다 짙고 농밀했다. 유수영 때문에 어쩔 수 없이 했던 첫 키스와 주변 분위기에 못 이겨 나누었던 두 번째 키스. 그때는 느끼지 못했던 절박함이 도담의 뒷목을 끌어당기 는 손길에서 전해지는 듯했다. 도담은 점점 더 적극적으로 밀어붙이 는 주원을 이기지 못하고 뒤로 밀려났다. 몇 걸음 물러나지도 않았 는데 화장대가 닿았다.

"아, 잠깐만…."

잠시 집중이 흐트러진 도담은 저도 모르게 입술을 떼고 뒤를 확인 했다. 하지만 그 짧은 틈도 못 참겠다는 듯이, 주원은 도담의 몸을 가 뿐히 들어 올려 화장대 위에 앉혀 놓았다.

"팀장님…?"

깜짝 놀란 도담의 눈동자가 주원을 향했다. 이미 이성을 잃어버린 주원은 대답 대신 그녀의 목덜미를 머금었다.

"아…."

그의 뜨거운 입술에 온몸이 예민해진 도담의 입술 새로 짧은 신음이 흘러나왔다. 그 낯선 목소리를 들은 주원은 여기서 멈춰야 한다고 생각했다. 하지만 마음이 머리를 따라주지 않는다. 오늘 하루, 그녀를 잃을 각오까지 해야 했던 주원은 무사히 돌아와 준 그녀를 하염없이 느끼고 싶다. 주원의 입술이 다시 도담의 입술과 맞닿았다. 꼭 감은 두 사람의 눈꺼풀은 서로의 숨결에 집중하고 있었다. 마음이 동한 도담은 화장대를 짚고 있던 손을 들어 주원의 어깨를 붙잡았다. 은근하게 전해지는 힘에, 주원은 그녀의 입술을 조금 더 깊게 머금었다.

그렇게 한참 동안 감정을 나누다, 숨을 쉬기 위해 입술을 떼어냈을 때쯤 도담이 또 한 번 주원을 불렀다.

"…팀장님."

주원은 조금 달뜬 숨을 내쉬며 순순히 대답했다.

"왜…."

"우리 지금 뭐 하는 거예요?"

가쁜 숨소리와 섞여 나온 질문은 주원이 묻고 싶은 것이었다. 일단 기다렸던 만큼, 걱정했던 만큼 실컷 탐하긴 했는데, 이걸 책임질 수 있는지도 사실은 잘 모르겠다. 하지만 그거 하나는 확실했다. 이 키스의 끝에 우리는 이전과 조금 다른 사이가 될 수도 있겠다는 것.

주원은 도담에게서 몸을 떼어냈다. 도담은 대답도 않고 멀어지는 주원을 불안한 시선으로 바라보았다. 늘 그래왔듯 또다시 멀어지려는 건가, 싶은데 주원이 입을 열었다.

"내일 시간 돼?"

도담은 갑작스러운 질문에 당황하면서도 얼떨결에 고개를 끄덕였다.

"되는데…. 왜요?"

"그럼 그 시간 나한테 써."

"저랑 뭐 하려고요?"

"맛있는 거 먹으러 가기로 했잖아. 이번 일 무사히 마무리되면."

그리 말하는 주원의 얼굴은 불긋불긋해져 있었다. 촛불처럼 일렁이는 두 눈에는 긴장한 기색이 역력하다.

'혹시 데이트 신청인가? 갑자기 왜?'

순간 도담의 머릿속에는 수많은 의문들이 떠올랐다. 그러나 기껏한 발 다가온 그를 두 발 멀어지게 하고 싶진 않았다.

"그럼… 분위기 좋은 데서 비싼 거 사주세요. 나도 무사히 돌아오겠다는 약속 지켰으니까."

도담은 많은 의미를 담아, 주원에게 수줍음 가득한 목소리로 말했다. 그 말을 들은 주원의 눈동자는 잠시 커지는가 싶더니, 이내 괜한 쪽으로 어긋났다.

"…찾아는 볼게."

머지않아 흘러나온 대답은 언제 애절한 키스를 나누었냐는 듯 딱딱했다. 하지만 부어오른 입술만큼 붉어진 그의 뺨은 더 많은 진심을 보여주고 있었다.

입술로 격한 환영 인사를 나누다가 얼떨결에 데이트 계획까지 잡아버린 가짜 부부. 평행선만 내달리던 두 사람의 각도가 서로를 향해 조금씩 틀어졌다. 이 끝이 닿는 날, 우리는 어떻게 될지. 존재할 거라 기대도 안 했던 미래가 문득 궁금해지는 밤이었다.

$$* \blacklozenge *$$

어두운 밤하늘에 아름다운 새벽의 빛이 찾아왔다. 길게 느껴졌던 하루가 이제야 지나가려는 모양이다. 담배를 든 재이는 높다란 오피스텔 단지에 가려져 얼마 보이지도 않는 하늘을 가만히 응시했다. 후우 긴 연기를 내뿜었더니, 예쁜 하늘이 금세 탁해지고 말았다. 지금 그의 머릿속처럼. 그가 앉은 티 테이블 위에는 엽서 한 장이 놓여 있었다. 빳빳한 종이에 꾹꾹 눌러쓴 글씨는 적힌 글자 수에 비해 많은 감정을 담고 있었다.

사랑하는 재이. 널 지켜주지 못해서 미안해. 내 다음 사람은 꼭 너를 구원해 줄 수 있길 바랄게.

이미 끝난 인연을 좀처럼 놓지 못하던 그녀의 작별인사였다. 그녀가 말한 '내 다음 사람'이 누구를 뜻하는지, 재이는 본능적으로 알 수 있었다. 지박령처럼 주변을 맴돌고 있던 그녀는 내 곁에 있는 그 사람을 보았겠지. 자신과 같은 역할을 하는 그 사람이 제 다음 사람이라고 여겼겠지. 하지만 그녀가 보여준 건 질투나 원망이 아닌, 그 사람만큼은 잘 지켜내길 바란다는 염원이었다. 마치 임무에 실패한 자가 후임에게 제 임무를 넘기듯이.

그걸 깨달은 순간, 재이의 머릿속은 형용할 수 없을 만큼 복잡해졌다. 재이는 계속해서 떠오르는 생각을 멈췄다. 무슨 생각이 떠오르려 하면 멈추고, 떠오르려 하면 멈추고. 그렇게 머리가 고장 난 사람처럼 의식적으로 생각을 꺼두었다. 편지를 받은 뒤부터 사라진 도담이 돌아올 때까지 얼마나 많은 시간 동안 그 짓을 반복했는지.

'재이 씨…?'

그런데도 돌아온 도담을 만났을 땐, 아무 생각 없이 그저 반갑기만 하더라.

'재이 씨, 내가….'

'어디 갔었어?'

'네?'

'한참 찾았잖아. 이렇게 오랫동안 안 돌아오면 어떡해….'

그녀가 돌아왔다는 사실 하나만으로도 마음을 놓을 수 있게 되더라. 오늘따라 고집스럽게 그녀를 붙잡았던 건 그녀가 예전처럼 내 옆에 머무르고 있다는 걸 확인하고 싶어서였다. 내가 원할 때면 언제든 나와 함께 있어주고, 내가 외로워하는 순간엔 한걸음에 달려와 위로해 주던 그 사람.

'밥 같이 먹고 들어가기로 했잖아. 오늘 내가 많이 기다렸으니까.'

'허락은 받고 와야죠. 이 새벽에 옆집 남자랑 외식하러 가는 건데.'

그녀는 이번에도 순순히 나를 따라주었다. 전과 다르지 않은 그 모습은 재이를 안심시켰다. 그러나 즐거운 시간을 보내고 공허한 집으로 들어왔을 때, 계속 곁에 있던 사람과 헤어진 아쉬움 역시 소름이 끼칠 만큼 익숙했다.

'수영이도 그랬었는데. 모든 걸 다 제치고 나부터 챙겨줬었는데. 그래서 매 순간 더 같이 있지 못해서 참 아쉬웠었는데….'

정말 모든 걸 다 제치고 나를 챙겨줬던 그 여자. 마치 날 외롭게 만들지 않는 게 자신의 일인 것처럼, 나를 가장 신경 써줬던 그 여자.

문제는 그것이 정말 그녀의 임무라는 것이었다.

'재이, 너한테 고백할 게 있어.'

'난 사실 널 뒷조사하기 위해서 파견된 정보국 요원이야.'

'처음부터 너의 주변을 파헤칠 목적으로 접근했고, 너의 일거수일투족을 보고할 목적으로 곁에 있었어.'

우리가 나누었던 시간들이 전부 거짓이었다고 밝히던 수영은 끝까지 이성적이고 냉철했다. 하긴, 처음부터 계획된 접근이었으니까 그녀는 나와의 끝을 계속 준비해 두고 있었겠지. 기만한 건 본인이었으니 그 마음에는 흠집 하나 안 났을 거다. 하지만 재이는 그녀에게 의지했던 순간순간이 깊은 상처로 남았고, 지금은 그냥 뒤덮고 싶은 흉터가 되었다.

'그런데 지금부터는 그러지 않으려고.'

'널 기만하는 건 이제 그만두고 싶어….'

그녀는 뒤늦게라도 우리의 잘못된 시작을 바로 잡고 싶어 했지만, 그건 재이에게 불가능에 가까운 일이었다. 무언가를 바라고 접근했다가 필요 없어지면 버리고, 혹은 새로운 무언가를 더 얻어내기 위해 태도를 바꾸고. 그런 사람은 재이의 곁에 차고 넘쳤으니까. 그렇게 끝나버린 유수영과의 끝. 하지만 그 꼴을 당하고도 그녀와 비슷한 그다음 사람을 또다시 진심으로 받아들인 이유는….

'좋아할 수밖에 없는 사람이었어요.'

'인상 쓰는 게 너무 멋있었거든.'

그 사람은 나한테서 사랑을 원한 게 아니었으니까.

'계약된 남편이기 전에 내 짝사랑 상대라니까. 맡은 바 책임을 다하고 싶어요.'

그 사람은 나를 위해 헌신하는 게 아니었으니까.

'재이 씨는 남자니까 남자 마음 같은 거 잘 설명해 줄 수 있죠?'

'대체 우리 남편은 뭐가 문제인 걸까요? 왜 이러는 건지 도저히 모르겠어요.'

'요즘 이 사람 때문에 다른 의미로 신경 쓰여서 미치겠다니까, 정말.'

내 곁에서도 나보다 제 가짜 남편을 더 신경 쓰던 그 사람은 확실히 시작부터가 달랐으니까. 내가 준 고가의 드레스 대신 남편이 선물한 싸구려 원피스를 택한 그 사람은 나한테 접근하는 게 아니야. 그냥 자꾸 내가 눈에 보여서 친해진 거고, 마음이 맞아서 내 옆에 있는 거야. 드디어 나한테도 아무 대가 없이 곁에 있어주는 사람이 나타난 거고, 나는 그 사람을 혼자 좋아하고 있는 거야.

'그래, 이건 그냥 내가 시작한 평범한 짝사랑이야. 그러니까 내가 놓지 않는 한 끊어질 일은 없을 거야….'

한참 동안 복잡한 가슴을 토닥거린 재이는 짧아질 대로 짧아진 연초의 마지막 필터를 빨아들였다. 혀끝에 닿은 향이 오늘따라 유독 쓰고 역했다. 재이는 오래도록 그 씁쓸함을 입안에 머금고 있다가, 이번엔 뱉지 않고 억지로 삼켜보기로 했다.

"쿨럭, 쿨럭…!"

하지만 머지않아 새어 나와버린 기침은 마음먹은 대로 참아지지가 않았다. 몇 번을 억눌러도 불쑥불쑥 솟아오르는 그녀에 대한 생각들처럼.

* ◆ *

반짝.

눈을 뜨고 잠에서 깨어났다. 지끈지끈한 머리와 욱신거리는 몸. 하지만 정작 도담을 괴롭히는 건 따로 있었다. 바로 지난밤, 주원과 반쯤 정신을 놓고 나누었던 딥키스의 여파였다.

조용한 방 안에 맴돌았던 입술의 마찰음과 입술이 떨어질 때마다 터져나왔던 자극적인 숨소리. 거기다가 도담의 허리를 감싸는 주원의 애틋한 손끝까지. 아무리 위험한 상황을 넘기고 돌아온 상황이었다고 해도, 무뚝뚝한 그 남자가 그런 식으로 격하게 환영해 줄 줄은 몰랐다. 평소에 눈만 빤히 바라보고 있어도 부담스러워하던 사람이 그렇게나 야릇하게 입을 맞춰 오다니. 도담은 자신에게 일어난 일을 도무지 이해할 수도, 믿을 수도 없다.

"혹시 다 꿈이었나…?"

도담은 혹시나 싶어서 제 입술을 쓰윽 매만져 보았다. 하지만 평소보다 부은 입술은 어젯밤의 열기를 고스란히 확인시켜 주고 있었다. 그러자 다시금 붉어지는 얼굴은 이내 새빨간 홍당무가 되어버렸다.

"하아… 오늘 팀장님 얼굴을 어떻게 보냐."

부끄러워진 도담은 괜히 한숨을 터트렸다.

똑똑.

방에 조심스러운 노크 소리가 울렸다. 깜짝 놀란 도담은 토끼 눈이 된 채 문 쪽으로 시선을 돌렸다.

"누, 누구세요?"

"나."

그래, 당연히 기주원이겠지.

"어쩐 일…."

"괜찮은 식당을 찾았는데 오늘 점심때만 예약이 가능하다고 해서…."

"…."

"혹시 준비하고 나올 수 있어?"

노크 소리만큼 조심스럽게 건네진 그의 데이트 신청에, 도담의 심장이 터질 듯이 두근거리기 시작했다. 어제 짙은 키스를 나눈 사람을 똑바로 마주 보는 것도 힘들겠다고 생각했는데, 대낮부터 데이트라니.

'이러니까 정말 썸이라도 타는 것 같잖아….'

하지만 상대는 극악의 난이도를 자랑하는 철옹성 기주원. 마지막에 마지막까지 방심은 금물이었다. 도담은 목소리를 정리하고, 최대한 아무렇지 않게 대답했다.

"흠흠, 오늘 스케줄 괜찮을 것 같네요! 정리해야 할 게 있긴 하지만 그건 갔다 와서 해도 되니까…."

"아, 할 일 있으면 그거부터 해. 일을 미뤄서까지 데리고 갈 수 없지."

아차, 아무렇지 않게 구는 것의 방향이 잘못됐었다. 기주원은 그 어떤 상황에서도 일이 최우선인 남자였으니. 마음이 급해진 도담은 결국 벌떡 침대에서 일어나 분주히 옷부터 챙겼다.

"아! 잠깐만! 저 지금 옷 거의 다 입었어요!"

"아니야, 무리하지 마."

"와, 다 입었다! 이제 화장해야지!"

"무리하지 말라니까. 예약 취소한다."

"아이 씨, 정말…!"

원피스 하나를 서둘러 입고 립스틱을 바르던 도담은 눈치 없는 기주원을 붙잡기 위해 벌컥 문을 열어젖혔다. 막 서재 쪽으로 몸을 돌리려 했던 주원은 살짝 커다래진 눈으로 도담을 내려봤다. 도담은 그가 더 멀어질까 싶어, 주원의 팔을 꽉 잡고 당당하게 말했다.

"나 화장하는 거 안 보여요? 다 제쳐놓고 나갈 테니까 딱 기다려요!"

그녀를 물끄러미 바라보던 주원의 입가에 미소가 맺혔다.

"입."

"입? 제 입 뭐요?"

"립스틱 옆으로 쭉 그어졌어."

"네에?"

도담은 홱 뒤편으로 고갤 돌려 화장대 거울을 확인했다. 마치 조커처럼 입꼬리를 넘어서 휘익 그어진 빨간 선.

"어머…."

순간 낯이 화악 뜨거워지는 걸 느낀 도담은 주원의 팔을 내려놓고

콰앙 방문을 닫았다. 그러고는 민망함에 발을 동동 구르고 서있으니 주원의 웃음기가 가시지 않은 목소리가 들려왔다.

"삼십 분 뒤에 현관 앞에서 봐."

어찌나 심장이 빨리 뛰는지, 안 그래도 홍당무 같았던 얼굴이 터질 듯이 빨개졌다.

주원과 둘이 밥을 먹은 게 어느덧 십수 번인데, 이제 밥 먹는 것 정도로는 그렇게 수선 피우지도, 가슴 떨리지도 않는데 이상하게 오늘은 달랐다. 레스토랑으로 향하는 차 안, 그녀의 가슴은 고속도로 위 주원의 차 엔진처럼 빠르게 요동치고 있다.

"우리… 어디 가는 거예요?"

도담은 두근대는 심장 소리가 들릴까, 괜한 질문을 건넸다. 그러자 주원은 섹시한 표정으로 옆 차선을 확인하며 담담히 대답했다.

"내가 가봤던 데 중에 제일 좋은 데."

"거기가 어딜까. 진짜 궁금하네."

"너도 마음에 들어할걸. 지금까지 데려간 사람들 다 반응 좋았어."

데려간 사람들?

슬쩍 섞여든 워딩이 거슬렸던 도담은 최대한 돌려서 물었다.

"누구랑 예전에도 같이 갔었나 봐요."

"어."

"…."

"…."

"대답이 그게 끝?"

"뭐가? 또 뭐 물어봤었어?"

분명 그 뒤에 누굴 데려갔는지 언질이라도 줄 줄 알았건만. 주원은 질문에 대해 'YES'라는 대답만 남겨놓고 다시 운전에 집중했다. 그 이상한 화법이 거슬렸던 도담은 웃는 낯으로 한 번 더 캐물었다.

"어떤 사람이랑 갔는지 듣고 싶은데."

"어떤 사람?"

"뭐, 사람도 종류가 있잖아요. 가족이나 직장 동료나 친구나… 전 여친들이나."

가장 중요한 건 맨 뒤에 붙어있었다. 도담은 그 말을 꺼내며 주원의 표정을 자세히 살폈다. 하지만 주원은 조금도 찔리는 기색 없이, 매끄럽게 차선을 바꾸는 주원의 차만큼이나 깔끔하게 대답한다.

"그냥, 여러 종류의 사람들."

"네에?"

"잠깐만. 이쪽으로 빠지는 게 아니었나?"

정말 고속도로를 잘못 들어서인지, 아니면 잘못될 것 같은 이 상황을 회피하고 싶어서인지 주원은 미간 사이에 주름까지 잡은 채, 갑자기 운전에 몰두하는 척을 했다. 도담은 그게 굉장히 마음에 걸렸지만, 아직 우리 사이에 정확한 썸씽이 있는 것도 아니었기에 더 들춰내진 않기로 했다. 혼자 김칫국 마셨다가 애써 생긴 이성적인 텐션을 끊어먹어 버릴까 봐서였다.

"예예, 다음번에 빠졌어야 했네요. 다음번에."

도담은 괜히 쿨한 척, 내비게이션을 봐주며 대답했다. 주원은 그걸 알고 있는지 별다른 반응 없이 운전대만 쥐고 있었다. 그런 그를 보고 있다가는 속이 뒤집힐 것 같아서, 도담은 차창 밖으로 고개를 돌렸다. 오늘따라 하늘엔 구름이 어찌나 뭉게뭉게 떠다니는지. 그 구름을 하나둘 세어보고 있자니 구름의 수가 많나, 기주원의 전 여친 수가 많나, 몹쓸 호기심이 불쑥 떠오른다. 도담은 다시 흘끔 주원 쪽으로 쳐다보았다. 마치 조소계의 장인이 정성 들여 깎아놓은 듯한 기주원의 잘 빠진 옆선.

이 얼굴에 설레한 여자가 나뿐만은 아니겠지? 생각해 보니까 저번엔 '나은'이라는 여자를 만나러 가더니만. 어제 키스를 한 걸 보면 그 여자는 정리한 건가? 설마 정리도 안 하고 나랑 데이트 가는 건 아니겠지?

도담은 주원의 과거 연애사를 가지고 한참 동안 엄청난 상상의 나래를 펼쳤다. 하지만 그 불안과 의심은 삼십 분 뒤에 도착한 기주원의 맛집 앞에서 전부 일단락되었다.

북한산 산 중턱에 위치한, 오골계탕을 기가 막히게 한다는 5060 세대들의 최고 맛집. 분위기가 좋다 못해 풀피리를 불고 싶어지는 이 음식점의 세월이 느껴지는 간판을 바라보며, 도담은 생각을 고쳐먹는다.

'아, 이 남자… 여기에는 직장 동료나 업체, 혹은 가족이랑 왔겠구나.'

"뭐 해? 들어가지 않고."

주원이 물었다. 도담은 차에서보다 훨씬 밝아진 얼굴로 대답했다.

"아, 들어가야죠! 정말 분위기 좋고 맛있겠네요!"

"맛은 보장해. 나 입맛 까다롭거든."

"어련하시겠어요. 들어가요, 우리!"

도담은 매우 흐뭇한 기분으로 식당에 들어섰다. 그 행복한 기분이 십 분도 안 갈 줄도 모르고.

삼십 년 전통을 자랑하는 오골계 집.

분위기 좋은 데로 가자고 해서 그런지, 분위기는 역대급으로 좋았다. 어찌나 좋은지 테이블마다 화기애애한 웃음꽃이 끊이질 않는다. 한 가지 문제가 있다면.

"자아! 우리 풍년 산악회 회원들 모두 만수무강 하자는 의미에서 건배애!"

"건배애애애!"

그 좋은 분위기가 절대 로맨틱하지는 않다는 것이다.

5060 세대의 맛집답게 그 나이대 멤버들로 구성된 등산회의 회식 자리가 한창인 이곳은 안타깝게도 도담과 주원의 공식적인 첫 데이트 장소였다. 분명 들어오기 전까지는 설레고 긴장도 되었는데, 왁자지껄한 사람들의 목소리 때문에 지금은 정신없기만 하다.

도담은 우렁찬 사람들의 목소리에 제 목소리가 묻히지 않도록 일부러 더 또박또박하게 말을 걸었다.

"여보, 밥 먹고 뭐 할 거예요?"

그러자 주원은 앞에 차려진 오골계에 집중하며 대답했다.

"글쎄."

"여기까지 데리고 와놓고서 글쎄라니…. 이 근처 산책로가 되게 잘 되어있대요. 둘이 오붓하게 좀 걸을까요?"

"그래, 그럼."

순순히 응해주고는 있지만 뭔가 석연찮음을 지울 수 없었다. 처음엔 이런 데를 전 여친이랑 왔을 리가 없다는 생각에 안심했었는데, 다시 곰곰이 생각해 보니 나도 데이트 상대가 아니라서 여기로 데려온 게 아닌가 싶다. 그 불안에 힘을 더하기로 작정이라도 한 듯, 주원이 넌지시 일 얘기를 시작했다.

"그보다, 어젠 정확하게 무슨 일이 있었던 거야?"

"네?"

"밖이니까 자세히는 말고 간략하게. 내가 양 팀장님한테 들은 그대로 이해하면 되는 거야?"

도담도 아직 머릿속으로 정리가 안 된 어제의 일. 유수영과 있었던 일을 이런 자리에서 대충 얘기할 수 없었던 도담은 애매모호한 대답을 했다.

"밥 먹으면서 할 얘기는 아니에요."

"그러니까 간략하게…."

"그렇게 몇 마디로 설명할 수 있는 상황도 아니고요. 일단 제 머릿속부터 정리하고 제대로 설명해드릴게요."

"정 그렇다면 최대한 이른 시일 내로 정리해. 왜곡 없이, 알아들을 수 있게."

그리 말하는 주원의 시선이 잠시 그녀의 손목 위에 머물렀다. 그가 물끄러미 내려다보는 건, 어제 직접 채워주었던 네잎클로버 팔찌였다. 주원의 시선을 느낀 도담은 차고 있던 팔찌를 흔들며 말했다.

"아, 이 팔찌요?"

“…”

“돌려드려야 되는데, 지금 빼놓고 다니면 잃어버릴 것 같아서…”

하지만 그녀의 말이 다 끝나기도 전에, 주원은 다시 제 그릇 쪽으로 시선을 옮겨두며 대답했다.

“아니, 그냥 너 가져.”

“네? 이걸요?”

“나한테는 중요한 거야. 그러니까 니가 하고 다녀.”

“중요한 건데 제가 가져도 돼요?”

“아무 일 없이 돌아온 거 보니까 효과 좋은 것 같아서.”

이런 반응은 그녀에게는 충분히 그린 라이트였다.

중요한 물건을 넘겨준다니. 이건 거의 고백이나 다름없잖아.

또 희망이 생긴 도담은 주원의 눈치를 보다가 슬쩍 물었다.

“여보가 아끼는 물건을 넘겨줄 만큼 내가 소중해진 거예요?”

물론 기주원 성격이 순순히 그렇다고 대답해주진 않을 것이다. 역시나 주원은 잠시 젓가락을 멈칫하는가 싶더니, 이내 덤덤한 목소리로 대답한다.

“고사 지내는 거 아니면 얼른 먹지.”

분위기상 얼굴을 붉히며 고개라도 끄덕여줄 줄 알았건만, 얼렁뚱땅 상황을 무시해 버리려는 주원의 반응은 도담을 퍽 서운하게 만들었다. 이대로 넘어갈 수 없었던 그녀는 집요하게 대답을 보챘다.

“고개라도 끄덕끄덕해 봐요. 내가 소중하면 아래위로, 별로 안 소중하면 양옆으로.”

“식으면 책임 못 져.”

"내가 진짜 밥 얻어먹겠다고 여기까지 따라온 줄 아나."

"난 너 밥 사주려고 데려왔어. 본분에 충실하게 해줘."

그놈의 본분 타령, 오늘은 왜 안 하나 했다. 잠깐 싹을 틔웠던 풋풋한 데이트는 다시 직장 상사와의 형식적인 식사 자리로 되돌아왔다. 사람 마음을 얼렸다가, 녹였다가 정신없이 반복하는 기주원 때문에 도담은 갈수록 혼란스러워진다. 이게 진짜 데이트인 건지, 아닌 건지. 데이트라면 왜 이렇게 딱딱하게 구는 것이고, 데이트가 아니라면 도대체 어제 키스는 왜 했는지.

도담은 수많은 의문들을 축약해 물었다.

"오늘 대체 무슨 생각으로 같이 밥 먹자고 한 거예요?"

그러자 주원은 조금의 틈도 없이 간단한 대답을 꺼내놓았다.

"약속했으니까."

"정말 그뿐이에요?"

"다른 이유가 필요해?"

그렇게 직접적으로 물어본다면 할 말은 없다만….

"나는 그래도 뭔가 특별한 의도가 있을 줄 알았지."

그리 말하는 도담은 자신이 무엇을 기대하고 있었는지가 은근슬쩍 드러내고 있었다. 주원은 그런 그녀를 한동안 물끄러미 응시했고, 이내 뭔가를 깨달았다는 듯한 표정을 지었다.

"아아…."

"왜요? 뭐 있어요?"

"이걸 그런 식으로 생각한 거야?"

"그런 식이라뇨?"

"온도담, 정신 차려. 나는 정력이 허해서 여기 온 거 아니야."

기주원, 정신 차려. 여기 있는 그 누구도 당신 정력 의심 안 했어.

완벽하게 벗어난 답변이었다. 그런 주원이 답답했던 도담은 뾰로통하게 입술을 내밀고 물었다.

"밥은 미리 약속한 거라서 먹으러 왔다 치자. 그러면, 어제 키스는 왜 했어요?"

"뭐, 뭐…?"

"우리 그런 것까진 약속 안 했잖아요. 나는 여보가 무슨 생각으로 그렇게 거칠게… 읍!"

한참 열변을 토하던 그녀의 입속으로 무언가가 들어왔다. 입술이 벌려진 틈을 타 기주원이 넣어준 오골계의 커다란 살코기였다.

"말 가려서 해."

"우읍?"

"공공장소에서 할 소리가 따로 있지."

그러는 자기는 공공장소에서 또렷또렷한 목소리로 부부 관계까지 운운했으면서!

중요한 본론을 이리저리 피해버리는 주원 때문에 도담은 열이 뻗쳤다. 이제 보니까 어제의 일은 해프닝처럼 묻어버리려는 속셈 같은데….

'내가 그렇게 둘 줄 알고?'

화르륵. 도담의 오기에 불이 붙었다. 도담은 다시 아무렇지 않게 밥을 먹으려는 주원을 씩씩거리며 바라보았고, 입안에 든 음식물을 꼭꼭 씹어 삼켰다. 그러고는 조금도 기죽지 않은 새침한 목소리로 말했다.

"있잖아요, 여보. 나는 누가 뺏어간 건 반드시 되찾아오는 성깔머리를 가지고 있어요."

"…"

"간밤에 부르트도록 빼앗겼던 입술도 마찬가지일 거예요."

선전포고와 비슷한 그 말을 들은 주원이 떨리는 눈빛으로 도담을 바라보았다. 때마침 보란 듯이 콩나물 한 젓가락을 입에 넣은 도담은 참기름이 묻어 반짝이는 입술을 혀끝으로 한 번 느리게 훑는다. 그 모습은 섹시하긴커녕 몹시 같잖았지만, 이상하게도 시선은 떨어지질 않았다.

'우리 지금 뭐 하는 거예요?'

아마도 어제 달뜬 목소리로 물어보던 그녀의 얼굴이 떠올라서인 것 같다. 앞으로 두 번 다시는 특별한 사이를 만들지 않겠다고 다짐했는데. 어제의 기억이 머릿속에서 떠나질 않아 큰일이다, 정말.

* ◆ *

서늘한 적막이 감도는 NSO 취조실.

"아! 저 자식이 아주 사람 알기를 우습게 알아! 에에라! 이 망할 놈아!"

한때 유수영의 상사였던 배 팀장이 성질을 내며 취조실에서 빠져나왔다. 특수 유리로 안의 상황을 지켜보고 있던 양은화 팀장 역시 착잡한 건 매한가지였다.

"입 안 열지?"

"절대! 모가지를 비틀어도 안 열 기세야!"

"하아… 저렇게까지 나오는 걸 보면 서재이랑 무슨 일이 있었던 건 확실한 것 같은데…."

유수영 취조 일곱 시간 째. 유수영은 어르고 달려봐도, 매섭게 다그쳐 봐도 절대 입 한 번 꿈쩍하지 않았다. 어찌나 고집이 센지, 배 팀장은 사건 파일로 테이블까지 쾅쾅 내리쳐가며 겁을 줬지만 눈빛 한 번 흔들리지 않았다. 아직 분을 삭이지 못한 배 팀장은 취조실 문을 쾅! 발로 걷어찼다. 그러고는 방음처리가 됐다는 걸 알면서도 목청껏 고래고래 소리를 질러댔다.

"남자한테 미쳐도 정도껏 미쳐야지! 니가 그딴 식으로 나온다고 해서 서재이가 눈길 한 번 줄 것 같아?"

"…."

"그 새끼는 널 이용해 먹은 거야! 그것도 모르고, 저 모지리가!"

그런 그를 뜯어말리는 건 양 팀장밖에 없었다.

"배 팀장, 진정해. 초장부터 진 빼지 말고 이럴수록 더 침착하게."

양 팀장은 배 팀장을 차분히 달래며 의자에 앉혔고, 뜨거운 속을 가라앉히라는 뜻으로 찬물을 건넸다. 순순히 물병을 받아든 배 팀장은 한 병을 통째로 꿀꺽꿀꺽 원 샷 해버리고는 조금도 가라앉지 않은 목소리로 소리 질렀다.

"지금 진정하게 생겼어? 쟤 하나 때문에 우리 팀 돌아가는 꼬라지를 봐!"

양 팀장은 그런 그의 어깨를 툭툭 두드리고는 차분하게 말했다.

"내일은 내가 얘기해 볼게. 며칠 동안 내리 추궁하면 무슨 말이라도 해주겠지."

"내가 잡아먹을 듯이 다그쳐도 안 되는데 양 팀장이 달려든다고 뭐가 나오겠어?"

"여자 마음은 같은 여자가 잘 아니까. 잡아먹는 거 말고 다른 방식으로 접근해 보려고."

양은화 팀장은 그리 말하며 취조실 유리창 너머 유수영을 바라보았다. 두려움도, 죄책감도, 하다못해 불편한 기색도 전혀 없는 표정. 그녀가 지금 무슨 심정으로 저 자리에 앉아있는지는 모르겠다. 하지만 단 한 가지 확실한 건, 그녀 머릿속의 구할 이상을 서재이가 차지하고 있을 거라는 것.

양 팀장의 시선을 특수 유리 너머로 눈치챘는지, 유수영의 고요한 눈빛이 상황실 쪽으로 향했다. 그녀가 보고 있는 건 제 모습을 비추는 거울뿐이겠지만, 양 팀장은 수영의 눈동자에서 이 상황과 전혀 어울리지 않는 감정 하나를 느꼈다. 바로, 확신이었다.

당신의 상처로 남지
않을게요

따스한 햇살마저 로맨틱하게 내리쬐는 산책로. 우거진 풀과 나무들이 머릿속까지 상쾌하게 만드는 이 순간. 누군가는 이곳에 와서 복잡한 고민들을 떨쳐버리고 힐링을 만끽하겠지만.

"온도담, 무슨 생각해?"

"…"

"왜 자꾸 내 얼굴을 흘끔거리는데."

도담은 그렇게 한가하지 못했다. 입술까지 가져가 놓고서 연애할 생각을 안 하는 기주원을 혼쭐낼 타이밍을 찾고 있기 때문이었다.

도담은 새침한 표정으로 주원을 바라보며 물었다.

"어디서 하는 게 좋을까요?"

"뭘 해."

"키스요. 어디서 훔쳐야 잘 훔쳤다는 소리를 들을까나."

"훔치긴 뭘 훔친다고…."

"우리 저기 풀숲 우거진 데로 들어갈까요? 아니면 커다란 나무 뒤에서 해도 되겠다."

그리 말하는 도담의 눈은 반짝이다 못해 광기까지 띠고 있었다. 기회만 된다면 진짜 입술을 갖다 박고도 남을 기세다. 그런 그녀를 말려야 한다고 생각한 주원은 도담의 손목을 붙잡았다.

"온도담, 여긴 산책로야. 사람들 지나다니는 산책로."

"그게 뭐요?"

"뻥 뚫린 데서 위험하게 뭘 할 생각이야?"

그러자 도담은 한마디도 지지 않고 반박했다.

"어머, 위험한 걸로 따지면 방이 훨씬 위험하죠."

"방이 왜."

"그걸 꼭 내 입으로 말해야지 아나. 엉큼하긴."

도대체 그녀가 어떤 포인트를 엉큼하다고 말하는 건지 이해하지 못한 주원이 미간을 구겼다. 도담은 붙잡히지 않은 다른 손으로 그 미간 사이를 톡 건드렸고, 쓸데없이 진지한 목소리로 말했다.

"여보. 내가 여보 인상 쓴 얼굴 좋아하는 거 알아요, 몰라요."

"알아. 그게 뭐."

"그 얼굴에 이렇게 손까지 잡고 있으니까 제 마음이 아주 크게 동요하네요. 아무래도 여기서 확 덮쳐버려야 할까 봐."

그 말끝에, 도담은 주원이 붙잡고 있던 손목을 흔들거렸다. 그녀의 도발적인 멘트에 기겁한 주원은 서둘러 그녀의 팔을 놓아주었다. 그러자 뾰로통했던 도담의 눈가에는 다시 예쁜 눈웃음이 어린다.

"귀엽긴."

근 이십 년 동안은 들어본 적이 없는 칭찬이었다. 주원은 피부에 오소소 소름이 돋아나는 걸 느끼며 급격히 표정을 굳혔다.

"상사한테 그게 무슨 말버릇이야?"

"상사 귀여워하면 안 된다는 법은 없잖아요."

"기분 이상하니까 하지 마."

"왜요? 설레기라도 해요?"

도담은 시종일관 장난스럽게 물었다. 하지만 그 순간, 주원은 낯을 뜨겁게 만들던 이 감정이 무엇인지 얼핏 깨달아버렸다. 동요하고 싶지 않은데 쓸데없이 빨라지는 심장박동부터 자꾸만 온 신경이 예민해지는 듯한 기분까지. 이건 어제 그녀의 입술을 탐하기 직전, 그의 가슴을 강렬하게 관통했던 느낌과 몹시 비슷하다.

"…."

그 사실을 뒤늦게 깨달아버린 주원은 무슨 반응도 보이지 못하고 얼어붙어 버렸다. 도담은 그런 그의 얼굴을 보며, 더욱 진한 미소를 입가에 퍼트렸다.

"어? 아무 대답도 없는 거 보니까 진짜 설레나 보네?"

"그만하라니까…."

딱딱한 말투가 무색할 정도로 붉게 달라 올라버린 기주원의 귀. 이 정도로 반응이 오는 걸 보면 이 사람도 마음이 없는 건 아닌 것 같은데, 어째서 모른 척을 하는 건지 모르겠다. 자존심 때문일까? 아니면 우리가 사심이 섞여서는 안 되는 업무적인 관계이기 때문일까? 그의 마음을 가로막는 방해물이 뭐가 됐든, 관계를 답답하게 만드는 것만큼은 확실하다.

애매모호한 걸 참을 수 없었던 도담은 주원의 손을 붙잡았다. 다른 곳으로 향해있던 주원의 동그랗게 커진 눈이 도담에게로 향했다.

"나랑 얘기 좀 해요."

"…얘기?"

"응, 아주 중요한 얘기니까 거절은 없어요."

'아주 중요한 얘기'라는 걸 강조하는 도담의 눈빛은 진지했다. 하지만 그게 무엇인지, 어느 정도는 예감하고 있는 주원의 머릿속이 다시금 복잡해졌다.

산 아래 도로와 건물들이 훤히 눈에 보이는 산책로 중간의 벤치는 이미 관광 명소로 소문이 난 곳이었다. 가끔 드라마에 나올 때마다 언젠가 남자친구가 생기면 꼭 한 번 가봐야지, 했었는데 열렬히 짝사랑하는 주원과 오게 될 줄 몰랐다. 도담은 도심에서는 느끼지 못할 청량한 공기를 한껏 즐기며, 특별한 이 순간을 만끽했다. 하지만 그녀의 옆에 앉은 이 남자, 기주원은 딱딱하기 그지없는 표정으로 본론을 꺼냈다.

"말해."

"네?"

"할 말 있다며. 그거 얘기하라고."

주원은 비장해 보이기까지 했다. 그가 어떤 말을 예상하고 있고, 또 어떤 대답을 준비하고 있는지는 경계하는 눈빛만으로도 알 수 있었다.

도담은 그가 원하는 대로 담담하게 입을 열었다.

"있잖아요."

"…."

"날 좋아하면서 안 좋아하는 척하는 이유가 대체 뭐예요?"

순진한 눈으로 던지는 속이 꽉 찬 돌직구였다. 순간 주원의 두 눈에는 당황한 기색이 역력했으나, 그는 이내 표정을 정돈하고 최대한 무심한 척 대답했다.

"별로 안 좋아하는데."

"별로든 뭐든, 어쨌든 좋아하긴 한다는 소리네. 그럼 별로 안 좋아하는 만큼이라도 표현해 주면 안 돼요?"

"무슨 소릴 하는 거야. 그런 거 아니라고."

"치, 사춘기 중학생인가. 좋아하면서 아닌 척 진짜 심하네."

주원은 정색을 하고 부인했지만 도담은 딱히 믿는 눈치가 아니었다. 그도 그럴 것이, 아무리 표정을 굳힌다 한들 흔들리는 눈빛까지 컨트롤 할 수는 없었기 때문이었다.

하지만 도담은 그런 그를 더 캐묻는 대신, 빤히 주원의 눈동자만 들여다보았다.

"뭐."

괜히 찔렸던 주원이 묻자 도담이 피식 웃으며 대답했다.

"아니, 그냥… 인생 참 복잡하게 산다 싶어서."

분명 나보다 한참이나 인생 경험이 적을 텐데, 마치 세상 다 살아본 듯한 현자의 분위기를 풍기는 그녀. 주원은 늘 그래왔던 것처럼 도담의 말을 한 귀로 듣고 한 귀로 흘리려 했다. 하지만 이어지는 말들은 주원이 바라는 대로 귓등을 스쳐 지나가지 않고, 한마디 한마디가 머릿속에 박혀 들어왔다.

"누군가를 좋아한다는 게 참 어렵긴 하죠. 소란스러운 건 내 마음인데, 상대방의 마음을 더 많이 신경 쓰게 되니까."

"……"

"게다가 우리처럼 앞으로도 계속 보고 살아야 하는 사이면, 더더욱 신중해진다는 것도 알아요."

"……"

"그래도 나는 누군가를 좋아하기 시작하면 주체가 안 되더라고요. 왜, 그런 말 있잖아요. 기침이랑 사랑은 숨길 수가 없다고."

담담하게 말하는 도담은 평소보다 차분하고 어른스러웠다. 정도 안 주는 사람을 졸졸 따라다니는 모습만 봤을 땐 참 유치하게 사랑한다 싶었는데, 이제 보니 그녀는 자신의 감정을 훤히 들여다보고 솔직하게 반응하는 중이었다. 감당하기 벅찬 제 마음을 일단 덮어놓고 보는 주원과 달리.

"그러니까 눈 딱 감고 받아들여 보는 게 어때요? 어제 키스까지 했는데, 계속 감출 건 또 뭐야."

도담은 주원을 바라보며 말했다. 그런 생각을 못 해본 건 아니었으나, 그때마다 몰려오는 우울한 감정은 주원을 한 발자국도 못 나아가게 만들었다.

"나한테는 그럴 자격이 없어."

"……"

"그럴 용기도 없고……."

한숨과 함께 내뱉은 회의적인 대답에 그 말을 들은 도담이 눈빛으로 되물었다. 주원은 잠시 느린 한숨만 내쉬다가, 표정이 드러나지 않게 정면만 응시한 채 다시 입을 연다.

"나도 알아. 내가 너를 신경 쓰고 있다는 거. 어쩌면 내가 생각하는 것보다 훨씬 더 너를 아끼고 있을지도 모르지."

"…."

"그런데 나는 이 감정이 그냥 이대로 스쳐 지나갔으면 좋겠어. 너도 이번에 겪어봐서 알겠지만… 우린 내일 당장 어떻게 되더라도 이상할 거 없는 삶을 살고 있으니까."

그리 말하는 주원의 목소리는 참 완강했다. 누군가는 그런 그를 참 부정적이고 회의적인 사람으로 볼 수 있겠지만, 도담의 시선에서는 조금 다르게 비쳤다. 인연의 무게를 버거워하는 그는 마치 커다란 벽으로 둘러싸인 좁은 세상에 갇혀 있는 사람 같다. 예전부터 느껴졌던 타인에 대한 경계심 역시 이 때문이었을까.

말없이 주원의 옆모습만 바라보고 있는 도담에게, 그는 무거운 목소리를 흘려보냈다.

"누구에게 의지하고, 의지하게 만드는 건, 너무 무책임한 짓이야."

"…."

"적어도 나한테는 그랬어."

그 말을 듣는 순간, 왜 애써 잊고 있었던 이름 하나가 떠오르는지.

"혹시… 나은 씨라는 사람 때문이에요?"

도담은 그 언젠가, 주원의 달력에서 보았던 이름을 입에 담았다. 그러자 규칙적으로 흘러나오던 주원의 숨은 잠시 끊겼고, 주원의 눈빛은 얼음장처럼 얼어버렸다. 이런 반응만 봐도 이어질 대답은 뻔했으나, 도담은 굳이 그의 확답을 기다렸다.

잠시 후, 부자연스럽게 이어진 주원의 호흡과 함께 무거운 목소리가 흘러나왔다.

"…그래. 그 사람 때문이야."

예상치 못한 솔직한 대답에 당황하기도 잠시, 주원은 도담에게 가라앉은 시선을 둔 채 뒷말을 이어나갔다.

"나는 그 사람을 볼 때마다 다짐해. 두 번 다시는 이런 인생을 만들지 않겠다고."

"이런 인생…?"

"나 때문에 불행해진 인생은 그 사람 거 하나로 족해."

그가 설명하는 나은 씨와의 인연은 얼핏 악연처럼 들렸다. 그 얘길 듣고 있는 도담의 머릿속에 나은 씨를 만나러 가던 주원의 얼굴이 새삼 떠올랐다. 출발할 때부터 편치 않았던 그의 표정은 그녀를 만나고 돌아와서 완전한 절망을 띠고 있었고, 다음 날에는 심히 앓아눕기까지 했었다.

'혹시 그날 나은 씨라는 사람에게 버려진 걸까? 어디서도 솔직히 말하지 못하고, 목숨을 보장받을 수도 없는 이 직업 때문에?'

의심은 여러 가지 정황들과 뒤섞여 확신이 되고, 확신은 곧 그 사람에 대한 동정심으로 바뀌었다.

그래, 아무래도 이 남자는 사랑하던 여자에게 버림받은 상처 때문에 사랑을 몹시 두려워하고 있는 것 같은데….

'상처가 덧나도록 이렇게 놔두고 싶진 않아. 당신은 내가 좋아하는

사람이니까.'

혼자만의 생각을 정리한 도담은 깊은숨을 들이마셨다. 그러고는 자신에게서 다시 눈길을 돌리려는 주원의 뺨에 손을 얹었다.

"뭐야…?"

주원은 알 수 없는 행동을 하는 그녀를 빤히 내려다보았다. 도담은 대답 대신 뺨을 어루만지던 손길을 주원의 목덜미 쪽으로 가져갔고,

"…미련하기는."

부드러운 타박과 함께 그의 몸을 끌어당겨 꼬옥 안아주었다.

"온도담…."

갑작스러운 손길에 놀란 주원에 눈빛에 혼란이 물들었다. 어느새 익숙해진 그녀의 향기는 주원의 코가 아닌 가슴을 자극한다. 곧 흘러나온 그녀의 목소리는 담담하고 차분했다.

"자꾸 그렇게 자기 탓하면 못써요. 안 그래도 사는 게 힘든데, 나까지 내 삶에 짐을 실어버리면 어떡해."

위로의 첫마디는 도현의 장례식장에서 수백 번을 들었던 말이었다. 주원이 들었던 말들 중 가장 도움이 안 되는 말이기도 했고.

"그런 얘기할 거면…."

주원은 다른 사람들에게도 그러했던 것처럼 도담을 밀어내려 했다. 그러나 밀려나기는커녕 그를 안은 두 팔에 더욱 힘을 준 도담은 꿋꿋하게 뒷말을 이어나갔다.

"팀장님이 나은 씨라는 사람한테 어떤 감정을 느끼고 있는지, 나는 잘 모르겠어요. 하지만 그 사람이 팀장님한테 얼마나 소중한 인연이었는지는 조금 알 수 있을 것 같아요."

"…."

"아마 엄청 아픈 이별을 했을 거고, 팀장님은 그거 때문에 아직까지도 아파하고 있을 거예요. 그러니까 또 그런 인연이 생길까 봐 두려워하는 거겠죠."

토닥토닥. 주원의 등을 규칙적으로 두드리는 그녀의 손길은 참 따듯했다. 스킨십에 익숙하지 않은 주원이었지만, 이 온기에서 벗어나고 싶지 않다는 생각이 들었다.

그렇게 얼마나 있었을까. 도담이 품에서 주원을 놓아주며 다시 그의 얼굴을 마주했다.

"그런데요, 팀장님… 나는 그 사람이 아니에요."

순간 주원의 눈빛이 차갑게 식었다. 그건 더 이상 아무 얘기도 하지 말아 달라는 뜻이었지만, 도담은 하나도 알아차리지 못한 척 계속해서 말을 이었다.

"그 사람이 어떻게 생겼는지, 어떤 사람인지는 모르겠어요."

"…."

"하지만 나는 그 사람이랑 완전 겉도, 속도 완전히 다른 사람이에요. 나는 지금도 팀장님 옆에서 씩씩하게 버티고 있고, 혹시 무너지는 일이 있다 하더라도 팀장님을 원망하진 않을 거예요."

그리 말하는 도담은 지금 주원과 전혀 다른 사람을 상상하고 있다. 하지만 둘 사이의 크나큰 오해가 무색할 정도로, 도담의 위로는 주원의 절망과 딱 맞아떨어진다. 이럴 때 확실히 선을 그어야 그녀가 두 번 다시는 그를 떠올리게 하지 않을 텐데. 어쭙잖은 위로는 상처를 덧나게 할 뿐이라는 걸 나는 너무 잘 알고 있는데.

"나는 절대 당신의 상처로 남지 않을게요."

"…"

"약속해요."

아무리 이성적으로 내처보려고 해도 마음이 순순히 따라주질 않았다. 오히려 귀로 흘러들어온 그녀의 목소리는 가슴 깊숙이 스며들어 주원의 심장 한구석을 찌르르하게 울릴 뿐. 굳어있던 주원의 눈동자가 미세하게 흔들리기 시작했다. 꾹 닫혀있던 입술도, 경계하듯 좁혀져 있던 미간도 조금씩 느슨하게 힘을 풀리기 시작한다.

도담은 그런 그에게 살랑거리는 눈웃음을 지으며 물었다.

"지금 말도 안 되는 소리라고 생각했죠?"

주원의 뺨에 다시 그녀의 손길이 와 닿았다. 그녀의 눈에 어린 눈웃음만큼 참 부드럽고, 따뜻한 손길이었다. 그것만으로도 녹을 것 같아서 두 눈만 일렁이고 있던 그때였다.

"두고 봐요, 내가 해내나 못 해내나."

도담이 주원의 입술 위로 제 입술을 가져왔다. 지난번 키스처럼 격하지도, 깊지도 않은 가벼운 키스였다. 하지만 주원의 마음은 지난밤보다 훨씬 더 뜨겁게 달아오르는 기분이었다. 머리부터 발끝까지 화끈거리게 만드는 이 강렬한 감정. 그건 기주원의 삼십사 년 인생에서 처음 겪어보는 것이었다. 사춘기 때도 앓은 적 없었던 이 갑작스러운 열병에 당황한 주원은 그녀의 입술을 밀치지도 못하고 괜히 미간만 찡그렸다. 조심스럽게 그의 키스를 훔치고 있는 그녀가 딱 귀여워할 만큼.

기다리는
사람의 자세

붉은 노을빛으로 물든 저녁.

재이는 구름 한 점 없는 하늘을 향해 일부러 긴 담배 연기를 내뿜었다. 맑은 하늘보다 구름으로 뒤덮인 텁텁한 하늘을 더 좋아하는 재이는 뿌옇게 된 허공을 바라보며 슬쩍 미소지었다.

오늘은 온종일 뭘 했더라. 생일은 잘 보냈냐고 안부 전화를 수차례 받고, 뒤풀이 파티 행사에 왜 나타나지 않았냐며 추궁도 받고. 본가에서 걸려온 전화도 아주 길게 응대했다. 오늘은 걸려오는 전화를 받느라 하루를 다 써버린 것 같다.

그 와중에 재이가 먼저 연락을 해본 사람은 단 두 명뿐이었다. 첫 번째 수신자는 그의 이복형인 태환이었고, 두 번째 수신자는 오늘 하루 연락이 없었던 도담이었다. 정말 닿고 싶었던 두 사람은 그의 전화를 받아주지 않았다는 게 문제였지만.

태환이 연락을 기피하는 이유는 잘 알고 있었다. 형은 나를 싫어하고, 나를 원망하고, 애초부터 나라는 존재와 연을 끊고 싶어 했으니까. 하지만 오늘 도담과 연락이 닿지 않는 이유는 잘 모르겠다. 어떤 상황에서든 늦게라도 답장을 주곤 했는데.

[뭐 해?]

[점심은 먹었어?]

그녀는 뻔한 안부 인사에도.

[나 마실 물이 다 떨어졌어.]

[점심 땐 뭐 먹지....]

평소 곧잘 걱정해주던 끼니 문제에도.

[있잖아. 혹시 집에 공구 상자 있어? 의자가 삐걱거리는데 내 힘으로 고쳐보고 싶어서. 내가 받으러 갈게. 우리 집 와서 고치는 것도 좀 도와주면 좋고....]

용건이 확실한 장문의 문자에도 그녀는 아무 대답이 없었다. 평소 여자들이 연락을 주든 안 주든, 별 신경 쓰지 않는 재이였지만 도담의 연락만큼은 무신경하기가 힘들었다. 혹시나 태환과 비슷한 마음으로 외면하는 건 아닐까 두려웠다.

"후우…."

재이는 연기를 내뱉듯 한숨을 쉬며 제 휴대폰을 한 번 더 확인했다. 수많은 연락이 휴대폰에 쌓여있었지만, 그중 재이가 애타게 기다리는 두 사람의 연락은 없었다.

재이는 휴대폰을 다시 주머니에 집어넣고, 아직 길게 남은 장초를 쓰레기통에 지져 껐다. 그러고는 느린 걸음으로 주차장을 통해서 집으로 들어가려는데 익숙한 목소리가 들려왔다.

"오늘 운전하느라 수고했어요, 여보."

"수고는 무슨."

자기도 모르게 시선을 둔 그곳엔 이제 막 까만 세단에서 내린 주원과 도담이 있었다.

"우리 신랑 엄청 수고했지! 오는 길에 차가 아주 징그럽게 막히더만!"

싱글벙글 웃고 있는 도담의 얼굴은 재이가 하루 종일 기다렸던 것이었다. 하지만 그걸 본 순간, 재이의 걸음은 이상하리만큼 부자연스럽게 제 자리에 멈추어버렸다.

"정 신경 쓰이면 택시비 내든가."

"어? 이제 나랑 농담 따먹기도 해주네요? 진짜 기주원, 아주 장족의 발전이다."

항상 그의 뒤만 졸졸 따라다니던 그녀는 그와 걸음을 맞춰 나란히 걷는다.

"왜 진담이라는 생각은 안 하는 거야?"

"내 남편은 성질이 못됐을지언정, 그렇게 쪼잔한 사람은 아니니까요."

그 남자의 옆에선 늘 동떨어져 있었던 그녀는 이제 그와 자연스럽게 눈을 맞춘다. 정신을 차리고 보니 뒤떨어져 있는 사람도, 동떨어져 있는 사람도, 이제는 자신뿐인 것 같다.

재이는 멀어지는 두 사람이 혹시나 뒤를 돌아 자신을 발견할까, 괜히 주차장 기둥에 기대며 몸을 숨겼다. 그래도 멈추지 않고 들려오는 그녀의 조잘거리는 목소리.

"내일은 장 보러 갈 거예요. 우리 냉장고 채울 때가 됐거든요."

"내일 난 외근이야."

"여보 뭐 하는지 안 물어봤는데. …혹시 같이 가주게요?"

"…아니, 그런 뜻으로 한 말은 아니고."

뒤늦게 빼려 해도 훤히 들여다보이는 마음에, 그녀는 사랑스러운 미소를 온 얼굴에 퍼트린다.

"맨날 빼더니, 이젠 나랑 뭘 할 마음까지 생겼나 봐요?"

"그런 거 아니라고."

"아니긴 뭐가 아니야. 이제 보니까 내숭 떠는 건 진짜 못하네."

"시답잖은 소리 그만하고, 주말에 나랑 마트 갈 거야, 말 거야?"

함께 소소한 시간을 보내는 일은 재이가 지금껏 도담과 가장 많이 했던 일이었다. 그럴 때마다 도담은 흔쾌히 고개를 끄덕였고, 흔쾌히 함께 시간을 보내줬었다.

"진짜…?"

"뭐가."

"진짜 주말에 나한테 시간 내줄 거예요?"

하지만 단 한 번도 저렇게 얼굴을 붉힌 적은 없었던 것 같다. 내가 기억하고 있는 모든 시간을 샅샅이 뒤져봐도.

"뭐, 이번 주말엔 시간이 날 것 같으니까…."

"그럼 내일 나 혼자라도 꼭 장 보러 갔다 와야겠다."

"왜. 주말은 싫어?"

"아니요, 주말엔 더 좋은 데 가고 싶어요. 마트 말고. 대신 내일 외근 나가서 저녁 먹고 오지 마요. 맛있는 거 해놓을게요!"

도담은 그리 말하며 주원의 팔이 자연스럽게 매달렸다. 순간 주원의 몸은 살짝 경직되는 듯했으나, 예전처럼 그녀를 떼어내지 않고 묵묵히 엘리베이터 쪽으로 걸음을 재촉했다.

재이는 그 모습을 멀리서 지켜보았다. 늘 그렇듯 주원에게 매달리는 도담보다 더 신경 쓰이는 건, 더 이상 그녀를 뿌리치지 않는 주원. 재이는 뻔한 호의로 그녀의 마음을 흔들 수 있는 그가 부럽고 두렵다. 하지만 기다리는 자가 할 수 있는 건 없기에, 매캐한 담배처럼 속만 새까맣게 타들어 가는 기분이다.

* ◆ *

임페리얼 파크 관리실.

"안녕하세요, 택배 찾으러 왔는데요."

어제 도착했다는 택배를 찾으러 온 도담이 경비실 문을 두드렸다. 긴 리필을 시기고 있던 경비원은 배송 리스트를 찾아 들며 그녀에게 물었다.

"호수랑 이름이 어떻게 되죠?"

"907호요. 저는 시킨 게 없어서 아마 우리 남편 이름으로 왔을 거예요. 기주원."

"907호라… 어? 온도담 씨 앞으로 도착했는데요?"

"네? 저요?"

도담은 어리둥절한 눈으로 경비원이 내미는 택배 상자를 받아들었다. 크기가 작은 상자에 써진 발신인 정보를 확인해 보니, 어쩐지 낯익은 가게의 이름이 적혀있었다.

'화이트 페어리 주얼리 숍.'

이걸 어디서 들어봤더라… 곰곰이 생각하다 보니, 문득 그녀가 참 좋아하는 사람의 얼굴의 떠올랐다. 왕년에 주얼리 숍 사장 역할로 악명 높은 산업 스파이에게 접근해서, 엄청난 성과를 이뤘다는 양은화 팀장. 아마 그 전설 속에서 등장했던 양은화 팀장의 가짜 주얼리 숍 상호명이 이거였던 것 같다.

"왜요? 본인 거 아니에요?"

"아니요, 제 거 맞아요. 감사합니다."

양 팀장의 택배를 받은 도담은 어리둥절한 표정으로 관리실을 벗어났다. 그녀는 작은 상자를 흔들어도 보고, 톡톡 두드려도 봤지만, 팀도 다른 그녀가 보낸 게 무엇인지는 짐작도 가지 않았다.

"흐음… 궁금한데."

호기심이 강한 도담은 단지 엘리베이터에 들어서자마자 손톱으로 테이프를 뜯어 내용물을 확인했다. 그 안에서 나오는 건 작은 반지였다. 혹시나 해서 손에 끼워보니, 마치 그녀를 위해 준비한 것처럼 손가락에 딱 맞는다.

"어머, 남편한테도 안 받아본 반지를…"

도담은 아담한 큐빅이 달린 반지를 이리저리 살펴보며, 제 집에 들어섰다. 도착하자마자 개인 휴대폰을 찾아 양 팀장에게 전화를 걸자 양 팀장이 기다렸다는 듯 전화를 받았다.

—어어, 자기. 임무는 잘 되고 있어?

유수영 검거에 성공한 직후라서 그런지, 몹시 밝은 목소리였다.

"안녕하세요! 팀장님! 잘 지내셨죠? 다름이 아니라 택배를 받아서요!"

도담은 손에 낀 반지를 보며 본론부터 꺼내 물었다. 그러자 양 팀장은 작은 선물 하나 보낸 사람처럼 가볍게 대답했다.

—위치 추적장치야. 마음에 들어?

"예? 위… 뭐요?"

—유수영도 잡았겠다…. 이제 본격적으로 서재이 밀착감시 들어가야 하잖아. 지난번 파티 때처럼 돌발 상황이 생기면 우리 쪽에서 먼저 대처할 수 있도록 준비해 봤어.

"위치 추적이요? 에이, 뭘 그렇게까지…."

도담은 과해진 본부의 간섭에 회의적인 반응을 내비쳤다. 양 팀장은 그런 그녀에게 한 번도 듣지 못했던 주원의 이야기를 꺼내놓았다.

—파티 날 당해보고도 그런 소리가 나와? 기주원 그날 완전히 패닉이었어. 기 팀장답지 않게 어찌나 동요하던지, 본부 상황도 엄청 심각해졌었다니까?

"앞으로 그렇게까지 위험한 상황은 없을 텐데…."

—아니, 이쪽 일은 언제 어디서 사고가 터질지 몰라. 게다가 이번 일로 놀란 기 팀장을 달래기 위해서라도, 어느 정도의 예방 조치는 필요해.

양 팀장의 말을 들어보니 아무래도 유수영에게 납치됐던 그날, 상황이 생각보다 심각했었던 모양이다. 그래서 갑자기 본부에서도 나를 이렇게까지 신경 써주는 거겠지. 과하든 아니든, 안전을 위한 조치를 거절할 필요는 없었다.

"네, 앞으로 잘 착용하고 다닐게요. 걱정하지 마세요."

도담이 흔쾌히 대답하자, 양 팀장은 마지막 당부를 하듯 한 번 더 말했다.

─사적인 일이나 기주원이랑 연애질할 땐 언제든 빼서 꺼놔도 돼. 하지만 서재이 만나러 갈 때는 반드시 끼우고 가도록.

유수영이 검거된 이상, 서재이의 주변은 한동안 평화로울 것 같지만 늘 경계하고 주의하라는 건 주원의 충고이기도 했다.

"알겠습니다. 그럼 오늘 하루도 힘내세요, 양 팀장님!"

도담은 씩씩한 목소리로 그녀와의 통화를 마무리 지었다. 하지만 전화를 끊으면서 느껴지는 찜찜한 마음은 도저히 무시할 수가 없었다. 어쩐지 수사가 더욱 빡빡해질 것만 같았다. 이게 맞다는 건 알고 있지만 마음은 영 불편하다.

'하나도 못 찾겠지? 아무리 따라다녀도 수상한 구석이 없지?'

'시간이 지날수록 그 사람은 너 하나만 따라다니는 것 같은데, 운성 중공업에서도 대체 무엇을 의심하는 건지 혼란스럽지?'

아마 마음속에서 좀처럼 지워지질 않는 유수영의 말들 때문인 것 같다. 잊어야지, 잊어야지 하는 데도 자꾸만 기억나는 걸 보면 나는 그날 그 여자한테 조금 동요해 버렸나 봐. 그 여자의 말대로 서재이가 범인이 아니라면 어떻게 해야 할까. 예전엔 하지도 않았던 고민이 가끔씩 가슴 한구석에서 불쑥 고개를 내민다.

* ◆ *

임페리얼 파크 근처 백화점 식료품 마트.

재이는 벌써 세 시간 째, 입구 앞 벤치에 가만히 앉아있다. 그의 시선이 향한 곳은 단 한 군데, 백화점 일 층에서 식료품 코너로 내려오는 에스컬레이터였다. 오픈 시간에 맞춰 이곳에 온 재이는 오늘 이곳을 방문한다던 도담을 하염없이 기다리는 중이다. 물론 도담에게는 기다리겠다는 말을 하지 않았다. 아마 그녀는 누가 자신을 기다리고 있는지도 모를 것이다. 그렇다고 해서 늘 그랬던 것처럼 연락을 하고 싶진 않았다.

어젯밤, 자정이 다 된 시간에야 그녀의 문자가 도착했다.

[재이 씨. 오늘은 하루 종일 밖에 나가 있었어요! 내일 내가 연락할게요!]

재이는 그녀에게 별 신경 안 쓰고 있었던 척, [응, 연락 기다릴게.]라고 대답했고 적어도 그녀가 먼저 연락을 줄 때까지는 기다리는 포지션을 유지할 생각이었다. 초조한 마음이 드러나지 않게, 혹시라도 그녀가 부담을 느끼지 않게.

"저녁 전에 왔으면 좋겠는데…."

재이는 벌써 두 병째 들이키고 있는 녹차를 한 모금 머금었다. 차가운 녹차가 목구멍을 타고 넘어가자, 어제 잠을 못 자서 몽롱했던 정신이 약간은 깨어나는 듯했다. 그렇게 조금씩 버텨가며 그녀를 기다린 지 또 얼마나 지났을까. 슬슬 허기까지 질 무렵, 에스컬레이터를 타고 익숙한 얼굴이 내려왔다. 낡은 장바구니를 한쪽 팔에 끼우고, 휴대폰을 보며 내려오는 그녀는 분명 도담이었다.

294

"도…!"

그녀만 오매불망 기다리고 있었던 재이는 자리에서 벌떡 일어나 인사를 건네려 했다. 하지만 그녀의 이름이 다 터져나오기 전 억지로 입술을 닫았다. 기다렸던 티를 내지 않고 자연스럽게. 부담을 느낄 수도 없을 만큼 편안하게. 재이는 도담에게 그렇게 다가가 보려 한다. 딱 그런 정도의 사람이었을 때, 도담은 가장 많은 마음을 줬었으니까.

재이는 일부러 에스컬레이터를 등지고 걸음을 옮겼다. 한 걸음. 두 걸음. 세 걸음. 느리게 멀어지는 그의 걸음에는 제발 자신을 알아봐주길 바라는 간절한 바람이 담겨 있었다. 하지만 좀처럼 터져 나오지 않는 그녀의 목소리는 재이를 불안하게 만들었다. 일 초가 한 시간처럼 느껴지는 이 순간.

괜한 객기였나. 그냥 내가 먼저 인사할 걸 그랬나. 지금이라도 다시 그녀를 찾아서 자연스럽게 말을 걸어볼까. 금세 복잡해진 머릿속으로 이 고민, 저 고민을 하고 있을 무렵.

"어…? 재이 씨!"

몇 걸음 뒤에서부터 반가운 그녀의 목소리가 들렸다.

"아! 도담아!"

기다렸다는 듯이 고개를 홱 돌리는 재이는 누가 봐도 기다린 사람의 모습이었다. 하지만 그녀에게 이름을 불린 것만으로도 심히 기뻤던 그는 어리둥절한 표정으로 서 있는 도담에게 이때껏 준비해 온 안부 인사를 쏟아냈다.

"마트는 어쩐 일이야? 장 보러 나왔어? 밥은 먹었고? 여기까진 어떻게 왔어? 돌아갈 때 내 차 탈래? 어제 세차도 했는데….”

“그, 그만! 하나씩 물어요. 하나씩!”

“어?”

도담은 부자연스럽게 구는 그의 말을 멈춰두고 의아한 표정으로 물었다.

“재이 씨는 여기서 뭐 해요? 장 같은 거 보러 나왔을 리는 없고.”

“아, 그게….”

“혹시….”

점점 게슴츠레해지는 그녀의 눈빛. 이때껏 그녀를 기다렸다는 게 들켜버렸을까 봐 조마조마해진 재이는 슬쩍 시선을 피했다.

“또 술 사러 나왔지! 이 알코올중독자야!”

하지만 제대로 헛다리를 짚는 그녀는 오늘도 역시 재이를 실망시키지 않았다. 삐죽 튀어나온 오리 입술은 오늘도 어김없이 귀엽고, 잔뜩 찡그려진 미간도 그저 사랑스럽게만 보인다.

“하하, 다 들켰네.”

재이는 푸핫 웃음을 터트리며 대답했다.

“이 알코올중독자를 어쩌면 좋아!”

도담은 그런 그의 등짝을 찰싹 때리며 핀잔을 주었다. 그런 행동이 그의 마음을 더욱 설레게 하는 줄도 모르고.

어쩌다 마주친
그대 모습이

끼이이익.

취조실 문이 열렸다. 기분 나쁜 쇳소리는 어쩐지 서늘한 오한까지 일게 만들었다. 하지만 유수영은 이번에도 죽은 시체와 다름없이, 그저 가만히 앉아있을 뿐이었다. 아무것도 없는 테이블 위에 고정된 시선은 대체 어딜 보고 있는 건지. 허공을 향한 눈동자에 초점이 있는지도, 없는지도 모르겠다.

양 팀장은 그런 수영의 앞에 노트북을 내려놓고 앉았다. 하지만 노트북을 열어 본격적으로 취조할 자세를 취하지는 않았다. 다른 이들처럼 어차피 말하지도 않을 얘기들을 듣겠다고 그녀를 괴롭히지는 않겠다는 의미였다.

"유수영, 우리 참 오랜만이지?"

양 팀장은 가장 먼저 가벼운 인사부터 건넸다. 수영은 아무 대답이 없었지만, 그녀는 아무 상관 없다는 듯 대화를 이어나갔다.

"매사에 군더더기 없이 깔끔하게 일 처리하는 건 여전하네. 널 잡으려고 우리 쪽 사람들이 얼마나 고생했는지…."

"…."

"너랑 같은 기수로 들어온 동철이는 너 잡아야 한다고 신혼여행까지 취소했어. 지금도 와이프한테 얼마나 원망을 듣고 있는지 알아?"

얼핏 다그치는 내용이었다. 그러나 혼자만의 대화를 이어나가는 양 팀장의 표정은 화난 기색 없이 밝기만 했다. 취조실 밖에서 특수 유리로 두 사람을 지켜보는 배 팀장은 혀를 끌끌 찼다.

"저렇게 웃으면서 대하는 것도 한두 시간이지…. 저 가시나는 절대 입 안 연다니까?"

하지만 그의 혼잣말이 들릴 리 없는 양 팀장은 여전히 웃는 낯으로 제 할 말을 이어나갔다.

"그중에서 배 팀장이 가장 고생 많았어. 여기서 그 인간한테 들들 볶인 거 다 아는데, 양심적으로 너도 조금은 이해해 줘야 해."

"…."

"뭐, 표정 보니까 딱히 싫어하는 기색은 아니긴 하지만."

휙. 수영의 고개가 45도 각도로 천천히 돌아갔다. 양 팀장의 말을 듣고 있지도, 이 대화에 참여하고 싶지도 않다는 완강한 의사였다. 양 팀장은 그런 그녀를 보며 슬쩍 미소지었고, 안주머니에서 휴대폰을 꺼내 들었다.

"그래. 지금은 누굴 상종할 기분도, 컨디션도 아니겠지. 그럴 줄 알고 준비했어. 난 맨입으로 협조해 달라고 하는 타입은 아니거든."

양 팀장이 제 휴대폰을 수영의 쪽으로 내밀었다. 화면에 떠오른 사진 속 얼굴은 곁눈질로 봐도 누군지 알 수 있었다. 수영은 그제야 다시 고개를 정면으로 두었고, 흐렸던 시선에 초점을 맞췄다.

"여기 와서 하루 종일 이 사람만 생각했지?"

휴대폰 속에서만 은은하게 미소 짓고 그이. 하지만 며칠 새 더 마른 듯한 얼굴은 수영의 마음 한편을 찌릿하게 만들었다.

"이제 본부 쪽에서도 서재이 밀착 감시 들어갔어. 현장에 있는 친구한테 오늘 자 서재이 사진 좀 보내달라고 했는데, 마음에 들지 모르겠네."

"…"

"이렇게 기대하는 얼굴로 만나러 간 사람이 누굴 것 같아?"

질문을 던진 양 팀장의 손가락이 카메라 앨범의 다음 장을 넘겼다. 마트 앞 카페에서 도담과 이야기를 나누고 있는 재이의 모습이 눈앞에 떠올랐다.

"널 이쪽으로 데려온 온도담."

"…"

"서재이는 그 애 앞에서 참 예쁘게 웃더라. 너도 한때는 이런 미소를 받는 여자였을 수도 있었겠지만."

양 팀장의 말대로 사진 속 재이는 첫 사진보다 더 활짝 웃고 있었다. 눈가에 어린 눈웃음은 여전히 사랑스럽고, 여전히 천진했다.

"…바보 같기는."

이윽고 흘러나온 수영의 길고 흐린 목소리. 이건 그녀가 취조실에서 보인 첫 번째 반응이었다. 수갑이 채워진 수영의 손이 양 팀장의 휴대폰을 쥐었다. 그러고는 더 이상 보기 힘들다는 듯 그대로 덮어 버렸다. 뒤이어 맞닿은 시선은 참 쓰라리고 안쓰러웠다. 양 팀장은 그런 그녀를 똑바로 바라보며 하고 싶은 말을 이어나갔다.

"사실 우리도 놀랐어. 서재이처럼 눈치 빠른 놈이라면 온도담이 너처럼 부자연스럽게 사라졌을 때, 작은 의심이라도 할 줄 알았거든."

"…."

"너도 잘 알잖아. 서재이가 얼마나 철두철미한 인간인지. 확증이 없는 이상 한 번에 끊어내진 못하더라도, 적어도 경계하는 모습이라도 보일 거라 생각했어."

"…."

"그런데 오히려 예전보다 더 그 애한테 의지하는 것 같더라. 두 사람의 관계만 실시간으로 파악하고 있는 요원의 말로는… 꼭 엄마를 잃어버릴까 봐 전전긍긍하는 아이 같다나 뭐라나."

양 팀장의 설명에, 수영의 눈빛이 더욱 흔들렸다. 하지만 그녀는 그 반응이 조금도 신경쓰이지 않는다는 듯, 가장 예민한 본론을 꺼내 놓았다.

"수영아, 있잖아. 나는 서재이의 이런 상황을 그 누구보다 니가 가장 먼저 알았을 거라고 생각해."

"…."

"아니, 확신해. 그러니까 온도담의 손에 순순히 '잡혀준' 거겠지."

일부러 고른 듯한 워딩은 그녀의 머릿속에 든 생각을 드러나게 만들었다.

"온도담한테 뭘 기대하고 있는 거야?"

양 팀장의 의심이 도담과 수영에게로 겨누어졌다. 예리하게 빛나는 눈빛은 수영이 감추려는 것들을 제대로 노리고 있다.

"서재이의 마음속에 너보다 더 깊이 자리한 사람이니까, 니가 서재이에게서 발견했던 희망을 똑같이 발견했을 거라고 믿는 거야?"

"…"

"아니면, 널 밀어내는 서재이 때문에 니가 못 했던 일들을 온도담이 대신 해내주기를 바라는 거야?"

분석력 하나는 누구도 따라올 수 없는 양은화답게, 그녀는 수영의 의도를 둘 다 떠보듯이 맞추었다. 수영은 자신이 봤던 서재이의 진실을 도담도 확인하고, 그녀가 미처 지키지 못했던 그 사람을 도담이 대신 지켜주길 원한다.

하지만 양 팀장에게만큼은 이런 말들을 할 수 없었던 수영은 한쪽 입꼬리만 비틀어올렸다. 단시간에 여기까지 꿰뚫어버린 양은화 팀장. 그녀는 웃는 얼굴로 속에 어떤 칼을 품고 있을지 모르는 여자다.

"양은화 팀장님."

수영은 비웃음 띤 얼굴 그대로 양 팀장을 불렀다.

"서재이를 믿어달라고 했을 때, 팀장님이 하셨던 말씀 기억하세요?"

"…"

"다 이해한다고, 내가 본 거라면 믿을 수 있다고, 제 편에 서줄 것처럼 제 모든 말에 동조하셨죠. 제가 모든 속 이야기를 다 꺼낼 때까지 한없이 자애로운 눈빛으로 고개를 끄덕이면서."

이어지는 옛 이야기는 양 팀장의 눈빛을 차갑게 식히기에 충분했다.

"그리고 본부에 가서 전하셨죠. 제 모든 이야기들을 단 한마디로 축약해서."

"…"

"아아… 유수영? 개도 결국 남자한테 미쳐버렸더라, 하고."

자신만 믿으라던 양은화 팀장이 왜곡해서 전한 진실 때문에, 더욱 힘겨워진 본부와의 싸움. 덕분에 제 편을 다 잃어버린 유수영은 발악하듯 재이에게 제 본분을 다 폭로해 버렸고, 그동안 서재이에게 접근했던 요원들도 전부 다 밝혀버렸다. 그렇게라도 서재이의 경계심을 발동시켜서 그가 스스로를 지킬 수 있도록 만들어줄 생각이었다. 하지만 재이는 그다음 사람도 경계하지 않았고, 오히려 수영에게만 높다란 벽을 쌓아버렸다. 마치 자신의 인생보다는 외로움을 식히는 것이 더 급하다는 듯이. 그래서 어쩔 수 없이 수영의 역할은 다음 타자에게로 넘어가 버렸다.

겁은 먹을지언정 결코 주눅 들진 않았던 도담이라면 진실에 더욱 용기 있게 다가갈 수 있으리라 확신하며, 수영은 꿋꿋이 입을 열었다.

"팀장님, 저는 아직 그렇게까지 미치지 않았어요. 적어도 누굴 믿어야 하고, 누굴 걸러야 하는지 사리분간은 할 수 있으니까요."

"유수영…"

"그러니까 온도담이나 불러주세요. 저는 그 여자 아니면, 어떠한 협조에도 응하지 않을 겁니다."

담담한 수영의 목소리에는 기죽은 기색이 하나도 없었다. 그녀의 행동이 그저 사랑에 눈이 먼 객기라 생각했던 양 팀장조차 바짝 긴장할 만큼.

"하여간 사람이 말이야! 항상 술만 달고 살고!"

그토록 오랜 시간 기다렸던 사람과 함께 하는 쇼핑. 무언가를 단단히 오해해 버린 도담 때문에 분위기는 좋지 못했다. 하지만 그녀와 같이 시간을 보내는 것만으로도 만족스러운 재이는 싱글벙글 웃는 낯으로 카트를 미는 중이었다.

"지금도 냉장고에 물 대신 술 채워놨어요? 목마를 때마다 맥주 홀짝홀짝 꺼내 마셔요?"

표독스럽게 꺼내진 도담의 질문에는 걱정이 잔뜩 묻어있었다. 그런 식으로 걱정하게 하고 관심을 받는 게 싫진 않았던 재이는 장난기 가득한 목소리로 대답했다.

"응. 술독에 빠져 살아."

"대체 왜 그렇게 술에 의지하고 살아요? 혹시 술 안 마시고 자면 잠이 안 오고, 그런 상태는 아니죠?"

"살짝 그런 것 같기도 한데…."

"알코올중독이네. 중독이야."

도담의 얼굴에 수심이 깊어졌다. 진지한 표정으로 재이의 안색을 살피는 도담은 퍽 심각해 보였다. 하지만 재이는 그녀가 심각해지면 심각해질수록 오히려 안심됐다.

나를 이렇게나 걱정해주고 있다는 건, 내가 너에게 어떤 의미라도 지닌다는 뜻 아닐까?

'지금 난 그 정도만 되어도 충분한데….'

재이가 무슨 바람을 품고 있는지, 꿈에도 상상하지 못하는 도담은 인상을 누그러트리고 물었다.

"점심은요. 먹었어요?"

오늘 아침은 그녀에게 다시 연락을 해볼까 말까 고민하느라 시간을 다 썼고, 오전부터 늦은 점심 때까지는 마트 앞에서 그녀를 기다리느라 시간을 다 썼다. 그러나 도담 옆에 있으면 기분이 좋아져서 그런지, 딱히 배고픈 줄도 모르겠다.

"도담이는 밥 먹었어?"

재이는 해맑게 웃으며 도담에게 물었다. 도담은 당연한 걸 묻는다는 표정으로 재이를 흘겨보며 대답했다.

"당연하죠. 지금 시간이 몇 신데."

"그럼 이따가 너랑 같이 저녁 먹을래. 나 아직은 배 안 고파."

"오늘 한 끼도 안 먹었어요?"

"응, 그런데 진짜 괜찮아. 저녁때까진 참을 수 있어. 너 배고플 때 말해."

재이는 화들짝 놀라는 도담을 안심시키며, 그녀와 저녁 식사까지 함께하고 싶다는 의사를 내비쳤다. 하지만 도담은 그 말에 난처한 듯한 표정을 지어 보이더니, 다소 실망스러운 대답을 건넸다.

"오늘은 안 돼요. 나 저녁에 우리 신랑한테 맛있는 거 해줘야 하거든요."

"왜? 평소에는 같이 식사 안 하잖아."

"그냥, 뭐… 요즘 사이가 꽤 괜찮아졌다고 했잖아요. 그래서 그러지."

"그럼 앞으로는 너랑 같이 밥 먹어주겠대?"

"저번처럼 피하지는 않을 것 같던데요?"

그건 재이에게 다소 울적한 소식이었다. 그동안엔 내가 혼자일 때 그녀도 혼자인 경우가 많아서 당연하다는 듯 함께 시간을 보내왔지만, 앞으로는 그 남자의 눈치를 봐야 할 것만 같다.

"아… 그렇구나."

그리 대답하는 재이의 목소리는 아까보다 텐션이 확 죽어있었다.

"반응이 왜 그래요? 내가 남편이랑 사이좋아진 게 그렇게 싫어요?"

그걸 느낀 도담이 넌지시 묻자, 재이는 그녀의 눈을 똑바로 내려다보며 입을 열었다.

"응."

"…응?"

"내가 너 좋아하잖아. 그래서 질투 나고 불안해."

담담하게 전하는 솔직한 감정. 이런 돌직구는 또 처음이었던 도담의 눈빛이 잠시 흔들렸다. 무슨 반응을 보여야 할지, 어떤 대답을 해야 할지, 머릿속으로 열심히 고민하는 게 뻔했다.

재이는 그런 도담을 내려다보며 싱긋 미소를 지어 보였다.

"나 갑자기 배고파졌어. 저녁 같이 못 먹어줄 거면, 점심 먹을 때라도 옆에 있어줘."

그녀의 반응을 기다리지 않고 말을 돌리는 건, 그녀가 무슨 대답을 할지 굳이 확인할 필요가 없어서였다.

"그, 그럼 점심 먹으러 갈까요? 여기 푸드 코트 괜찮은데… 내가 살게요!"

아니나 다를까 난처한 상황에서 벗어나자마자, 기다렸다는 듯 장단을 맞춰주는 그녀는 재이의 마음을 애써 외면하는 중이다.

이런 사람이 내가 기다린다고 해서 나한테 와주기나 할까.

잠시 불안한 생각이 들었으나, 재이는 애써 지워내기로 했다. 기다리는 사람이 가장 중요하게 지켜야 할 것은 조바심을 내지 않고 여유를 유지하는 것이었으니까.

"푸드 코트는 저쪽이에요."

도담은 재이가 밀고 있는 카트를 푸드 코트가 위치한 왼쪽으로 밀었다. 재이는 카트를 쥔 손에 힘을 주며 최대한 불쌍한 척 부탁했다.

"여기 말고 나가서 더 맛있는 거 먹으면 안 돼?"

"푸드 코트도 맛있는 거 많던데…."

"어제 하루 종일 내 연락 무시했으니까, 조금 더 그럴싸한 거로 사주라. 이만 원은 안 넘길게."

애니메이션 장화 신은 고양이에 나오는 주인공처럼 가엽게 빛나는 재이의 눈빛. 그것마저 무시하긴 힘들었던 도담은 하는 수 없다는 듯 대답했다.

"대신 저녁때까진 집으로 돌려 보내줘야 해요."

아직까지 이런 부탁을 완전하게 거절하지 못하는 걸 보면, 그녀의 마음이 제게 전혀 없는 건 아닌 모양이다. 이런 식으로라도 자신의 기회를 확인한 재이의 눈가가 더 예쁘게 휘어졌다.

논현역 앞, SNS에서 꽤 입소문이 퍼진 파스타집.

그곳에 얼마 전에 막 백 일을 넘긴 연인이 심상찮은 분위기를 띠며 앉아있었다.

"오빠, 오빠가 용돈 적게 받는 거 나도 알아. 오빠 상황 충분히 이해해."

"수지야…."

"그래도 있잖아. 백 일 기념일에 편의점에서도 파는 선크림 하나 덜렁 사주는 건 너무하다고 생각하지 않아?"

"그거야… 나는 요즘 우리 수지가 피부 노화 고민을 많이 하길래…."

여자 친구와의 기념일을 사천 원짜리 선물로 때우려다가 딱 걸린 이 남자. 좀생이 같은 그를 용서할 수 없었던 여자는 이 기회에 냉정한 이별을 고하고자 한다.

"오빠, 개소리는 집어치워 줬으면 좋겠어. 이제 슬슬 오빠가 사람인지 개인지 구별 안 되려고 하니까."

매일 생글생글 웃기만 하던 그녀는 가시처럼 뾰족한 말로 사랑이 끝났음을 드러냈다. 그런 그녀를 붙잡을 면목도 없었던 남자는 최대한 불쌍해 보이는 표정으로 그녀의 동정심을 자극하려 했다. 하지만 모든 정나미가 떨어져 버린 이 마당에, 그런 동정심 작전이 통할 리가 없었다.

"도영 오빠, 여기 계산은 내가 하고 나갈게. 천천히 먹고 나와. 우리 앞으로 죽었는지, 살았는지도 모르는 사이로 지내자."

"수지야아…."

"그럼 안녕."

그녀의 입에서 기어이 안녕이 꺼내지던 순간. 두 뺨을 타고 또르륵 흐르는 철없는 남자의 눈물.

"수지야!"

남자는 멀어지는 여자를 불렀지만, 여자는 계산을 하고 가게를 나가는 순간까지 단 한 번도 남자에게 시선을 두지 않았다. 그렇게 '온 씨 집안'의 장남이 다 먹은 과자 봉지처럼 매정하게 버려진 지 오 분쯤 지났을까. 가게 앞에 멋드러진 스포츠 카 한 대가 멈춰 섰다. 국내에선 찾아보기 힘든 차 안에 안방 마님처럼 탑승한 사람은 다름 아닌, 남자의 친누나였다.

"재이 씨가 가고 싶다는 데가 여기에요?"

"응. 이만 원 이하 가격대로 찾아본 결과, 여기가 제일 괜찮을 것 같아서."

"여기 요즘 핫하게 뜨는 곳이잖아요. 재이 씨도 이런 맛집 일부러 찾아오고 그러는구나."

"그랬어? 난 그냥 아는 누나가 하는 가게라서 온 건데. 일단 주차하고 들어갈 테니까 먼저 들어가 있어."

"아, 네! 알았어요! 자리 잡아 놓을게요!"

짧은 대화 끝에, 스포츠 카 조수석에서 내리는 '온 씨 집안'의 장녀.

"누나…?"

전면 유리창으로 제 핏줄을 발견한 도영이 울던 와중에도 당황스러운 표정을 지어 보였다. 이 사실을 전혀 눈치채지 못한 도담의 두 발이 서슴없이 가게 안으로 향했다.

소중한
사람입니다

딸랑. 청량한 종소리를 들으며 도담이 레스토랑에 들어섰다.

"어서 오…."

"누나아아!"

직원의 반가운 인사와 맞물려서 들려온 건 뜻밖에 익숙한 목소리였다.

"온도영…?"

그 목소리의 주인을 곧바로 알아챈 도담은 어리둥절한 표정으로 고개를 돌렸다. 도담에게 달려들어 와락 끌어안는 도영은 마치 이곳에서 그녀를 오매불망 기다렸던 사람 같았다.

"천년의 사랑을 잃지 말라고 하늘에서 누나를 보내줬구나!"

"야, 너 여기서 뭐 해?"

"뭐 하긴 뭐 해! 며칠 전에 돈 십만 원이 없었던 날 원망하는 중이었지!"

"무슨 소리…! 일단 여기서 나가자. 너 여기 있으면 안 돼."

도담은 원수 같은 도영의 손을 잡아끌었다. 혹시나 그를 도박중독
자 정도로 알고 있는 재이와 맞닥뜨릴까 싶어서였다.

"뭐, 뭐야? 왜? 어디 가?"

도영은 수상스럽게 구는 도담을 보며 물었다. 도담은 그런 그의
팔목을 단단히 붙잡았고, 레스토랑 뒷골목으로 걸음을 재촉했다. 그
러고는 인적이 드문 건물 뒷골목에 다다라서야 원수 같은 도영을 놓
아주었다.

"너 여기서 택시 잡아타고 빨리 집으로 가! 사고 치지 말고 빨리!"

휘휘 손까지 젖는 도담은 도영을 여름날의 날파리처럼 내쫓으려
하고 있었다. 그게 이해되지 않았던 도영은 황당하다는 표정으로 따
져 물었다.

"아, 왜 이래? 돈 없어서 여친이랑 헤어진 마당에, 택시 탈 돈이 어
디 있어!"

"그럼 뛰어서 집에 가든가! 어쨌든 이 동네에서 사라지라고!"

"니가 여기 전세 냈어? 어이가 없네!"

한 번 시작되면 어지간한 공사장 저리 가라 하는 데시벨을 뿜어내는
남매의 싸움. 혹시나 재이가 들을까 싶어진 도담은 서둘러 도영의
입을 틀어막았다.

"소리 좀 낮춰…! 너 여기 있다고 동네방네 자랑할 일 있어…?"

하지만 가만히 붙잡혀 있을 도영이 아니었다. 그는 도담의 손을
거칠게 뿌리치고 의심 가득한 표정으로 추궁하기 시작했다.

"뭐야? 왜 이렇게 수상하게 구는데? 너 솔직하게 말해봐. 진짜 사기단이지? 그렇지?"

"아오, 이걸 정말…!"

도담이 헛소리만 하는 도영에게 주먹을 들어 협박했다. 그녀의 주먹이 작고 앙상하긴 해도 몹시 맵다는 걸 아는 도영은 저도 모르게 몸을 움츠렸다. 그렇게 기를 팍 꺾어놓은 도담은 주위를 두리번거리는가 싶더니, 품 안에서 지갑을 꺼냈다. 그녀의 손에서 딸려 나온 만 오천 원. 딱 집까지의 택시비였다.

"자, 택시비 됐지? 그러니까 얼쩡거리지 말고 최대한 빨리 사라져."

"아니, 너무 야박한 거 아니야? 누나 동생 방금 전에 천년의 사랑한테 차였다고."

"안됐네. 그럼 더더욱 집에 가서 푹 쉬어야겠다."

"이씨… 진짜 왜 저러는 거야."

도담은 불만 많은 도영을 뒤로 한 채, 몸을 돌렸다. 하지만 한 발자국 떼어내기도 전에 이대로 물러날 순 없었던 도영이 거래를 시도했다.

"아, 그럼 돈 좀 더 줘보든가!"

레스토랑 건물 지하주차장이 수리 중이라 뒷골목에 주차를 해놓은 재이가 두 사람의 대화를 엿듣 게 된 것도 딱 그 시점부터였다.

"뭐? 니가 집에 가는데 택시비 말고 또 뭐가 필요해?"

도담은 어이없다는 듯 코웃음 치며 말했다. 그러자 도영은 혹시나 도담이 무시하고 가버릴까 싶어, 그녀의 팔목을 두 손으로 꼬옥 붙잡으며 말했다.

"누나는 돈 때문에 중요한 무언가를 잃어본 경험이 있어?"

"이게 또 돈타령을…."

"난 있어! 난 방금 그 망할 돈 때문에 천년의 사랑을 잃었다고!"

"아까부터 뭔 놈의 사랑 타령이야! 얘가 진짜…!"

안 그래도 바쁜 이 와중에 쓸데없는 얘기로 시간을 끄는 도영 때문에 성질이 폭발하기 직전이었다.

"…."

그리 멀지 않은 거리에서 두 사람을 보고 서있는 재이가 도담의 눈에 들어왔다. 휘둥그레진 눈동자로 남매의 대화를 듣고 있는 재이는 갑작스럽게 벌어진 상황이 어리둥절한 모양이었다.

'내가 이럴 줄 알았지. 하여간 온도영은 왜 꺼지랄 때 안 꺼져서는….'

도담의 입술 새로 탄식이 절로 흘러나왔다. 하지만 재이의 의심을 사지 않기 위해선 그 어느 때보다도 자연스러운한 임기응변이 가장 중요했다. 도담은 재이에게서 시선을 거두었고, 그의 귀에도 똑똑히 들릴 만큼 또렷한 목소리로 도영에게 소리쳤다.

"온도영! 너 너무한 거 아니야? 이번 달에만 벌써 얼마를 뜯어가는 거야!"

"아씨, 깜짝이야. 왜 갑자기 소리를 지르고…."

"오백만 원이 어느 집 개 이름이니? 우리 집 사정 뻔히 알면서! 그만한 돈을 어쩜 그렇게 당연스럽게 가져가려고 해!"

쩌렁쩌렁하게 울리는 도담의 외침. 그런 처절한 모습을 처음 보는 재이의 눈동자가 흔들렸다. 하지만 그보다 더 놀란 건 이 멘트를 듣고 있는 도영이었다.

"아니… 뭔 오백… 누나, 나는 그냥 오만 원만 줘도…."

도영은 당황스러운 표정으로 도담에게 말했다. 그 말은 재이에게 들려서는 안 됐다. 그녀는 도영의 입을 제 손으로 덥석 가로막았고, 혼신의 연기를 하며 비장하게 말했다.

"자꾸 이럴 거면 두 번 다시는 내 앞에 나타나지 마! 나도, 엄마도 이제 너 뒤치다꺼리하기 지쳤어!"

"웁…?"

갑작스러운 절연 선언이었다. 일이 이렇게까지 심각해지는 걸 이해할 수 없었던 도영이 도담의 손을 치워내며 억울함을 드러냈다.

"아니, 내가 뭘 했다고…!"

하지만 그가 소리를 높이기 전에, 도담은 도영의 멱살을 붙잡아 제 쪽으로 끌어당겼다. 그러고는 재이에게는 들리지 않을 작은 목소리로 짧고 굵게, 본론을 꺼내놓았다.

"그때 영화관에서 봤던 그 사람 기억나? 지금 너 뒤에 서있는데, 그 사람이 무슨 말을 하든 입 꽉 다물고 이 동네에서 사라지면 누나가 오만 원 바로 쏜다."

"뭐, 뭐?"

"자, 그럼 시작."

제 할 말을 마친 도담이 도영의 멱살을 놓아주었다. 도영은 그녀가 그토록 경계하는 사람이 누군지 뒤를 돌아 확인하려 했다.

"오만 원… 안 받고 싶나 봐?"

하지만 도담의 근엄한 목소리에 도영의 고개가 부자연스럽게 멈췄다. 아무래도 지금 이 순간부터 협조해 주지 않으면 이 엄청난 거래가 파투 날 모양이다.

"좋아…. 뭔지는 모르겠지만 콜."

눈치가 빠른 도영은 다시금 자세를 똑바로 고쳐 섰다. 도담은 그제야 도영에게서 몸을 돌렸고, 재이의 시선을 애써 무시한 채 건물 안으로 걸음을 옮겼다. 이제 남은 건 레스토랑에 들어가서 이 슬픈 얼굴을 유지한 채 재이를 맞이하는 것. 이 싸움을 본 그는 이것저것 물어보려 하겠지만, 그럴 땐 눈물 한 방울을 떨어트려 더 이상 이 얘기는 하지 말자는 뉘앙스를 풍길 것이다.

그럼 뭐, 어떻게든 되겠지.

도담은 절망적인 사람의 뒷모습처럼 보이려 애쓰며, 레스토랑 건물 안으로 걸음을 옮겼다. 그녀가 사라진 뒤, 도영은 제 임무를 완수하기 위해 휴대폰을 꺼내 택시를 부르려 했다. 하지만 점점 가까워지는 발소리는 어쩐지 무시하기가 힘들었다 그래도 고집스럽게 휴대폰만 내려다보며, 가까워지는 존재감을 무시해보려던 그때 재이가 말을 걸었다.

"저기…. 동생, 잠깐 나 좀 볼까?"

부드럽지만 어딘지 모르게 차가운 음성에, 도영은 저도 모르게 마른 침을 꿀꺽 삼켰다.

"아이참… 이 사람은 왜 이렇게 안 들어오는 거야."

햇볕이 잘 드는 레스토랑 창가. 도담은 냉수를 들이키며, 곧바로 따라 들어오지 않는 재이를 기다리는 중이었다. 바로 뒤에 있었으면

서 왜 이렇게 늦는 건지. 혹시 도영을 붙잡고 대화를 시도하고 있는
건 아닐까, 불안해지기까지 한다. 그냥 나가서 붙잡아 와야 하나 심
각하게 고민하는 도담의 귀에 기다리던 소리가 들렸다.

딸랑.

레스토랑 문이 열리며 그토록 기다렸던 재이가 걸어 들어왔다. 도
담을 보자마자 생글 웃는 그는 평소와 똑같은 얼굴이었다.

"뭐 하느라 이렇게 늦게 들어와요?"

도담은 제 맞은편에 자리를 잡고 앉는 재이에게 물었다. 재이는
그런 그녀와 눈을 맞춘 채 씨익 웃었고, 해맑은 목소리로 되물었다.

"기다렸어?"

"아니, 기다렸다는 건 아니고… 혹시 내 동생이랑 무슨 얘기라도
하고 왔어요?"

"동생?"

"모르는 척하지 마요. 아까 뒤에서 다 듣고 있는 거 봤거든요?"

어차피 도영과 함께 있는 걸 들킨 이상, 이 주제는 먼저 꺼내는 편
이 덜 의심스러울 터였다. 하지만 재이는 애초부터 아무 의심도 하
지 않았다는 듯이, 그저 생글생글한 얼굴로 대답했다.

"아무 얘기도 안 했어. 아니, 못 했어."

"못 했다니요?"

"눈빛이 워낙 불안해 보여서 말을 걸긴 했는데, 입을 딱 다물고 고
개만 가로젓더라고."

그리 대답하는 재이의 눈빛에 거짓말하는 기색은 없었다. 다행히
온도영은 도담이 시킨 임무를 잘 수행한 모양이다. 도담은 그제야

한숨 돌리며, 물 한 모금을 들이켰다.

"말할 면목이 없겠지. 그 망할 놈의 도박쟁이."

벌써 몇 번째 동생을 도박중독자로 팔아먹는 건지는 모르겠으나, 금전적인 대가를 지불하고 팔아먹는 것이니 딱히 미안하지는 않았다. 그 말을 들은 재이는 여전히 미소 띤 얼굴로 대꾸했다.

"이제 안 그럴 거야."

"너무 쉽게 말하는 거 아니에요? 도박쟁이들은 손을 자르면 발로 친다잖아요."

도담은 혼신의 연기를 하며 긴 한숨을 내쉬었다. 재이는 그런 그녀의 물잔에 물을 더 따라주고, 나긋한 목소리를 흘려보냈다.

"진짜 걱정하지 마. 동생도 슬슬 정신 차릴 때 됐잖아."

"에휴, 그랬으면 소원이 없겠네…."

"동생 걱정은 내려놓고 지금은 맛있는 거 먹자."

"난 점심 먹었다니까요."

"그럼 나 먹는 거 구경하든가."

재이는 그리 말하며 손을 들었다. 그는 제스처를 보자마자 다가온 직원에게 메뉴판도 보지 않고 음식을 주문했고, 다시 도담과 눈을 마주치고는 씨익 눈웃음을 쳤다.

"왜 자꾸 웃어요?"

"나 원래 잘 웃는데?"

"그건 아는데, 너무 잘 웃잖아요. 꼭 허파에 바람 빠진 사람처럼."

"너무 잘 우는 것보다는 낫지 않아?"

"그런 말이 아니라… 됐어요. 생글거리는 표정 보기는 좋네요."

갑자기 유독 살랑거리는 그는 몹시 수상했으나, 도담은 늘 그렇듯 대수롭지 않게 넘겨버렸다.

"난 니가 아무 걱정 없이 잘 살았으면 좋겠어."

"네?"

재이가 언뜻 축복하는 것 같은 말을 건넸다.

"원래 오지랖이 넓은 편은 아니라서 굳이 남의 행복 같은 거 빌어주지는 않는데, 이상하게 너는 자꾸 행복하게 잘 지냈으면 싶더라고."

"…."

"웃는 게 예뻐서 그런가 봐."

무방비한 순간, 훅 치고 들어오는 그의 다정한 멘트는 언제나 그랬듯 도담의 얼굴을 화악 달구어놓았다.

"유, 유부녀한테 못 하는 말이 없어."

괜히 팅기고는 있지만 살짝 붉어져 버린 볼. 그걸 본 재이가 머금고 있는 미소만큼이나 부드러운 목소리로 말했다.

"아무 걱정하지 마. 다 잘 해결될 거야."

그리 위로하는 재이의 눈빛은 그 어느 때보다도 진심인 것 같아서, 그에게 거짓 고민을 털어놓고 있는 도담의 가슴이 콕 하고 찔려왔다.

* ◆ *

NSO 제3회의실.

"유수영은 아직 입을 안 엽니까."

오랜만에 본부를 찾은 주원이 사무적인 목소리로 물었다. 그와 함께 회의실 책상에 둘러앉은 배 팀장은 짜증스럽다는 듯 머리를 흐트렸다.

　"고집이 아주 장난이 아니야. 자백하게 하는 약이라도 있으면 먹이고 싶다니까."

　한때 유수영 요원을 제 담당 후임보다도 신뢰했던 배 팀장은 분한 목소리로 씩씩거렸다. 양 팀장은 그런 그를 차분히 달래보려 했다.

　"초조해하지 마. 맥없이 붙잡혀 있는데 얼마나 더 입을 다물 수 있겠어."

　그러나 구겨진 배 팀장의 인상은 펴질 기미가 보이지 않았다. 덕분에 회의실 분위기는 유수영 요원을 검거했음에도 불구하고 냉랭하기 짝이 없다.

　"아, 몰라! 난 담배나 한 대 피우고 올 거야! 그때까지 회의 중단!"

　결국 배 팀장은 제 성질을 이기지 못하고 자리에서 일어났다. 차라리 그가 없는 편이 더 낫겠다 싶었던 주원과 양 팀장은 굳이 그를 붙잡지 않았다. 그가 나가고 얼마 되지 않아, 주원이 침착한 표정으로 말을 이었다.

　"그 사람이 온도담과 접선하고 싶어 한다고 들었습니다."

　사실 주원이 여기까지 찾아온 이유는 바로 그 얘길 제대로 나누고 싶어서였다. 수영에게 그 요구를 직접 들었던 양 팀장은 미소 띤 표정으로 대답했다.

　"아, 맞아. 온도담 앞이 아니면 절대 아무 말도 하지 않겠대. 우리가 알고 싶어 하는 점에 대해서는 도담 씨한테만 털어놓겠다는데, 안 그래도 접선 스케줄을 잡아보려고….”

하지만 양 팀장이 말이 다 끝나기도 전에, 주원이 단호하게 입을 열었다.

“안 됩니다.”

“뭐?”

“납치극까지 벌였던 용의자의 눈앞에 그 사람을 갖다 바치는 짓은 하고 싶지 않다고 말씀드리는 겁니다.”

그리 말하는 주원에게는 협상의 여지도 보이지 않았다. 언제나 업무 성과만을 기준점으로 두고 이성적으로 생각하는 사람인데, 이번엔 어쩐지 감정이 더 앞선 결정 같았다. 양 팀장은 그런 그를 의아하다는 듯 바라보았다.

“주원 씨답지 않은 반응이네. 어차피 취조실에서 대면시킬 생각이야. 아무 일도 일어나지 않을 거라고.”

하지만 주원은 자신을 안심시키려는 그녀에게서 시선도 거두어버렸다. 그런 뒤 잇는 말은 타협점을 찾을 수 없을 정도로 냉정했다.

“임무 중인 사람을 불안한 상황에 놔두고 싶지 않습니다. 다시는 혼자서 위험한 상황을 감당하게 하고 싶지도 않고요.”

“…”

“오늘은 그 말 하려고 직접 본부로 찾아온 겁니다. 제가 없는 자리에서는 모든 회의 내용을 통보하듯이 알려주시잖습니까.”

“기 팀장….”

“그만큼 확실하게 내린 결정이니, 양해해 주시길 바랍니다. 이번 사건을 책임지고 있는 팀장으로서 말씀드리는 겁니다.”

단호하게 선을 긋는 주원은 평소 그가 업무에 대해 말할 때와는 다른 느낌이었다. 예전엔 차가운 이성밖에 없었다면, 지금 도담의 이름을 언급하는 그에게서는 뜨거운 감정밖에 느껴지지 않는다. 그 모습은 매우 낯설었으나, 양 팀장은 당황하지 않았다. 그의 변화를 얼마 전부터 어렴풋이 눈치채왔기 때문이었다.

양 팀장은 주원의 눈을 똑바로 마주친 채, 묵혀왔던 질문을 꺼내놓았다.

"저번에… 도담 씨가 유수영 요원을 붙잡아왔을 때 말이야. 도담 씨 손목에 팔찌가 채워져 있는 걸 봤어."

"…."

"그거, 현도 팔찌 맞지? 기 팀장이 직접 채워준 거야?"

주원에게는 곤란한 질문이었다. 하지만 양 팀장은 거기서 그치지 않고, 주원의 속내를 훤히 꿰뚫어보려는 듯한 질문을 던진다.

"무슨 의미로 도담 씨한테 줬는지, 물어봐도 돼?"

그 사람의 팔찌를 도담에게 채워준 의미. 그동안 노골적으로 외면해왔던 내 감정의 무게. 아직도 스스로 준비가 되지 않았다고 생각한 주원은 그럴싸한 답변을 생각해 내려 애썼다.

"좋은 파트너…."

"…."

"아니, 첫 임무니까 열심히 해보라는…."

"…."

"그러니까…."

하지만 꺼내지려던 말은 자꾸 중간에 맥없이 멈추고, 맥없이 끊겨

버린다. 이럴 때는 거짓말 하나 제대로 하지 못하는 제 성격이 너무 나도 싫었다.

"뭐라고?"

양 팀장은 주원의 눈을 더욱 깊이 들여다보며 한 번 더 물었다. 주원은 그런 그녀의 시선을 피하기 위해 고개를 숙였으나, 어차피 이 좁은 회의실에서는 도망칠 곳도 없다는 걸 이내 깨닫고야 말았다.

아무래도 이젠 인정할 수밖에 없겠다. 그동안 자신이 없어서, 용기가 나질 않아서 외면해왔던 나의 마음을. 주원은 깊이 숨을 들이마셨고, 두 눈을 질끈 감은 채 마른침을 삼켰다. 그리고 토해내듯, 그동안 필사적으로 도망치려고 했던 감정을 입술 새로 흘려보냈다.

"…소중한 사람이라는 의미입니다."

"…."

"내 곁에 계속 두고 싶은… 소중한 사람."

삼십사 년, 믿는 건 자신밖에 없었던 기주원의 외골수 인생에서 처음으로 내뱉은 고백. 주원은 여전히 고개를 들지 못했지만, 붉어진 그의 두 귀는 진심을 고스란히 내비치고 있었다. 그를 오랫동안 보아왔던 양 팀장도 깜짝 놀랄 만큼 아주 선명하게.

닮은 부부가
잘 산다잖아요

그날 밤, 도담의 본가.

도영은 전전긍긍하며 휴대폰만 쳐다보고 있다. 오늘 오후, 누나 만큼이나 갑작스럽게 맞닥뜨리게 된 누나의 낯선 남자. 도담은 그와 말도 섞지 않으면 오만 원을 주겠다고 했지만, 결과적으로 도영은 그 약속을 지키지 못했다. 이건 모두 요염하게 눈웃음을 치던 그 남자 의 달콤한 제안 때문이었다.

'동생, 잠깐 나 좀 볼까?'

도담이 사라지자마자 자연스럽게 말을 걸더니.

'우리 동생이 지금 돈이 필요한 모양이구나. 왜? 급하게 쓸 데라도 있어?'

초반부터 반말로 친근한 척 굴던 그 남자. 도영은 도담과의 약속 을 지키기 위해 입을 꾹 닫고 고개만 저었다. 그러나 그는 쥐뿔 상관도 없다는 듯 씨익 웃어 보였고, 도영의 눈앞으로 제 휴대폰만 불쑥 내밀었다.

'계좌번호랑 휴대폰 번호 적어줘.'

'...?'

'겁먹지 말고. 우리 동생이 원하는 거, 내가 보내줄게.'

내가 원하는 거?

정확히 이해한 말은 없었지만, 그가 말하는 게 심상치 않다는 건 알 수 있었다. 그의 입가에 어린 자신만만한 미소와 몸에 걸친 명품들은 확실히 어마어마한 것을 선물해 줄 수 있는 여력이 있어 보였다. 도영은 그를 올려다보며 손짓으로 지폐 세는 시늉을 했다. 그 짐작이 맞다는 듯, 남자는 고개를 가볍게 끄덕이며 다시 환히 웃어 보였다. 그 확답을 얻음과 동시에, 도영은 도담과의 계약을 일방적으로 파기했다. 월급쟁이인 누나보다 눈앞의 명품남이 훨씬 더 많은 용돈을 쥐여줄 것 같아서였다.

'그, 그런데 누구세요?'

도영은 그가 원하는 대로 순순히 휴대폰 번호와 계좌 번호를 적어주며 물었다. 드디어 도영의 목소리를 들은 그는 이미 올라가 있던 입꼬리를 더욱 둥글게 휘었고 기가 막힌 대답을 했다.

'나? 매형 될 사람.'

이 때깔 좋은 남자가 누나의 애인이라니. 전에 영화관에서 만났을 때도 수상해 보인다 싶더니, 역시 둘은 그렇고 그런 사이인 모양이었다.

'아, 그렇구나. 우리 매형 될 분이시구나. 반가워요, 매형.'

자본주의의 노예인 도영은 단번에 그를 제 가족으로 받아주었다. 그런 도영에게 귀엽다는 듯 웃던 그는 확실히 용돈을 두둑이 챙겨줄 듯했다. 그런데 뒤에 덧붙이는 말은 좀 의아하긴 했다.

'아, 한 가지 약속할 게 있어. 내가 오늘 보내주는 돈은 전부 빚 갚는 데 써. 빚이 얼마쯤 되는지는 모르겠지만, 다 갚고 나면 딱 이만큼 더 줄게.'

빚이라…. 학비는 부모님이 대주기로 했는데. 내가 여기저기서 돈 꾼 걸 어떻게 아는 걸까. 혹시 누나가 내 흉이라도 봤나. 여러 가지 의문이 들긴 했지만, 도영의 기분은 금세 좋아졌다.

"십만 원쯤 주려나? 아냐, 돈 진짜 많아 보이던데… 혹시 이십?"

그런 희망을 품고 기다린 지가 벌써 두 시간째. 넋 놓고 휴대폰만 바라보고 있는 것도 살짝 지쳐가려던 그 무렵, 띵동하고 은행에서 알림 문자가 왔다.

기대감에 가득 찬 도영의 눈빛이 반짝 빛났다.

"제발 이십, 이십, 이십만 원만요. 매형…."

도영은 이별을 통보한 여자 친구에게 사주고 싶은 목걸이의 가격을 생각하며, 간절한 소원을 빌었다. 그러고는 잔뜩 긴장한 표정으로 메시지함을 확인해 보았더니 한 번에 읽을 수도 없는 어마어마한 금액이 도영의 시선을 사로잡았다.

[〈＊＊은행〉 10/11 18:30 서재이 입금. 50,000,000원.]

"오, 오, 오… 어?"

놀라다 못해 기겁해 버린 도영의 낯빛이 새하얗게 질렸다.

"잘 먹었습니다."

도담이 만족스러운 표정으로 숟가락을 내려놓았다. 오늘은 보고서 정리가 남아있던 도담을 위해 주원이 앞치마를 둘렀다. 그가 만들어준 김치찌개는 솔직히 말해, 홍 여사의 솜씨보다 나았다.

"전에 북엇국 끓여주셨을 때는 정말 최악이었는데, 그게 실수인 건 맞았나 보네요. 정말 맛있었어요!"

도담은 믿을 수 없는 단맛을 내던 북엇국을 떠올리며 말했다. 새삼 꺼내진 과거의 실수에, 주원은 살짝 미간을 찌푸리며 대답했다.

"실수였다니까 지금까진 안 믿고 있었던 거야?"

"그야, 팀장님 실력을 볼 기회가 없었으니까."

"그래서 아침밥 차려줬더니 국을 냄비째 옆집으로 들고 가서는 복도에 버려뒀던 사람이 누구더라."

"에이, 우리 과거의 실수는 한 번씩 덮어줍시다. 예?"

도담은 귀엽게 웃으며 빈 그릇을 차곡차곡 정리했다. 그 모습을 보던 주원은 그녀를 저지시키며 말했다.

"놔둬. 내가 치울게."

"아니요, 식사는 팀장님이 준비하셨으니까 정리는 제가…"

"아직 보고서 안 끝났잖아. 그거나 해. 업무는 흐름 끊기면 한도 끝도 없이 길어지니까."

그리 말한 주원은 먼저 식탁 의자에서 일어났다. 그러고는 솔선수범하여 다 먹은 접시들을 치우기 시작했다. 그 모습을 보고 있자니 어쩐지 마음이 흐뭇해졌다.

"우리 이러고 있으니까 진짜 신혼부부 같아요."

도담은 주원을 싱글벙글한 얼굴로 올려다보며 대답했다.

"쓸데없는 소리 하긴…."

주원은 늘 그렇듯 핀잔을 주었지만, 귀는 금세 불긋해져 있었다.

"치, 좋으면서 내숭은…."

주원의 내숭에 익숙해진 도담은 해맑게 웃는 얼굴 그대로 자리에서 일어섰다. 그러다 방으로 향하던 걸음을 잠시 멈춰 세우고, 뒷정리 중인 주원에게로 다시 고갤 돌렸다.

"아, 팀장님."

"왜 또."

"식사도 잘 했겠다, 저 보고서 마무리 지으면 같이 산책 한번 안 갈래요?"

"산책?"

"이 오피스텔 정원이 되게 근사한데, 우리 이사 와서 한 번도 못 가 봤잖아요."

그녀가 말한 임페리얼 파크의 정원은 잘 관리된 조경과 밤마다 예쁘게 빛나는 조명 덕분에 어지간한 데이트 코스 부럽지 않았다. 하지만 도담과 그런 분위기에 놓이는 걸 기피하는 주원을 알기에, 거절당할 것도 어느 정도 예상하고 있었건만.

"그래. 그러든가."

오늘은 웬일인지 순순히 그의 시간을 허락해 주었다. 그의 대답을 똑똑히 듣고도 믿지 못했던 도담은 재차 확인했다.

"진짜?"

"그럼 이런 쓸데없는 거로 거짓말을 하겠어?"

"진짜죠? 나랑 야밤 데이트 해주는 거죠?"

"그렇게 거창한 의미는 아니지만… 아니다, 너 마음대로 생각해."

그리 말하는 주원은 사실 큰 결심을 하나 했다. 지난번 양 팀장과의 대화 덕분에 확신이 선 제 마음. 사실 인정하지 않았을 뿐, 그녀를 애틋하게 여기는 감정을 느낀 지는 꽤 오래됐다. 늦은 아침 막 잠에서 깨어나 비몽사몽한 얼굴로 물을 마시러 나오는 도담과 마주칠 때도, 그런 그녀가 덜 깬 목소리로 버릇없는 손 인사를 건넬 때도. 가끔 거실에 마주 앉아 서류 작업을 하거나, 쓸데없이 진지하게 함께 먹을 메뉴를 고민할 때도 괜히 가슴이 소란스러워지곤 했으니까.

'이게 이성적으로 끌리는 감정일까?'

자신의 감정에 대해서 고민을 해보기도 여러 번이었다. 하지만 그럴 때마다 주원은 습관적으로 겁을 먹었고, 필사적으로 제 마음을 외면해 왔다. 두 번 다시는 누구에게 의지하거나, 특별한 감정을 주지 않겠다는 다짐을 져버릴 자신이 아직은 없었기 때문이다.

그런 그를 훤히 꿰뚫어 보았던 듯, 어느 날 도담은 어김없이 도망치려는 그를 붙잡고 말했다.

'나는 절대 당신의 상처로 남지 않을게요.'

'약속해요.'

아무것도 모르면서, 내가 어디에 묶여있는지 짐작도 못 하면서, 정말 되는대로 내뱉었던 배짱 두둑한 그녀의 다짐. 뿌리 깊은 오해 속에서 내뱉은 그 말들은 주원의 가슴 깊숙한 곳에 걸려있던 빗장을 제대로 풀어버렸다. 그가 원할 때면 언제든 마음을 열 수 있도록, 주원의 마음을 무방비한 상태로 만들어버렸다.

이쯤 되니 주원도 한 가지 다짐을 하게 되었다. 내 안에서 꿈틀대는 감정들을 더 이상 덮어두지만은 않겠다고. 아직 드러내놓고 꺼내보일 용기는 없다 해도, 나만큼은 그녀를 향한 애틋한 감정을 인정하고 직시하겠다고.

"야호, 그럼 빨리 끝내고 나올게요!"

주원이 얼마나 어려운 결심을 했는지 상상도 하지 못하는 도담은 마냥 신난 걸음으로 총총 제 방에 들어갔다. 그녀의 발랄한 뒷모습을 바라보던 주원은 뒤늦게 새어 나오는 미소를 숨기지 않았다.

"강아진가. 좋아하긴…."

누군가에게 일일이 동요하는 건 제 삶을 한 번 더 위태롭게 만드는 거라 생각했는데. 어쩌면 섣부른 기우였을지도 모른다는 생각이 든다. 지금 주원은 그녀를 따라 한껏 기분이 좋아지는 중이었으니.

"밤공기가 차긴 한데, 나오니까 확실히 기분은 좋네요."

가짜 신혼부부가 간만의 여유를 즐기고 있는 임페리얼 파크의 정원은 참 아늑했다. 밤의 조명이 예쁜 줄은 진작 알고 있었지만, 오늘은 커다란 보름달까지 뜬 덕분에 유달리 밝고 로맨틱했다.

도담은 주원과 발맞춰 걸어가며 들뜬 목소리로 말했다.

"이 밤에 나랑 둘이 걷고 있으니까 꼭 데이트 온 것 같죠."

"데이트는 무슨…."

"튕겨도 소용없거든요. 이제는 여보 눈만 봐도 기분이 좋은지, 나쁜지 한 번에 알 수 있어요."

　도담은 그리 말하며 주원의 얼굴을 빤히 올려다보았다. 그 부담스러운 눈빛을 무시하지 못했던 주원은 괜히 얼굴을 돌렸다. 제 마음을 인정하기로 결심한 다음부터 몹시 솔직해진 표정이 민망해서였다.

　그런 마음을 아는지 모르는지, 도담은 곁에서 나란히 걷고 있는 주원에게 불쑥 손을 내밀었다.

　"여보, 우리 손 잡고 걸을래요?"

　"왜…?"

　돌아오는 그의 반응은 근본적인 질문이었다. 굳이 대답해야 할 필요성을 느끼진 못했으나, 도담은 그래도 연애 초보 기주원의 눈높이에 맞춰 설명해 보기로 한다.

　"손잡고 싶어서요. 명색이 부부인데, 손잡고 싶을 땐 잡아야 되지 않겠어요?"

　그녀를 줄기차게 외면해 온 시간이 수개월. 그에 비해 감정에 솔직해지기로 한 시간은 단 며칠. 아닌 척하는 게 습관이 되어버린 주원은 매정한 대답을 재채기하듯 내뱉었다.

　"낯 뜨겁게 별걸 다…."

　하지만 그러면서도 커다란 손으로는 그녀의 손을 감싸 쥐었다. 내숭 섞인 말과 다른 주원의 솔직한 행동에, 도담의 입술 새로 웃음이 삐져 나왔다.

　"치, 이렇게 잡아줄 거면 한 번에 다정하게 잡아주지."

　"나도 나름대로 진도라는 게 있어. 많이 노력하는 중이니까 느긋이 기다려."

"노력? 무슨 노력이요? 나에게 가까워지려는 노력? 아니면 사랑받으려는 노력?"

도담은 장난스럽게 떠봤으나 전부 정답에 가까웠다. 순간 얼굴에 화악 열이 달아오르는 걸 느낀 주원은 괜히 시선을 애먼 곳으로 돌리고 삐딱한 목소리를 내뱉었다.

"…너는 너무 수선스러운 게 탈이야."

"어머! 애기 엄마!"

그때 맞은편 산책로에서부터 다가오던 누군가가 반가운 인사를 건넸다. 도담이 깜짝 놀라 뒤를 돌아본 곳에는 예전에 마트에서 한 번 마주쳤던 그 아주머니가 강아지와 함께 산책하는 중이었다.

"어머, 안녕하세요! 오랜만이네요!"

도담은 그녀에게 반가운 눈웃음을 건네며 인사했다. 아주머니는 그 인사를 기쁘게 받아주려다 말고, 꼭 잡고 있는 도담과 주원의 손으로 혼란스러운 시선을 두었다.

"옆에 그분은… 누구?"

"아…."

어떻게 알게 된 누구인지는 모르지만, 주원은 자연스럽게 제 소개를 하려 했다. 물론 임무에서 배정받은 대로 '이 여자 남편 되는 사람입니다.' 하고.

"우리 친오빠예요! 친정에서 오늘 올라왔어요!"

하지만 그가 입을 열기도 전에 도담이 한 번도 얘기된 적 없던 호칭으로 그를 소개했다. 남편에서 졸지에 친오빠가 된 주원의 눈빛에 혼란스러운 기색이 어렸다.

"온도담…?"

"나이 차이가 크게 나서 그런지, 어쩌나 제 걱정을 달고 사는지 몰라요. 혹시 넘어져서 큰일이라도 날까 봐 이렇게 손까지 꼭 붙들고 있네요. 하하."

그러든가 말든가, 도담은 맞잡은 손까지 흔들어가며 아주머니에게 방금 지어낸 부연 설명을 늘어놓았다. 주원은 여전히 의아함 가득한 표정이었으나, 아주머니의 얼굴은 그제야 다시 편안한 미소를 되찾았다.

"아아, 그랬구나! 하긴 임신 초기에는 몸조심이 필수지. 그런데 오빠랑 하나도 안 닮았다."

"그래요?"

"으응, 나는 둘이 안 닮아도 너무 안 닮아서 남매라는 생각은 못 하고, 애기 엄마의 숨겨둔 애인인 줄 알았지 뭐예요!"

"어머머머, 그럴 리가요. 저희 부부 요즘 깨 볶는 거 아시면서!"

"그러니까 말이야! 그 잘생긴 남편은 잘 있지?"

"네, 너무 잘 있어서 탈이에요."

도대체 두 여성이 지금 무슨 말을 하고 있는 건지. 친오빠는 뭐고, 임신은 또 뭔지. 자연스럽게 흘러가는 대화 속에 은근슬쩍 끼어든 '잘생긴 남편'은 대체 누구인지. 몹시 혼란스러운 주원의 머릿속에 어떤 얼굴 하나가 선명하게 떠올랐다.

'혹시…' 싶던 그때 아주머니가 말했다.

"그때도 말했지만, 애기 엄마랑 애기 아빠랑은 묘하게 닮았어. 그래서 그렇게 잘 어울리나 봐요. 잠깐 본 얼굴인데도 꽤 오래 기억에 남더라고."

그 말을 들은 주원의 눈썹이 아주 노골적으로 구겨졌다. 이를 미처 눈치채지 못한 도담은 하하 웃음을 터트렸고, 아주머니의 말에 의례적인 대답을 건넸다.

"원래 사람은 서로 닮은 이성한테 끌리는 법이라잖아요. 부부가 닮아야지 잘 산다는 말도 있고, 그래서 그런지, 닮았다는 말이 되게 듣기 좋네요!"

순전히 원활한 대화를 위해 의례적으로 장단을 맞춘 말이었다. 하지만 순간 주원의 가슴속에선 쿠구궁 천둥번개가 내리치는 기분이었다. 그도 그럴 것이, 방금 전 주원은 그녀와 안 닮아도 너무 안 닮았다는 평을 들은 직후였으니.

알지도 못하는 오피스텔 주민과 불쾌한 대화를 마치고 돌아온 집.

샤워를 마친 주원은 속옷에 목욕 타월만 대충 걸친 채 머리를 말리는 중이었다.

위이이잉 위이이잉.

깨끗한 상태로 머리를 말리는 이 시간은 주원이 가장 좋아하는 시간이었으나, 오늘은 왠지 기분이 썩 개운하진 않았다. 평소에는 신경도 쓰지 않던 거울 속 제 얼굴이 자꾸만 신경을 건드려서였다. 언뜻 보면 화가 나있는 사람처럼 보이는 매서운 눈매, 자기주장 강한 짙은 눈썹, 잘 웃지 않아서 늘 딱딱하게 굳어있는 입꼬리. 누가 봐도 예민하고 날카로워 보이는 인상이었다. 세상 물정 모르는 강아지 같은 도담의 얼굴과는 확실히 다른 느낌이었다. 원래부터도 많이 다른 얼굴이라고 생각은 했었는데, 이렇게 자세히 뜯어보니 닮은 구석이 단한 군데도 없다.

"으음…."

지금 주원은 그래서 기분이 더럽고, 몹시 언짢다. 닮은 사람끼리 끌린다는 오피스텔 주민의 말과 닮은 사람끼리 결혼해야 잘 산다는 도담의 말. 그 두 말이 본의 아니게 주원을 저격해 버렸다. 하나도 안 닮은 나랑은 이뤄지지도 않을뿐더러, 이뤄지더라도 지지리 못 살 것 같아서.

"…하여간 입방정은."

주원은 이 불편함의 이유를 괜히 도담에게로 다 돌려버렸다. 쓸데 없는 데 신경 쓰는 자신의 소심함을 받아들이기 힘들어서였다. 이런 다고 악담이나 다름없는 두 여자의 대화가 잊히지는 않았지만.

복잡한 심정으로 드라이를 마치고 욕실에서 나오는 길.

"어머, 팀장님."

때마침 주스를 따라 들어가던 도담과 제대로 마주쳤다. 그를 보자 마자 두 눈이 휘둥그레진 그녀는 주원의 얼굴을 아주 뚫어져라 올려다보았다.

'혹시 내가 뭘 신경 쓰는지 보이나?'

순간 가슴이 철렁 내려앉은 주원은 정색을 하고 대꾸했다.

"뭐. 나 아무렇지도 않은데, 뭐."

그러자 도담은 잠시 멈칫하는가 싶더니, 여전히 얼떨떨한 목소리로 대답했다.

"그렇다면야 간섭할 생각 없지만… 제가 많이 편해지긴 편해졌나 보네요."

"무슨 뜻이지?"

"이제는 내숭 없이, 자기 자신을 숨김없이 보여주시잖아요."

그 말을 들은 주원은 노골적으로 코웃음을 쳤다.

'웃기고 있네. 편하기는 개뿔이 편해.'

닮은 구석이 없어서 그런가. 그녀는 역시 나에 대해 아무것도 모른다. 그의 포커페이스를 읽어보려는 노력은 가상하지만, 정답률이 엉망진창이다. 주원은 그래서 더 야속한 그녀를 내려다보며 핀잔을 늘어놓았다.

"너는 눈치를 더 키워야겠다. 이렇게 기본적인 감정 상태도 읽을 줄 몰라서야…"

꿈뻑꿈뻑. 두 눈을 동그랗게 뜨고 쳐다보는 도담은 주원의 말을 하나도 이해하지 못한 표정이었다. 그 얼굴을 보고 있자니, 주원과 만날 때마다 아무것도 모른다는 표정으로 시치미를 떼던 재이의 얼굴이 머릿속에 두둥실 떠오른다. 둘이 닮긴 닮았나 보다. 이렇게 자연스럽게 겹쳐 떠오르는 걸 보면. 이 얼굴에서 내 얼굴로 넘어가는 건 버퍼링이라도 걸린 것처럼 부자연스럽게 뚝뚝 끊기는데. 인정할 수밖에 없는 현실 앞에서, 주원은 푸욱 한숨을 내쉬었다.

"왜요? 무슨 일 있어요?"

그 의미심장한 태도에 도담이 묻자, 주원은 평소보다 진지한 눈빛으로 그녀의 이름을 불렀다.

"온도담."

"네, 팀장님."

"돌멩이가 왜 다 비슷비슷하게 생겼는지 알아?"

"네?"

왜 묻는 건지 모를 만큼 뜬금없는 질문에 도담은 대답 대신 주원의 얼굴만 가만히 들여다보았다. 그런 그녀를 내려다보며, 주원이 흘려보내는 목소리는 차분했다.

"큰 바위에서 떨어져 나왔을 땐 각기 다른 모습이었겠지. 하지만 오랜 시간 함께 부딪혀가면서 비슷한 모양으로 변했을 거야. 나란히 옆에 놓아두어도 잘 어울릴 만큼."

"……."

"나는 우리 사이가 그런 사이라고 생각해. 지금이야 너는 누가 봐도 너고, 나는 누가 봐도 나지만, 시간이 지날수록 비슷해지는 구석이 있지 않을까 싶어."

"……."

"아, 물론 내 이목구비는 어떻게 안 되겠지만 분위기 같은 건 얼마든지 변하는 거니까…."

돌멩이 따위에 비교해 가며 아주 빙빙 돌려 말하긴 했지만, 주원 나름대로는 큰 용기를 내서 꺼낸 이야기였다. 누군가에게 제 감정을 이렇게나 직접적으로 드러낸 건 현도 선배 이후 처음인 것 같은데, 상대가 온도담인 것이 그리 나쁘지는 않았다.

"그럼… 잘 자. 내일도 수고하고."

첫 시도를 나름대로 성공적으로 마친 주원은 멋지게 뒤를 돌았다. 그러고는 신경 쓴 걸음걸이로 제 방이나 다름없는 서재에 들어섰다. 거기까지는 좋았다. 마음을 내비친다는 게 낯 뜨겁긴 했으나, 적어도 꿍꿍 앓을 때보다는 나았다. 주원은 조금 편안해진 얼굴로 자연스레 책상 쪽으로 몸을 틀었다. 우연찮게 마주한 벽 거울에 비친 제 모습은 속옷에 목욕 가운만 걸치고 있다. 머리를 말리다가 화나서 관두었던 그 순간의 모습 그대로.

"아."

짧은 외마디 탄식과 함께 그녀가 했던 말이 다시금 새록새록 떠올랐다.

'제가 많이 편해지긴 편해졌나 보네요.'

'이제는 내숭 없이, 자기 자신을 숨김없이 보여주시잖아요.'

그 말이… 그 말이었어?

"후우우…."

야속하게만 느껴던 도담의 말뜻을 뒤늦게 깨달은 주원은 깊은 한숨을 땅이 꺼져라 내쉬었다. 발끝부터 머리끝까지 뜨거운 열이 후우우욱 오르는 기분. 수치란 이런 것이구나, 깨닫게 되는 순간이었다. 머리를 부여잡은 채 그대로 주저앉는 주원의 얼굴이 홍당무처럼 붉어졌다.

그 시각, 도담의 방.

주원의 앞에선 어리둥절하기만 했던 도담의 얼굴엔 어느새 웃음이 번져있었다. 성격 파탄 난 일벌레. 오직 일밖에 모르던 알았던 천하의 기주원이 지나가는 이웃 주민의 '안 닮았다'는 평가를 저렇게나 신경을 쓰다니. 평소 흐트러진 모습을 잘 보이지 않던 그가 속옷 차림으로 나와서 말꼬리를 물고 늘어질 정도면, 정말 엄청나게도 동요한 모양이었다. 재이와 닮았다는 게 싫은 건지, 아니면 본인이 안 닮은 게 싫은 건지. 어느 쪽이든 간에, 미신과 상관없이 도담과 잘 지내고 싶어 하는 건 분명한 듯하다.

"치… 하여간 은근히 깜찍한 남자라니까."

도담은 저도 모르게 웃음을 흘렸다. 그리고 나니까 새록새록 과거의 기억들이 떠올랐다.

처음 그의 밑에서 일을 시작했을 때는 분명 바라보기도 어려운 사람이었고 가까이 다가가기는 더더욱 불가능한 사람이었다. 어찌나 찬바람이 쌩쌩 부는지, 아무리 따스한 눈빛으로 그를 예의주시해도 돌아오는 건 매정한 무시뿐이었다. 하지만 지금 그녀와 함께 살고 있는 기주원은 아닌 척하면서도 도담에게 온 신경을 기울여주고, 도담의 작은 말과 행동에도 뜨겁게 얼굴을 붉히곤 한다.

이러한 변화들이 다 함께한 시간 덕분이라면….

'앞으로 그 사람과 더 많은 것들이 닮아갈 수 있지 않을까? 누가 봐도 잘 어울리는 한 쌍의 부부처럼.'

은근슬쩍 품은 기대감이 도담의 가슴을 두근두근 부풀려 놓았다.

이 정도면 당장 사귀어도 이상하지 않은 상황이다만, 그는 왜 혼자서만 자신 없다며 버티고 있는 건지 모르겠다. 그래도 아예 가망 없던 예전과 달리, 지금이라면 사귀어줄 것 같은데. 조만간 분위기 잡고 한 번 더 들이대 봐?

도담은 아까 들었던 주옥같은 멘트들을 한 번 더 되새겨 보았다.

'나는 우리 사이가 그런 사이라고 생각해.'

'지금이야 너는 누가 봐도 너고, 나는 누가 봐도 나지만, 시간이 지

날수록 비슷해지는 구석이 있지 않을까 싶어.'

그 말은 꼭, 서로 다른 바위 조각들이 비슷한 돌멩이가 될 만큼 오랜 시간 동안 그녀의 곁에서 함께 하고 싶다는 소리처럼 들렸다.

계속 쳐다보지만 말고, 고개라도 한 번 끄덕여줄 걸 그랬나.

"아유, 누굴 만날 자신도 없다는 사람이 왜 이렇게 내 맘을 간지럽게 하는 거야."

아쉬운 후회를 하는 도담의 두 뺨이 불긋하게 달아올랐다.

"하아… 돌겠네."

그래봤자 같은 시간, 다른 방에서 얼굴을 붉히고 있는 기주원만 못했지만.

                              * ◆ *

"하아, 어디 보자. 추가해야 할 사항이…."

보고서 하나를 붙잡고 씨름하고 있던 늦은 오후. 옆에 놓아두었던 도담의 휴대폰으로 전화 한 통이 걸려왔다. 혹시 다른 방에 있는 주원이 심부름을 시키려고 전화한 건가 싶어, 슬쩍 확인해 보니 발신자는 다름 아닌 도담의 동생 도영이었다.

"온도영이 왜…."

도영과는 일 년에 몇 번 전화 통화를 할까 말까 한 사이였던 도담은 잠시 어리둥절해졌다. 하지만 그의 용건은 금세 짐작할 수 있었다.

"아, 그때 조용히 집에 가는 조건으로 오만 원 보내주기로 했었지. 그거 달라고 전화했나 보네."

그거 아니면 연락할 일도 없을 거라 확신한 도담은 잠시 휴대폰으로 어긋났던 시선을 다시 노트북 화면 쪽으로 돌렸다. 어차피 급하지도 않은 돈. 한창 집중하고 있던 보고서부터 마무리 짓고 보내도 그만이라는 생각에서였다. 그러나 얼마 안 가 끊긴 전화는 곧바로 다시 걸려왔다. 안 받으면 받을 때까지 걸 기세로 아주 집요하게.

"하아, 이놈이 진짜…."

온도영의 막무가내인 성격을 알고 있는 도담은 하는 수 없이 휴대폰을 들었다. 그러고 나서 짜증스럽게 통화 버튼을 누르니 유달리 다급해 보이는 도영의 목소리가 들려왔다.

─누나, 이제 받으면 어떡해!

벌써부터 수선스러운 그에게 짜증이 솟구친 도담은 대뜸 핀잔부터 늘어놓았다.

"넌 오만 원 때문에 바쁜 누나를 하루 종일 닦달해? 지금 입금하면 될 거 아니야."

─오만 원이 문제가 아니고, 며칠 전에 내 통장으로 오천만 원이 들어왔어.

"뭐?"

─누나 남자 친구 있잖아. 서재이인가 뭔가 하는… 그 사람이 나한테 오천만 원을 보냈다고!

도영의 얘기를 대충 흘려들은 도담은 혀를 끌끌 차며 대답했다.

"넌 입 다물고 집에나 들어가라니까, 기어코 용돈을 받아냈어? 그 사람한테 오천 원 받았으면 난 사만오천 원만 입금한다. 안 그래도 돈 쪼달렸는데 잘됐네."

아직 사태의 심각성을 모르는 그녀의 심드렁한 반응에, 도영은 한 톤 더 높아진 목소리로 충격적인 액수를 다시 한번 언급했다.

―아니, 오천 원이 아니라 오천만 원!

"뭐?"

―일 억의 절반! 오천만!

일 억의 절반 오천….

"뭐어?"

뒤늦게 액수를 똑바로 알아들은 도담의 두 눈이 튀어나올 듯 휘둥그레졌다. 오천만 원이라니. 단돈 오천 원도 주고받을 사이가 못 되는 온도영에게 오천만 원을 입금하다니. 이게 무슨 상황인가 싶어 혼란스러워하는 그녀에게 도영이 뒷이야기를 이어나갔다.

―아니, 우리 레스토랑에서 만났던 그날 말이야. 누나가 먼저 들어가고 예비 매형이 날 붙잡았는데, 글쎄 갑자기 돈을 좀 보내줄 테니까 그걸로 빚을 갚으라는 거야.

"빚…?"

―처음엔 어리둥절했지. 그래도 돈을 준다니까 순순히 계좌번호를 찍어주긴 했는데, 세상에나 마상에나 오천만 원이 입금됐지 뭐야.

도영의 보충 설명을 듣자, 어렴풋이 상황이 그려졌다. 그와 동시에 단전에서부터 새어 나오는 불같은 감정은 그녀를 환장하게 만들었다.

"진짜 미쳤나 봐! 이 인간! 너 돈 언제 받았어!"

―당일 날 밤.

"그럼 받자마자 바로 보고했어야지! 왜 지금 말해!"

—예비 매형이 우리 둘만의 비밀로 하자고 했단 말이야. 그래도 누나랑 약속한 게 먼저니까 이렇게나마 털어놓는 거야.

　"나랑의 약속은 개뿔! 몰래 꿀꺽할까 말까 고민하다가 늦었으면서!"

　—아, 고민한 시간은 좀 봐줘라. 어쨌든 옳은 선택을 했잖아.

　사태의 심각성을 전혀 모르는 도영은 몹시 당당한 태도였다. 하지만 도담은 골이 지끈지끈 아파오는 기분이었다. 그 돈에 대해서 눈치도 못 채고 있었던 요 며칠이 고스란히 부담감으로 자리 잡아버렸다. 이런 속도 모르고, 도영은 팔자 좋게 제 걱정이나 늘어놓기 시작했다.

　—그런데 말이야, 누나. 내 생각에는 예비 매형이 돈세탁 같은 데에 날 이용하고 있는 것 같은데, 혹시 그 형 조폭 같은 거 아니지? 나 무서워서 일 원도 못 썼어.

　차라리 그런 거였다면 훨씬 더 처리하기 좋았을 텐데….

　"일단 끊어. 넌 나중에 얘기해."

　도영과의 통화를 일방적으로 마무리 지은 도담은 곧장 일어나서 제 방을 나섰다. 문을 열고 나오자마자, 때마침 컨펌이 끝난 보고서를 그녀 방으로 들고 오던 주원이 말을 걸었다.

　"온도담, 오탈자 두 개 더 발견했어. 표시해 둔 파일 보낼 테니까…."

　"잠시만요, 팀장님. 제가 급히 처리할 일이 있어서요."

　하지만 도담은 그와 얼굴 한 번 마주치지 않고 성큼성큼 현관으로 향했다. 심상찮은 분위기를 감지한 주원은 그녀의 뒤를 따라가며 추궁했다.

"뭐야. 밖에서 무슨 급한 일을 처리하게."

"……."

"뭐냐고. 제대로 설명하고 가."

"나중에요! 지금은 저도 머리가 터질 것 같으니까 나중에!"

도담은 그리 대꾸하며 어찌나 정신이 없는지, 신발도 짝짝이로 신고 현관을 나섰다.

"뭐야…?"

그렇게 정신없는 꼴로 사라진 그녀를 의아해하기도 잠시, 머지않아 옆집 초인종 누르는 소리가 들려왔다.

"서재이 씨! 얼른 이 문 열어요!"

광분한 와이프의 목적지를 뒤늦게 확인한 주원의 눈빛에 의혹이 더욱 짙어졌다.

조명도 다 켜져있지 않아서 어둑한 재이의 집에 요란한 초인종 소리가 재차 울렸다. 점점 빨라지는 그 소리는 당장 문을 안 열어주지 않으면 부수고 들어가겠다는 엄포처럼 들렸다. 안주도 없이 혼자서 와인을 비우고 있던 재이는 어리둥절한 표정을 한 채 현관으로 향했다.

"누구세요?"

나직하게 묻자마자 들려오는 건 평소보다 많이 딱딱한 도담의 목소리였다.

"서재이 씨, 얼른 이 문 열어요."

"도담…?"

342

그녀의 음성을 단번에 알아본 재이가 현관문의 잠금장치를 풀었다. 그러자마자 기다렸다는 듯 현관문을 열어젖히고 들어오는 도담은 몹시 흥분한 상태였다.

"이 밤에 무슨…."

재이는 어리둥절한 표정으로 도담을 맞이했다. 그러자 그녀는 짝짝이 신발을 아무렇게나 벗고, 곧바로 그의 한쪽 팔뚝을 찰싹찰싹 때렸다.

"진짜 미쳤어! 미쳤어! 미쳤어!"

"아, 아…! 무슨 일인지 말을 해줘야…!"

"도영이한테 오천만 원 줬다며! 진짜 제정신이야?"

평소엔 그래도 존댓말은 해주던 그녀의 밑도 끝도 없는 반말 불호령이었지만, 그런 것 따위 눈치채지도 못할 만큼 놀란 재이는 얼떨떨한 와중에도 이름의 주인을 떠올렸다.

"도영이라면… 도담이 동생?"

"그래, 내 동생!"

"서로 비밀로 하자고 했는데, 너한테 말했나 보네."

그러고 나서 지어 보이는 눈웃음에 도담은 어이가 없었다. 어쩌나 당당하게 입꼬리를 들어 올리는지, 얼핏 뿌듯해하는 것처럼 보이기까지 한다.

"지금 웃음이 나와요? 아무리 돈이 많아도 그렇지! 재이 씨가 걔한테 그렇게 큰돈을 왜 보내줘요?"

도담은 그런 그를 야무지게 질책했다. 그러나 재이는 이해 안 된다는 눈빛으로 그녀에게 되물었다.

"그러면 안 돼?"

"뭐가 어째요?"

"돈 문제 때문에 너한테 찾아온 것 같아서… 빚 갚는 데 쓰라고 준 거야."

"하 참…."

"왜? 그 돈도 도박으로 날렸대?"

그리 묻는 재이는 진심으로 걱정하는 표정이었다. 도담이 되는 대로 뱉어냈던 거짓말들을 하나도 빠짐없이 믿고 있었던 모양이었다. 이런 모습을 보자, 또 마음이 약해진 도담은 깊은 한숨부터 내뱉었다.

"후우… 아니요, 또 도박을 한 건 아니고…."

"그럼? 전부 빚 갚는 데만 썼대?"

"빚 갚는 데도 안 썼어요. 그 큰돈을 부담스러워서 어떻게 받아요."

도담은 재이의 호의를 에둘러 사양했다. 하지만 그 말을 들은 재이는 오히려 더 차분해진 목소리를 흘려보냈다.

"부담가지지 말라고 해. 내가 없는 돈 구해서 주는 것도 아니고, 도담이 가족 일이라서 도와주는 거니까."

"아무리 그래도 오천만 원은…!"

"굳이 갚지 않아도 되는 돈이긴 하지만, 그게 정 마음에 걸리면 나중에 형편 괜찮아졌을 때 조금씩 갚는 거로 하자. 이자는 안 받을게."

재이는 선한 마음이 고스란히 느껴지는 미소와 함께, 그녀의 어깨를 부드럽게 붙잡았다. 지금 이 상황에서 안쓰러운 사람은 뻔한 거짓말에 놀아나고 있는 본인인데, 그런 건 꿈에도 상상하지 못하는 듯한 모습이었다.

도담은 그런 그를 보며 겨우 흥분을 가라앉히고 물었다.

"나한테 왜 이렇게까지 하는 거예요?"

그러자마자 돌아온 재이의 대답은 간결하지만 조금 슬펐다.

"사랑받고 싶어서."

사랑받고 싶어서…. 화를 내고 있는 지금 이 순간도 나에게 속고 있다는 걸 모르고, 나한테 사랑받고 싶어서 이렇게까지 한다고….

'하아… 정말 미치겠네.'

이런 면을 두고 유수영은 그랬다. 무조건적으로 믿어버리는 것이 그가 살아가는 방법이라고. 그렇게라도 하지 않으면 지독한 외로움이 그의 삶을 집어삼키려 해서, 자신의 곁에 있어주는 사람이라면 그게 누구든 필사적으로 붙잡으려 하는 거라고.

재이의 삶을 고스란히 드러내듯, 뒤늦게 눈에 들어온 그의 집은 유달리 어두컴컴했다. 거실 테이블에 놓인 쓸쓸한 술상은 그가 두려워하는 외로움이 어떤 느낌인지 간접적으로나마 와닿게 한다. 그래서 더 안쓰러웠다. 지금 선한 눈빛으로 도담을 내려다보는 재이가.

"있잖아, 도담."

그가 부드럽게 그녀를 불렀다. 이리저리 흔들리던 도담의 눈빛이 다시 그에게로 향했다. 재이는 그 눈을 빤히 쳐다보며, 진심 어린 목소리를 이어나갔다.

"너는 나한테 정말 중요한 사람이야. 나는 니가 생각하는 것보다 훨씬 더 너한테 의지하고 있거든."

"…"

"그러니까 부담 갖지 않고 받아줬으면 좋겠어."

"재이 씨…."

"나 이렇게라도 너한테 중요한 사람이 되고 싶어."

지금 이 순간, 도담이 그에게 돌려주어야 할 대답은 정해져 있었다.

'아니요, 그래도 받지 않을 거예요.'

'재이 씨는 부담가지지 말라고 하지만, 나는 이미 부담스러워요.'

'이런 거 주고받을 사이는 아니잖아요, 우리.'

그러나 입 밖으로 꺼내는 일은 쉽지 않았다. 거리를 벌리려는 도담의 태도에 상처받을 그의 표정이 훤히 그려져서였다. 하지만 그렇다고 해서 계속 그에게 장단을 맞춰줄 순 없다. 도담이 자신의 외로움을 끝내줄 거라 확신하고 있는 그에게 거리를 둔다는 건, 이미 허물고 짓무른 상처를 내버려 두는 짓이나 마찬가지니까.

나는… 대체 당신을 어떻게 대해야 할까.

"재이 씨."

도담은 아직 생각을 정리하지도 못했으면서 무턱대고 말문을 열었다.

"돈은 그대로 다시 돌려줄게요. 재이 씨의 마음은 알지만, 그래도 이 돈을 받을 수는 없을 것 같아요."

"도담…."

"…나 갈게요."

그리고 곧바로 돌아서서 집으로 돌아가려 했다. 혹시나 불편한 대화가 길어질까 싶어서였다. 하지만 다시 신발을 신기 전, 재이의 질문이 도담의 발목을 붙잡았다.

"혹시… 화났어?"

감춰진 진실까지 모두 드러내놓고 따져본다면, 지금 화내야 할 사람을 당신일 거다. 가엾은 당신은 그것도 모르고 있지만.

도담은 평소처럼 아무렇지 않은 표정을 유지한 채, 재이의 시선을 다시 한번 마주했다.

"아니요, 그런 거 아니에요. 너무 놀라서 그래요, 너무 놀라서…."

"왜?"

"오천만 원이라는 액수는 나 같은 서민한테 너무 크다고요. 부모한테도 쉽게 달라고 못 할 돈이에요, 그거."

"아…."

"그럼 나중에 다시 얘기해요. 잘 쉬고… 밥 안 먹었으면 꼭 챙겨 먹고."

서먹한 인사를 끝으로, 도담은 현관문을 열었다. 문밖에는 얼떨결에 그녀를 따라 나온 주원이 초조한 눈빛으로 재이네 집 앞을 서성이고 있었다.

"온도담…."

주원은 이제야 다시 나타난 도담에게 무슨 일인지 추궁하려 했다. 하지만 말문을 열기도 전에 다 끝나기도 전에, 우연찮게 마주한 서재이의 눈빛. 문이 닫히는 찰나의 시간 동안 마주친 그 시선은 복잡미묘한 감정을 덕지덕지 묻히고 있다. 안쓰러울 만큼 쓰라리지만 얼핏 단내가 느껴지는 그 감정은 한때 온도담에게서 느꼈던 노골적인 감정과 비슷하다. 그걸 확인하자마자, 주원은 의식적으로 도담의 얼굴을 살폈다.

"미안해요, 재이 씨랑 급하게 할 말이 있어서…."

고갤 숙이고 있어도 잘 보이는 그녀의 눈동자는 혼자만의 오해라고 생각할 수도 없을 만큼 심히 동요하는 중이었다. 두 사람 사이에 흐르는 미묘한 기운을 눈치챈 주원의 표정이 한층 심각해졌다.

* ◆ *

중학교 2학년 때였나. 버려진 개 한 마리가 도담의 뒤꽁무니를 졸졸 쫓아온 적이 있었다. 꼬질꼬질해서 회색처럼 보이던 그 하얀 똥개는 마치 그녀 집에서 키우는 개처럼 당연스럽게 그녀를 쫓았다. 그 녀석과 함께한 게 집에서 학교까지 걸어가는 삼십 분 정도였을 거다. 아니, 중간에 편의점에 들러서 소시지와 물을 사줬던 시간까지 다 합치면 한 시간 정도는 되겠다. 그마저도 인연이라 여기기엔 짧았다.

하지만 그 녀석을 단지 유리문 밖에 놔두고 혼자 엘리베이터에 오를 때는 마음이 아주 쓰라리더라. 내가 아니어도 저 정도 넉살이면 잘 살겠지, 했다. 미안하긴 했지만 어차피 부모님은 못 키우게 할 테니, 이게 맞는 일이라 생각했다. 그렇게 스스로를 합리화하고 일주일 정도 지났으려나. 아파트 경비 아저씨한테서 이 동네를 떠돌던 개한 마리가 쥐약을 먹고 죽었다는 소문을 들었다. 그때부터였다. 연민에서 비롯된 단순한 미안함이 고스란히 그녀의 죄가 되어버린 건.

"하아…."

방으로 들어서자마자 깊은 한숨부터 내쉬는 도담은 오랜만에 그개를 떠올리고 있다. 아무것도 모르고 쫄래쫄래 도담을 따라오던 그 모습이 오늘의 재이와 자꾸만 겹쳐 보인다. 그동안 그녀는 완전히 속고 있는 재이를 보면서 마음이 무겁긴 해도 이게 맞는 일이라고, 나는 잘하고 있는 거라고 생각했었는데…. 오늘은 그저 불안하기만 하다. 나에게만 온전히 의지하고 있는 그 사람도, 그때 그 떠돌이 강아지처럼 비극적인 엔딩을 맞이하게 될까 봐.

"오천만 원까지 터억 빌려줄 수 있는 중요한 사람…. 이 정도면 본부에서 원하는 관계까지는 만들어낸 것 같은데."

관계를 완성시킨 다음에 해야 할 일은 서재이의 주변 측근, 사생활, 속내와 같은 개인적인 정보들을 샅샅이 캐내는 것이었다. 그렇게 캐내서 그가 나쁜 사람이라는 게 밝혀지면 죄책감은 덜겠지만, 도담은 유수영처럼 그에게서 아무것도 발견하지 못하고 무죄만 확신하게 될까 봐 두렵다.

'그때가 되면 나도 그녀처럼 그를 지키기 위해 다 포기하게 될까.'

그렇게 불안한 마음으로 서재이와 유수영에 대한 생각을 지우지 못하고 있던 그때 주원이 도담의 방문을 노크했다. 도담은 심란한 얼굴빛을 지우고, 최대한 아무렇지 않게 주원을 맞이했다.

"네, 들어오세요."

대답이 끝나자마자 격하게 열리는 문 뒤로 주원이 들어왔다. 그의 팔에는 서재에 놓아두었던 이부자리가 한 아름 들려있었다.

"뭐예요? 여기서 자게요?"

도담은 그런 그에게 두 눈을 휘둥그레 뜨고 물었다.

"새삼스럽게 뭘 그래. 어지간하면 같이 자기로 했으면서."

주원은 까칠하게 대답하며, 도담의 침대 밑에 제 이부자리를 펼쳐
놓았다. 그러면서 덧붙이는 말들은 왠지 시비 같았다.

"난 예민해서 누구랑 같이 자면 쉽게 잠 못 들어."

"네?"

"특히 바닥에서 자면 더더욱 잠들기 힘들고."

그럼 서재에서 편히 주무시지, 왜 심란한 사람 방에 무턱대고 들어
와서는…. 이런 말이 나오기 직전, 주원의 입술이 한 번 더 열렸다.

"…그러니까 털어놓고 싶은 말 있으면 털어놓든가."

"무슨 말이요?"

"나야 아무것도 들은 게 없으니까 모르지. 니가 왜 그렇게 방에 처
박혀서 한숨만 푹푹 쉬고 있는지."

인상을 쓰면서 말하고는 있지만, 따가운 가시가 느껴지는 말투는
아니었다. 그녀를 바라보는 눈빛은 오히려 평소보다 조심스럽기까
지 하다. 굉장히 어설픈 그의 대인관계 능력을 미루어 짐작해 봤을
때, 이건 괜한 시비가 아닌 의도가 있는 행동이 분명했다.

그의 얼굴을 빤히 들여다보며 고민하던 도담이 슬쩍 물었다.

"팀장님, 혹시 내 고민 들어주려고 온 거예요?"

순간, 누가 봐도 정답을 들킨 사람처럼 주원의 시선이 어색하게 어
긋났다.

"불 끄지."

머지않아 주원이 꺼버린 조명 때문에 깜깜해진 방. 하지만 새어
들어오는 달빛 때문에 주원의 실루엣은 똑똑히 보였다. 도담은 그를
바라보며 한 번 더 심란한 상황을 알리려 했다.

"팀장님, 저…."

그러나 주원은 그녀가 무슨 말을 더 꺼내기도 전에 성큼성큼 앞으로 다가와 두 손으로 그녀의 어깨를 붙잡았다.

"너는 고민을 털어놓을 자세가 안 됐어, 지금."

"네?"

"일단 침대에 누워. 나도 이불 펴고 누울 테니까."

어두워서 그의 표정은 잘 보이지 않았으나, 단호한 목소리에는 그녀에 대한 걱정이 잔뜩 묻어있었다. 이 와중에도 어깨에 닿은 손길은 왜 이렇게 따듯한 건지. 재이로 인해 쓰라리기만 하던 가슴이 다시금 두근두근거린다. 이 사람의 곁이라면 뿌리째 흔들리던 마음도 금세 자리 잡을 수 있을 것 같다.

"고집부리지 말고 얼른."

주원이 도담의 어깨를 잡고 있는 두 손에 은근한 힘을 더했다. 도담은 그 손길을 따라 순순히 침대에 앉고, 주원의 손목을 꽉 붙잡으며 그를 빤히 올려다보았다.

"팀장님."

"…."

희미한 달빛 속에서도 그녀를 내려다보고 있는 주원의 시선이 느껴졌다. 도담은 그런 그의 앞에서 차분히 숨을 들이마셨고, 나직한 목소리로 내뱉었다.

"그럼 내 옆에 있어줘요."

"옆에 있을 거라니까."

"아니요, 이렇게 따로따로 떨어져 있지 말고…."

"…."

"우리 같이 자요."

순간, 주원의 숨이 멈추었다. 무슨 생각을 하고 있는지 모르겠지만, 그는 아무 대답도 하지 못했다. 그러나 도담은 그를 붙잡은 손을 놓지 않은 채 한 번 더 입술을 떼어냈다.

"나, 오늘 밤에는 팀장님이 필요해요."

이어지는 그녀의 자극적인 부탁에, 주원은 저도 모르게 마른침을 삼켰다.

하얀 달빛이 유일한 조명이나 다름없는 방.

이 방에서 함께 자는 건 오늘이 처음이 아니었다. 하지만 이전과는 다른 긴장감이 두 남녀 사이에 감돌았다. 한 침대에 누워서 그런지, 곁에서 들려오는 낯선 숨소리가 그렇게나 신경이 쓰인다. 하지만 두 사람은 애써 괜찮은 척, 대화를 이어나가는 중이었다. 사실 나란히 누운 뒤부터 오늘 있었던 일보다는 곁에서 느껴지는 온기가 더 의식되는데도 짐짓 아무렇지 않게.

"그래서… 서재이가 너한테 오천만 원을 빌려줬다고?"

도담의 동생과 재이 사이에 있었던 일을 대충 들은 주원이 되물었다. 도담은 흐린 한숨과 함께 착잡한 심정을 토로했다.

"네, 왜 그랬냐고 물어보니까 내가 자기한테 중요한 사람이라서 그랬대요. 자기도 그만큼 중요한 일을 해주고 싶었다고…."

"중요한 일이라…."

"정말 막무가내인 사람이에요. 정이 많은 건지, 아니면 외로움이 많은 건지."

"…"

"가끔은 내가 그 사람한테 잘못을 저지르고 있는 건 아닐까, 죄책감까지 든다니까요."

도담의 혼란스러운 마음은 그녀의 걱정 어린 목소리만 들어도 알 수 있을 것 같았다. 예전엔 오로지 성공적인 임무 수행을 위해 재이를 신경 쓰는 느낌이었다면, 지금은 재이 때문에 임무 자체를 버거워하는 기분이다. 후임의 이런 고충을 해결해 주는 것도 선임이 해야 할 일이었다. 주원은 낮지만 부드러운 목소리로 도담을 달랬다.

"원래 이쪽 일이 다 그래. 내가 잘 하고 있는 건지, 이렇게 하는 게 정답은 맞는 건지 매번 혼란스러워."

"팀장님도 이럴 때 있어요? 팔 년이나 이 일을 해왔는데?"

"팔 년 동안 헛물 켰나 싶을 정도로 여전히 힘들어. 몸보다는 마음이, 마음보다는 정신이."

주원의 입술 새로 긴 한숨이 흘러나왔다. 말처럼 무게감이 느껴지는 무거운 호흡이었다. 도담은 어둠 속에서 잘 보이지도 않는 그의 얼굴을 빤히 바라보았다. 그때, 주원도 그녀 쪽으로 시선을 돌렸다. 꽤나 가까운 거리에서 마주친 그의 얼굴은 달빛 속에서도 예쁘게 빛났다.

"너는 어때?"

"저… 뭐요?"

"오늘 서재이한테 혼들렸잖아."

"…"

"그래서 오늘 밤 같이 있어달라고 한 거 아니야?"

주원의 말에 도담의 심장이 쿵 내려앉았다. 딱히 제 마음을 감출 생각은 없었지만, 그래도 주원의 입에서 나오니 철렁하는 건 어쩔 수 없다. 도담은 마른침을 삼키며 흔들릴 것 같은 목소리를 정돈했고, 최대한 차분하게 대답했다.

"흔들리고 있는 건 아니에요."

"그럼."

"그 사람을 가엾게 여기는 중이에요. 그래서… 그 사람이 나한테 주는 마음도 이용해 먹질 못하겠어요."

"…."

"어쩔 수 없다는 걸 알면서도 그 사람한테 상처가 될까 봐 무서워요…."

그리 말하는 도담의 고개는 점점 아래로 내려가고 있었다. 그를 바라볼 자신이 없어서기도 했고, 그의 표정이 변하는 걸 마주하는 게 무섭기도 해서였다.

주원이 그녀에게 물었다.

"오늘 밤 내가 같이 있어주면, 뭐가 달라지나?"

얼핏 책임을 묻는 듯한 말투였다. 도담은 여전히 그의 시선을 피한 채, 횡설수설하는 것처럼 들릴 수도 있는 목소리를 흘려보냈다.

"아무래도… 팀장님한테 설레는 동안에는 재이 씨 생각이 안 나니까…."

"…."

"그런데 고민을 털어놓고 나니까 어째 더 착잡해지는 것 같기도 하고….”

딱 거기까지 말할 때쯤, 주원의 손이 도담의 턱 끝을 붙잡았다. 은근한 힘으로 그녀의 고개를 들어 올린 주원은 여전히 그녀를 똑바로 내려다보고 있었다. 제법 가까운 거리에 있는 그의 얼굴에, 도담의 눈빛이 옅게 흔들렸다.

“팀장님…?”

주원은 그런 그녀를 똑바로 바라보며 나직이 말했다.

“설레고 싶으면 날 봐야지.”

“….”

“그렇게 숙이고 있으면 아무것도 못 하잖아.”

어떻게 해석해야 할지 모를 만큼 자극적인 멘트에 도담이 떨리는 목소리로 물었다.

“뭘… 하시게요?”

주원은 도담의 턱에서 손을 떼어내며 차분히 대답했다.

“고민 중이야. 살면서 누구 마음을 붙잡아 보겠다고 매달려본 적이 없어서.”

“….”

“동요하지 말라고 해봤자, 너의 마음이 내가 시키는 대로 움직여 주진 않을 테고… 내가 어떻게 하면 너한테 도움이 되겠어?”

이렇게 나를 똑바로 바라보고 있으면서, 이렇게 가까운 거리에 입술을 놔두고서는 나한테 되묻는 게 무슨 의미가 있다고.

정답은 정해져 있는 것 같았지만 도담은 일부러 먼저 대답하지 않았다. 다가가면 멀어지고, 손에 잡히나 싶으면 도망가는 그를 너무 잘 알기 때문이었다. 그러니 오늘만큼은 그가 먼저 다가오게끔 할 생각이다. 침대 위로 순순히 올라와 준 것만 봐도, 내게 마음이 있다는 건 확실하니까.

"글쎄요. 팀장님이 노력해 보세요. 저는 팀장님 얼굴만 똑바로 올려다보고 있을 테니까."

도담은 두 눈을 반짝 뜨고 말했다. 그러면서 은근슬쩍 입 맞추기 좋을 각도까지 고개를 들어주는 것도 잊지 않았다. 이 정도면 거의 다 떠먹여준 거나 다름이 없는데, 이어지는 대답은 김빠지게 만들었다.

"노력은 니가 해야지. 너의 임무에 차질이 생긴 상황인데."

요즘 좀 물렁해졌다고 해도 기주원은 기주원인가 보다. 이런 상황에서까지 일 타령이라니. 서재이고 뭐고, 좀처럼 속마음을 알 수 없는 주원에게 살짝 짜증이 난 도담은 눈썹을 구겼다.

"치… 됐어요. 기대를 한 내가 잘못…."

볼멘 목소리로 툴툴거리며 고개를 돌리려는데. 사락대는 이불 소리와 함께 주원의 몸이 완전히 도담 쪽으로 돌아섰다. 머지않아 지그시 닿아오는 건, 주원의 따듯한 입술이었다. 체념한 뒤에 시작된 그의 키스에, 이 순간을 기대하고 있었던 도담의 몸도 빳빳하게 굳어버렸다.

이번이 첫 번째 입맞춤은 아니었지만, 그가 먼저 시작한 것도 이게 처음은 아니었지만, 조심스럽고 느리게 시작된 그의 키스는 왼쪽 가슴을 저릿하게 만든다. 도담은 저도 모르게 주원의 옷깃을 꽉 잡았다. 잔뜩 긴장한 도담을 달래듯, 주원은 그녀의 허리를 조금 더 힘주어 끌어안았다. 은근슬쩍 입술 사이를 비집고 들어오는 주원의 숨결. 숨소리마저 잦아든 방에서 들려오는 촉촉한 마찰음이 유독 자극적으로 들렸다. 그렇게 얼마나 서로의 달콤함을 느꼈을까.

"하아…."

주원이 뜨거운 숨과 함께 입술을 떼어냈다.

"하아… 하아…."

그보다 조금 더 가쁘게 새어 나오는 도담의 숨소리는 잔뜩 달아올라 있었다. 주원은 그런 그녀와 빤히 눈을 맞춘 채, 물었다.

"지금은… 어때?"

"뭐가요?"

"아직도 서재이 생각에 심란해?"

분명히 주원이 바로 옆에 누워있어도 심란했던 것 같은데. 서재이에 관한 숱한 걱정들 때문에 오늘 밤은 잠들기 글렀구나 싶었는데 정말 이상한 일이다.

"아니요."

적어도 그와 입을 맞추고 있는 동안만큼은.

"…이제 팀장님 밖에 안 보여요."

말이 끝나자마자, 도담은 주원의 두 뺨을 확 잡아당겨 또 한 번 입을 맞추었다. 이미 달아오른 채로 시작한 키스는 아까보다 깊고 진했다. 주원은 두 눈을 꾸욱 내리감은 채, 그녀의 적극적인 템포를 따라 입술을 움직였다. 어느덧 긴장감보다 설렘에 휩싸인 도담이 숨을 고르기 위해 잠시 입술을 떼어냈다. 그러자 곧바로 달려들어 키스를 이어가는 건 주원이었다.

"음…."

그의 감정을 받아내던 도담에게서 여린 신음이 새어 나왔다. 그 목소리와 함께 이성이 끊어져 버린 주원은 본능이 시키는 대로 그녀의 몸 위를 타고 올랐다. 여기서 둘 중 하나가 조금만 본능을 따른다면, 그다음 단계도 넘볼 수 있을 법한 순간이었다.

"잠깐…."

도담이 고개를 틀어 키스를 중단했다. 속눈썹이 닿을 듯 가까이서 마주한 주원의 눈동자가 의아함으로 물들었다. 도담은 그런 그와 시선을 똑바로 마주한 채 가장 중요한 질문을 던졌다.

"저랑 더 가고 싶어요?"

"뭐?"

"저랑 여기서 더 가고 싶냐고 물었어요."

붉게 상기된 얼굴과 달리 담담한 음성이었다. 그에 비해 주원은 맥없이 떨리는 목소리로 그녀에게 되묻는다.

"…안 되겠지?"

"왜 안 된다고 생각하는데요?"

"그야 나는 누굴…."

주원은 매번 해왔던 말로 또다시 벽을 쌓으려 했다. 그가 이럴 때마다 도담은 답답함에 가슴만 치고 있었지만, 이젠 더 이상 그러고 싶지 않았다. 그가 높은 벽을 세우는 이유가 무엇이든지 간에, 그런 것 따위가 내 감정을 가로막을 수는 없을 테니까.

그리고 그건 달아오른 온도를 쉽사리 식히지 못하는 당신도 마찬가지잖아.

"정말요?"

도담은 그리 물으며 제 위로 올라간 주원의 티셔츠 안에 손을 넣었다. 순간 주원이 움찔하는 게 느껴졌지만, 그녀는 거기서 멈추지 않고 엄지손가락으로 갈비뼈 하나하나를 매만졌다.

"정말… 이대로 멈출 거예요?"

"…."

"그럴 수 있어요, 우리?"

두려워하는 눈동자와 달리, 그의 몸은 그녀의 손길을 뿌리치지 못했다. 도담은 그런 그를 지그시 응시하며 마지막으로 간절한 진심을 전했다.

"저는 아무것도 두렵지 않아요. 팀장님은 내가 뭘 몰라서 그런다고 생각하실 수도 있겠지만, 전 그렇게 밑도 끝도 없이 용감한 스타일은 아니에요."

"…."

"그냥 그런 생각이 들어요. 팀장님이 있는 곳이라면 거기가 불구덩이 한복판이라고 하더라도 따라갈 수 있겠다는 생각…."

"…."

"아니, 따라가고 싶다는 생각이요."

그 말이 진심이라는 걸 알려주듯, 주원의 허리를 감싸 안은 도담의 손끝에 힘이 들어갔다. 주원은 점점 더 빨라지는 호흡을 감추기 위해 아랫입술을 지그시 물었다. 하지만 무작정 버티는 것도 그녀의 앞에서는 아무 소용 없는 짓이었다.

"나도 데려가 줘요…."

"…."

"주원 씨가 가고 싶은 곳 어디든… 나도 같이 갈게요."

"온도담…."

나는 그렇게 말해주는 너한테 돌이킬 수 없을 정도로 빠져들고 있으니까.

주원은 그녀에게 다시 한번 입술을 밀어붙였다. 지금까지 해왔던 모든 키스들 중에서 가장 진하고 갈급한 입맞춤이었다. 주원은 처음으로 후사를 생각하지 않고, 원하는 만큼 그녀를 머금었고 도담은 절대 놓지 않겠다는 듯이 그런 그를 꽉 끌어안았다. 점점 엉켜드는 호흡은 이제 누가 누구의 숨소리인지 구분하기도 힘들 정도였다.

그동안 두 사람을 괴롭혔던 문제들이 해결되었나, 짚어보면 그건 아니었다. 주원의 시간은 여전히 현도의 장례식장에서부터 더 나아가지 못했고, 서재이에 대한 도담의 죄책감은 여전히 가슴 한편을 답답하게 만든다. 하지만 더 이상 그런 문제들에 휘말려 소중한 인연을 외면하고 싶지는 않았다. 우리의 앞날에 어떤 일이 펼쳐지든, 우리는 함께 하기로 결정했으니까.

도담은 하얀 달빛을 받아 더욱 탐스럽게 빛나는 주원의 목덜미에 입을 맞추었다.

"아…."

한때는 얼음같이 차가운 말만 내뱉던 그의 입술 새로 뜨거운 신음이 새어 나왔다.

참 오래도 걸렸다. 이 남자의 마음에 내 이름표를 붙여놓는 데까지. 여기까지 어렵게 다다른 만큼, 다시는 달아나게 놔두지 않으려 한다. 도담은 욕심이 나는 만큼, 그의 입술을 간절히 머금었다. 그에

화답하듯 돌아오는 건 그녀만큼 달뜬 주원의 숨결이었다.

그 어떤 낮보다도 더 찬란하게 빛나는 밤. 가능하다면 영원히 이 시간 속에 묶여있고 싶다는 생각이 들었다. 세상 그 어떤 것도 신경 쓰지 않고, 오직 당신과 함께.

평소와 하나도 다를 게 없는데 모든 것이 새롭게 느껴지는 아침. 잠에서 깨어난 도담은 반짝 눈을 뜨자마자 옆자리부터 확인했다. 아직은 그저 다디단 꿈처럼 느껴지는 어젯밤, 정말 나와 멋진 하룻밤을 보낸 그 사람이 천하의 기주원이 맞는지, 확인하기 위해서였다. 하지만 아직 이른 시간이었음에도 불구하고 옆에는 아무도 없었다. 진짜 꿈이었나, 싶어서 이불자락을 끌어 안아보니 확실히 그녀와는 다른 향기가 짙게 배어있다.

"팀장님은 벌써 일어나셨나…."

도담은 두 눈을 비비며 침대에서 몸을 일으켰다. 옷장으로 가는 도중에 슬쩍 바라본 도담의 몸에는 여기저기 붉은 자국이 가득했다.

예전에 미용실에서 그런 글을 읽은 적이 있었다. 키스 마크를 많이 남기는 사람은 소유욕이 강한 사람이라고. 매번 도망만 다니던 기주원과 소유욕이라는 단어는 참 안 어울렸지만, 어제 간절히 보채던 모습을 생각해 보면 은근히 맞는 말인 것 같기도 하다.

도담은 이런저런 생각을 하며 옷장을 열었다. 처음엔 가장 편한 맨투맨 티셔츠를 입을까 했지만, 금세 마음을 바꾸고 목 부분이 헐렁하게 늘어난 반팔 티셔츠를 선택했다. 주원이 혹시나 또 발뺌을 할 사태를 방지해, 그가 남겨놓은 흔적을 대놓고 보여주기 위해서였다.

그렇게 빨간 자국이 확연하게 드러나는 차림을 하고 나서야, 아무것도 모르는 척 방을 나서니 거실에 앉아있는 주원이 기다렸다는 듯 아침 인사를 건넸다.

"일어났어?"

그의 얼굴을 보자마자 어젯밤이 겹쳐 보인 도담은 불긋해진 얼굴로 수줍게 고개를 끄덕였다.

"네, 잘 잤어요. 팀장님은요?"

"나는 좀 설쳤어."

"아아, 하긴… 너무 피곤하면 오히려 깊게 잠 못 든다고 하잖아요. 생각해 보니까 나도 설친 것 같긴 하다. 어제 엄청 무리했으니까… 어머, 나 뭐라니."

일생일대의 첫날밤을 보낸 도담은 아직 그 감격에서 벗어나지 못한 나머지 민망한 말들을 횡설수설했다. 하지만 주원은 그런 그녀에게 별다른 반응도 하지 않고, 소파에서 일어나며 말했다.

"씻고 나갈 준비해."

"네? 나갈 준비는 왜요?"

"나랑 같이 갈 데가 있어."

이런 일이 처음이었던 도담의 두 눈이 순간 반짝 빛났다.

"혹시 데이트하는 거예요?"

그녀의 설레발이 오답임을 알려주듯, 주원의 표정이 잠시 굳었다. 그러나 머지않아 나오는 그의 대답은 데이트보다도 엄청난 것이었다.

"아니, 나은 씨 만나러 가자."

벌써 두 시간 째, 도담을 태운 차는 고속도로만 쌩쌩 달리고 있다.

도대체 아침부터 어디를 가는 건지. 내비게이션에는 '주요 목적지'라고만 떠있으니 도통 알 수가 없다.

"뭘 이렇게 한참 들어가요? 대체 나은 씨를 어디서 만나길래?"

도담은 살짝 긴장한 표정으로 주원에게 물었다. 그러자 주원은 바깥쪽 차선으로 차를 몰며, 가라앉은 목소리로 대답했다.

"거의 다 도착했어."

"거의 다 도착하기는. 아직 고속도로잖아요."

"고속도로 나가자마자 바로야. 내릴 준비나 해."

"흐음…."

시원찮은 대답이긴 했지만 도담은 들고 있던 가방을 뒤적여, 챙겨 나왔던 작은 파우치를 꺼냈다. 흔들리는 차 안에서 그새 지워진 립을 수정하고, 살짝 번진 아이라이너도 정돈하고, 거울 속 제 얼굴을 다시 한번 확인하니 다행히도 오늘은 화장이 제법 잘 먹었다.

"이 정도면 기죽고 오진 않겠지…."

도담은 비장한 표정으로 혼잣말을 중얼거리며 파우치를 다시 핸드백에 넣었다. 그런 도담의 행동을 이해할 수 없었던 주원이 말했다.

"대체 어딜 가는 줄 알고 그러는 거야…."

"어디 가느냐는 중요하지 않아요. 누굴 만나느냐가 중요하지."

그 말을 들은 주원은 헛웃음을 치며 물었다.

"나은 씨가 그렇게 신경 쓰여?"

"당연하죠. 팀장님 같으면 내 첫사랑 만나러 갈 때 신경 안 쓰이겠어요?"

"그 사람 내 첫사랑 아닌데."

"첫사랑이든 두 번째 사랑이든, 아니면 n번째 사랑이든! 지금 내가 좋아하는 사람의 과거 여자잖아요. 난 사실 내가 그 사람을 왜 만나야 하는지도 모르겠다구요!"

도담은 일을 이렇게까지 만든 주원을 원망스럽게 흘겨보았다. 하지만 주원은 얄미울 만큼 아무렇지 않은 표정으로 더 속 터지는 대답만 늘어놓았다.

"좋은 사람이야. 내가 존경하는 사람이기도 하고."

"뭐요? 지금 제 앞에서 나은 씨 칭찬하는 거예요?"

"칭찬은 아랫사람한테나 하는 거고. 존경한다니까."

"씨이… 편들기는. 나랑 사귀게 돼도 그렇게 상전처럼 모셔주나 보자."

야속한 그의 반응에, 도담의 입술이 툭 나와버렸다.

어제는 그렇고 그런 데까지 진도를 뺐으니, 이젠 좀 우리 둘의 사이가 달라질 줄 알았거늘. 아직도 나는 나은 씨인가 뭔가 하는 사람의 밑인가 보다.

도담은 주원에게 원망 가득한 목소리로 캐물었다.

"팀장님, 솔직히 말씀해 주세요."

"뭘?"

"나랑 사귈 생각 없죠?"

"…."

"왜 대답을 못 해요? 이렇게 시간 끌면 먹을 욕이 줄어들기라도 할 줄 알아요?"

거듭되는 도담의 질문을 듣고도 대꾸하지 않던 주원은 대뜸 미간을 구겼다.

"이제 고속도로 빠져나가야 하니까 말 시키지 마. 정신 사나워."

그가 인상 쓴 모습을 좋아하는 도담이었지만 이번만큼은 정말 얄미웠다. 사람을 들었다 놨다 하는 게 벌써 몇 번째인지. 이 남자에게 양심이라는 게 존재하긴 하나 싶다.

"어머머, 말 돌리는 것 봐! 거절이든 뭐든 똑바로 해요! 맨날 빙빙 돌려 말하면서 애매하게 구는 거 더는 못 보겠어요!"

결국 행복한 아침이 무색할 정도로 뿔이 나버린 도담은 창가 쪽으로 홱 고갤 돌려 앉았다. 그러든가 말든가, 운전에만 열중하는 주원은 정말 야속하기 그지없었다. 복장 터지는 분위기 속에서 십 분을 더 달리던 차는 어느 곳에 다다르자 속도를 늦췄다. 그때까지만 해도 도담의 표정은 단단히 뿔이 난 표정 그 자체였지만, 주원의 차가 들어서는 곳에 간판을 보자 의아함이 더 앞서기 시작한다.

"하늘꽃 추모원…?"

나은 씨라는 존재와 추모원을 도무지 연결 짓지 못한 도담은 토라진 마음도 뒤로한 채 주원에게 물었다.

"나은 씨를 왜 여기서 만나요?"

"…."

주원은 이번에도 역시 아무 대답을 하지 않았다. 더 커지는 의심이 도담을 괜히 불안하게 만든다.

'그 여자, 이 세상 사람이 아닌 거예요?'

머릿속에 선명하게 떠오르는 질문은 감히 입 밖으로 꺼내기 어려운 것이었다. 그래서 망설이기만 하고 있을 무렵, 주원의 차가 추모원 주차장에 멈춰 섰다.

"하아…."

운전대를 내려놓고 한숨부터 내쉬는 그 사람은 이곳에 찾아오는 게 많이 힘든 모양이었다.

'혹시 나은이라는 여자… 이 세상 사람이 아닌 걸까? 그동안 들고 갔던 선물도 사실은 전해주지 못한 게 아닐까?'

점점 확실시되어 가는 추측에, 그동안 그녀를 붙잡고 늘어졌던 일에 대한 죄책감마저 스멀스멀 피어올랐다.

"오늘도 먼저 도착하셨네요."

그때 주원이 먼저 차 문을 열고 내리며 누군가에게 인사를 건넸다. 휘둥그레진 도담의 눈동자가 향한 곳에는 참하게 생긴 여자 한 명이 예쁜 미소를 띤 채 주원을 반기고 있었다.

"나야 이 근처에 사니까. 오늘은 중요한 손님도 함께 왔다며. 아직 차에 계셔?"

"네, 뭐… 손님이라고 하긴 뭐하고…."

다른 사람을 대할 때와 달리 한결 부드러운 표정으로 대화하던 주원은 제 차 조수석 쪽으로 흘깃 눈빛을 보냈다. 이건 꾸물대지 말고 빨리 나오라는 신호였다. 도담은 돌아가는 상황을 하나도 이해하지 못했으면서, 얼떨결에 조수석에서 내렸다.

"아… 안녕하세요. 기주원 팀장님 밑에서 일하고 있는 온도담이라고 합니다."

"같은 NSO 소속?"

"네, 네?"

가족에게도 극비사항인 직장이 그녀의 입에서 아무렇지 않게 새어 나왔다. 거기에 뭐라고 대답해야 할지 몰라 당황하고만 있으니, 주원이 대신 대답을 건넸다.

"일 년 차 신입입니다. 데리고 다니면서 가르치고 있어요."

"아아, 그렇구나. 요즘 만나는 사람도 저분인가?"

"굳이 따지자면 정황상은…."

"부끄러워하긴."

어째 직장 선배들보다 주원을 더 편하게 대해서 더욱 수상스러운 여자였다. 주원이 깍듯하게 존댓말을 쓰는 걸 보면 친누나도 아닐 테고, 직장에서 알게 된 사이라면 기주원이 이렇게 사적인 자리를 만들 리가 없고.

'대체 누구지?' 싶던 그 순간, 그녀가 다가와 악수를 청했다.

"처음 뵙겠습니다. 임나은이라고 해요."

"임나… 네?"

지금껏 의심만 무성하던 그 이름, 심지어 조금 전엔 죽은 사람인 줄만 알았던 그 이름이 그녀의 입 밖으로 나왔다. 머릿속으로 상상하던 것보다 단아하고 여유로운 그녀의 모습에, 도담은 저도 모르게 마른침만 꿀꺽 삼켰다.

＊ ◆ ＊

운성 중공업 대표실.

"그동안 숱한 보고를 받았었는데… 증거를 잡았다는 보고는 이번이 처음인 것 같군."

그렇게 기다리던 소식이 태환에게 찾아왔다. 서재이와 브로커의 접촉 사진을 손에 넣은 최우석 상무는 평소보다 힘 있는 목소리로 브리핑을 시작했다.

"접선 날짜가 서재이 파티 직후더군요. 올해는 애프터파티에 참석하지 않았다고 하더니, 아마도 브로커와의 은밀한 접선 때문이었던 것 같습니다."

"…"

"이게 그 사진입니다. 보시죠."

최 상무가 들고 있던 종이봉투에서 사진 몇 장을 꺼냈다.

첫 번째 사진은 파티가 끝난 새벽에 잠입 수사 중인 여자 요원과 식사를 하는 서재이의 모습이었고, 두 번째 사진은 그녀를 데려다주고 집으로 들어가는 서재이의 웃는 얼굴이었다. 문제가 되는 건 세 번째와 네 번째 사진이었다. 세 번째 사진은 얼마 지나지 않아 마스크와 모자로 얼굴을 가린 채 다시 차에 오르는 서재이의 모습, 네 번째 사진은 으슥한 골목에 자리 잡은 노후한 술집을 두리번거리며 들어가는 모습이었다.

특히 마지막 사진은 문제의 러시아 브로커들이 있는 방으로 들어서는 접선하는 서재이의 은밀한 행적이었다.

"…"

태환은 말없이 사진 속 재이의 얼굴만 노려보았다. 이렇게 제 얼굴을 꽁꽁 감춘 채 하는 짓이 또 나의 것을 탐내는 짓이라니. 이 정도의 악연이 하필 한 핏줄이라는 게 끔찍할 뿐이다.

태환은 재이의 사진들을 더 보지 못하고 뒤집어 내려놓았다.

"다른 증거들은?"

최 상무는 들고 있던 봉투를 그대로 테이블 위에 올려두었다.

"원하시는 건 다 이 안에 있습니다. 오피스텔 엘리베이터에 오르던 순간부터 택시를 잡는 모습, 러시아 브로커와 나누었던 대화 내용까지 확보할 수 있는 건 전부 다 확보해 둔 상태입니다."

"그럼 증거는 어느 정도 준비 끝난 건가."

"네, 그렇습니다."

매번 쥐새끼같이 피해만 다니던 놈이 이번엔 어쩐 일로 빈틈을 보였는지. 태환에겐 이번이 서재이의 범죄를 증명할 수 있는 마지막 기회였다. 그렇기에 일을 지체시켜서도, 서두르느라 놓치는 부분이 있어서도 안 됐다.

"이렇게 노골적인 증거라면, 이 자체가 서재이의 계략일 가능성도 배제할 순 없어. NSO에 넘기기 전에 내부적으로 사실관계 검토부터 진행해."

"네, 알겠습니다."

"확인까지 시일이 오래 걸리지는 않았으면 좋겠네."

"최대한 빠르게 처리하고, NSO 측에 전달하도록 하겠습니다. 걱정하지 마십쇼, 대표님."

최우석 상무의 깔끔한 대답에, 태환은 고개를 한 번 끄덕임으로써 신뢰감을 드러냈다. 이로써 오늘의 중요한 대화를 끝낸 최 상무는 가지고 온 자료를 두고 그대로 자리에서 일어섰다.

"최 상무."

태환은 그런 그를 멈춰 세웠고, 테이블 위에 놓여있던 자료들을 다시 봉투 안에 넣어 고스란히 최 상무에게 건넸다.

"가져가. 최 상무가 확보한 증거니까 최 상무 선에서 끝까지 처리해."

"…."

"그래야, 서재이 빈자리에 니가 들어올 수 있지 않겠어?"

그건 모든 것이 혈연 위주로만 돌아가는 운성 그룹 핵심부에 최우석 상무의 입지를 만들어 놓으려는 의도였다. 태환은 핵심 기술을 연구하는 데 가장 많은 공을 들였지만, 끝내 운성 그룹의 사람이 될 수는 없었던 최 상무에게 제자리를 찾아주고 싶다. 그 마음을 알고 있는 최 상무는 특유의 진중한 목소리로 대답했다.

"그렇게 마음 쓰지 않으셔도 됩니다. 저는 대표님과 함께 일을 할 수 있다는 것만으로 충분합니다."

태환이 마음을 내비칠 때마다 돌아오는 말은 늘 같았다. 하지만 그가 뭐라든, 이번 기회에 최 상무를 반드시 운성 중공업의 핵심 자리에 놓고 싶었던 태환은 고집스럽게 증거 자료를 되돌려주었다.

"끝까지 잘 부탁하네. 우리의 일이잖아."

사람을 믿지 않는 태환이 믿을 수 있는 단 한 사람. 그의 신뢰를 한 몸에 받고 있는 최우석 상무는 무겁게 고개를 끄덕였다.

"실망하시지 않을 결과를 가져오겠습니다. 최대한 빠르고 정확하게."

당연한 소리였다. 맡은 일은 전부 완벽하게 해내는 그였으니.

대표실의 무거운 문이 다시 열리고 최우석 상무가 걸어 나왔다. 그는 단호한 걸음으로 카펫이 깔린 복도를 가로질렀고, 곧바로 도착한 엘리베이터에 몸을 실었다. 그러고는 문이 닫히자마자 휴대폰을 꺼내 들어 전화를 걸었다. 얼마 가지 않아 전화를 받는 사람은 태환의 수행 비서였다.

"어느 정도 통과됐어. 약속된 금액의 절반부터 입금하도록."

그의 통화는 아주 간단한 용건만 전달한 뒤 곧바로 끝이 났다. 휴대폰을 다시 정장 재킷 안에 집어넣는 그의 눈빛은 얼음처럼 차가웠다. 마치 다 완성된 요리가 플레이팅 되기를 기다리는 미식가처럼 기대감이 가득한 눈빛. 그 은밀한 야망은 엘리베이터 문이 열리면서 무표정한 얼굴 밑에 완벽하게 가리워졌다. 그래서 그 누구도 알지 못했다. 하이에나 같은 그의 발톱이 누구를 노리는지.

* ◆ *

"오늘은 아침에 꽃집을 못 들러서 장미를 준비 못 했네. 현도 씨는 국화보다 장미를 더 좋아하는데."

"지금이라도 다녀올까요?"

"아니, 됐어. 가끔은 다른 꽃도 받아봐야지."

서로만 알아들을 수 있는 대화를 나누며 앞서가는 두 남녀.

"흐음⋯."

그리고 그런 둘을 찜찜한 눈빛으로 바라보며 뒤따르는 한 여자.

뭔가 끼면 안 될 곳에 낀 것 같다. 아까부터 '현도'라는 이름을 계속해서 꺼내는 걸 보아, 그 사람의 봉안당에 방문하려는 것 같은데, 도담은 그가 누군지 짐작도 가지 않는다.

모르는 사람의 봉안당에 가도 되는 걸까? 최소한 돌아가신 분에 대해 짧은 설명이라도 들어야 하는 건 아닐까?

도담은 숱한 고민을 하면서도 걸음을 늦추지 않았다. 아직은 '나은 씨'라는 여자에 대한 경계심을 다 풀지 않았다.

"그나저나 식사는 하셨습니까? 안 하셨다면 오늘은 대접해드리고 싶은데."

천하의 기주원이 저렇게나 깍듯이 대하는 걸 보면, 연인 사이는 아니었던 것 같긴 한데.

"에이, 내가 사줘야지. 주원 씨가 그동안 나 챙겨준 거 보답도 할 겸."

세상 혼자 사는 기주원의 호의를 받았다는 걸 보면 역시 그냥 아는 사이는 아닌 듯하고.

도담은 점점 커지는 의문에 답답해하며 이따금 보이는 나은의 얼굴만 예의 주시했다. 하지만 그 의문이 풀리는 데까지는 그리 오랜 시간이 걸리지 않았다. 머지않아 도착한 어느 봉안함 안에는 나은과 다정한 포즈를 취한 한 남자의 사진이 안치되어 있었으니까.

"차…현도…?"

도담은 자기도 모르게 유골함에 적혀진 글씨를 입 밖으로 내뱉었다. 누가 봐도 나은과 각별한 사이였을 것 같은 그 남자가 세상을 등졌던 나이는 지금의 주원보다 고작 한 살이 많았다.

나은은 그런 그의 사진을 보며 인사부터 건넸다.

"현도 씨, 나 왔어. 와이프씩이나 돼서 요즘 바쁘다는 핑계로 잘 찾아오지도 못하네."

대답해 주는 이 없는 슬픈 인사였으나 나은의 표정은 담담했다. 그에 비해 주원은 푹 떨군 고개를 들지도 못하고 서 있었다.

"팀장님…."

누가 봐도 고통을 삼키고 있는 듯한 얼굴. 지금 이 순간의 주원은 절박해 보였다. 한 번도 본 적 없는 모습이었고, 그래서 더욱 당황스러워지는 도담이었다.

"괜찮아요?"

도담은 걱정스러운 눈빛으로 주원을 바라보며 물었다. 그가 대답 대신 그녀의 손을 꽉 붙잡았다.

"하아…."

뒤따라 나오는 주원의 짙은 한숨은 마치 살려달라는 비명처럼 들렸다. 적어도 도담의 귀에는.

이제
그만 울어도 돼

　그의 영정사진 앞에서, 도담은 아무 얘기도 듣지 못했다. 나은은 사진 속 그 사람에게 많은 소식을 전했지만 새어 나오는 씁쓸함을 다 감추진 못했고, 주원은 큰 죄라도 지은 듯 시종일관 입을 다물고 있다가 떠나기 직전 '다음에 또 뵙겠습니다.'라는 짧은 인사말만 남기고 돌아섰다.

　그런 두 사람에게 도담은 감히 차현도가 누구인지 물어볼 수가 없었다. 그 사람의 영정사진 앞에서 그에 대해 물어보는 건 사람이 할 짓이 아니라고 생각했다. 그래서 그를 추모하는 시간 동안 도담은 주원의 손만 꼭 잡은 채 가만히 슬픔만 달래주었다. 자세한 내용을 알지 못하는 도담도 선명하게 느낄 수 있는 고통의 시간. 하지만 우울한 시간을 보낸 것치고 하늘꽃 추모원 식당에 앉은 나은은 굉장히 씩씩했다. 받아온 식사를 맛있게 오물거리며, 생글생글한 웃음을 잃지 않는다.

"여기 밥 진짜 맛있지 않아요? 올 때마다 매번 느끼는데 밑반찬이 정말 끝내줘요."

"그러게요. 정말 맛있네요! 하하."

도담은 그런 그녀의 장단에 맞춰주려 노력했다. 하지만 주원은 젓가락을 든 채 가만히 식판만 내려다보고 있었다. 옆에 앉은 도담도 눈치를 볼 만큼 여전히 가라앉은 눈빛이었다.

"저, 팀장님. 커피 좀 드세요."

도담은 걱정스러운 눈빛으로 미리 뽑아왔던 당도 높은 자판기 커피를 내밀었다. 커피를 가만히 내려다보던 주원이 대답했다.

"난 자판기 커피 안 마셔."

"치, 이 와중에도 커피 가리기는."

"못 마셔. 그러니까 니가 마셔."

주원은 도담에게 자판기 커피를 돌려주었다. 그 모습을 가만히 바라보던 나은은 도담은 상상도 하지 못할 질문을 꺼냈다.

"현도 씨 때문이야? 자판기 커피 보기도 싫어하는 거."

"…."

"하긴 그 사람이 자판기 커피를 오죽 좋아했어야지. 회사에서 내내 달고 살았다며. 그 사람 커피 전담이 주원 씨였던가?"

주원은 듣는 것도 힘겨워하지만, 이번에도 어김없이 그의 이름이 나왔다. 나은의 얘기까지 무시하지 못했던 주원은 가볍게 고개를 끄덕였다.

"제 담당이었죠. 아침 회의, 점심, 점심 회의, 저녁, 저녁 회의, 퇴근 직전까지."

"…."

"제가 드릴 때마다 잔소리를 해도 꿋꿋하게 마셨습니다. 인생은
원래 좋아하는 것만 하고 살아도 짧은 법이라면서."

"현도 씨도 참, 어떻게 보면 현명했네. 너무 짧은 인생이어서 그렇
지."

선배님?

도담은 주원의 입에서 직접 꺼내진 호칭에 의아한 표정을 지어 보
였다. 호기심 어린 그녀의 눈빛을 읽어낸 나은은 처음으로 그에 대
한 이야기를 꺼내놓기 시작했다.

"차현도…. 내 남편이자 여기 주원 씨의 첫 사수예요."

"그럼 그분도 NSO 소속이셨던 거예요?"

"네, 오 년 전에 세상을 등지고 떠났지만."

"아아…."

"괜찮아요. 가기 전에 저 외롭지 말라고 커다란 선물 하나를 주고
갔거든요."

그리 말한 나은은 휴대폰 앨범을 뒤적이더니, 예쁘게 웃는 여자아
이의 사진 하나를 보여주었다. 얼핏 봐도 영정사진 속 현도의 얼굴
을 많이 닮은 그 아이는 나은의 행복인 듯 보였다.

"너무 사랑스러운 친구네요! 이름이 뭐예요?"

"도은이요. 한창 예쁘지만 또 한창 말 안 들을 나이기도 해요. 요즘
은 반찬 투정을 어찌나 하는지, 꼭 제 아빠 닮았다니까요?"

딸 이야기를 하는 나은의 얼굴에는 먹구름 하나 보이질 않았다.

남편을 잃었다는 상실감을 완전히 이겨내진 못했겠지만, 적어도 더이상 그 슬픔에 사로잡혀 있지는 않겠다는 의지가 보였다. 하지만 문제는 도담의 곁에 앉은 주원이었다. 그는 나은이 휴대폰을 내밀때부터 눈에 띄게 시선을 피하는가 싶더니 아직 몇 숟갈 뜨지도 않은 식판을 들고 자리에서 일어나버린다.

"…커피 사 오겠습니다. 밥은 먹을 만큼 먹어서."

누가 봐도 부자연스러운 퇴장에, 도담의 걱정스러운 눈빛이 그를 뒤따랐다. 그를 지켜보는 건 나은도 마찬가지였다.

"하아… 주원 씨가 너무 걱정이네."

긴 한숨을 내쉬는 그녀는 이런 일이 익숙한 듯 보였다.

"혹시… 기 팀장님의 첫 사수 분이 사고로 돌아가셨나요?"

도담이 그런 나은에게 조심스럽게 물었다. 그러자 나은은 여전히 태연하지만 한편으로는 씁쓸한 표정으로 도담을 다시 마주했고, 도담은 어디서도 듣지 못할 옛날이야기를 풀어놓기 시작했다.

"임무 중에 일어난 교통사고였어요. 검거된 용의자가 수갑을 풀고 그 사람 차에서 도주를 했는데, 그 용의자를 잡겠다고 쫓아가던 중에 트럭이랑 충돌했다고 하더군요."

"…."

"그때 운전자가… 주원 씨였어요."

시작부터 가슴 아픈 서론이었다. 그녀의 이야기를 기다리는 도담의 눈동자가 옅게 일렁였다.

* ◆ *

오 년.

결코 짧다고는 못할 시간. 나는 벌써 오 년이나 지난 그날을 아직도 기억한다. 그날의 날씨, 그날의 온도, 그날의 기분, 그리고 그날의 일분일초를 전부 다 생생히 빠짐없이 기억한다.

그날은 비가 아주 많이 내리는 날이었고, 차의 시동을 끄면 금세 냉기가 들 만큼 차가운 날이었다. 그래도 기분은 좋았었다. 몇 달 동안 밤을 지새우며 수색하던 산업 스파이 용의자를 드디어 내 손으로 붙잡은 날이었으니까.

"기주원! 오늘은 진짜 맛있는 거 먹자. 나은이한테도 늦는다고 말해놓을게."

"아직 끝난 거 아닙니다. 진정한 수사는 검거 다음 단계부터라고 가르치시지 않으셨습니까."

"내가 그랬었나?"

"오리엔테이션 때 그렇게 교육 받았습니다."

"역시 주원이는 머리가 좋네. 깐깐한 성격만 고치면 날 뛰어넘겠는데?"

"괜히 성격 타령…."

즐거워 보이는 그 사람과 달리, 나는 운전대만 붙잡은 채 고운 말을 내뱉지 못했다. 그게 내 빌어먹을 말주변이었고, 거지 같은 성격이었다. 하지만 그 사람은 말은 사납게 해도 내심 한껏 뿌듯해하는 날 알고 있었다.

"누가 뭐래도 난 니가 해낼 줄 알았어."

그 사람이 내 머리카락을 흩트리며 웃었다. 그 사람의 웃는 얼굴은 언제 봐도 기분이 좋아서, 그때만큼은 나도 아무 말대답을 하지 않았다. 바쁜 일상과 다를 건 없지만 그래도 기억에 남을 만큼 유난히 좋았던 그날. 그래, 그렇기에 하나도 잊을 수가 없는 무너지던 순간의 기억.

드르륵 쾅!

"어어어! 김득헌 씨! 지금 뭐 하는 겁니까! 사차로에서 차 문을 열면…! 안 돼!"

균열은 차 문이 열리는 소리와 함께 너무나도 갑작스럽게 일어났고 머릿속은 순식간에 새하얘졌다.

"저 미친…!"

"차 돌리겠습니다!"

"안 돼. 돌리지 마. 침착해, 기주원."

"잡아야죠! 여기서 용의자가 죽기라도 하면 사건은 해결하지도 못하고 덮어야 합니다!"

"지원 요청할 테니까 진정하고 운전에 집중해!"

마비된 이성은 안 그래도 좁은 시야를 더욱더 좁게 만들었고, 나는 그 누구의 목소리도 듣지 못한 채 과감히 핸들을 돌렸다.

"기주원! 안 돼!"

그 사람이 내게 한 마지막 한마디는 '안 돼'였다. 하지만 안타깝게도 나의 핸들은 그의 명령이 손끝에 입력되기도 전에 완전히 틀어졌다. 10톤 트럭이 맹렬한 속도로 달려오던 반대쪽 차선을 향해.

"선배님…!"

끼이이익! 콰앙!

늦었다 싶을 땐 진짜 늦은 거라는 그 말에 아프게 공감한다. 다가오는 트럭을 보며 나는 뒤늦게 그 사람을 찾았지만, 그 짧은 사이에 조수석은 이미 트럭과 부딪혀 버린 상태였다. 옆으로 고개가 확 꺾이며 조수석 창문에 제대로 부딪혀 버린 그의 머리. 그리고 내 얼굴에 선명히 튀어오던 붉은 핏방울.

"선…배님…."

신의 저주인지, 나는 그 사람의 숨이 멎어가는 걸 확인하면서도 정신을 잃지 못했다.

"선배님… 선배…님…."

"껄… 껄…."

바로 옆에서 그 사람의 숨이 넘어가는 소리를 들으면서도 내 정신만큼은 또렷했다.

"제발… 제발 조금만… 참으세요…. 조금…만…."

나는 간절히 부탁했지만, 그 사람은 기다려주지 않았고.

"선배님… 제발…."

나는 한순간에 초점을 잃는 그의 눈동자로 그의 삶이 끝났음을 깨달았다.

'시간을 돌린다면, 그를 살릴 수 있을까.'

아직도 내게 던져보는 질문의 답은 항상 정해져 있었다.

살릴 수 있어. 내가 뒷좌석 문의 잠금장치가 고장 났다는 걸 알아챘다면 그 사람은 지금쯤 살아있었을 테니까.

분명 살릴 수 있어. 내가 핸들을 트는 대신 브레이크를 밟았다면 그 사람은 지금쯤 살아있었을 테니까.

확실히 내가 살릴 수 있어. 모든 걸 다 떠나서 핸들을 돌리기 전에 마주 오는 트럭을 발견했었더라면… 그랬더라면 그 사람은 지금쯤 그날 일을 추억하며 기분 좋게 웃어줬을 테니까. 나는 그 사람은 살릴 수 있었어. 하지만 그 사람은 그날 돌아올 수 없는 강을 건너고야 말았으니.

'모든 건 다 내 탓이야.'

'그 사람은 나 때문에 죽었어.'

'그래, 내가 죽였어….'

아무도 나를 원망하지 않아서 나만이 나를 원망하고 단죄하는 삶. 무엇보다 끔찍한 건 용서받을 방법이 전혀 없다는 것이었다. 아주 많은 시간이 흘러 먼저 간 그 사람과 다시 재회하게 됐을 때, 그 사람은 나를 보며 무슨 말을 할는지. 차라리 입에도 담기 힘들 만큼 험한 욕이라도 쏟아냈으면 좋을 텐데, 내가 아는 선배는 그러지도 못할 거다. 그저 웃는 얼굴로 나를 반겨주며, 오히려 나를 더 가엾게 여기겠지. 그래서 지켜보는 내 마음만 더 미어지도록.

"후우…."

주원은 아주 오랜만에 끊고 있던 담배를 다시 입에 물었다. 알싸한 향이 입안을 맴돌자, 문득 그 사람에 대한 생각이 강렬해졌다.

'주원아, 넌 진짜 열심히 사는 것 같아. 보고 있으면 나도 더 부지런해져야겠다는 생각이 들어.'

자신의 후배를 순수한 마음으로 인정할 줄 아는 사람.

'사람들이랑 부딪히는 거, 껄끄럽고 어렵지? 나도 그래. 하지만 기주원 너는 네 방식대로 잘 해낼 거야.'

타인의 부족한 점을 질책하기보다는 다정하게 격려해 줄 줄 아는 사람.

'너 팀장님한테 나를 닮고 싶다고 했다며? 하하, 진짜 영광인데!'

상대방이 주는 마음에 웃으며 화답해 주던, 참 따뜻한 사람. 그 사람은 나의 우상이었고 내가 처음으로 사람답다고 느낀 사람이었다. 그와 함께했던 시간은 매 순간이 소중했고, 그와 나누었던 대화들은 한마디 한마디가 행복했다. 이 세상에 정말 신이 있다면, 꿈에서라도 그와 한 번 더 시간을 보내고 이야기를 나눴으면 좋겠는데.

'당신은 왜 단 한 번도 내 꿈에 나타나주질 않는 겁니까. 더 간절해지게….'

이쯤 되면 그 사람을 잊고 싶지 않아서, 그날의 기억을 고집스럽게 간직하고 있는 건지도 모르겠다. 오늘따라 너무나도 소중한 인연이었던 그 사람이 더욱 보고 싶어진다.

＊ ◆ ＊

'저는 이제 주원 씨 걱정밖에 없어요.'

남편을 잃은 그녀는 오직 주원만이 걱정이라고 했다.

'오 년 동안 나는 열심히 우리 남편의 죽음을 극복해 보려고 애썼는데… 주원 씨는 그런 시도조차 하지 않고 아직도 오 년 전 그날에 갇혀 살아요.'

절망에서 한 발짝도 빠져나오려 하지 않는 그를 진심으로 염려하고 가여워했다.

'아마 극복할 자격도 없다고 생각하는 것 같아요. 현도 씨의 죽음이 전부 자신의 탓이라 생각하고 있으니까.'

돌이킬 수 없는 비극의 원인을 본인에게서 찾고 있다는 그 사람.

'지난 시간 동안 누구보다 외로웠을 거예요. 아무나 붙잡고 울기라도 한다면 좀 나아질 텐데, 그럴 수가 없어서 속이 만신창이가 됐을 거예요.'

'그래서 난 그 사람이 너무 불안해요. 그렇게 버티는 것도 한계가 있을 텐데… 주원 씨는 고집스러워서 자기가 다 무너질 때까지 절대 내색조차 안 할 사람이니까.'

그녀의 평가에는 백번 동의한다. 그 사람이 얼마나 강한 척하는 사람인지, 얼마나 쓸데없는 고집을 부리는 사람인지는 부딪혀 온 시간만큼 충분히 느꼈다.

'도담 씨가 주원 씨 곁을 잘 지켜주세요.'

그런 사람을 두고 부탁받은 막중한 책임.

'제가요…?'

도담은 자신 없는 표정으로 나은을 마주 보았다. 하지만 나은은 당연하다는 듯 진중하게 고개를 끄덕였다.

'네, 주원 씨한테는 당신뿐이잖아요.'

'에이… 팀장님은 누구한테 기대는 분이 아닌데….'

'주원 씨가 그랬어요. 어느새 자기도 모르게 중요해진 사람이 있다고. 아무리 정을 안 주려고 해도 자꾸 정이 가고, 눈길이 가고, 관심

이 가는 사람이 생겼다고.'

'…'

'오늘 보여주겠다고 해서 바쁜 와중에 반차까지 쓰고 나온 거예요. 그런 식으로 소개한 사람은 도담 씨가 처음이거든요.'

'중요해진 사람이… 저예요?'

'네, 이 정도면 도담 씨가 저 남자 책임져야 하는 거 아니에요?'

그의 입으로 들었다면 더 좋았을 주원의 진심에 도담은 벅차오르는 가슴을 가라앉힐 길이 없었다. 눈이 오나 비가 오나 기주원만 바라보고 살았더니, 이제야 그의 마음에도 내가 들어섰나 보다. 이제 우리는 무슨 사이가 된 걸까. 아니, 그전에 나는 당신에게 어떤 존재가 될 수 있을까.

도담은 깊어진 관계만큼 깊어진 의미에 대해 진심을 다해 고민했다. 마음 같아서는 나은의 말처럼 그의 외로움을 달래주는 사람이 되고 싶은데, 오 년이라는 세월 동안 덧난 가슴 속 상처를 함부로 건드려도 되는지 모르겠다.

생각에 생각을 거듭하며 추모원의 긴 복도를 걸어가고 있던 그때 그 사람의 목소리가 맞은편 복도에서부터 들려왔다.

"…온도담."

허공을 향해 있던 초점을 복도 끝으로 옮기니, 지친 기색이 역력한 주원의 모습이 한눈에 들어왔다.

"팀장님…."

도담은 느리지만 규칙적인 걸음을 멈추지 않았고, 그건 주원 역시 마찬가지였다.

"나은 씨는 어떻게 하고 너 혼자 나와있어?"

손을 뻗으면 닿을 거리까지 가까워진 주원이 먼저 말문을 열었다. 도담은 대답 대신 그의 얼굴을 가만히 올려다보았고 발꿈치를 들고 두 팔을 활짝 펴서 주원을 끌어안았다.

"이리 와요."

그가 내보이지 않으려는 가슴 속 응어리까지 한꺼번에 품어주려는 듯 온 힘을 다해 꽈악.

"온도담…?"

다시 한번 그녀의 이름을 부르는 주원의 목소리가 미세하게 떨려왔다. 귓가에서 들려오는 숨소리는 불안하기 그지없었다. 도담은 그런 그의 등을 토닥토닥 차분하게 두드려주었고, 부드럽게 나직이 속삭였다.

"울지 마."

"…."

"괜찮으니까 울지 마."

나는 울지 않는데. 그럴 자격이 없어서 눈시울조차 붉히질 못하는데.

"…이제 그만 울어도 돼."

그녀의 그 말에 갑자기 눈가가 뜨거워지고 시야가 흐려졌다.

"하아…."

뺨을 타고 축축한 무언가가 흘러내렸다. 아마도 울고 있나 보다, 난. 나를 감싼 이 작은 품에 꼴사납게 안긴 채로, 이제야 겨우.

당신의 등대가
되게요

아주 짧은 시간이나마 실컷 흐느꼈다. 도담은 그의 눈물이 다 마를 때까지 가만히 등만 쓸어내려 주었고, 덕분에 주원은 우는 얼굴을 내보이지 않고서도 실컷 울 수 있었다.

"자."

덕분에 주원은 한결 정리된 마음으로 자판기 커피 한 잔을 도담에게 내밀었다. 그걸 받은 도담은 고개만 꾸벅 숙여 인사했다.

"고맙습니다."

"갑자기 인사는 무슨."

"나은 씨 커피는요?"

"뽑아야지. 조금 있다가."

바로 나은에게로 가지 않으려는 이유는 불긋해진 눈가를 식히기 위해서겠지.

주원의 마음을 얼핏 깨달은 도담은 보채지 않고, 그가 슬픔을 감추기를 기다렸다. 뽑아든 커피를 입에 대지 못하고 만지작거리기만 하던 주원은 한참이 지나서야 겨우 입을 열었다.

"어이가 없지."

"네? 뭐가요?"

"그냥… 오 년 전에 터무니없는 실수로 사람까지 죽게 만든 놈이 그렇게 완벽주의자처럼 굴었다는 게."

자책이었다. 도담이 진심으로 그렇게 생각할 거라 여기고 있는 건지, 아니면 그냥 습관처럼 하는 소리인지는 몰라도 그가 얼마나 참담한 심정으로 이 이야기를 꺼내려 하는지는 한눈에 알 수 있었다. 도담은 깊은숨을 들이마시며 말을 고르고 골랐고, 해도 된다는 확신이 선 다음에야 힘 있는 목소리로 말했다.

"아니요. 하나도 어이없지 않아요."

"…."

"굳이 따지자면, 그래서 그렇게 자기 자신을 채찍질하고 살았구나 싶어서 조금 슬퍼요."

그녀의 말을 들은 주원의 시선이 살짝 그녀에게로 향했다. 그러자마자 곧바로 마주친 도담의 눈동자는 맥없이 흔들리는 주원의 눈동자와 달리 평온했다.

"처음엔 팀장님 말처럼 팀장님이 정말 완벽해 보였어요. 왜, 그런 부류 있잖아요. 털어도 먼지 하나 안 나올 것 같은 사람."

"…."

"그런데 이번 임무를 함께 하면서 그동안 내가 생각했던 거랑 전혀 다른 모습이 보이기 시작하더라구요. 가까이서 본 팀장님은 내 생각보다 서툰 부분이 참 많았고, 의외로 마음이 약한 사람이었어요."

솔직하게 꺼내놓는 평가는 도담이기에 할 수 있는 것이었다. 그녀는 그와 하루 이십사 시간을 함께 하며, 업무와는 전혀 상관없는 기주원의 숨겨진 이면들을 많이 보아왔으니.

"그 와중에 오늘 팀장님이 감추고 싶어 하던 상처까지 알아버리고 나니까… 이젠 그냥 팀장님이 많이 안쓰러워요. 속은 엉망진창인데 겉이라도 완벽해 보이기 위해서 얼마나 애를 썼을까 싶어서, 그냥 꼭 안아주고 싶었어요."

주원은 그리 말하는 도담의 눈을 가만히 들여다보았다. 그를 바라보는 그녀의 눈빛은 현도의 장례식장에서 숱하게 마주쳤던 동정의 눈빛과 비슷했다. 그런 눈으로 건네는 허울 좋은 위로들은 솔직히 하나도 도움이 되지 않았다. 어차피 아무 도움도 못 주는 거 아니까, 그냥 닥치고 있었으면 했던 것도 여러 번이었다. 그녀에게도 같은 회의감을 느끼고 싶지 않았던 주원은 이쯤에서 씁쓸한 대화를 멈추려 했다.

"됐어. 좋지도 않은 얘기 그만하고 이제 들어가자."

하지만 냉정한 말과 함께 뒤돌아서자마자 도담의 씩씩한 목소리가 공간에 울릴 만큼 강하게 들어찼다.

"나 결심했어요."

순간 그 자리에 멈춰버린 주원이 다시 그녀 쪽으로 고개를 돌렸다. 도담은 주원에게로 몇 발짝 가까이 다가왔고, 쥐고 있던 커피가 무색할 정도로 차가운 그의 손을 꽉 붙잡았다. 그런 뒤 꺼낸 말은 주원의 마음을 촉촉이 적시는 위로였다.

"저는 팀장님의 등대가 될래요."

"…."

"앞이 보이지 않고, 인생이 막막하고, 망망대해에 혼자 뚝 떨어진 것 같을 때, 나한테만큼은 의지해서 살아갈 수 있게. 저는 아주 밝은 빛을 내는 등대가 되고 싶어요."

지금껏 쉬운 일이든, 버거운 일이든 혼자서만 이고 지고 해결해 보려 했던 주원에게 도담의 말은 특별하게 다가왔다. 주원은 넋이 나간 사람처럼 도담을 가만히 내려다보았다. 절망과는 담을 쌓고 산 듯한 얼굴이 시야에 가득히 들어찼다.

"온도담…."

나보다 훨씬 아주 작고, 어리고, 아는 것보다는 모르는 게 더 많은 사람이었다.

"팀장님은 이제 저만 보고 살면 돼요. 제가 단단히 붙잡아줄게요."

하지만 그런 사람이 건네는 그 말이 왜 이리도 큰 의지가 되는지. 도담이 붙들고 있는 주원의 손아귀에 은근한 힘이 실렸다. 목소리로 하는 대답보다도 더 확실한 대답이 손끝으로 전해졌다.

"…고마워."

늘 딱딱하게 굳어있던 그의 입가에 희미한 미소가 맺혔다.

이 순간만의 위로가 아니라 앞으로도 계속 쭉, 나는 당신의 유일한 위로가 되고 싶은데…. 당신은 이 마음을 아는지 모르겠다. 그래서 마주 잡은 손을 좀처럼 놓을 수가 없다.

＊ ◆ ＊

하늘꽃 추모원 주차장.

"도담 씨, 오늘 만나서 너무 좋았어요. 나중에는 이렇게 우울한 장소 말고 더 밝은 데서 만나요."

나은이 도담을 끌어안고 아쉬움 가득한 작별인사를 건넸다. 도담은 그녀를 마주 안아주며 웃는 얼굴로 화답했다.

"저도 즐거웠어요! 우리 나중에는 정말 맛있는 거 먹으러 가요!"

"맛있는 거 좋죠. 도담 씨는 뭐 좋아해요?"

"저는 밥 좋아해요! 쌀밥만 주면 뭐든 할 수 있어요!"

"하하하, 나랑 취향 너무 똑같네. 나중에 주원 씨랑 우리 집에 놀러 와요. 저 이래 봬도 한식 자격증까지 있다구요."

오늘 처음 만난 사이로는 보이지 않는 다정한 대화였다. 주원은 두 여자가 뜨거운 안녕을 나누는 동안 멀찍이 떨어진 채 서있었다. 나은과 알고 지낸 세월은 도담과 비교할 수 없을 정도로 길지만, 저렇게 부둥켜안고 다음을 기약하는 건 주원에게 어색한 일이었다. 하지만 그런 주원의 마음을 쥐뿔 신경도 쓰지 않는지, 나은은 도담과 떨어지자마자 주원에게로 다가왔다. 그러고는 어색하게 서있던 그를 온 힘 다해 꽈악 끌어안아 주었다.

"나는 누가 뭐래도 주원 씨 얼굴 보는 게 너무 좋아. 다음번에는 조금 더 웃는 얼굴로 보자, 우리."

"…네."

그녀는 항상 주원의 밝은 모습을 바랐지만, 나은의 앞에서는 모든 것이 조심스러워지는 건 사실이었다.

상황이 이렇다면 연애 얘기가 최고지.

주원을 품에서 놓아준 나은은 우울한 분위기를 상기시키기 위해, 평소엔 물어보지도 않는 개인적인 질문을 꺼내 물었다.

"고백은 언제 할 거야?"

"고백이요?"

"응. 둘이 분위기는 좋아 보이던데."

"아…."

아니나 다를까. 주원의 눈빛이 다른 의미로 흔들리기 시작했다. 늘 핏기없던 두 볼이 살짝 빨개지는 걸 보니, 어지간히도 수줍은 모양이었다.

"지금은 임무 중이기도 하고… 또… 뭘 어떻게 해야 할지 감이 안 잡히기도 했고…."

이때까지 보인 적 없던 모습으로 횡설수설하던 주원은 별안간 단호한 목소리로 대답했다.

"그렇게 간단한 일은 아닙니다. 적어도 저한테는…."

나은이 그런 주원을 흘겨보았다.

"현도 씨도 나한테 고백할 때 엄청 뜸 들여서, 결국엔 내가 확 저질러버렸는데."

"예, 예?"

"주원 씨도 가만 보면 하는 짓이 현도 씨랑 똑같아. 그이한테 배워서 그런가 봐."

"아… 저…."

이런 대화에 면역이 없는 주원은 굉장히 당황한 표정으로 제 차 쪽만 흘끔흘끔 바라보았다. 여기서 더 몰아붙이면 아예 도망쳐 버릴 그를 알기에, 나은은 이쯤에서 정말 하고 싶은 조언을 건네주기로 했다.

"스쳐 지나가게 놔두지 말고 꽉 잡아. 세상에 사람은 많지만, 곁에 두고 싶은 사람 찾는 건 정말 어려운 일이니까."

"…."

"나는 주원 씨의 곁에 누구라도 있었으면 좋겠어. 이왕이면 도담 씨처럼 주원 씨를 진심으로 사랑하고 아껴주는 사람으로."

나를 진심으로 사랑하고 아껴주는 사람. 그런 사람은 도담이 확실했다. 높다란 철벽을 세우고 모질게 내쳐도, 그 모습까지 좋다고 꺅꺅거리던 여자였으니.

주원은 그 시절, 대책 없이 들이대던 도담을 떠올리며 대답했다.

"그런 사람은 확실히 찾은 것 같네요. 조만간 좋은 소식 들려드리겠습니다."

순간 나은의 눈동자가 휘둥그레졌다. 그녀의 시선이 맺힌 곳은 어느새 은은한 미소가 배어있는 주원의 얼굴이었다.

"어? 웃을 줄 아는구나, 주원 씨?"

"네?"

"지금 말이야. 웃고 있잖아. 내 앞에서 처음으로."

나은의 말에, 주원은 제 입가를 매만졌다. 나은의 앞에선 늘 경직되어 있던 입꼬리는 자신이 인지하지도 못한 새에 부드럽게 풀려있었다.

"아…."

그 사실을 깨닫자마자 부끄러워서 다시금 화악 달아오르는 두 뺨. 주원은 금세 표정을 다시 딱딱하게 굳혔지만 나은은 진심으로 기뻐하며 그에게 말했다.

"정말 보기 좋다. 웃는 얼굴이 상상 이상으로 예쁘네."

"그런…가요."

"응, 언젠가는 도담 씨 앞에서도 그렇게 웃어줘. 좋아할 거야, 분명."

주원은 괜히 헛기침하는 척하며 고개를 돌렸다.

"팀장님! 운전석 쪽 창문에 새똥이 떨어졌네요! 어머, 이걸 어떡해!"

"…."

"휴지로 지워볼… 으악! 손에 묻었어! 미쳤나 봐! 어떡해!"

때마침 시선 끝에 언제나 모두의 이목을 사로잡아 버리는 그녀가 보였다. 일 분 동안에도 다채롭게 변하는 그녀의 표정. 그 얼굴을 보고 있자니 헛웃음이 나왔다.

"조금 더 같이 지내보면 웃기 싫어도 웃음밖에 안 나올 것 같네요. 저 여자한테는 사람을 무방비하게 능력이 있어서."

그 순간의 대답은 적어도 진심이었다.

"아이참, 왠지 꿈꿈한 냄새가 나는 것 같네."

도담은 손에 묻었던 새똥을 지우겠답시고 주원의 물티슈를 반절이나 축내는 중이었다. 자꾸만 늘어가는 더러운 티슈가 신경 쓰였던 주원은 미간을 좁히며 말했다.

"그거 무릎 위에 올려놓고 있다가 그대로 들고 내려."

"물티슈라 축축한데?"

"그럼 새똥 닦은 티슈를 내 차에 놓겠다는 거야?"

"치사하기는. 알았어요. 옷 축축해지든 말든 갖고 있으면 되잖아요."

도담은 그리 말하며 수북히 쌓아둔 물티슈를 납작하게 접어두기 시작했다. 어차피 순순히 따라줄 거면서, 곱게 대답하는 법이 없다. 하지만 초반의 잔뜩 얼어붙어서 눈치만 보던 모습보다는 이렇게 편히 대하는 모습이 더 보기 좋았다. 원래 선을 넘는 걸 가장 싫어하는 사람인데, 어쩌다가 이렇게 되어버렸는지.

"참 좋은 사람인 것 같아요. 나은 씨는."

그때, 물티슈를 수습하던 도담이 지나가듯이 말했다. 주원은 고속도로를 함께 달리고 있는 앞차만 바라보며 무심한 척 대답했다.

"그렇게 경계를 하더니…."

"에이, 그때는 크나큰 오해가 있었고. 그건 진작 제대로 설명 안 해준 팀장님 탓이었죠."

"설명할 수가 없었어. 어떤 수식어로 그 사람을 소개해야 할지, 고르는 게 너무 어려웠으니까."

주원이 곧바로 꺼내놓은 대답은 도담에게는 조금 남다른 의미로 다가왔다.

이 사람이 속마음을 이렇게 가볍게 꺼낸 적이 있었던가. 늘 추궁하고 집착하듯이 캐물어야 겨우 제 얘기를 꺼내놓던 사람이 어느새 가벼운 대화를 나누듯 편히 감춰왔던 속내를 털어놓는다.

'이게 바로 신뢰받고 있다는 느낌일까. 진짜로 가까워지고 있는 것

같아서 너무 기분이 좋아.'

도담은 새똥 묻은 티슈를 만지면서도 싱글벙글 웃음을 멈추질 못했다. 그런 그녀를 곁눈질로 의식하고 있던 주원이 크흠! 헛기침하며 목을 가다듬었다. 그래 놓고서 꺼내놓는 말은 그가 지금까지 계속 주저하기만 했던 문제에 관한 것이었다.

"온도담. 우리 관계 말인데…."

"네? 광교요?"

"아니. 관계."

"아아, 관계 관계. 네, 우리 관계가 뭐요?"

그 망할 놈의 물티슈 때문에 그녀는 한 30%밖에 집중하고 있지 않았다. 그게 신경 쓰였던 주원은 한 손으로 티슈들을 다 움켜쥐어 그대로 뒷좌석에 던져놓았다.

"어머! 새똥 묻은 거 차에 놓지 말라면서요!"

"너는 내가 중요한 얘기를 하려는데 집중 좀 해라."

"듣고 있었어요! 하세요!"

뭔가 생각했던 분위기는 아니었지만, 멍석은 깔렸다. 주원은 여전히 앞차 뒤꽁무니에 시선을 고정한 채 마른침을 삼켰고, 잠깐 뜸을 들인 뒤에야 겨우 한마디를 꺼내놓았다.

"조만간 날을 잡고 물어볼까 해."

"뭘 물어보는데 날까지 잡아요?"

"나랑… 뭐… 그런 걸 할지 말지."

너무나도 모호한 주어에 도담은 선이 고운 그의 옆얼굴을 뚫어지라 바라보며 정확히 짚어 물었다.

"그런 게 뭔데요."

그러자 주원은 앞을 바라보려 노력하는 데도 사정없이 흔들리는 눈빛으로 쉬운 단어를 길게 풀어 말하기 시작했다.

"그러니까 지금은 우리가 아무 사이도 아니잖아."

"우리 아무 사이도 아니에요?"

"아니, 일단 공식적으로는."

"아, 예. 누가 자꾸 대답 피해서 공식적으로는 그렇죠. 그래서요?"

"그거 말고 다른 사이가 되자고, 정식으로 건의해 볼까 해."

"예?"

"그래서 그 건에 대한 미팅 날짜를 잡아야 할 것 같은데…."

아휴, 어려워.

"언제 고백받을 거냐고요?"

도담은 아주 빙빙 돌아 아주 어렵게 꺼내진 그의 질문을 간단한 말로 축약해 되물었다. 그녀다운 돌직구에 심히 당황한 주원은 저도 모르게 브레이크를 밟을 뻔했다.

"아, 고속도로에서 위험하게…!"

"내가 뭘 했다고."

"너는 진짜 배려심이 없어. 배려심이."

"알았어요. 나는 시간이 항상 되지만, 그래도 며칠 동안은 설레고 싶으니까… 이번 주 토요일이 좋겠네요."

"토요일?"

"네, 토요일. 그때 고백해요. 지난번처럼 분위기가 이상한 쪽으로 좋은 오골계 집 말고, 정말 로맨틱하게 좋은 곳에서."

도담은 귀여운 웃음기를 띤 채 주원을 바라보았다. 지금 이 순간, 운전을 핑계로 그녀와 눈을 마주치지 않아도 돼서 얼마나 다행인지. 도담에게 대답하는 주원의 얼굴이 다시 홍당무처럼 빨개졌다.

"노력은… 해볼게."

서른넷 먹고 이게 뭐하자는 짓인지. 시간이 지나면 이 낯간지러운 감정에도 면역이 생길는지 모르겠다.

너를 붙잡고
싶어서

천만 원. 천만 원. 천만 원. 천만 원. 천만 원. 오 일 동안 천만 원씩 다섯 번.

총 오천만 원이 고스란히 재이의 통장으로 되돌아왔다. 하루에 한 번씩 그 문자가 도착할 때마다 재이는 씁쓸함을 감출 수가 없었다. 이건 되돌려받을 생각 없는 내 마음이니까, 그냥 표현하게만 해줬으면 좋겠는데. 내가 바라는 건 정말 그거뿐인데. 도담은 기어코 그의 도움을 거절했고, 재이는 그게 꼭 그녀가 벽을 쌓는 것처럼 느껴져서 슬펐다.

'돈은 그대로 다시 돌려줄게요. 재이 씨의 마음은 알지만, 그래도 이 돈을 받을 수는 없을 것 같아요.'

'…나 갈게요.'

누가 봐도 불편한 기색으로 등 돌려 떠나가던 그 사람. 재이는 혹시 자신의 호의가 그녀에게 저지른 큰 실수였을까 봐 겁이 난다.

방법이 잘못됐던 거라면 수습하고 다른 호의를 건네야 할까?

누군가에게 다가가기 위해 이렇게나 고민해 본 적은 이번이 처음인 것 같다. 식탁에 나른하게 기대 누워 휴대폰만 들여다보던 재이는 결심한 듯 통화 버튼을 눌렀다.

그녀에게 전화를 거는 게 이번은 처음이 아닌데 어쩐지 조금 긴장이 됐다. 아마 오천만 원이 돌아오는 오 일 동안 그녀 생각을 너무 많이 했나 보다.

—어머, 재이 씨! 무슨 일이에요?

머지않아 도담의 목소리가 들려왔다. 다행히 예전의 불편함이라고는 조금도 느껴지지 않는 기분 좋은 목소리였다. 재이는 남몰래 안도하며 그녀에게 물었다.

"도담, 잘 지냈어? 오늘 뭐 해? 밥은 먹었어? 오늘 시간 되면 커피나 하고 싶은데. 아니면 장을 봐도 되고! 아, 장 볼 때는 멀었어? 차 안 필요한가?"

많이 생각했던 게 티 나지 않게 간단한 안부 정도만 물어보려고 했건만, 말이 너무 많아져 버렸다. 아니나 다를까. 휴대폰 너머에서는 도담의 장난스러운 핀잔이 되돌아왔다.

—아휴, 한 번에 하나씩 물어봐요. 전화하자마자 스팸 문자처럼 다다다다 쏘아대서 정신을 못 차리겠네.

"미안, 도담. 내가 하고 싶은 말이 많아서."

—사과하라고 한 말은 아니었고.

도담이 까르르 웃었다. 편한 친구를 대하듯 꾸밈없는 웃음소리는 언제 들어도 재이를 기분 좋게 만들었다. 재이는 늘어져 있던 허리를 꼿꼿이 세웠고, 언제 그랬냐는 듯 의욕적으로 대화를 이어나갔다. 이번에는 아무리 궁금한 게 많아도 한 번에 하나씩.

"그래서 오늘은 뭐 해?"

—오늘요? 별 스케줄 없어요. 왜요?

"아, 커피 마시러 갈까? 내가 최근에 발견한 카페가 있는데 거기는 디저트도 괜찮더라고."

—좋아요. 우리 같이 수다 안 떤 지도 꽤 오래됐으니까. 재이 씨 얼굴도 오랜만에 보고 싶고.

그녀가 보고 싶다고 말했다. 나만 보고 싶어 한 게 아니라, 그녀도 나를 종종 떠올려준 모양이다.

"그러니까 말이야. 요즘 바빴어?"

신이 난 재이는 입가에 미소를 더욱 퍼트리고 물었다.

—바빴다기보다는 남편한테 신경 쓸 일이 좀 많아서요. 나 요즘 우리 남편이랑 정말 사이좋거든요.

돌아오는 대답은 조금 씁쓸했다.

에이, 방금 그건 물어보지 말걸. 괜히 들었다.

—그럼 나 어디로 나가면 돼요? 재이 씨 집이죠? 준비 다 끝나고 재이 씨 집으로 갈까요?

재이는 씁쓸한 기색은 싹 감추고 밝은 목소리로 대답했다.

"아니, 삼십 분 뒤에 내가 갈게."

—알았어요. 그냥 평범한 카페 가는 거죠?

"응, 그냥 카페."

─그럼 대충하고 나가야지. 이따 봐요!

도담은 기분 좋아 보이는 텐션 그대로 전화를 끊었다. 며칠 전 재이에게 불같이 화를 내던 모습보다는 확실히 보기 좋았지만, 그 이유가 그 남자 때문이라는 건 조금 질투가 났다.

그 남자는 어떻게 그녀를 웃게 한 걸까. 나보다 더 도움 되는 일을 해준 걸까, 아니면 나보다 더 엄청난 걸 선물해 준 걸까. 나는 요즘 그녀의 마음이 너무 어려운데, 그 남자에게는 아주 쉬운가 보다. 이거 참, 그 사람을 붙잡고 어떻게 하면 그녀와 가까워질 수 있냐고 물어볼 수도 없고….

재이는 그다지 후련하지 않은 마음으로 식탁 의자에서 몸을 일으켰다. 도담에게 마음을 줄수록 더욱더 크게 보이는 기주원의 존재감은 이제 무시하지 못할 크기가 되어버렸다.

확실히 근사한 사람이긴 하지. 무게감 있고 샤프하고, 성질이 더러워 보이긴 하지만 그게 매력처럼 느껴지는 경우도 있는 거니까.

주원을 의식하기 시작하자 입고 나갈 옷을 고르는 재이의 눈이 한결 예리해졌다. 여자를 만나면서 이렇게나 신경 써본 적은 없었는데. 나이를 먹을 만큼 먹어서야 주책이었다. 마치 첫사랑에 빠진 사춘기 소년처럼.

* ◆ *

NSO 산업보안부 제1회의실.

"지금 뭐라고 하셨습니까. 서재이의 범죄를 입증할 증거를… 운성 중공업으로부터 넘겨받았다고 하셨습니까?"

주원이 혼란스러운 표정으로 물었다. 그에게 증거 자료들을 내밀어준 양은화 팀장은 곤란한 듯한 태도로 대답했다.

"그래, 그쪽에서도 나름대로 움직이고 있었던 모양이야. 계 부장님은 결정적인 증거를 왜 운성 중공업에서 먼저 찾게 하냐고 노발대발하시는데, 그게 중요한가? 찾았다는 게 중요하지."

그리 말하는 양 팀장은 사람 좋은 미소를 띠고 있었다. 누가 줬든 간에 서재이의 죄를 입증시킬 만한 단서가 잡혔다는 것이 희소식인 모양이었다. 하지만 주원은 무언가 미심쩍은 기분을 지울 수 없었다. 지금껏 도담이 올린 보고서와 서재이의 주변을 조사하고 있는 팀원들의 말만 종합해 봤을 때, 단 한 번도 수상한 기운을 포착하지 못했기 때문이었다.

주원은 예리한 눈빛으로 갑자기 튀어나온 수상스러운 자료들을 훑어보며 말했다.

"정말 믿을 만한 증거인지, 한 번쯤 검토해 봐야겠군요. 전달해 주셔서 감사합니다."

그 말을 들은 양 팀장이 주원이 들고 있던 사진 중 한 장을 꺼내 들었다. 그러고는 재이가 룸 안으로 들어서는 사진 속에 같이 찍혀 있는 남자의 얼굴을 톡톡 가리켰다.

"너도 기억하지? 이 녀석."

"네, 기억하고 있습니다. 양 팀장님이 검거하셨던 김현구."

"그래, 대기업 기밀만 전문적으로 취급하는 브로커잖아. 나는 이놈이랑 엮인 이상, 더 알아볼 필요도 없다고 생각해."

"…."

"게다가 기 팀장도 그때 협조해 봐서 알겠지만, 김현구 이놈은 원하는 건 무조건 손에 넣는 타입이라고. 나는 이 사건을 지체 없이 빠르게 처리했으면 좋겠어."

악명 높은 브로커와 만남을 가졌다는 건, 산업 기밀을 거래할 루트가 거의 완성되어 간다는 뜻이었다. 그러니 양 팀장의 말대로 빠르게 해결하는 것이 답이었다. 하지만 주원은 미심쩍은 마음을 좀처럼 거둘 수가 없었다. 이 자료들만 믿고 수사를 불도저처럼 밀어붙이기에는, 문제의 파티 당일에 대한 도담의 보고서 내용이 마음에 걸려왔기 때문이었다.

주원은 양 팀장과 눈을 마주치고, 이 탐탁지 않은 부분에 대해 솔직히 이야기했다.

"서재이를 밀착 감시 중인 제 파트너의 보고서에 따르면, 이날 서재이의 상태는 극도의 불안과 고립감에 휩싸여 있었다고 합니다."

"그 보고서라면 나도 검토했어. 그게 왜?"

"집으로 돌려보내는 게 힘들었을 만큼 온도담을 붙잡았다는 사람이 사실 그날 밤 중요한 거래를 앞두고 있었다니…."

"…."

"앞뒤가 전혀 안 맞는다고 생각하지 않으십니까."

그날의 서재이와 증거 사이의 이질감. 그러나 양 팀장은 무엇이 문제인지 모르겠다는 표정으로 대답했다.

"서재이가 얼마나 용의주도한 인물인지 잊었어? 둘 중 하나겠지. 온도담이 그날 미처 못 보고 놓친 부분이 있었거나, 아니면 서재이가 그런 부분까지 완벽하게 연기했든가."

"그날의 불안한 모습이 연기였다면, 서재이가 온도담 요원의 정체를 이미 알고 있었다는 뜻이 됩니다."

"가능성이 아예 없는 이야기는 아니지 않아?"

양 팀장은 그리 되물으며 자세를 고쳐 앉았다. 그녀의 눈가는 언제나처럼 둥글게 휘어져 있었으나, 눈빛만큼은 맹수처럼 예리했다. 프로페셔널한 모습으로 그녀가 잇는 말은 어느 정도 일리가 있었다.

"자, 앞뒤 상황을 따져보자고. 기 팀장 팀이 투입되기 전에 유수영이 서재이한테 자기 정체를 다 폭로했었잖아."

"…."

"온도담은 그럼에도 불구하고 서재이한테서 경계심을 찾아볼 수 없었다고 했지만, 나는 그게 터무니없는 얘기라고 생각해. 처음부터 서재이는 온도담을 의심하고 있었다고 봐."

"그럼… 온도담이 속고 있다는 뜻입니까."

주원의 물음에 양 팀장이 고개를 끄덕였다.

왜 그 순간, 얼마 전 문이 닫히는 현관문 사이로 보았던 서재이의 쓸쓸한 얼굴이 왜 떠오르는 건지.

'분명 사랑이라고 생각했는데…. 그렇다면 그날 본 표정은 대체 뭐라고 해석해야 하는 거지.'

깊은 고민에 잠겨 섣불리 반응하지 못하는 주원을 바라보던 양 팀장이 피식 웃음을 흘렸다.

"뭘 그렇게 심각해지고 그래. 그럴싸한 증거가 나왔으니까, 이제 서재이만 잡아넣으면 되는 거잖아?"

양 팀장은 주원이 들고 있던 나머지 사진들을 가벼운 손길로 가져 갔고, 펼쳐 놓았던 증거 자료들을 다시금 추스르며 말했다.

"기 팀장이 뭔가 찜찜하다면 내가 한 번 검토해 볼게. 나도 기 팀 장 측은 무시 못 하겠으니까. 그 대신 주변 정리는 최대한 신속하게 해줘."

"주변 정리라니. 무슨 말씀이십니까."

"앞으로 서재이 검거는 시간문제일 텐데 슬슬 신혼 놀이도 정리해 야 하지 않겠어? 언제까지고 붙어있을 수는 없잖아."

갑작스럽게 떨어진 임무 종료를 뜻하는 말에 주원은 혼란스러웠 다. 언제까지고 이렇게 지낼 리는 없다는 걸 알고는 있었지만, 그래 도 준비되지 않은 이별은 그를 당혹스럽게 만든다.

"마무리는… 제가 알아서 짓겠습니다. 내부적으로 처리해야 할 일 도 있으니까."

주원은 최대한 동요하지 않은 척, 담담한 목소리로 말했다.

"하긴, 내부적으로 처리할 일도 마무리 짓긴 지어야겠지. 현장 일 을 본부까지 끌어들이는 건 곤란하니까."

"…."

"특히 기 팀장처럼 감정에 크게 지배받는 사람이라면 더더욱."

이어지는 양은화 팀장의 대답에선 왠지 모를 뼈가 느껴졌다. 나를 너무 오래 지켜봐 온 사람 앞에서 아니라고 반박할 수도 없는 주원의 표정이 한층 착잡해졌다.

"그래서 있잖아요. 내가 왜 방에 들어오냐고 막 화를 냈는데요, 글쎄…."

도담과 함께 온 분위기 좋은 카페. 테이블엔 도담과 재이 단둘뿐이었으나, 재이는 어쩐지 한 사람이 더 있는 듯한 기분을 지울 수가 없었다.

"이제부터 부부 관계에 충실하기로 했다면서 엄청 노골적으로 들이대는 거예요!"

"…."

"그래도 그동안 당한 게 있으니까 처음에는 괜히 또 시비 거는 거다, 하고 말았지! 그런데 새벽에 내 이름을 부르면서 나를 콱 끌어안는데…."

오늘따라 엄청 신이 난 표정으로 시종일관 남편에 대한 이야기만 늘어놓는 그녀, 그건 재이가 멋대로 보냈던 오천만 원 때문에 화내는 것보다야 나았지만, 그래도 딱히 듣기 좋은 얘기는 아니었다.

"잠깐만, 도담. 커피 마시면서 얘기해. 식겠어."

재이는 커피잔을 내밀어주었다. 그렇게 하면 잠깐이라도 그 남자에 대한 이야기를 멈춰줄 줄 알았건만, 도담은 커피 한 모금을 대충 홀짝이더니 금세 다시 그 사람을 끄집어냈다.

"우리 남편도 참 어이없지 않아요? 대체 무슨 포인트에서 그렇게 마음이 변했나 모르겠어."

"…."

"혹시 미운 정이 든 건가? 아니면 그냥 뭐 눈에 거슬리다 보니까 마음에도 거슬리기 시작한 건가? 그런 거면 나름대로 로맨틱하긴 하다. 안 그래요?"

여기에 나는 대체 무슨 대답을 해야 할지.

적당히 고개만 끄덕이던 재이는 그녀의 정신을 최대한 빼앗아올 수 있는 주제를 꺼내놓기로 했다.

"아, 오천만 원은 왜 다시 보냈어. 진짜 괜찮은데."

도담이 또 화를 낼까 봐 내색 안 하려던 얘기였지만 이 상황에선 어쩔 수 없었다. 아니나 다를까. 시종일관 생글거리던 도담의 눈동자에 뾰족한 가시가 돋쳤다.

"맞다, 오천만 원. 제대로 다 간 거 맞죠? 한 번만 더 멋대로 그런 짓 하기만 해봐요. 나 재이 씨 다신 안 봐."

그녀의 웃는 얼굴보다 뿔난 얼굴이 더 보기 좋을 때가 있을 줄이야. 도담을 바라보는 재이의 입꼬리가 부드럽게 올라갔다.

"난 도움이 되고 싶다고 했잖아. 그런 거 아니면 딱히 도담이를 도와줄 방법이 생각 안 나는데?"

이대로 계속 어깃장을 내기 위해 한 말이었지만, 도담은 한숨을 푹 쉬며 대답했다.

"휴우, 그런 식으로 도와줬다 치자. 저는 재이 씨를 위해서 할 수 있는 게 없어요. 그러니까 전부 다 부담이 되는 거라구요."

"할 수 있는 게 없긴 왜 없어. 계속 내 옆에 있어주기만 하면 되는데."

"현실적으로 생각하자. 현실적으로. 돈 오천만 원을 받았다는 마음의 빚이 옆에 있어주는 것만으로는 해결되진 않는다니까?"

도담은 재이가 답답하다는 듯 말했으나, 그건 어디까지나 그의 진심이었다.

내가 가진 걸 전부 다 너에게 바쳐도 좋으니까, 니가 계속 나의 곁에 있어줬으면 좋겠어. 내게도 누군가의 집이 될 수 있는 기회가 주어진다면, 주저 없이 너의 집이 되기를 바라겠어. 마음 같아서는 내 삶 속 너의 의미가 얼마나 큰지 짐작도 못 하는 너에게 이 말을 여과 없이 쏟아내고 싶은데.

'그러면 넌 도망가버리겠지. 어느새 네 곁으로 다가온 그 남자에게.'

붙잡고 싶지만 붙잡을 수 없는 사람. 재이에게 도담은 그런 존재였다. 감정은 거친 파도처럼 하루하루 그를 집어삼키고 있지만, 그는 이 감정을 헤쳐나갈 수도, 붙잡아둘 수도 없다. 그저 맥없이 휘말려서 끌려다닐 뿐.

"아, 커피 다 마셨다. 진짜 재이 씨 말 대로 괜찮은 데네요. 여기."

마지막 한 모금까지 깨끗하게 비운 도담이 커피잔을 내려놓으며 말했다. 그대로 옆자리에 놓아둔 작은 가방을 챙기는 도담은 짧디짧았던 만남을 정리하려는 모양이었다. 하지만 재이는 그럴 마음이 없었다. 이대로 그 남자에 대한 이야기만 일방적으로 듣다가 헤어지긴 싫었고, 조금 더 시간을 보내고 싶었다.

"자, 그럼 슬슬 가볼까요?"

그 마음도 모르고 도담은 먼저 자리에서 일어섰다. 아직 그럴싸한 용건을 생각해내지 못한 재이는 무턱대고 그녀의 손을 붙잡았고.

"자, 잠깐! 나랑 갈 데가 있어!"

"갈 데요? 어디?"

"사실… 누굴 봐서…."

"응?"

"그러니까 내가 아는 사람이 누굴 봤다고 해서…."

책임지지 못할 거짓말을 했다.

"내가 아는 사람이 방금 도담이 동생을 봤다고 했어."

"…."

"청주에 있는 한 불법 도박장에서."

그녀가 바로 알아채 버릴 거짓말인지도 모르고.

큰일 났다.

"저기… 재이 씨, 우리 어디 가는 거예요?"

"도담이 동생 있는 데…."

"아, 그렇죠. 알죠. 알긴 아는데 정확히 어디인지…."

그동안의 업보 때문에, 사실이 아닐 걸 알면서도 맥없이 강원도까지 따라가야 하는 말도 안 되는 상황에 직면해 버렸다. 재이는 강원도의 한 도박장에서 도영이 목격되었다고 했지만, 그건 아는 사람이 잘못 본 것이거나 재이의 거짓말일 게 분명했다. 애초부터 도영은 도박은커녕 포커 하나 제대로 칠 줄 모르는 놈이었고, 도박에 미쳤다는 것 역시 도담이 어쩔 수 없이 지어낸 거짓말이었으니까. 하지만 이 사실을 꿈에도 모르는 재이는 운전대를 꽉 잡은 채 고속도로만 쌩쌩 달려 나갔다.

"저기요? 재이 씨?"

도담은 앞차만 바라보고 달리는 재이를 다시 한번 불렀다.

"어, 어?"

이름이 불렸을 뿐인데 화들짝 놀라는 그는 굉장히 수상스러웠다. 도담은 그런 그에게 계속해서 꼬치꼬치 캐물어 보았다.

"친구 누구한테 연락이 온 거예요?"

"그냥, 뭐… 아는 사람."

"아는 사람이 내 동생 얼굴을 어떻게 알았대요?"

"얼굴을 아는 건 아니고… 그냥 오늘 같이 화투 친 사람들 중에서 온도영이라는 신기한 이름이 있었다고 해서. 온씨 성 특이하고 신기하잖아!"

"도영이는 주종목이 화투가 아니라 포커인데. 걔 화투는 한 번도 한 적이 없는데."

"배웠나 보지. 새로. 하하….."

제발 본인이 본인 입으로 거짓말이라는 걸 실토하기를 바랐건만, 재이는 악착같이 대답하며 거짓말을 유지했다. 덕분에 더욱더 난처해질 도담은 골이 아파져 올 지경이었다.

[기주원]

설상가상으로 기주원에게 전화까지 걸려오기 시작했다. 주원과 통화할 정신이 아니었던 도담은 그대로 거절하려 했다. 하지만 그때 문득 좋은 아이디어가 그녀의 머릿속을 스쳐 지나갔다. 서재이가 이런 식으로 고집을 부린다면 나도 어쩔 수 없지. 한 번 더 그를 속이는 수밖에.

"크흠!"

목을 가다듬은 도담은 결심한 듯 통화 버튼을 누르고 휴대폰을 귓가로 가져갔다.

"여보세요? 엄마?"

그러고는 전화를 건 사람과 전혀 다른 사람의 호칭을 부르자, 휴대폰 너머의 주원은 까칠한 목소리로 대답했다.

—정신 차려. 나야.

"그래, 알아. 요즘 건강은 좀 어때? 괜찮아?"

—건강이야 괜찮… 그런데 너 언제부터 말이 그렇게 짧아졌지?

"나야 잘 살지. 내 걱정은 하지 말라니까 그러네."

—미쳤어? 말이 전혀 안 통하잖아, 지금.

상황을 이해하지 못한 주원의 목소리가 슬슬 격앙되어갔다. 도담은 혹시나 운전 중인 재이가 들을까 싶어, 재빨리 통화음을 가장 작게 낮춰놓았다. 그러면서 흘끔 재이의 눈치를 살폈더니, 그는 몹시 흔들리는 눈빛으로 정면만 바라보고 있었다.

저렇게 안절부절못할 거면서 누가 누굴 속이겠다고.

도담은 재이를 위해서라도 상황을 빨리 정리하기 위해 열연을 펼쳤다.

"뭐? 도영이가 밥을 사준다고 했다고? 언제? 아아, 지금 도영이랑 같이 집에 있어?"

"쿨럭! 쿨럭!"

궁지에 몰린 재이가 괜히 기침을 했다. 도담은 그런 재이를 빤히 바라보며 마지막 직격타를 날렸다.

"나도 가야지, 지금. 안 그래도 도영이 보고 싶어서 찾아가려던 참이었거든."

"…."

"누구 누구 때문에 번지수는 좀 많이 틀렸지만."

"하아….""

거기까지 말하는 순간, 미친 듯이 앞으로만 달리던 재이의 차는 점차 사차선으로 빠지기 시작한다. 운전대를 붙잡은 그의 손끝엔 괜히 힘이 들어가고, 앞차의 뒤꽁무니만 바라보던 그의 눈동자는 이리저리 흔들리기 시작한다.

"그럼 엄마, 내가 나중에 다시 전화할게. 끊자."

—온도담, 넌 집에서 보….

도담은 그제야 주원의 말을 뚝 잘라먹고 일방적으로 통화를 끊었다. 그러고 나서 운전대를 꼬옥 잡은 재이의 옆모습만 가만히 쳐다보았더니 재이가 아주 어색하기 짝이 없는 미소를 띤 채 말했다.

"다, 다행이네… 찾아서…."

"우리 일단 이 고속도로를 빠져나가서 얘기 좀 할까요?"

도담의 가라앉은 목소리에, 재이가 꿀꺽 마른침을 삼켰다.

"일단 먹어요. 배고플 거 아니야."

만남의 광장 휴게소 안 푸드 코트에서 도담이 뜨끈한 우동을 재이 쪽으로 넘겨주며 말했다. 하지만 재이는 고개를 푹 숙인 채 도담을 제대로 쳐다보지도 못했다. 평소에 하도 뻔뻔하게 굴어서 낯짝이 두꺼운 편인 줄 알았는데, 인제 보니 그는 거짓말에 서툰 모양이다. 그것도 엄청 많이.

"자, 일단 숟가락 들고."

도담은 그런 재이의 손에 억지로 젓가락을 들려주었다. 마지못해 젓가락을 넘겨받은 그는 누가 봐도 울상인 얼굴로 도담의 눈치를 살폈고, 이내 꺼질 듯 조그마한 목소리로 물었다.

"많이 화났어?"

"아니요."

"거짓말. 많이 화났지. 가족으로 그런 거짓말해서…."

재이는 정말 미안한 듯 말했지만, 따지고 보면 도담이 먼저 시작한 거짓말이었다. 그에게 했던 얘기 중에는 진실보다 거짓이 더 많았고, 재이가 그렇게나 신경 쓰는 그녀의 가족사조차 궁지에서 벗어나기 위해 급조했던 허접한 시나리오였다. 그러나 이 사실을 알 리 없는 재이는 한숨을 푹 내쉬며 자책을 계속했다.

"실망했다고 해도 할 말이 없네…."

그 안쓰러운 얼굴을 보자, 도담의 가슴 한구석에서 저릿한 통증이 일었다. 천근만근 무거워지는 마음 때문에 재이를 바라보는 도담의 눈빛도 좀처럼 편치 않다.

"대체 왜 그런 거짓말을 한 거예요? 간도 그렇게 안 크면서."

도담은 짐짓 아무렇지 않은 척, 재이에게 물었다. 그러자 재이는 젓가락으로 애꿎은 우동만 뒤적이는가 싶더니, 이내 기어들어 갈 듯한 목소리를 흘려보냈다.

"잡아놓고 싶었어."

"잡아둬요? 뭐를?"

"너를."

"…."

"너를 조금 더 잡아두고 싶은데 나한테는 그럴 명분이 없어서… 급한 대로 아무 말이나 해버렸어. 이런 식으로 매달려서 미안해…."

지나치리만큼 솔직한 재이의 고백과 그 뒤에 따라붙은 사과는 그를 더 안쓰러워 보이게 만들었다.

그는 이런 거짓말에도 이렇게 마음 아파하는데, 그동안 눈 하나 깜짝하지 않고 계속해서 그를 속여왔던 난 얼마나 양심이 없었던 걸까.

지금 이 순간에도 재이를 속여야 하는 도담은 억지로 입꼬리를 들어 올린 채 말했다.

"그냥 더 놀아달라고 하지. 바보 같기는…."

그건 사과를 받아줄 면목이 없어서 괜히 꺼내놓은 핀잔이었지만, 재이는 기대감 어린 눈빛으로 되물었다.

"그냥 놀아달라고 붙잡았으면 그 사람한테 안 갈 거였어?"

"네?"

"그럼 그 정도로만 할 걸 그랬다. 괜히 오버하지 말고."

아마 그렇게 가볍게 말했더라면, 도담은 그의 말을 적당히 무시하고 기어코 집으로 향했을 것이다. 하지만 순진한 그의 눈을 보고 솔직하게 대답할 수는 없어서.

"그래요, 동생까지 팔아먹는 건 진짜 오버였어."

그 말이 맞는 척, 대충 동조한다면. 나는 그를 또 속이는 게 되는 걸까.

"다음부터는 그렇게 할게. 오늘은 진짜 미안해."

다시 웃음기를 되찾은 재이는 한층 편안해진 목소리로 말했다. 도담은 그런 그에게 물컵만 내밀어주었고, 그는 그제야 무거운 마음을 덜고 식사를 시작했다.

"이제 밥 잘 먹네요."

그런 그를 보며 별 의미 없이 건넨 말에 재이는 입안에 들어있던 걸 삼키고서 칭찬을 바라는 아이처럼 씩씩하게 대답했다.

"응. 도담이가 잘 먹고 다니랬잖아. 나 요즘 술도 줄였어. 적어도 맥주를 물 대신 마시지는 않아."

"장하다. 이제 걱정 안 해도 되겠네."

"혹시 걱정 안 시키면 내 생각 안 하나? 그런 거면 조금은 걱정시키고 싶은데."

"말도 안 되는 소리."

최대한 편하고 가볍게 받아치고는 있지만, 대화 속에 담긴 재이의 마음은 무시하지 못할 만큼 노골적이었다. 그건 받아봤자 되돌려줄 수 없는 감정이었고, 그래서 반겨줄 수도 없었다. 그런 마음은 애초부터 밀어내는 게 정답이라는 걸 알고 있다. 그러나 도담은 그의 환심을 사야만 하는 역할이라서, 그가 무엇을 바라고 그런 말을 하는지 뻔히 알면서 모르는 척할 수밖에 없다.

"도담, 그러면 앞으로 하루에 한 번쯤은 날 떠올려주겠다고 약속해."

"…"

"별일 없이 잘 지내도, 딱히 볼일이 없어도, 그냥 떠올리는 것 정도는 해줄 수 있잖아."

"평소에도 잘 해요. 우리 남편 출근하고 나면 심심하니까, 재이 씨 뭐 하나 궁금해하지."

주원의 존재를 굳이 넣는 건 그를 위해 깔아놓은 일종의 완충제였다.

"남편 있을 때도 내 생각해달라는 건 욕심인가?"

그리 되묻는 재이는 그 사실도 모르는 모양이지만.

"또 능글맞게 군다. 우동이나 먹어요. 다 불잖아."

도담은 재이의 우동 그릇을 젓가락 끝으로 탁탁 치며 애써 분위기를 환기하려 했다. 재이는 그런 그녀를 향해 둥근 눈웃음을 지어 보였고, 특유의 나직한 목소리로 대답했다.

"응, 먹고 있어. 아주 천천히 꼬옥꼬옥 씹어서."

어차피 돌려받지도 못할 마음을 고집스럽게 쥐고 있는 이 사람에게 난 언제쯤 진실을 고할 수 있을까. 피하지 못할 그 날이 찾아오면 내 눈앞에서 웃고 있는 그는 어떤 표정으로 무슨 말을 할지, 벌써 두려워진 도담은 차라리 재이에게서 시선을 거두어버렸다. 누가 봐도 회피하는 듯한 모습에도, 재이의 눈동자는 한동안 그녀에게 머물렀다. 마치 그 역시 아무것도 모르는 사람처럼.

질투나서
이러는 거니까 이해해

"다녀왔습니다."

조용하던 집안에 살짝 지친 듯한 그녀의 목소리가 들려왔다. 거실에 앉아 있던 주원은 고개만 돌려서, 집으로 들어서는 도담을 바라보았다.

"서재이 만나고 왔어?"

"네. 안 그러면 나갈 일이 뭐가 있겠어요."

"하긴. 할 얘기가 있으니 좀 앉지."

오늘따라 진지해 보이는 그의 분위기에 뭔가 이상한 낌새를 눈치챈 도담은 의아한 표정으로 옆자리에 앉으며 물었다.

"오늘 본부 갔다 오셨다더니, 혹시 무슨 안 좋은 소식이라도 들었어요?"

"아니, 좋은 소식을 들었어."

"무슨 좋은 소식이요?"

"서재이의 범행 준비 현장을 잡았다더군."

"네?"

아니나 다를까. 주원의 말을 들은 도담의 얼굴에 혼란스러운 빛이 어렸다. 지금까지는 물론, 오늘조차도 재이에게서 의심할만한 점을 찾지 못했던 도담은 놀란 표정으로 되물었다.

"어디서요? 무슨 준비 현장을?"

주원은 그런 그녀에게 차분한 목소리로 설명했다.

"운성 중공업 측에서 서재이가 산업기밀 매매꾼이랑 접선하는 장면을 포착했어. 난 오늘 그 증거 사진을 내 눈으로 확인하고 온 길이야."

"증거 사진이니… 운성 중공업 측에서 그런 걸 잡았다고요?"

"여러 번의 앞선 실패로 우리를 신뢰하지 못하다 보니, 그쪽에서 독자적으로 뒷조사를 시행한 모양이야. 믿을 만한 증거물인지 아닌지는 본부에서 검토해야겠지만, 본부는 일단 받아들이려는 눈치고."

"현장이 목격된 날이 언제인데요?"

"서재이가 주최한 파티 직후 새벽."

"그날… 새벽?"

하지만 이어지는 설명을 도담을 더욱 혼란스럽게 만들 뿐이었다. 무슨 짓을 꾸미기에는 지나치게 불안정해 보였던 그 당시 재이의 모습 때문이었다.

"그럴 리가 없어요. 그날은 제가 그 사람이 집에 들어갈 때까지 같이 있었잖아요."

"알아. 보고서에도 그렇게 적혀있었지."

"네, 그때 보고 드린 그대로예요. 서재이는 그날 계속 저와 같이 있고 싶어 했고, 그래서 마지못해 조금 더 함께 시간을 보내줬어요. 그때 주차장에서 셋이 만났던 거 기억하시잖아요. 서재이가 어떻게 저를 붙잡았는지도요."

"…."

"물론 새벽에 각자 집으로 귀가하긴 했지만, 그건 어디까지나 제가 억지로 그 사람을 집에 들여보낸 거였어요. 금방이라도 쓰러질 것처럼 피곤해 보이는데, 내 옆에서 떨어지려고 하질 않아서…."

비록 조금 지난 기억이긴 했지만, 도담은 그때의 쓰라렸던 마음을 생생히 기억하고 있었다. 그날, 서재이는 분명 도담을 잃을지 모른다는 두려움에 떨고 있었고, 다시 돌아온 그녀를 꽉 끌어안은 채 함께 있음을 계속 확인받고 싶어 했었다.

'그냥 어쩌면 너도 날 떠났을지 모른다고 생각했어. 나한테는 그게 당연한 순서였으니까.'

'그래도 너는. 아니, 너만큼은 잃고 싶지 않았는데….'

'다시 돌아와 줘서 고마워.'

도담의 정체를 전부 알았더라면 곧바로 등을 돌렸을 상황인데도, 이 인연이 그대로 끝나버리지 않은 걸 진심으로 안도했다.

"그렇게 헤어진 직후에 뻔뻔하게 다시 나와서 범행을 준비하러 갔다는 건, 나를 작정하고 속였다는 뜻이고… 그건 곧, 내 정체를 다 알고 있다는 건데…."

"…."

419

"저는 그렇게 생각하지 않아요. 그건 정말 아닌 것 같아요."

도담은 지금 확신하고 있다. 증거 사진에 어떤 장면이 포착되었든, 그건 본부의 생각과는 많이 다를 거라고. 도담은 주원의 허벅지 위에 가만히 두 손을 얹어놓고 말했다.

"팀장님, 제가 좀 더 알아볼게요. 대신 운성 중공업 측에서 전달했다는 자료 좀 보게 해주세요."

하지만 주원은 듣는 건지 마는 건지, 그녀의 손만 물끄러미 내려다보고 있었다. 그런 그의 태도에 더욱더 속이 탄 도담은 다시 한번 강한 어조로 부탁했다.

"저도 이번 임무를 담당하고 있잖아요. 사건에 관한 증거라면 저도 봐야죠."

그러자 주원은 차가운 시선을 도로 그녀에게 건넸고, 아주 낮디낮은 목소리로 물었다.

"서재이가 정말 아무것도 모른다는 증거 있어?"

"증거야…."

설득력 있는 대답이 마땅히 떠오르지 않았던 도담의 말문이 막혔다. 주원은 이럴 줄 알았다는 듯, 단호한 표정으로 뒷말을 이어나갔다.

"서재이의 무죄를 확신할 수 있는 증거는 없지만, 서재이의 범죄를 짐작할 수 있을 만한 증거는 발견됐어. 이대로 그날의 행적을 더 조사해 본다면 증거는 효력을 갖출 테고, 잘만 되면 서재이를 구속 수사로 넘길 수도 있겠지."

"하지만 앞뒤 상황이 안 맞…!"

"감정이 아니라 이성적으로 따져보자면 그래. 서재이한테 진짜 속고 있는 건 너였다고 해도 전혀 이상할 게 없어."

그건 아닌 것 같은데 정확한 이유는 없고, 가슴은 답답한데 이걸 해소할 방법도 없고.

"하아, 진짜 그날은 아닌 것 같은데…."

반박할 기회도 주지 않고 매정하게 꺼내진 결론은 도담의 가슴을 콱 틀어막았다. 그래서 깊은 한숨만 내쉬는 그녀에게 주원이 다시 입을 열었다.

"온도담, 내가 믿는 건 서재이가 아니라 너야."

"…."

"정신 똑바로 차리고, 누가 누구한테 홀렸는지 잘 생각해 봐."

말을 마친 주원이 도담의 왼쪽 손을 힘주어 붙잡았다. 그에게 맥없이 붙잡힌 도담의 눈동자가 파르르 흔들렸다.

"팀장님…."

그는 얼어붙은 도담을 빤히 내려다보며, 다른 손으로 그녀의 네 번째 손가락에 끼워져 있던 반지를 살며시 빼냈다. 양은화 팀장이 보내주었던 위치추적 기능이 탑재됐다는 반지였다. 주원은 그 반지가 익숙한지, 능숙하게 반지의 장식 부분을 떼어냈다. 그러고는 반으로 갈라진 반지를 테이블 위에 올려두며 물었다.

"이 반지, 누가 줬어?"

"…네?"

"이 도청기, 누가 줬냐고."

주원이 날카롭게 물었다. 전혀 예상치 못한 질문에 당황한 도담은 어리둥절한 표정만 지어 보였다.

"도청기라뇨?"

"방금까지 끼고 있었잖아. 그거 누가 채웠냐고."

"양은화 팀장님이 보내주셨어요. 기 팀장님이 너무 저를 걱정해서, 기 팀장님 비위도 맞춰줄 겸 보내는 거라고 하셨는데… 혹시 모르셨어요?"

도담의 질문에 주원이 옅은 숨을 내뱉었다. 잘 정돈되어 있던 머리카락을 흩트리며 쓸어올리는 그는 도담만큼이나 혼란스러운 듯 보였다.

"이걸 뭐라고 하면서 너한테 보냈는데?"

"그게… 그렇게 오래된 일은 아니었는데…."

심상치 않은 낌새를 느낀 도담은 양 팀장에게 택배를 받았던 그 날의 기억을 찬찬히 되짚어보았다.

그날 느닷없이 전화를 걸었던 양은화 팀장은 반지에 대해 굉장히 간단하게 설명했던 거로 기억한다.

'위치 추적 장치야. 마음에 들어?'

'지난번 파티 때처럼 돌발 상황이 생기면 우리 쪽에서 먼저 대처할 수 있도록 준비해 봤어.'

그래, 맞아. 그렇게 말했던 게 확실히 기억 나.

"위치 추적 장치라고 했어요."

"도청기가 아니라?"

"네, 돌발 상황에 대처하기 위해서 주는 거라고 하셨어요."

생각해 보면 양 팀장은 주원도 이 사실을 아는 것처럼 말했다.

'파티 날 당해보고도 그런 소리가 나와? 기주원 그날 완전히 패닉

이었어. 기 팀장답지 않게 어찌나 동요하던지, 본부 상황도 엄청 심각해졌었다니까?'

'이번 일로 놀란 기 팀장을 달래기 위해서라도, 어느 정도의 예방조치는 필요해.'

그녀의 말만 들었을 때는 이 조치가 주원의 결정인 줄로만 알았었는데…

"하아, 일이 어떻게 돌아가는 건지 모르겠네."

심각한 표정으로 작은 한숨을 내쉬는 그는 이 상황을 전혀 인지하지 못하고 있었던 듯하다. 양 팀장이 했던 얘기와 앞뒤가 맞지 않아서, 도담도 왠지 본능적인 불안감에 휩싸인다.

"저는… 기 팀장님 눈치 보여서 해두는 조치라고 들었어요."

도담의 말에, 주원은 단호한 목소리로 대답했다.

"이번 임무의 책임자는 나고, 너는 내 파트너야. 나도 모르는 도청장치를 날 위해서 채워놨다는 게 말이 된다고 생각해?"

듣고 보니 그 부분은 정말 이해가 되지 않았다. 양은화 팀장은 어떻게 보면 이번 임무와 전혀 관련이 없는 팀의 수장인데, 안전조치를 그녀가 나서서 해주는 것도 이제 와 생각해 보면 이상한 일이었다. 게다가 통화를 끊기 전에 했던 말은 또 어떻고.

'사적인 일이나 기주원이랑 연애질할 땐 언제든 빼서 꺼놔도 돼. 하지만 서재이 만나러 갈 때는 반드시 끼우고 가도록.'

정말 나의 안위가 걱정돼서 준 반지였다면 항상 지니고 다니라고 하는 게 맞지 않나? 왜 콕 집어 서재이의 옆에서만 끼고 다니라고 했던 걸까?

"아… 뭐가 뭔지 전혀 모르겠어요."

숱하게 떠오르는 의문들은 도담의 머릿속을 뒤죽박죽 어질러놓았다. 조금도 신경 쓰지 않았던 부분이 엄청난 이질감으로 다가오자, 도담은 그동안 네 번째 손가락에 누군가의 귀를 달고 다녔다는 생각에 소름이 끼쳤다.

"혹시… 본부가 저를 믿지 못해서 감시했던 걸까요?"

잠시 고민하던 도담은 걱정스러운 표정으로 물었다. 그녀로서는 당연한 의심이었지만, 주원은 곧바로 고개를 저으며 부정했다.

"아니, 너를 믿지 못했다면 나에게 너를 더 밀착 감시하라고 시켰을 거야. 이렇게 나도 모르게 도청기를 심어놓을 게 아니라."

"그럼 대체 뭐 때문에 저랑 팀장님까지 속여가면서 대화를 수집하려고 했던 걸까요."

"그 이유는 누구 머릿속에서 나온 생각인지에 따라 달라지겠지."

의미심장한 대답을 남긴 주원은 커피 테이블 위에 올려두었던 반지를 다시 가져왔다. 그러고는 도청 기능이 달린 장식 부분을 다시 합치기 전, 업무 보고를 할 때처럼 또렷한 목소리로 말했다.

"서재이의 범행 준비 장면을 잡은 건 사실이야. 안 그래도 유력한 용의자로 거론되고 있었던 만큼, 본부에서는 서재이를 산업기밀 유출 브로커라고 확신하는 중이고."

"…."

"운성 중공업 측에서 제출한 증거자료가 신빙성을 얻는다면, 앞으로의 수사 방향도 서재이를 용의자로 모는 쪽으로 진행될 가능성이 커."

"하지만…!"

다시 꺼내진 그날의 범행 준비 얘기에, 도담은 또 한 번 난색을 표하려 했다. 주원은 그런 그녀를 향해 검지손가락을 들어 올리며 조용히 시켰다. 그러고서 사실 정말 하고 싶었던 얘기를 꺼냈다.

"알아. 나도 그날의 서재이와 증거 사진 속 서재이가 너무 다르다는 거. 서재이가 너의 정체를 눈치채고서 널 속이고 있었다고 보기에도, 그동안 내가 보고 느꼈던 거랑 매치가 안 돼."

"제 말이 그 말이에요! 서재이를 편들자는 게 아니라 정말 그 증거라는 게 어디서 튀어나온 건지, 모르겠다구요."

드디어 대화가 통하는 기분에, 도담은 주원의 어깨를 탁! 치며 호들갑을 떨었다. 주원은 그녀 때문에 쓰린 어깨를 문지르며 살짝 인상을 썼지만, 금세 다시 비장한 목소리를 이어나갔다.

"장치를 오래 꺼두면 의심을 사게 될 거야. 일단 이거부터 처리하고 다시 얘기하지."

"네, 어떻게 하면 될까요?"

"일단, 이 반지는 오피스텔 일 층 공중화장실에 두고 와. 자연스럽게 손을 씻는 척하면서, 마치 실수로 잃어버린 척."

"알겠습니다, 팀장님."

"적당한 소음은 들어가야 하니까 깊이 숨기진 말고."

그리 말한 주원은 도청 장치를 다시 원상복구 시켜서 도담에게 건넸다. 반지를 받아든 도담은 잔뜩 긴장한 얼굴로 주원을 바라보았다. 주원은 걱정하지 말라는 듯 그녀의 어깨 위에 조심히 손을 올렸고, 평소와 다름없이 무뚝뚝한 목소리로 말했다.

"그럼 수고해."

하지만 도담을 바라보는 그의 눈빛에선 굳건한 신뢰가 느껴졌다. 그의 마음을 전해 받은 도담이 고개를 끄덕였다.

"다녀왔습니다. 반지는 세면대 아래쪽에 테이프로 붙여두고 왔어요."

주원의 명령을 충실하게 따른 도담이 집 안에 들어섰다. 식탁에 앉아 노트북을 들여다보고 있던 주원은 턱 끝을 까딱이며 도담을 맞은편에 앉게 했다.

"잘했어. 그럼 산업보안1팀의 팀장의 권한으로 본부의 승인 없는 내부 수사를 시작하지."

"벌써 가닥이 잡히셨어요?"

"어떤 식으로 접근해야 할지는 대충 알겠어."

반지를 처리하고 오는 잠깐 새에 간략하게나마 계획을 세웠다는 그는 확실히 엘리트였다. 그에게 새삼 감탄한 도담은 의욕 넘치는 표정으로 맞은편 자리에 앉았고, 초롱초롱한 눈빛으로 주원의 얼굴을 바라보았다.

"그럼 이제부터 어떻게 하면 될까요?"

의욕적인 도담에게, 주원은 돌아가는 상황을 간추리는 것부터 시작했다.

"정리부터 하자면 지금 중요한 안건은 두 가지야. 첫 번째는 서재이의 진짜 속내가 무엇인지 파악하는 것."

"네. 그걸로 증거 사진의 합리성이 갈리니까요."

"그리고 두 번째는 나의 허락도 없이 심어놓은 그 도청 장치가 어디에서 왔는지 알아내는 것."

첫 번째도 쉬운 과제는 아니었지만, 두 번째는 정말 접근하기 힘든 부분이었다. 아직 팀을 배정받은 지가 얼마 되지 않은 도담은 자기 윗선에서 무슨 일이 일어나는지 하나도 모르는 상태였다.

"서재이는 그렇다 쳐도, 도청 장치의 배후가 누구인지 우리끼리 알아낼 수 있을까요?"

도담의 걱정스러운 질문에, 주원은 간결한 대답을 꺼내놓았다.

"맞부딪혀 봐야지. 서재이의 진심과 도청 장치의 의미, 두 가지를 한 번에 파악할 수 있는 방법으로."

"그 두 가지를 한 번에요? 그런 방법이 있어요?"

"니가 잘 따라준다면 아주 불가능한 일은 아니야."

주원의 말을 들어보니, 아무래도 이번 임무에서는 도담의 역할이 중요한 모양이었다. 따지고 보면 지금까지 해온 일도 모두 임무의 한 부분이긴 했지만, 주원이 직접적으로 큰 역할을 맡긴 건 이번이 처음이었다.

책임감과 부담감을 동시에 느낀 도담은 긴장한 표정으로 주원만 바라보았다. 그러자 주원은 차분한 목소리로 본격적인 브리핑을 시작했다.

"굴러가는 꼴을 보면 알겠지만, 모든 이들은 전부 서재이를 주목하고 있어. 우리도, 본부도, 운성 중공업도, 하물며 너한테 은밀한 도청 장치를 채운 인물까지 서재이 하나를 감시하기 위해 혈안이 되어 있지."

"네. 그렇죠."

"이때, 서재이에게 예상치 못한 돌발 상황이 발생한다면 어떨까. 본부에서 예측한 시나리오가 어긋나고, 운성 중공업이 끌어내고 싶어 했던 결과가 일그러진다면?"

"…."

"당연히 서재이를 우리보다 더 은밀하게 지켜보고 있는 도청 장치 너머 누군가도 반응하겠지?"

주원의 계획은 다시 말해, 서재이를 미끼로 삼아 도청 장치를 심어놓은 배후를 찾아내자는 뜻이었다. 하지만 도담은 그가 말하는 '돌발 상황'이라는 게 쉽사리 이해되지 않았다. 대체 어떤 판을 깔아야 서재이는 물론, 서재이를 주목하고 있는 모든 이들이 동요하게 될지, 그녀의 머리로는 짐작되는 것도 없었다.

"돌발 상황이라면 무슨 상황을 말씀하시는 건지…."

그래서 하나도 이해 안 간다는 표정으로 묻자, 주원은 담담하지만 힘이 실린 목소리로 대답했다.

"서재이한테 증거 사진에 대해 얘기해."

"네? 그걸 대놓고요? 그 사람은 저를 그냥 평범한 옆집 유부녀로 알고 있는데 어떻게요?"

"누군가 와서 사진을 보여주며 취조했다고, 무슨 일인지 걱정하는 척 추궁한다면 너의 신상을 지키는 선에서 충분히 자극할 수 있을 거라고 봐."

주원의 말에 도담의 눈빛이 흔들렸다. 그가 실패한 적 없는 엘리트라는 건 알지만, 비밀 수사 중인 범인에게 증거를 대놓고 까발리는 건 위험한 발상 같았다.

"너무 위험하지 않을까요? 물론 그 당시 얘기를 직접적으로 꺼내면 서재이의 반응은 관찰할 수 있겠지만, 도청 장치를 심어놓은 인물을 찾는 것과는 상관없잖아요."

도담은 마음속 걱정을 드러냈다. 그 부분에 관해서는 이미 정리를 끝낸 주원은 그녀에게 차근차근 설명해 주기 시작했다.

"이 임무는 서재이의 집에서 이뤄질 거야. 너와 서재이, 그리고 도청 장치 너머의 배후만 대화 내용을 들을 수 있는 환경이 그곳이니까."

"그리고요?"

"본부는 대처가 아주 빠른 곳이야. 본부에선 현장의 돌발 상황을 파악하자마자, 가장 먼저 현장 책임자인 나에게 연락을 시도하겠지. 만약 돌발 상황이 닥쳤을 때 나에게 연락이 온다면, 그 도청기는 본부가 안전장치로 걸어둔 것일 테고…."

"…."

"본부가 아무 조치도 취하지 않거나, 다른 곳에서 먼저 반응을 보인다면 그 도청 장치는 제삼자가 은밀한 목적으로 심어놓았다고 해석할 수 있어. 진짜 목적은 그때부터 수사해 봐야겠지만."

주원의 계획은 도청 장치에 일부러 자극적인 정보를 흘려 넣어, 어디에서 어떤 반응이 오는지 잡아낸다는 말이었다. 거기까지는 이해했으나, 뒤따라 밀려오는 걱정은 도담을 계속 불안하게 만들었다.

"저 도청 장치가 정말 본부와 연결된 거라 뒤탈이 생기면 어떡해요…."

"본부에서는 내가 명령한 일이라고 말해둘 생각이야. 접수된 증거 사진이 진짜인지 확인하고 싶었지만, 방법이 너무 섣불렀던 것 같다고 인정한다면 너한테까지 해코지하진 않겠지."

"물론 본부에서는 팀장님이 했다고 하면 크게 혼내지는 않겠지만… 그래도 팀장님의 신뢰를 깎아 먹는 짓이잖아요."

"한 번 깎이는 정도로는 탈 없어. 그리고 내 생각엔 본부한테서 연락이 올 것 같지도 않고."

"어떻게 그렇게 자신해요?"

"서재이를 독단적으로 감시하는 인물이 본부 쪽은 아닌 거 같거든. 어디까지나 예상이기는 하지만, 이쪽 촉은 틀린 적이 몇 번 없으니까."

이 정도면 충분한 설명이 됐다고 생각했는데, 얘기를 다 들은 도담의 표정은 나아지지 않았다. 또 다른 걱정거리가 있는지, 도담은 주원을 보지 못하고 괜히 제 손끝만 만지작거린다.

"또 걱정되는 부분 있어?"

주원은 그런 그녀에게 나직이 물었다. 그러자 도담은 주원과 다시 시선을 맞추었고, 이내 자그마한 목소리를 꺼내놓았다.

"재이 씨가 앞으로 저를 경계하게 되지 않을까요?"

"경계?"

"그렇잖아요. 그냥 그 사진이 뭐냐고 물어보는 것 정도로는 접선 당일 알리바이까지 나오지 않을 테고…."

"…."

"조금 더 자세한 결과를 얻으려면 아무래도 그날 일을 추궁하듯이 묻게 될 텐데, 그러다가 제 정체가 탄로 나버릴까 봐 두려워요."

그녀의 얘길 들은 주원은 잠시 말이 없었다. 혹시 불신하는 것처럼 보이나 싶어서 흘끔 그의 눈치를 살피자, 주원은 부드러운 목소리로 예상치 못한 질문을 꺼냈다.

"너는 서재이가 범인이 아니라고 생각해?"

"네?"

"알리바이가 나올 거라고 믿는 것도 그렇고, 추궁해서라도 자세한 얘기를 들어보고 싶어 하는 것도 그렇고."

"…"

"내 눈에는 니가 범인을 상대하는 것처럼 보이지 않아서."

서재이를 항상 타깃으로만 여기고 있지 않다는 건 진작 알고 있었다. 하지만 지금 그녀에게서 보이는 모습은 그의 무죄를 확신하는 것처럼 보이기까지 했다. 거기에 아니라고 할 순 없는 도담은 두 눈을 토끼처럼 휘둥그레 치켜떴다.

"벌써 그렇게 확정한 건 아니에요! 그냥 제 말은…"

"…"

"들었던 거랑 묘하게 다른 부분이 있기도 하고, 본부에서 얘기하는 서재이랑 제가 직접 보고 느낀 서재이랑 차이가 심해서…"

주원의 눈치를 보느라 좀처럼 딱 끝맺지 못한 변명. 주원은 그런 도담을 바라보며 느린 숨을 내쉬었다. 그러고는 갑작스럽게 그녀의 이름을 불렀다.

"온도담."

"네, 네…"

당황감에 이리저리 흔들리던 그녀의 눈동자가 주원에게 고정되었다. 혹시 정신 똑바로 차리라는 불호령이 떨어지려나 싶어서 긴장하고 있던 그때 느닷없는 질문이 그녀의 심장을 후우우욱 치고 들어왔다.

"키스할래?"

'키스'라는 단어가 입력되자마자 머릿속에 새하얘진 도담은 두 눈만 깜빡이며 주원을 바라보았다. 하지만 주원은 대답도 필요 없다는 듯 의자에서 일어섰고, 도담의 턱끝을 가볍게 붙잡았다. 딱 입술이 닿기 좋은 위치까지 들려진 각도. 주고받는 눈빛으로 은근한 긴장감이 느껴질 때쯤, 주원이 입을 열었다.

"너의 머릿속에 서재이가 너무 많이 들어 있는 건, 상사가 아니라 남자로서 싫어서…."

"…."

"그래서 이러는 거니까 이해해."

말을 마친 주원의 입술이 지그시 도담의 입술과 맞닿았다. 부드럽게 시작했다가 짜릿하게 이어지는 그의 키스는 그 어떤 해결책보다도 효과가 좋았다. 벌어지는 입술 틈새로 밀려 들어오는 그의 달콤한 숨결. 숨결이 오갈 때마다 야릇하게 이어지는 입술의 마찰음. 코끝에서 느껴지는 그의 향기에 머릿속이 새하얘질 무렵, 주원의 입술이 아쉽게 떨어졌다. 도담은 아직 놓고 싶지 않은 그의 옷깃을 조심스레 붙잡았다.

"온도담…."

주원이 한 번 더 그녀를 호명했다.

"지금은 무슨 생각해…?"

도담은 마른침을 삼키며 애타는 눈빛으로 그의 눈동자만 바라보았고, 낮은 저음으로 이어지는 그의 질문에 떨리는 목소리로 대답했다.

"팀장님 생각이요…."

주원의 입꼬리가 고운 곡선을 타고 올라갔다.

"…주원 씨라고 하라니까."

다시 시작된 입맞춤은 마치 그녀의 고민에 대한 대답처럼 느껴졌다. 자꾸만 눈에 누군가가 밟히더라도, 오직 나만 믿고 따라오라는 세상에서 가장 달콤한 명령. 이 호흡을 묶어둘 수만 있다면 어디라도 따라갈 수 있을 것 같다. 이 사람과 함께라면 무슨 일이 벌어지든 상관없다는 생각이 든다. 이래서 사랑하면 대책 없이 용감해진다고 하나 보다. 도담은 지금 아무 대책이 없으면서도 무작정 그를 따르고만 싶다. 그 용감한 다짐 뒤에 한 사람이 혼자 얼마나 아파질지 모르고.

＊ ◆ ＊

NSO 본부 취조실 문이 뻑뻑한 쇳소리와 함께 열렸다. 끔찍하리만큼 지루한 시간의 시작을 알리는 그 소리에, 수영은 허공을 바라보고 있던 눈을 어김없이 내리감았다.

또각, 또각, 또각.

이어지는 구두 소리는 여자의 낮은 단화 소리였다. 그것만으로도 상대가 누군지 파악한 수영이 피식 입꼬리를 들어 올렸다. 그 모습을 본 양은화 팀장은 특유의 여유로운 목소리를 내뱉었다.

"왜. 하도 만나서 이젠 반가워?"

그녀의 물음에 수영은 대답 대신 감았던 눈을 치켜떴다. 벌써 몇 주가 지났음에도 불구하고 전혀 주눅 들지 않은 그녀의 눈빛은 길들 여지지 않는 맹수 같았다. 하지만 양 팀장은 그녀의 패기를 웃음으로 받아쳤다.

"젊어서 그런가, 아직 기운이 쌩쌩한가 보다. 나랑 배 팀장은 지금 돌아가시기 일보 직전인데 말이야."

"…."

"그래도 에이스는 에이스네. 그렇게 오랜 시간 매일 같이 괴롭혔는데, 아직 한 번도 입을 안 열었잖아. 계속 우리 밑에 있었으면 배 팀장이 정말 아꼈을 거야."

수영의 맞은편에 자리를 잡고 앉은 양 팀장은 테이블 위에 텀블러와 책 한 권을 꺼내놓았다. 어차피 무슨 짓을 해도 입을 열지 않는 수영을 알고 있기에, 어느 날부터인가 취조는 뒷전으로 미루고 시간만 때우는 그녀였다. 수영은 그런 그녀를 가만히 바라보았다. 얼마 전 들어왔던 배 팀장은 매번 함묵해도 매번 노발대발하던데, 양은화 팀장에게서는 초조함을 찾아볼 수가 없다. 마치 굳이 닦달하지 않아도 어차피 원하는 결과를 손에 넣게 되리라는 걸 확신하는 사람처럼.

양 팀장은 텀블러에 담긴 커피를 한 모금 마신 뒤, 익숙하게 책장을 펼쳤다. 그 모습을 바라보던 취조실 밖 산업2팀 요원들은 걱정스러운 눈빛으로 수군거렸다.

"아니, 양 팀장님은 저 안에서 뭐 하시는 거지?"

"그러게. 오늘도 아무 소득 없으면 배 팀장님이 우리한테 화풀이할 텐데 말이야."

바깥의 분위기를 아는 건지 모르는 건지, 양 팀장은 느긋하게 책을 정독하기 시작했다.

"하아⋯ 저런다고 압박감을 받을까. 천하의 유수영 선배가."

이 상황이 답답하게만 느껴진 한 요원이 깊은 한숨을 내쉬었다. 그때, 호랑이도 제 말 하면 온다더니 성질 급한 배 팀장이 벌써부터 미간을 잔뜩 찌푸린 채 들어왔다.

"어떻게 돼가."

특수 유리 너머로 취조실 상황을 지켜보던 요원은 머리를 흐트리며 대답했다.

"오늘은 따로따로 각자 할 거 할 모양인가 봅니다."

"그게 무슨 소리야."

"유 선배는 오늘도 입 꾹 다물고 있고, 양 팀장님은 아예 독서 중이시라고요."

"범행 조력자한테 선배는 무슨⋯."

배 팀장은 불만 가득한 눈으로 취조실 안에서 벌어지는 상황을 살폈다. 침묵하는 유수영과 그런 그녀를 신경도 쓰지 않는 양 팀장은 정말 기가 차는 광경이었다.

"저렇게 노닥거리기나 할 거면서 뭘 맡겨달라는 거야?"

답답함을 참지 못한 배 팀장은 곧장 취조실 앞으로 걸음을 옮겼다.

"배 팀장님! 방금 시작했으니까 일단 지켜보세요!"

팀원이 그런 그를 붙잡으려 했으나, 성질 급한 배 팀장은 벌컥 문을 열고 안으로 걸음을 옮겼다.

"지금 뭐하자는 거야? 어?"

"배 팀장, 왔어?"

"멱살을 잡고 흔들어도 모자랄 마당에 편하게 독서나 하시겠다고?"

"진정해. 어차피 그렇게 다그쳐도 입 안 열 애인 거 알잖아."

양 팀장의 말은 일리가 있었으나, 그렇다고 해서 이렇게 손을 놓고 있는 건 말도 안 됐다. 배 팀장이 허리에 손을 짚은 채 유수영을 노려보았다. 유수영은 그와 마주치기도 싫다는 듯 고개를 숙여버렸고, 그 모습은 안 그래도 더러운 배 팀장의 심기를 제대로 건드렸다.

"야! 유수영! 까놓고 말해보자! 내가 널 얼마나 애지중지 가르쳤냐! 많이 배우고 많이 느끼라는 의미에서 중요한 임무마다 보조로라도 투입 시켜주고! 여기저기 데리고 다니면서 윗사람들 안면 터주고!"

"…."

"그런데 니가 나한테 이딴 식으로 나와? 유수영 니가?"

쩌렁쩌렁 울려 퍼지는 배 팀장의 고함에, 양 팀장은 귀가 아픈지 살짝 인상을 구겼다. 그러고는 배 팀장의 등을 토닥이며 이 상황을 가라앉혀보려 노력했다.

"어후, 흥분 좀 가라앉혀 봐. 무작정 다그치지 말고."

"지금 내가 흥분을 가라앉히게 생겼어!"

"협박하면서 사람 괴롭히는 건 올드한 방법이라는 거 알고 있잖아요, 배호영 팀장님."

"사람이 아니니까 그러지! 사람이 아니니까!"

얼핏 보기에 두 사람 중 유수영을 감싸주는 건 양은화 팀장처럼 보였다. 그러나 정작 상황을 지켜보는 유수영은 양 팀장을 보며 입가에서 냉소를 띄었다. 처음으로 보이는 그녀의 반응이 심히 심기에 배 팀장은 희번덕거리는 눈으로 유수영을 노려보았다.

"웃어?"

"미안해요. 그럴 분위기가 아니라는 걸 아는데도 우스워서 참을 수가 없네."

"…"

"조급하게 굴지 않아도 되는 이유를 나는 알 것 같은데… 왜 배 팀장님은 아직까지 눈치를 못 채세요. 한때 파트너까지 했던 입장으로서 안타깝게."

"뭐? 임마?"

쉽사리 알아듣지 못할 유수영의 말. 하지만 더욱 분개하는 배 팀장을 보며, 수영은 웃음 섞인 목소리를 이어나갔다.

"그쪽이 듣고 싶어 하는 얘길 해줄까요? 그래요, 나는 생각보다 많은 걸 알고 있어요."

"…"

"하지만 내가 입을 열지 않는 건 누군가와의 의리 때문이 아니에요. 그저 가장 씨알이 먹힐 만한 '때'를 기다리고 있는 것뿐이지."

굳이 한 사람을 특정 짓진 않았으나, 그 공간을 지키고 있는 '한 사람'의 눈에 유독 독기가 어렸다.

"무슨 개소리를 하는 거야! 너 이딴 식으로 시간 끈다고 뭐가 해결될 줄 알아?"

아무것도 모르는 자는 전혀 눈치채지 못할 은밀한 긴장감이 흘렀다.

유수영은 배 팀장의 뒤편을 바라보며 다시 한번 입을 열었다.

"어디 한번 잘 숨겨봐요. 그래 봤자 등잔 밑이겠지만."

여유 섞인 미소를 띠고 있는 수영과 달리, 배 팀장의 뒤에 서 있는 양은화의 입꼬리가 딱딱하게 굳었다.

* ◆ *

둘만의 은밀한 결전의 날이 다가왔다.

"온도담, 나 봐."

주원의 손가락을 튕기며 도담의 주위를 사로잡았다. 신발을 신고 있던 도담은 고개를 들어 주원을 마주 보았다. 그러자 주원은 도담의 머리카락을 뒤로 넘겨주었고 한쪽 귀에 아주 작은 초소형 통신기를 끼워주었다.

"모든 대화 내용은 나도 듣고 있을 거야. 위급한 상황이 오면 내가 개입해서 지시를 내릴 테니까 걱정하지 말고."

"네, 알겠습니다. 팀장님."

"절대 서재이한테 휘둘리지 마. 서재이는 아직 혐의 벗지 못한 용의자라는 걸 간과하면 안 돼."

"네, 그럴게요."

대답은 잘 하고 있지만, 주원을 올려다보는 도담의 눈동자엔 긴장한 기색이 역력했다. 그런 그녀를 알아챈 주원은 그녀의 어깨를 부드럽게 붙잡고, 앞서 지시하던 목소리보다 훨씬 나직한 목소리로 정말 하고 싶은 말을 건넸다.

"너의 곁엔 내가 함께 있다는 걸 명심해."

잘 할 거라는 응원보다, 걱정하지 말라는 위로보다 그녀를 북돋아 주는 주원의 말. 순간 강하게 두근거리는 심장 때문에 겨우 정신을 다잡은 도담은 평소처럼 씩씩하게 고개를 끄덕였다.

"잘 하고 올게요. 팀장님이 함께 있어 주는 보람 있게."

그렇게 짧은 인사를 나눈 도담은 주원의 손길을 떠나, 현관문 쪽으로 등을 돌렸다.

"후우⋯."

마지막으로 심호흡을 하고, 아무 일 없는 척 현관문을 열고, 일부러 현관문 앞에 놓아두었던 택배 상자 안에서 도청기가 달린 반지를 꺼낸 그녀는 네 번째 손가락에 반지를 끼워 넣었다.

"다녀오겠습니다."

평범한 인사를 마친 그녀는 반지를 낀 손을 흔들며 주원에게 인사 했다. 주원은 그런 그녀와 눈짓을 교환하며, 마음을 내려놓기로 했다. 저렇게 겁을 먹고 들어가도, 실전에서는 누구보다 잘 해내는 사 람이라는 걸 알고 있으니까.

오늘은 서재이에게 그날의 일을 꺼내서 일부러 도발하는 날이었 다. 서재이가 무슨 반응을 보낼지, 반지 너머의 누군가는 또 어떤 일 을 벌일지, 하나도 모르는 상태에서 무턱대고 덤벼드는 꼴은 불나방 이나 다름없었다. 그러나 때로는 정면승부만큼 확실한 해결책이 없 었기 때문에, 주원은 가만히 결과를 기다리기로 했다. 진실은 언젠가 수면 위로 드러나게 되는 법이니.

너의 집으로
살고 싶어

"…도담이 보고 싶다."

창가에 서서 바깥을 물끄러미 응시하고 있던 재이가 혼잣말을 중얼거렸다. 커피를 세 잔 비우는 동안, 동쪽에서 떠올랐던 해가 중천까지 떠오르는 동안 참아보려 애썼던 말이었다. 하지만 오늘은 마땅히 부를 명목도 없었고, 그래서도 안 될 것 같았다. 그녀는 다 괜찮다고 했지만, 재이는 아직 도담의 가족을 두고 거짓말을 했던 죗값을 치르고 있다. 당분간 그녀에게 부담스럽게 매달리지 않는 것으로.

"오늘은 밖에 안 나오려나…."

재이는 그녀가 자주 다니는 곳을 살폈다. 오피스텔 공원, 편의점 앞, 단지 내 카페 근처. 가끔 그녀가 출몰하는 곳을 몇 시간 째 들여다보고 있지만 오늘은 도담의 그림자도 보이지 않았다. 밖에 나오지 않는다면 분명 바로 옆집에 있을 텐데, 그래서 더더욱 못 보는 아이러니. 역시 그때 거짓말을 괜히 했다. 그날 몇 시간 더 같이 있자고, 벌써 며칠째 눈치만 보고 있게 됐다. 재이는 긴 한숨을 내쉬며 착잡한 눈빛을 띠었다.

"하아…."

땡동.

그때 집 안에 벨이 울렸다. 마침 청소를 담당하는 도우미가 올 시간이어서 재이는 별 기대 없이 인터폰 쪽으로 고개를 돌렸다. 하지만 인터폰 액정에 뜬 얼굴은 전혀 예상치 못한 얼굴이었다.

"도담…?"

그녀를 발견한 재이가 홀리듯 현관으로 향했다. 깜짝 놀란 표정 그대로 현관문을 여니, 정말 보고 싶어 죽는 줄 알았던 그녀가 재이를 올려다보고 서있다.

"안녕, 재이 씨. 뭐 하고 있었어요?"

"나… 너 생각하고 있었어."

"농담하지 말고."

농담이 아니라 진짜인데.

도담은 재이의 대답을 가볍게 넘겨 버리고 집 안으로 들어섰다. 집안에 들어차는 익숙한 향기는 너무 반가운 나머지 희미해졌던 현실 감각을 일깨워 주었다. 그러자마자 재이의 얼굴에는 싱글벙글한 미소가 맺힌다. 그건 도담이 알고 있는 평소 재이 모습인지라, 도담은 그 행복한 얼굴을 보면서도 대수롭지 않은 질문만 던진다.

"밥은 먹었어요?"

"응, 아니."

"먹었다는 거야, 안 먹었다는 거야?"

"고민 중이야. 안 먹었다고 하면 너한테 혼날 것 같고, 먹었다고 하면 니가 그냥 갈 것 같아서."

"솔직하게 대답해요. 그냥."

"커피 세 잔 마셨어. 아, 중간에 속 쓰려서 비스킷도 하나 먹고."

"그럼 안 먹은 거네. 집에서 먹을 것 좀 가져올까요?"

"괜찮아. 이따 너 배고파지면 같이 먹을래."

자연스럽게 건네본 식사 약속에도 도담은 별말 없이 재이의 식탁에 자리를 잡았다. 그건 거절은 아닌 것 같았기에, 재이는 웃는 얼굴 그대로 그녀의 근처로 향했다.

"뭐 마실래? 차도 있고, 커피도 있고, 칵테일도 만들어줄 수 있어."

"난 괜찮으니까 일단 앉아 봐요. 할 얘기 있어서 왔어요."

"할 얘기? 무슨 얘기?"

"아주 중요하고 급한 얘기."

그리 말하는 도담은 그녀답지 않게 진지했다. 뭔가 이상한 낌새를 느낀 재이는 의아한 눈빛으로 그녀를 바라보며 맞은편에 앉았다.

"무슨 얘긴데 이렇게 분위기를 잡아?"

용건을 대놓고 물어보니, 도담은 그를 똑바로 마주한 채 입을 열었다.

"재이 씨 생일 파티 때 있잖아요. 그거 끝나고 우리 둘이 밥 먹고 헤어졌던 거 기억하죠?"

"응. 기억해."

"헤어지고 나서 뭐 했어요?"

"그날? 집에서 혼자 와인 마셨는데?"

재이가 당연하다는 듯 대답했다. 도담도 그가 그랬을 거라고 생각했지만, 증인이나 증거 없는 알리바이는 씨알도 안 먹힐 터였다.

"확실해요?"

"응, 확실해."

"그걸 증명해 줄 사람은 없고?"

"나 혼자 있었는데 어떻게 증명을 해."

"하아… 그렇지, 그렇겠지."

"왜? 무슨 일인데? 누가 어디서 나 봤대?"

재이가 아무것도 모르겠다는 순진한 눈으로 호기심을 드러냈다. 차라리 이 기회에 대놓고 물어야겠다고 생각한 도담은 깊게 숨을 들이마신 뒤, 준비한 말을 꺼내놓았다.

"그날 새벽에, 재이 씨가 몰래 나가서 범죄를 준비했다는 얘길 들었어요."

"범죄?"

"네, 사진도 봤어요. 누가 봐도 재이 씨로 보이는 사람이 찍혀 있었는데, 같이 얘기 나누고 있던 사람이 엄청 위험한 인물이라면서요."

"…."

주원이 시킨 대로 사진에 관해서 설명했건만, 재이는 아무런 반응이 없었다. 그저 멍한 눈으로 도담의 얼굴만 지그시 응시하고 있을 뿐.

"그 사진 진짜예요?"

"…."

"진짜 재이 씨 맞냐구요."

"…."

"재이 씨, 그날 새벽에 진짜 그 사람이랑 만나서 하면 안 되는 짓 저지르려고 했던 거 맞아요?"

답답해진 도담의 질문이 조금 더 노골적으로 변했다. 그때, 그녀의 귀에 들어 있는 통신기에서 작은 잡음이 나는가 싶더니 주원의 목소리가 들려왔다.

―온도담, 추궁은 그만하고 기다려.

그 말을 들은 도담은 곧장 입을 다물었지만, 눈빛만큼은 많은 말을 하고 있었다.

무슨 범죄를 말하는 거냐고, 하나도 이해 못 한 것처럼 물어봐요. 어디서 그딴 소리를 들은 거냐고, 누가 봐도 잘못 짚었다 싶게끔 화를 내요. 그게 아니라면… 내가 이런 얘기를 알고 있는 것에 놀란 사람처럼 나를 역으로 추궁해요. 재이 씨는 나를 속이지 않았다고, 정말 아무것도 모르는 사람이었다고 믿을 수 있게.

그렇게 간절한 마음으로 바란지 얼마나 지났을까. 재이는 작게 숨을 들이마셨고, 들리지도 않을 만큼 작은 목소리를 흘려보냈다.

"내가…."

도담의 온 신경이 그에게로 향했다. 지금 도담은 재이의 표정, 목소리, 말투, 그리고 아주 미세한 눈빛의 변화까지 읽어내려고 노력하고 있다. 잠깐 망설임 끝에 재이의 입에선 전혀 예상치 못한 되물음이 새어 나왔다.

"내가 아니라고 하면…."

"…."

"너는 믿어줄 거야?"

"재이 씨….."

"…믿어줄 거냐고 물었어."

도담의 가슴은 철렁 내려앉았다. 그녀의 바람과 달리 재이의 표정, 목소리, 말투, 그리고 아주 미세한 눈빛의 변화는 모든 걸 다 알고 있었던 사람처럼 보였기에.

아무것도 모르는 사람이라면 당연히 이해하지 못할 내용까지 전부 이해한 듯한, 의미심장하고도 난처한 질문이었다. 그런 재이를 보며 어떤 대답을 해야 할지 고르지 못한 도담은 입술을 꾹 다문 채 마른 침만 삼켰다. 누구도 대화를 이어나가지 않아서 생긴 무거운 침묵이 계속되고, 길어지는 시간만큼 주변 공기도 차갑게 얼어붙을 무렵이었다.

—정신 차려. 온도담.

주원이 그녀의 정신을 붙잡았다.

—자연스럽게 굴어. 서재이에게 휘둘리지 말고. 너는 아무것도 모르는 것처럼 돌아가는 상황을 설명해.

이어지는 지시는 순간적으로 백지가 되었던 흔들렸던 그녀를 단단히 붙들어주었다.

도담은 부자연스럽게 떨구었던 고개를 다시 들어 올렸고, 재이와 한 번 더 눈을 마주쳤다. 그러고는 주원의 명령대로 자연스럽게 상황을 설명하기 시작했다.

"내가 믿고 말고가 뭐가 중요해요. 나는 그냥 재이 씨한테 무슨 일이 생긴 것 같아서… 그래서 물어보는 건데."

"…."

"며칠 전에 낯선 사람들이 재이 씨에 대해서 심문하듯이 묻길래, 일단 아무것도 모른다고 해뒀어요. 실제로 아무것도 모르기도 하고, 왠지 그래야 할 것 같기도 했고…."

"…."

"어쨌든 분위기가 심상치 않아서 찾아 왔어요. 재이 씨는 원래 물가에 내놓은 어린 애처럼 걱정되는 사람이니까…."

그러나 또렷하게 이어지지 못하고, 자꾸만 흐려지는 목소리는 그녀의 말을 누가 봐도 변명처럼 들리게 했다. 도담은 지금 이 순간에도 그녀를 빤히 바라보고 있는 재이가 겁이 난다. 그가 두려워서가 아니라 나에게 속고 있는 그의 처지를 똑바로 보는 게 두려워서.

"도담아."

항상 이름만으로 불렸지만, 오늘은 다르게 들리는 그의 부름. 심장이 조여들 만큼 불안해하는 그녀에게, 재이는 온화해서 더욱 슬픈 목소리를 이어나갔다.

"나한테는 중요해. 니가 나를 믿고 있는지, 아니면 나를 떠날 준비를 하고 있는지."

"…."

"그러니까 제대로 대답해 줘. 너는 내가 무슨 말을 해도 믿어줄 거야?"

그리 묻는 당신에게, 나는 또 거짓말을 해야 할까.

"내가 재이 씨를 믿는다고 하면… 어떻게 할 건데요?"

안 그래도 그에게는 죄책감이 깊었던 도담은 어떻게든 애매모호하게 되묻기만 했다. 하지만 재이는 거기에 입을 꾹 다문 채 아무 말도 하지 않았다. 단호한 눈빛은 마치 지금 대답할 차례는 너라고 말해주는 듯했다. 고집스러운 그를 이길 자신이 없었던 도담은 결국 재이가 원하는 대답을 들려주었다.

"우린 좋은 친구 사이잖아요. 재이 씨를 믿는 게 당연하죠."

"…."

"그러니까 나한테는 무슨 말이든 해봐요. 들어줄 수 있는 건 다 들어줄게요."

한마디 한마디 내뱉을 때마다 콕콕콕 심장 한구석이 저렸다.

실은 지금 당신은 내 앞에서 가장 위험한데, 그걸 솔직하게 전하지 못하는 도담은 재이의 입술이 벌어지는 게 두렵다.

그러나 아무것도 모르는 재이는 그녀의 대답이 만족스러운지, 밝은 미소를 입가에 머금었다.

"그럼 됐어, 난."

제 운명을 하나도 알지 못하는 사람이기에 내비칠 수 있는 안도감.

"너만 나 믿어주면 돼. 다른 사람들은 나를 어떻게 생각하든 별로 상관없어."

그 끝에 따라붙는 건 그녀에 대한 강한 신뢰였다.

내가 있고 없고가 문제가 아닌데. 지금 당신에게 겨누어진 칼날은 내가 아닌 당신만이 치울 수 있는데.

'이 순간조차 나에게 매달리는 사람을 난 어떻게 대해야 할지….'

확실한 건 안일한 그가 바라는 믿음이 그를 구원해 주지는 못한다는 것이었다. 그에게는 그날의 알리바이가 있어야 했고, 그건 서재이 자신만이 증명할 수 있었다.

도담은 벼랑 끝에 선 그를 위해서라도, 좀 더 집중적으로 그날 일을 추궁했다.

"그렇게 안일하게 넘기지 말고 나한테 그날 일을 설명해 줘요. 나랑 헤어지고 나서 어디서 뭘 했는지, 나한테는 말해줄 수 있잖아요."

재이는 그런 도담을 빤히 바라보는가 싶더니, 낮은 목소리로 되물었다.

"도담이는 그게 왜 궁금해?"

"네?"

"내가 나쁜 사람일까 봐 무서워?"

의미심장한 질문이기는 했지만 그녀를 의심하는 기색은 조금도 없었다. 도담은 목소리에 조금 더 힘을 실어서, 그의 마음을 열기 위해 애썼다.

"재이 씨를 믿는데 왜 그런 걸 무서워하겠어요. 난 지금 재이 씨가 아니라, 재이 씨 주변에서 무슨 일이 벌어지고 있는 것 같아서 걱정돼요."

"괜찮아. 아무 일 없어. 나 멀쩡하게 도담이 눈앞에 있잖아."

"지금이야 그렇겠지. 그런데 그날 만난 사람들이 재이 씨를 범죄자 취급하는 것 같았으니까…."

"정말 괜찮다니까. 아무 일 없을 거야."

어째서 그걸 자신하는 걸까, 라고 생각하던 그 순간 재이가 의미심장한 첫 마디를 꺼내놓았다.

"내 처지는 내가 제일 잘 알아."

"처지…?"

"내 주변엔 보이지 않는 덫이 수없이 깔려있고, 한 발짝만 움직였다간 순식간에 그대로 붙잡혀서 잡아먹히겠지. 내가 망가지기만을 바라고 있는 사람들한테."

담담하게 꺼내놓는 절망은 도담이 인지하고 있는 그대로였다.

"그러니까 가만히 있어야 해. 뭘 하려고 하지도 말고, 벗어나려 하지도 말고 그냥 가만히…."

"…."

"가만히 있으면 아무 일도 일어나지 않을 거야. 지뢰밭에서 살아남을 수 있는 가장 확실한 방법은 한 발자국도 안 움직이는 거잖아."

그날의 알리바이보다 훨씬 더 많은 것을 증명해 주는 그의 체념 섞인 눈빛. 그걸 똑바로 마주하고 있는 도담은 직감적으로 확신할 수 있다. 서재이는 그저 덫 안에 걸린 채 목숨만 부지하고 있는 가엾은 희생양일 뿐, 탐욕을 앞세워 누군가의 인생을 파멸로 이끌 죄인이 아니라는 걸.

도담이 저도 모르게 걱정을 담아 말했다.

"그런 방법으로는 해결되는 게 하나도 없잖아요…."

그 말을 들은 재이의 눈꼬리가 둥글게 휘어졌다. 그러고서 하는 말은 무기력한 체념이었다.

"어차피 해결 못 할 일이야. 해결도 어디서부터 뭐가 잘못됐는지 알아야 하는 거잖아."

"왜 벌써 포기를 해요."

"포기가 아니라 현실을 받아들이는 거야."

깊은 늪에 빠진 그는 어느덧 발버둥 치는 것도 관둔 모양이었다. 재이가 그대로 절망에 잠식되도록 놔둘 수 없었던 도담은 강한 어조로 말했다.

"주변이 그렇게 지뢰밭이면 정신 똑바로 차리고 한 걸음씩 신중히 내디뎌서 빠져나가야지. 뭐라도 해봐야지."

순간, 그의 눈가에 어려있던 미소가 사라졌다. 가식적인 미소가 사라진 그의 눈빛은 차갑다 못해 쓰라렸다.

"그렇게 빠져나가면 뭐가 있는데?"

"그야…."

그의 상황을 온전히 알지 못하기에, 섣불리 대답해 줄 수 없는 질문. 순간적으로 말문이 막힌 도담은 머릿속으로 그럴싸한 희망을 찾아보려 애썼다. 하지만 재이는 그럴 틈도 주지 않고 뒷말을 이었다.

"나는 태어나길 지뢰밭에서 태어났어. 그래서 밖으로 나가려면 얼마나 걸어야 하는지, 그렇게 빠져나간 곳에는 뭐가 기다리고 있는지, 하나도 모르겠어."

"…."

"그러니까 니가 알려줘, 도담아. 내가 한 걸음 한 걸음 신중히 내디뎌서 힘겹게 빠져나가면, 지금 이런 삶에서 뭐가 나아질 수 있는지."

재이에게는 분명 원하는 답이 있었다. 도담은 그걸 어렴풋이 알 것 같았지만, 정답을 맞혀버릴까 싶어서 괜한 되물음만 던졌다.

"뭐가… 있었으면 좋겠는데요?"

그리고 바로 후회했다. 그의 입술로 직접 그 답을 꺼내게 하지 말 걸 하고.

"나는 니가 있었으면 좋겠어."

"…."

"너만 있으면 그 어떤 지옥이라도 빠져나갈 수 있을 것 같아."

그 어느 때보다 무겁게 꺼내진 그의 진심은 도담이 어떻게든 피해야 하는 감정이었다. 평소 같았으면 못 들은 척 외면하고 장난스럽게 밀어냈겠지만, 상처가 곪아 터진 그의 심장을 알게 된 지금은 차마 그럴 수가 없다. 마른침만 삼키고 있던 그때, 다 끝난 줄 알았던 재이의 말이 다시 이어졌다.

"이번 주말에 나랑 만나. 친구나 이웃으로서 말고, 데이트 상대로."

늘 그녀의 주변만 맴돌던 그 남자가 처음으로 내밀어 보는 손을 붙잡아주지 못하는 도담의 얼굴에 짙은 죄책감이 어렸다.

"재이 씨, 내 마음은…."

"알아, 다른 사람한테 가있는 거. 나한테는 희망도 없다는 거. 그래도 할 수 있는 건 다 해보고 싶어."

"…."

"올 인이라는 게 그런 거잖아."

하지만 고집스럽게 버티는 재이는 정말 막다른 길에 놓인 사람 같았다.

"지금까지는 얌전히 기다리기만 했으니까, 한 번쯤은 나한테도 기회를 줘."

"…."

"나는 너의 좋은 친구가 아니라… 니가 오래도록 머물러주는 너의 집으로 살고 싶어."

절절한 고백을 들은 도담이 입술을 몇 번 달싹이다가, 이내 맥없이 다물어버렸다.

—….

그리고 그건 통신기 너머의 주원도 마찬가지였다. 물론 그의 신경은 재이가 아닌, 재이의 진심을 똑바로 마주한 도담에게로 전부 향해 있었지만.

무슨 정신으로 작별인사를 했더라. 또 어떤 표정으로 그를 떠나왔더라.

집으로 돌아온 도담의 심정은 떠나기 전보다 더 복잡해진 상태였다. 눈앞에 닥친 위협엔 아랑곳하지 않고 오직 그녀의 믿음만을 바라던 재이의 모습이 가시처럼 마음에 걸린다. 그런 그의 태도가 주원이나, 반지 너머의 누군가에게는 어떻게 비쳤을지 모르겠다. 하지만 적어도 도담에게는 재이에 대한 강한 확신을 심어주었다.

서재이는 범인이 아니다. 제 삶을 체념하고 있는 그에게는 범행 동기도 없고, 그럴 의욕도 없다. 그러니 지금 그를 범인으로 몰아붙이고 있는 수사는 애초부터 틀려먹었다는 생각이 드는데….

'나도 다른 선배들처럼 그에게 홀리는 중인 걸까. 아니면 내 직감대로, 애초부터 범인은 서재이가 아니었던 걸까.'

도담은 고민이 그대로 드러나는 표정으로 현관문을 열었다. 그러자마자 마주친 얼굴은 도담만큼이나 가라앉은 눈빛으로 그녀를 바라보고 있었다. 잠시 그와 시선을 교환하던 도담은 고개를 까딱 숙여 인사했다.

"…다녀왔습니다. 팀장님."

주원은 그런 그녀를 바라보며 결과부터 보고했다.

"서재이랑 대화하는 동안 본부에선 아무런 연락도 없었어. 내가 먼저 연락해 봤을 때도, 상황을 인지하고 있는 듯한 느낌은 없었고."

"…."

"그 정도 도발에도 반응이 없는 건, 본부는 그 대화를 듣지 못했다는 뜻이겠지."

그의 말을 듣던 도담이 황급히 왼손 네 번째 손가락을 가렸다.

"지금 그런 말을 하시면…!"

그러자 주원은 그녀의 왼손을 붙잡았고, 끼워져 있던 반지형 도청기를 빼내며 대답했다.

"이제 이딴 거 신경 쓸 거 없어. 이걸 보낸 사람을 직접 만나서 담판을 지을 차례니까. 그렇죠, 양 팀장님?"

주원은 그리 물으며 반지형 도청기를 쓰윽 내려다보았다.

아무것도 모르는 신입을 이용해서 본부도 모르는 뒷공작을 펼친 양은화 팀장. 그녀가 본부 모르게 독단적으로 무슨 일을 꾸미고 있는지는 아직 알아내지 못했다. 하지만 이렇게까지 내몰린 이상, 그녀 성격에 시치미를 떼고만 있진 않을 것이다. 직접 주원의 앞에 나타나 맞부딪혔으면 맞부딪혔지.

"이건 내가 갖고 있지."

반지에서 도청기를 분리시킨 주원은 그대로 비닐팩 안에 넣어두었다. 마음 같아서는 도담을 위험한 일에 휘말리게 할 뻔한 그 도청기를 박살 내버리고 싶었으나, 훗날 귀중한 증거 자료가 될지도 모른다는 생각에 내린 선택이었다.

도담은 그런 주원을 물끄러미 바라보다가 넌지시 물었다.

"서재이랑 나눴던 얘긴… 들으셨어요?"

"들었어."

지나치게 간결한 대답에 대화의 맥이 탁 끊기게 했지만, 도담은 굴하지 않고 질문을 마저 이어나갔다.

"나 어떻게 해요?"

"… "

"이번 주말에… 어디로 가야 해요?"

재이와 마찬가지로 도담과 주말을 약속했던 주원은 깊은숨을 들이마셨다.

"너의 마음은 어떤데."

그러고는 애써 담담한 목소리로 되물었다. 이어지는 도담의 대답은 혼란스러운 심정을 고스란히 담고 있었다.

"나는 재이 씨가 너무 걱정돼요. 정말 삶을 놓아버린 사람처럼 살고 있어서, 정말 덫에 걸린 거라면 이대로 맥없이 부서져 버릴 것 같아요."

진심으로 재이의 운명을 걱정하는 도담은 이미 그를 범인이 아닌 희생양으로 확신하는 상태였다. 마음이 여린 그녀로서는 당연하다 싶은 반응이었다. 그런 그녀에게 부담감을 얹어주고 싶지 않았던 주원은 하고 싶은 대답 대신, 해야만 하는 대답을 꺼내놓았다.

"…그럼 걱정되는 쪽으로 가. 그것도 너의 임무니까."

하지만 흔들리는 눈빛마저 숨길 수는 없을 것 같아, 그녀로부터 몸을 돌리려던 순간 도담의 손이 주원의 옷깃을 꼬옥 붙잡았다.

"잠깐만요…."

아직 감정을 숨기지 못한 주원의 시선이 적나라하게 그녀를 향했다. 그 눈을 마주한 채, 도담이 꺼내놓는 목소리는 애가 닳도록 간절했다.

"그런데 나는… 그날, 팀장님의 고백을 듣고 싶어요."

"온도담…."

"나한테 올 인 한 그 사람이 전부를 잃으면 어떻게 될지 뻔히 아는데도…."

"…."

"나, 팀장님이 더 신경 쓰여요."

고백은 그녀답게 진솔했고 용감했다. 주원은 그를 붙든 도담의 손을 가만히 내려다보았다. 그러고는 시선을 다시 그녀의 눈동자 위로 옮겨두었다. 그를 간절히 원하고는 있지만, 한편으로는 불안함이 더 가득히 차오른 두 눈. 불안의 원인이 무엇인지 알고 있는 주원은 그런 그녀의 손을 부드럽게 감싸 쥐었다.

"그래, 서재이는 신경 쓰지 말고 나한테 와."

"…."

"그날 서재이의 연락은 하나도 받지 말고, 서재이가 널 찾아와도 매몰차게 돌려보내고, 서재이가 어떻게 되든 나만 신경 써."

그녀가 원했던 말이다. 하지만 주원의 대답을 들은 도담의 눈빛이 잠시 떨렸다. 그런 그녀를 바라보던 주원은 보다 낮은 목소리로 물었다.

"내가 그렇게 말하면… 정말 그래 줄 수 있겠어?"

찰나에 드러난 그녀의 속마음을 정확히 읽어냈기에 꺼내놓는 질문. 도담은 무턱대고 고개를 끄덕이려 했다. 정말 그러고 싶었다.

'나는 니가 있었으면 좋겠어.'

'너만 있으면 그 어떤 지옥이라도 빠져나갈 수 있을 것 같아.'

'나는 너의 좋은 친구가 아니라… 니가 오래도록 머물러주는 너의 집으로 살고 싶어.'

그런데 금방이라도 무너질 것 같았던 재이의 표정이 왜 자꾸 가시처럼 걸려오는지. 어차피 받아주지 못할 거라면 한시라도 빨리 그를 단념시켜야 한다는 걸 알고 있다. 그렇기에 지금 당장 무턱대고 인연을 끊어버릴 수 없었던 도담은 긴 한숨만 내쉬었다.

"하아…."

이윽고 꺼내놓는 목소리에는 그녀의 복잡한 심경이 그대로 담겨 있었다.

"당장 해결해야 할 일이 있다는 건 알아요. 하지만… 이대로 우리 사이가 또 흐지부지해질까 봐 겁나요."

"…."

"팀장님도 알잖아요. 제가 팀장님한테 닿기까지 정말 오래 걸렸다는 거. 이제야 팀장님 눈에도 제가 보이기 시작했는데, 이번에 미뤘다가 고백 자체가 없었던 일이 돼버리면 어떡해요."

주원의 옷깃을 붙잡은 그녀의 손에 조금 더 힘이 들어갔다. 지금 그녀는 겨우 가까워진 사이가 다시 멀어져 버릴까 싶어, 온 힘을 다해 붙잡아두려 하고 있다. 그 모습을 바라보던 주원은 뒤돌아서려던 몸을 다시 도담에게로 돌려놓았다. 그러고는 그녀의 움츠러든 어깨 위에 손을 올렸다.

"나 어디 안 가."

마음이 답답한 이 와중에도 그의 손길은 무척이나 따듯했다. 머지않아 흘러나온 목소리는 기주원답지 않게 부드러웠다.

"아니, 아무 데도 못 가. 어차피 성질머리가 이래서 너 말고는 받아줄 사람도 없어."

언제나 딱딱하기만 했던 주원의 입꼬리에 맺힌 장난스러운 미소. 그건 걱정 많은 그녀를 달래보려는 노력이었지만 도담의 표정은 좀처럼 나아지지 않았다. 오래도록 짝사랑을 앓았던 그녀는 사랑을 미뤄두는 일이 몹시 걱정스럽다. 그래도 이 상황에 한 가지 다행인 일이 있다면, 그녀의 걱정은 주원이 달래줄 수 있다는 것이었다.

"온도담."

주원이 그녀의 이름을 불렀다. 근심 걱정 가득하던 도담의 눈동자가 곧장 그에게로 향했다. 주원은 그 눈을 똑바로 마주한 채, 느린 숨을 들이마셨다.

"너한테 하고 싶은 말, 그냥 지금 할게."

그런 뒤 이어내는 말은 달콤한 긴장감과 맞물려 벅찬 기대감을 피워냈다. 왠지 알 것만 같은 그의 고백은 도담의 심장을 하염없이 부풀게 만든다.

"팀장님⋯."

"좋아한 지 오래됐다고는 말 못 해. 사실 얼마 전까지만 해도 니가 귀찮았고, 네 마음이 부담스러웠고, 그래서 밀어내기만 했었으니까."

"…."

"그런데 어느 순간부터 니가 귀찮지 않아졌고, 너의 마음이 신경 쓰였고, 좀 더 너에게 다가가고 싶어졌어."

서툴지만 솔직하게 꺼내 보는 감정. 이 지루하고 군더더기 많은 문장들을 한마디로 정리하자면….

"좋아해."

"…."

"나는 너를 남들보다 특별한 의미로 좋아하고 있어."

귓가로 흘러들어온 그의 고백은 도담의 머리가 아닌, 왼쪽 가슴으로 짙게 스몄다. 분명 그의 마음을 받으면 하고 싶은 대답이 있었는데, 지금은 하나도 생각 안 날 만큼 머릿속이 새하얘진다. 얼마나 그의 얼굴만 멍하니 바라보고 있었을까.

"주말까지는 마음의 준비 중이었는데… 갑자기 꺼내니까 민망하긴 하네."

갑자기 새삼스레 수줍어진 주원이 붉어진 뺨을 문질렀다. 도담이 알던 주원과 180도 다른 그 모습은 삼시 흐려졌던 이성을 돌아오게 만들었다. 그녀는 꼭 잡은 옷깃을 놓지 않은 채 물었다.

"그럼… 나랑 만나줄 거예요? 그냥 직장 선후배가 아니라 남자 대 여자로?"

"너만 괜찮다면…."

"그렇게 나한테 미루지 말고 똑바로 대답해 줘요. 팀장님 이제 내 거예요?"

직접적인 질문은 주원에게만큼은 의미가 깊었다. 삼십 년을 사는 동안 그는 오직 자기 자신만 믿고 살았고, 누구의 남자가 되는 삶은 상상해 본 적도 없었으니까. 하지만 나의 주인이 너라면 그런 삶도 괜찮을 것 같다는 생각이 든다. 다른 사람들의 연애사를 들을 때마다 쓸데없는 감정 소비라고 생각했는데, 그 연애사를 너와 함께 쓰는 거라면 내게는 큰 의미가 될 것 같다.

주원은 그를 일방적으로 붙들고만 있던 도담의 손을 맞잡아주었다. 그리고 웃음기 밴 나긋한 목소리로 대답했다.

"아직은 아니지. 그래도 기다려는 줄게."

"…."

"이 머릿속에 나만 받아들일 준비가 되어있을 때까지."

언제나 차갑게만 나를 응시했던 당신이 처음으로 예쁘게 지어 보이는 미소. 이 광경을 어떤 아름다운 단어로 표현할 수 있을까. 아무리 대단한 시인이 와도 완벽하게 묘사하진 못할 거야. 적어도 이 얼굴을 직접 보고 있는 내 생각엔 그래.

도담은 주원의 손을 두 손으로 꼭 쥐고 크게 심호흡을 했다. 그러지 않으면 설렘 때문에 숨이 멎어버릴 것만 같아서였다. 그렇게 겨우 정신줄을 다잡고, 도담은 이제야 진심을 알아주는 그에게 약속했다.

"저 이번 주말까지 머릿속에 있는 걱정들은 싹 다 정리할게요. 그리고 난 다음엔…."

"…."

"내 머리에도, 내 마음에도 기주원 하나만 담아둘 거예요. 내 안에 한 번 들어오면 절대 못 나가니까 각오 단단히 해요."

참 그녀다운 대답이었다. 각오 대신 기대감만 가득해진 주원의 미소가 더욱 짙어졌다. 그 미소를 혼자만 감상하고 있는 도담의 가슴이 한순간에 부풀어 오를 만큼 아름답게.

＊ ◆ ＊

산업보안3팀 팀장실.

컴퓨터 앞에 앉은 양은화 팀장의 표정은 그리 밝지 않았다. 한동안 밤낮도 없이 서재이와 온도담의 상황을 숨어 듣고 있었건만.

'그렇죠, 양은화 팀장님?'

하필 기주원이 눈치를 채다니…. 어쩐지 오늘, 의외로 조직에 수동적인 온도담답지 않게 서재이에게 도발한다 했다.

이건 양 팀장이 은밀한 공작 중 처음으로 맞는 위기였다. 지금까지는 적당히 수사에 끼어들면서 눈에 안 띄는 제삼자의 포지션을 유지하고 있었는데, 이렇게 덜미가 잡힌 이상 기주원의 추궁을 피해갈 수는 없을 터였다.

까득.

초조해진 양 팀장은 이를 갈며 돌아가는 상황을 찬찬히 짚어보기 시작했다. 주원이 어디까지 알고 있는지는 모르겠다. 그녀와 내통하고 있는 자가 있다는 것까지는 충분히 예상 가능하겠지만, 그자가 누군지 정확히 파악해내는 데까지는 분명 시간이 필요할 거다. 그게 몇 주가 될까, 아니면 며칠이 될까. 정확히 계산하기는 힘들어도, 양 팀장은 주원보다 발 빠르게 일을 처리할 자신이 있었다. 서재이가 브로커라는 증거는 이미 만들어두었고, 서재이는 자신의 알리바이를 증명할 방법이 없을 테니, 본부에서는 아주 쉽게 그를 범인으로 단정 지을 것이다.

'제출했던 증거 사진도 부장 선에서까진 통과했어. 이제부터 일사천리로 범인을 검거할 일만 남았는데, 천하의 기주원도 어쩌지는 못하겠지.'

아마 주원은 수일 내로 직접 그녀에게 찾아와 물을 것이다. 왜 조력자의 가면을 쓰고, 이런 짓을 하고 있느냐고. 거기에 대한 답을 숨길 생각은 없다. 그러나 말해봤자, 기주원은 제대로 이해하지도 못할 것이다.

지금 기주원이 열심히 달려서 도착한 그곳에 다다르기까지 나는 너무 오랜 시간이 걸렸다. 여기까지 오는 동안 유독 나만 사사건건 평가 절하당해야 했고, 도약의 기회마다 유리천장에 부딪혀야 했고, 수많은 편견과 맞서 싸워 이겨내야만 했다. 그 오랜 싸움을 하고 나서 이 자리에 섰건만, 지금도 사람을 방출할 때가 오면 가장 먼저 거론되는 나의 이름. 그동안 내 안의 패기는 욕망이 되었고, 그걸 충족시켜만 준다면 썩은 동아줄도 상관없었다. 그 줄을 잡고 내 실적을 챙기는 일이 정의롭다고 할 수는 없겠지만, 그렇다고 해서 조직을 배반하는 건 아니라고 생각한다. 어차피 운성 중공업 대표가 원하는 건 서재이가 범인임을 밝혀내는 것일 뿐. 진실은 아무래도 상관없을 테니.

생각을 마친 양 팀장은 휴대폰을 들었다. 그러고는 익숙하게 누군가의 번호로 전화를 걸었다. 잠깐의 통화 연결음 끝에 그의 목소리가 들렸다.

―네. 말씀하시지요.

언제 들어도 소름 끼치게 차가운 음성. 양 팀장의 입술이 오늘따라 무겁게 열렸다.

"좋지 않은 뉴스가 있습니다. 대책이 필요할 것 같은데… 시간이 되신다면 만나 뵙고 싶습니다. 최우석 상무님."

＊ ◆ ＊

햇살 좋은 토요일 오후.

"이 정도면 괜찮아 보이나…."

거울 앞에 선 재이의 손이 분주했다. 오늘 입고 나갈 옷은 어제 진작 골라놨는데 왜 다 입고 나니 마음에 안 드는지. 어지간한 헤어 디자이너보다 잘 만진다고 자부했던 머리는 왜 오늘따라 영 어색해 보이는지. 대체로 만족스러웠던 제 모습이 좀처럼 성에 차지 않아서, 그는 좀처럼 거울 앞을 떠나지 못하는 중이다.

재이는 잠시 거울에서 눈을 떼고 세 손목을 확인했다. 생일날 도담이 선물해줬던 시계가 언제나처럼 정확한 시간을 알렸다. 원래의 목적은 시간을 알려주는 것이 아닌, 재이의 일거수일투족을 감시하는 용도였으나 파티가 끝나고 간이 본부가 해산되면서 통신 기능도 끊겼다. 하지만 애초부터 그 사실을 몰랐던 재이에게는 여전히 소중한 선물이었다. 어찌나 열심히 차고 다니는지, 받은 지 얼마 되지 않았는데도 흠집이 제법 났다.

"시간이… 아, 십 분 남았구나."

도담을 만나러 가야 할 때가 되었다는 걸 알아차린 재이는 아쉬움을 접어두고 거울 앞을 떠났다. 향수는 잠시 고민하다가 향이 그리 세지 않은 것으로 집어 들었다. 하지만 뿌리기 전 잠시 멈칫했다.

'향이라도 짙게 배야 조금이라도 더 오래 내 생각을 해주겠지.'

그녀에게 조금이라도 더 관심받고 싶은 재이는 처음 고른 향수를 내려놓고, 겨울 장미 향이 강하게 나는 향으로 다시 선택했다.

칙칙.

두어 번 뿌렸을 뿐인데, 향은 누구라도 의식할 만큼 짙게 그의 몸을 휘감았다.

오늘은 도담에게 고백하는 날. 그 사실을 의식할 때마다 재이의 가슴은 두근거리다 못해 터질 듯이 부풀어 오른다. 패기롭게 예고해 놓고서는 어찌나 긴장되던지, 어젯밤엔 한숨도 제대로 자지 못했다. 이런 모습만 보면 일생일대의 첫 고백 같겠지만, 사실 재이만큼 많이 사랑을 말해본 사람도 드물 것이다. 그동안 그는 자신을 원하는 이들에게 당연하다는 듯 사랑을 말했고, 그 마음은 참 쉽고 가벼웠다. 하지만 누군가를 먼저 원하고, 그 사람의 마음을 먼저 바라서 고백하는 건 이번이 처음이었다. 내 고백이 이미 다른 사람에게 향한 그녀의 사랑을 받을 가능성은 희박하겠지만.

'그래도 너를 곁에 둘 수만 있다면 괜찮아. 어차피 사랑받지 못하는 건 익숙하니까.'

어둡고 긴 짝사랑의 시간. 이 끝에서 만났으면 하는 건 오직 그녀 하나뿐. 거울 속 제 모습을 다시 확인한 재이는 입꼬리를 들어 올렸다. 긴장감을 적당히 숨긴, 그럴싸한 미소가 얼굴에 어렸다. 도담에게 가장 익숙한 그 표정을 유지한 채, 재이는 드레스룸을 떠났다. 그리고는 막 차 키를 챙겨 들려는데 초인종이 울렸다.

띵동.

혹시 그녀가 먼저 찾아왔나, 싶어진 재이는 서둘러 거실로 향했다. 하지만 인터폰 화면 속 얼굴을 보자마자 겨우 짓고 있던 미소를 딱딱하게 굳혔다.

"기주원…?"

눈에 보여도, 보이지 않아도 충분히 신경 쓰이는 그녀의 남자 기주원이 그의 집으로 찾아왔다. 그것도 그녀에게 고백하기로 마음 먹은 당일, 약속 시간 직전에. 전혀 달갑지 않은 손님의 등장에 재이의 눈빛엔 불편한 기색이 역력해졌다.

"여긴 왜…."

인터폰 속 얼굴을 확인한 재이의 눈빛이 흔들렸다. 기주원의 등장은 너무나도 뜻밖이어서, 왜 여기 찾아왔는지 이유를 감히 예상하지도 못하겠다.

띵동.

너무 당황한 나머지, 인터폰 화면만 쳐다보고 있던 재이는 또 한번 들리는 초인종 소리에 정신을 다잡았다. 그리고는 얼굴 표정을 딱딱하게 굳힌 채 현관으로 다가섰다. 긴장한 손으로 현관 문고리를 잡아 돌리자, 문이 열리기만을 기다리고 서있던 주원과 바로 시선이 마주쳤다.

"…."

"…."

두 남자 사이에 흐르는 잠깐의 침묵. 그걸 먼저 깨고 입술을 뗀 건 주원이었다.

"몇 분 정도 시간 괜찮습니까."

"…."

대답은 하지 않았다. 그는 별로 말을 섞고 싶은 상대가 아니라서. 하지만 애초부터 동의 같은 건 기대하지도 않았던 주원이 현관문을 마저 열고, 재이의 집 안으로 성큼 들어섰다.

철컥.

혹시나 밀려날까, 들어오자마자 현관문부터 닫은 주원은 재이를 바라보았다. 매섭게 올라간 눈매에서는 서늘한 냉기가 느껴졌다. 물론 좋은 얼굴로 대화할 사이는 아니었지만, 오늘 주원의 분위기는 유독 건조했다.

재이는 그런 주원의 얼굴만 빤히 바라보았다. 할 말 있으면 해보라는 의미였다. 그걸 알아들었는지 주원은 자신을 반기지 않는 재이에게 곧장 본론부터 꺼내놓았다.

"오늘 내 아내를 만난다고 들었습니다."

"…."

"평소에도 종종 만나서 시간을 보내는 건 알고 있었지만, 아내 표정을 보니 오늘은 조금 다른 의미인 것 같더군요."

거기까지만 듣고도 재이는 뒤에 이어질 말을 알아챘다. 그는 억지스러운 미소를 만들어냈고, 여유로운 척 느리게 되물었다.

"그래서… 날 막으러 온 건가요?"

그 말을 들은 주원은 낯빛 하나 바꾸지 않고 대답했다.

"나한테 그럴 자격이 없다는 건 그쪽이 더 잘 알지 않습니까? 내가 막는다고 해서 관둘 것도 아닐 테고."

"그게 아니면, 나한테 찾아온 이유가 뭐죠?"

"그 사람한테 의지하는 건 딱 오늘까지만 하라고."

표정에 변화는 없었지만, 순식간에 가라앉은 목소리였다. 그것이 그의 적대감이라 생각한 재이는 예의상 머금고 있던 미소를 싸악 거둬냈다. 하지만 뒤에 이어지는 주원의 말은 경계와 거리가 멀었다.

"하고 싶은 말은 뭐든 해. 무슨 감정이든 꺼내놓고 싶은 대로 꺼내봐. 그 사람 성격이라면 흘려듣진 않을 거야."

"…."

"그런데 그 뒤에 무슨 대답이 떨어지든, 깔끔하게 받아들여 줬으면 해. 나 때문이 아니라 너 자신을 위해서라도."

언뜻 충고처럼 들리는 주원의 말에 재이는 헛웃음을 흘렸다. 그는 주원의 얼굴을 똑바로 바라보았고, 또렷한 음성으로 되받아쳤다.

"그 사람이 날 밀어낼 거라고 확신하는 거예요?"

"그건 본인이 가장 잘 알지 않나?"

"글쎄요… 솔직히 나는 기대하는 중이에요. 그 사람이 무슨 고백을 해야 내게 와줄지, 조금은 알 것 같거든요."

헛된 오기라고 치부해버리기엔, 재이의 눈빛이 그 어느 때보다도 단호했다. 대체 어떤 부분에서 확신을 가지고 있는 건지는 몰라도, 재이는 오늘의 고백에 많은 희망을 건 모양이다. 그러나 그런 그가 한 가지 간과하는 게 있다면, 도담은 이미 그의 마음을 단념시킬 준비를 하고 있었다.

'저 이번 주말까지 머릿속에 있는 걱정들은 싹 다 정리할게요.'

'그리고 난 다음엔… 내 머리에도, 내 마음에도 기주원 하나만 담아둘 거예요.'

'내 안에 한 번 들어오면 절대 못 나가니까 각오 단단히 해요.'

오늘의 서재이 만큼이나 커다란 결심을 하는 도담은 재이의 바람대로 따라주지 않을 테지만….

'현실은 본인이 직접 마주하는 편이 낫겠지. 지금은 무슨 말을 해도 외면할 게 뻔하니.'

주원은 재이를 똑바로 마주한 채 다시 한 번 입을 열었다.

"무엇을 기대하는 건 내가 간섭할 일이 아니니, 긴말하지 않겠습니다. 오늘 다 털어버리고 오늘 다 정리하세요."

그리고 한 번 더 당부를 건넸다. 재이는 별말 하지 않았으나, 어차피 대답은 기대하지도 않았다.

"…그럼 이만."

짧은 인사말을 끝으로 현관을 나서는 주원의 뒷모습에선 초조함이라고는 찾아볼 수 없었다. 그것만으로도 충분히 느껴지는 자신감은 그녀의 사랑을 받는 사람으로서는 당연한 것이었다.

하지만 나도 아무 가망 없다고 생각하고 싶진 않아. 분명 그녀를 붙잡아둘 수 있는 무언가가 있을 거야.

순간, 하얗기만 하던 재이의 머릿속에 오늘 그녀를 데려갈 데이트 코스가 떠올랐다. 그곳은 재이조차도 발길을 끊은 지 오래였지만, 그녀의 발길을 매어두기에는 더할 나위 없이 제격인 장소였다.

다시 두 눈에 빛을 되찾은 재이는 곧바로 차키를 챙겨 들었다. 그러고는 주원만큼이나 스스럼없이 걸음을 옮겼다. 감정을 정리해야 할 사람이 누구인지, 확실히 깨닫게 해주겠다는 일념 하나로.

* ◆ *

"어디 다녀왔어요?"

잠깐 집을 떠났다가 금세 다시 돌아온 주원에게 도담이 물었다. 가지런히 신발을 벗어둔 주원은 아무렇지 않은 표정으로 서재로 향하며 대답했다.

"그냥. 밖에."

도담은 그런 그의 뒤를 졸졸 따르며 의심스러운 눈초리를 보냈다.

"거짓말. 옆집 문이 열렸다 닫히는 소리 다 들렸어요."

"아닌데."

"내가 그렇게 걱정돼요?"

"그런 거 아니라니까."

의외로 기주원은 거짓말을 잘 못 하는 성격이다. 계속 아니라고는 하면서도 도담과 눈을 맞추지는 못하니까.

'분명 옆집에 갔다 온 것 같은데….'

물증은 없어도 심증만큼은 확실했던 도담은 미심쩍은 시선으로 주원의 뒷모습을 바라보았다. 하지만 그 의구심은 오래 가지고 있을 필요가 없었다.

띵동.

머지않아 들려온 초인종 소리와 함께 인터폰에 떠오른 재이의 얼

468

굴. 그건 도담에게 답이나 마찬가지였으니.

"어? 재이 씨다."

재이가 온 것을 확인한 도담이 슬쩍 주원의 눈치를 살폈다. 그도 그럴 것이 오늘은 재이에게 고백을 받으러 가는 날이었고, 주원도 그 사실을 아는 이상 마음이 편치는 않았기 때문이었다. 재이를 맞이하기 전에 한 번 더 안심시키기라도 해줘야 하나, 고민이 되었다.

"가서 문 열어줘."

서재에 들어선 주원이 아무렇지 않게 책상을 정리하며 말했다.

"오늘 너무 늦지는 말고, 장소 바뀔 때마다 연락 정도는 남겨놓고."

이어지는 당부는 마치 외근을 배웅하듯 단조로웠다.

'정말 별일 없었던 건가?'

도담은 고개를 갸웃거리며 현관으로 향했다. 그녀의 옷차림은 평소 마트에 갈 때와 다름이 없었지만, 나갈 준비는 이것으로 끝이었다. 오늘의 만남에 과한 의미를 두지 않았다는 걸 재이도 알아줬으면 해서였다.

"지금 나가요."

도담은 최대한 태연한 표정을 유지한 채 현관문을 열었다.

"안 그래도 저 지금 나가려고 했는데…."

평범한 첫 인사를 꺼내려다가 문득 말을 멈추었다. 누가 봐도 특별한 날을 앞둔 사람처럼, 머리부터 발끝까지 말끔하게 꾸민 재이의 모습 때문이었다.

"그럴 줄 알고 데리러 왔어. 오늘도 예쁘네."

재이는 신경 쓰지 않은 도담의 옷차림이 무색할 정도로 진심 어린 칭찬을 건넸다.

"그냥 맨날 입던 옷인데, 뭐…."

도담은 평소처럼 그를 대하고 싶었건만, 너무 다른 그의 분위기에 살짝 놀란 나머지 평정심을 잃어버렸다. 그가 오늘을 어떤 마음으로 준비했는지 이렇게 훤히 보이는데, 동요하지 않기란 참 어려운 일이었다. 그런 그녀를 눈치챘는지, 재이가 눈꼬리를 곱게 휘며 물었다.

"내가 그렇게 멋있어?"

"무슨 말도 안 되는 소릴…!"

잘못 짚어도 한참 잘못 짚은 재이에게, 도담은 버럭 언성을 높였다. 하지만 재이는 굴하지 않고, 생글생글 웃는 낯으로 그녀 앞에 쪼그려 앉았다.

"아닌 척하긴."

재이는 자상한 손길로 그녀가 자주 신는 운동화를 신기 좋게 돌려주었다. 그 낯 뜨거운 친절에 당황한 도담은 서둘러 그를 말리려 했다.

"내가 알아서 신을게요. 일어나요."

"싫어. 나 왕자님 같은 건 다 해보고 싶단 말이야."

하지만 고집스럽게 신발을 잡고 있는 재이는 아무래도 곱게 물러나지 않을 모양이다. 어차피 이것도 오늘로 마지막이라고 생각한 도담은 마지못해 발을 집어넣었다.

"하아… 내가 정말 못 살아."

이 광경을 서재에 있는 주원이 보지 못한 건 정말 천만다행이었다. 재이는 도담이 신발 두 짝을 모두 신고 난 다음에야 똑바로 몸을 일으켜 세웠다. 다시 마주한 그의 얼굴은 조금 더 짙은 미소를 띠고 있었다. 도담은 그 살가운 얼굴을 애써 외면한 채 먼저 현관문을 열었다.

"주차장으로 나가면 되는…."

하지만 몸을 반쯤 빼냈을 무렵.

"잠깐만 도담. 먼저 나가있어."

재이가 그녀를 마저 문밖으로 밀어내고는, 현관문을 슬며시 닫아버렸다. 얼떨결에 복도로 내몰린 도담은 곧장 뒤로 돌아 문을 두드렸다.

"어머나! 저기요! 재이 씨는 왜 안 나오는데요!"

그러나 재이는 대꾸조차 하지 않고, 도어 록마저 잠가버렸다.

"재이 씨!"

복도에서부터 똑똑히 들려오는 그녀의 목소리. 심상치 않은 분위기를 느낀 주원이 서재에서 나와, 소란스러운 현관으로 향했다. 그러자마자 마주친 재이의 얼굴은 주원의 심기를 몹시 거슬렀다.

"뭡니까. 지금."

주원은 가시 돋친 눈빛으로 재이를 마주했다. 그에 비해 재이는 부드러운 미소를 띤 채, 또렷한 목소리로 입을 열었다.

"나도 할 말이 있어서 왔어요."

"할 말?"

듣고 싶지 않아도 주원의 신경이 재이에게로 기울었다. 그 타이밍을 놓치지 않고 이어지는 재이의 말은 처음 듣는 데도 어쩐지 익숙했다.

"오늘 도담이가 마음을 정하면, 기주원 씨도 받아들여 줘요. 되묻지 말고 설득하려고 하지 말고. 그냥 그게 저 사람의 결정이구나, 하고."

아무래도 내가 했던 얘기를 그대로 돌려주려 온 듯한데…. 눈 하나 깜짝하지 않고 꺼내놓는 저 말을 자신감이라고 해야 할지, 아니면 자만이라고 해야 할지.

주원은 그런 재이에게 아무런 대꾸도 하지 않았다. 어차피 무슨 얘기도 안 먹힐 상대라는 걸 알기 때문이었다. 그러나 재이는 전혀 상관없다는 듯, 마지막 말을 내뱉었다.

"나 그 말 하러 왔어요. 제대로 시작하기 전에."

순간 미소를 유지하고 있는 재이의 입꼬리가 굳은 듯 보였다면, 그건 내 기분 때문일까.

용건을 끝마친 재이는 그제야 도어 록을 풀었다. 주원은 그가 현관문을 열고 나서는 모습을 바라보며 한동안 가만히 서있었다. 분명 그의 희망은 오늘 바로 꺾여버릴 텐데, 어쩐지 마음 한편이 불편하다. 쓸데없이 고집부리는 모습이 짠해서인지, 아니면 근본 없는 자신감이 불길해서인지는 모르겠지만, 신경 쓰지 않으려 해도 신경이 쓰이고 예민해진다.

확실히 그의 마음을 단념시키고, 나에게로 오겠다는 그녀의 약속. 그에 대한 의심은 조금도 없지만, 그렇다고 해서 편한 마음으로 기다리고 있지는 못할 것 같다. 오늘 그녀가 뿌리쳐야 할 사람은 벼랑 끝에 매달린 자이니.

"나만 쫓아내고 무슨 얘기 했어요?"

"비밀."

"아까 우리 남편이 재이 씨 만나러 간 거 맞죠? 둘이 뭔 일 있었죠?"

"그게 중요한 게 아니야, 도담. 우리 갈 길이 멀어. 점심은 휴게소에서 먹자."

"뭐? 휴게소? 대체 어딜 가는데 휴게소까지…."

현관문 앞에서 들려오던 두 사람의 목소리가 엘리베이터 쪽으로 멀어지다가, 이내 사라졌다. 하지만 덩그러니 남겨진 주원은 한동안 현관 앞을 떠나지 못했다. 불안하리만큼 흔들림 없었던 재이의 눈동자가 가시처럼 마음에 걸려왔기에.

* ♦ *

"우리 진짜 어디 가는 거예요?"

도담이 묵묵히 운전만 하는 재이에게 물었다. 오늘은 날이 날이니만큼, 평소 재이가 자주 가는 강남의 레스토랑이나 라운지에나 갈 줄 알았는데. 그의 차는 벌써 두 시간 째, 고속도로만 쌩쌩 달리고 있다.

"거의 다 왔어. 바로 저 앞이야."

재이는 그리 말했지만, 이 길의 끝은 보이지도 않았다. 안 그래도 집에 홀로 남아 있는 주원 때문에 마음이 편치는 않았던 도담은 대놓고 툴툴거렸다.

"다 오기는 뭘 다 와. 이제 출구도 없는 해변도로구만."

하지만 그녀가 말한 그 해변도로에서 재이의 차는 서서히 속도를 줄였다.

"아마 이쯤이었던 것 같은데…."

재이의 혼잣말이 끝나기가 무섭게, 그의 차가 해변도로 갓길에 멈쳐 섰다. 여기가 어딘지, 정말 목적지로 정해둔 곳이 맞는지, 의아했던 도담은 두 눈을 동그랗게 뜨고 물었다.

"여기서 내리는 거예요?"

"응. 조심히 내려. 간간이 차 다니니까."

"그냥 도로인데?"

아직 하나도 이해하지 못한 도담은 섣불리 안전벨트를 풀지 못했다. 그러나 차를 멈춰 세우자마자 내릴 준비를 마친 재이는 운전석 문을 열었고, 밖으로 나서기 전에 의미심장한 한마디를 남겼다.

"그냥 도로 아니야."

"…."

"우리 엄마 보러 온 거야."

쉽사리 이해되지 않는 그의 대답에, 도담의 눈빛에 의아함이 물들었다. 무슨 말인지 전혀 이해하지 못하는 듯한 그녀를 두고, 재이는 차에서 내렸다. 운전석 문을 열자마자 강한 바람이 쌩쌩 불어닥쳤다. 그리 차가운 온도는 아니었지만, 피부에 닿는 느낌은 어쩐지 서늘했다.

"엄마…?"

도담은 하나도 이해하지 못한 채, 얼떨결에 재이를 따라 차에서 내렸다. 그러자마자 트럭 한 대가 빠른 속도로 그들의 옆을 스쳐 지나갔다. 높은 산을 깎아 만든 이 해안도로는 난간 아래가 바로 절벽이라, 아무리 봐도 누군가 살고 있을 만한 환경이 아니었다. 도담은 어쩐지 등골이 싸해지는 것을 느끼며 재이에게로 다가갔다. 그는 아찔한 해안 도로 난간 앞에 서서 파도가 바위에 부딪쳐 으스러지는 모습을 가만히 내려다보고 있었다. 여기 왜 온 거냐고 다시 한번 묻고 싶지만, 어쩐지 입이 떨어지지 않았다. 그래서 재이의 옆에 가만히 멈춰선 채, 그의 입이 열리기만을 기다리고 있으니 재이가 영문 모를 질문을 던졌다.

"여기서 툭 하고 떨어지면 아플까?"

난간 아래 날 선 바위들을 똑바로 내려다보고 있으면서도, 도담은 그런 재이에게 곧장 대답했다.

"아픈 게 문제예요? 목숨이 날아가게 생겼는데."

"하긴, 누구라도 죽겠지."

재이는 그 말 끝에 옅은 미소를 머금었다. 입꼬리를 들어 올리고 있지만 도저히 웃는 모습으로 보이지 않는, 아주 씁쓸한 웃음기가 아슬아슬하게 머물러 있었다.

"그래도 최대한 안 아프게, 한 번에 숨이 끊어졌으면 했어."

이어지는 말은 도담의 머릿속을 조심스레 맴돌고 있던 생각을 선명해지게 만들었다.

"우리 엄마, 나 때문에 고생을 참 많이 했거든."

죽음을 논하는 시점에서 나온 그를 낳아준 사람의 이야기. 앞뒤 상황만으로 그가 하려는 말을 이해해버린 도담의 표정에 놀란 기색이 어렸다. 하지만 재이는 아랑곳하지 않고 다시 말을 이어나가기 시작했다.

"우리 엄마는 말이야. 지금 내 아버지로 살고 있는 회장님의 비서였어. 나이 차이가 무지 났었는데, 엄마는 그래도 회장님이랑 장밋빛 미래를 꿈꿨었나 봐. 번듯한 가족이 있는 남자였는데도."

"…."

"뭐, 그때의 엄마는 지금의 나보다도 한참 어린 스무 살 초반이었으니까. 세상 물정을 너무 몰랐지. 게다가 회장님은 너무 노련한 인간이었고."

"…."

"아마 그게 문제였던 것 같아. 불장난은 둘이 했는데 딱 한 사람만 불에 타서 재가 되어버렸으니까."

막힘없이 조곤조곤 시작된 이야기였다. 하지만 어느 한 곳에 맺히지 못하고 허공만 향해 있는 재이의 눈빛을 보면, 그런 얘기를 꺼내놓는 일이 익숙하진 않아 보였다. 도담은 잠시 그를 말려야 하나 고민했으나, 이야기는 그럴 새도 없이 더욱 암울한 구간으로 접어들었다.

"엄마는 쾌락에 이용만 당하다가 겨우 나 하나를 가졌어. 아니다, 병처럼 얻었다는 표현이 더 낫겠다. 난 엄마의 행복에 별 도움이 되지 않았거든. 나 때문에 그 사람을 못 만나게 되었다나 뭐라나…."

"재이 씨…."

"날 많이 미워하던 여자였어. 날 가장 많이 아프게도 했고."

"…."

"그래도 나는 그 사람을 많이 좋아했었던 것 같아. 지금 생각해 보면… 그래."

담담한 척하려 애쓰던 재이의 뒷말이 흐려졌다. 오랜 시간이 지난 이야기일지라도, 그에게는 아직 아물지 않은 상처인 듯 보였다. 고통스러워하는 그를 두고 볼 수 없었던 도담은 적극적으로 그를 말리기로 했다. 그녀는 난간 위에 아슬하게 걸쳐진 그의 손목을 잡았고, 걱정이 가득한 눈빛으로 그를 올려다보았다.

"힘들면 얘기 안 해줘도 돼요. 다 알지 않아도 위로는 얼마든지 해줄 수 있으니까…."

하지만 재이는 고집스러운 미소를 지우지 않았고, 오기 부리듯 말을 이었다.

"응. 힘든 얘기야. 그래서 누구한테도 한 적이 없어."

"…."

"그래도 너한테는 다 들려주고 싶어. 이미 그러기로 마음먹고 나왔어."

그가 이렇게 고집을 부리는 이유가 무엇일까. 도담은 그의 속을 훤히 들여다볼 수 없었다. 그래서 어떤 반응을 보이기가 곤란했다. 혹시나 쉽게 꺼낸 대답 때문에 그의 벌어진 상처가 덧나 버릴까 조심스러웠다. 재이는 그런 그녀를 곁에 두고 작은 숨을 들이쉬는가 싶더니, 한숨 같은 목소리를 다시 흘려보내기 시작했다.

"그러다 몇 살 때였더라. 내가 일곱 살 때였나. 어느 날 엄마가 며칠째 돌아오지 않는 거야. 배는 너무 고프고, 먹을 건 없고…."

"…."

"기운이 다 빠져서 잠만 자고 있었는데, 어떤 아저씨들이 와서 날 데려가더라고. 그렇게 영문도 모르고 끌려간 데가 엄마 장례식장이었어. 그때는 몰랐는데 지금 다시 떠올려보니까 그래."

"…."

"그게 마지막 길인 줄 알았으면 조금 더 정신 똑바로 차리고 지켜봐 줄 걸. 사흘 내내 자기만 해서 어땠는지 기억도 안 나. 그래서 그 여자가 날 싫어했나 봐. 마지막까지 얄미운 짓만 골라 하잖아."

서러운 이야기에 섞여 있는 자책은 이제 보니 습관인 모양이었다. 재이는 적어도 자신을 낳아준 친엄마에 대한 문제만큼은 전부 제 탓으로 돌리려 하고 있다. 그건 바라보기 힘들 만큼 아픈 광경이었고, 그냥 내버려 두기 어려울 정도로 안쓰러운 모습이었다. 한참 말을 고르던 도담은 그에게 위로를 건넸다.

"그렇게 생각하지 마요. 어렸잖아요. 어린 애가 버텨준 것만으로도 고마워하실 거예요."

"정말 그럴 거라고 생각해?"

"당연하지. 재이 씨 어머님은 사랑을 깨닫고, 표현할 여유가 없었을 거예요. 재이 씨가 잘못해서 미움을 받았던 건 절대 아니야."

그의 고통을 짐작도 하지 못하면서 내뱉는 말들이 얼마나 도움이 될지는 모르겠다. 하지만 지금은 입을 다물고 있는 것만이 능사는 아니라는 생각이 들었다. 누구에게도 마음의 짐을 내보이지 못했던 그는 지금껏 이런 허울 좋은 위로조차 들어본 적이 없었을 것이다. 재이는 한동안 가만히 도담의 얼굴을 들여다보았고, 난간 쪽으로 향해 있던 몸을 그녀에게로 돌렸다. 그러고는 처연한 눈빛으로, 도담을 내려다보았다.

"그런 말들 지금 와서 하나도 도움 안 되는 건 아는데… 이상하게 기분이 나아지네. 내가 너무 단순한 걸까?"

도담은 아니라는 뜻에서 고개를 저었다. 재이의 눈에 웃음기가 어렸다.

"도담아."

이윽고 그녀를 부르는 목소리는 장난기 없이 부드러웠다.

"솔직히 나… 그동안 이 사람, 저 사람한테 관심만 구걸하고 살아왔어. 내 옆에 있어 주기만 한다면, 상대가 오늘 처음 본 여자든, 아니면 우리 엄마를 이 절벽 아래로 내몬 회장님이든 상관없었어."

이어지는 고해성사는 도담도 익히 알고 있던 사실이었다. NSO에서는 그런 그를 두고 여자 아니면 상종하지 않는 문제적 인간 취급까지 했었다.

"그런데 이상하게 그럴수록 내가 혼자라는 사실만 실감 나더라. 어디라도 스며들고 싶어서 비위를 맞추고, 필사적으로 복종하는데, 그럴수록 겉돌기만 했어."

"…"

"마치 세상은 물이고, 나는 그 위에 떨어진 기름 한 방울인 것처럼."

하지만 이제 도담은 확실히 알 수 있다. 그는 여자만 밝히는 남자가 아닌, 자신을 원하는 사람이면 누구든 상관없었던 외톨이였다는 것을.

재이의 두 손이 도담의 어깨를 은근한 힘으로 감싸 쥐었다. 왠지 따듯할 것 같았던 그의 손은 깜짝 놀랄 만큼 차갑게 식어있었다. 그렇게 긴장한 기색이 역력한 모습으로, 재이는 애써 밝은 목소리를 냈다.

"그래서 나한테 너는 너무 특별해."

"…"

"처음부터 넌 다른 사람들이랑 달랐어. 나한테 바라는 게 없는 데도 관심을 주고, 진심으로 나를 걱정해주고… 너랑 같이 있는 동안에는 하나도 외롭지가 않았어."

"재이 씨…."

"그게 너무 좋았던 것 같아. 내가 혼자라는 걸 잊게 만들어 준 사람도, 내가 계속 붙잡아놓고 싶었던 사람도, 나한테는 니가 처음이었어."

아픈 비밀 끝에 꺼내진 고백은 지독히도 무거웠다. 그걸 받아야 하는 도담은 이 순간 그의 앞에서 내쉬는 숨소리, 눈빛 한 번이 조심스럽다.

"재이 씨, 나는…."

도담은 그의 이름을 한 번 더 불렀으나, 무슨 말을 이을 새도 없이 재이가 또렷한 음성을 내뱉었다.

"나는 내 감정이 사랑이라고 생각해."

"…."

"이렇게 애틋한 마음이 사랑이 아니라면, 나는 누군가를 사랑할 자신이 없어."

그렇게, 기어이 나오고야 만 '사랑'이라는 단어. 지난밤 그를 밀어내기 위한 많은 말들을 준비했는데, 단 한 마디도 떠오르지 않았다. 무슨 말을 하려고 할 때마다 그에게 해도 되는 말인지 계속해서 되뇌게 된다. 재이는 그런 도담을 보채지 않았다. 그저 흔들리는 눈동자를 가만히 내려다보고만 있을 뿐.

아주 오랜 시간이 지나서, 도담의 입술이 열렸다.

"나도 사랑해요."

"…."

"재이 씨가 아니라… 주원 씨를."

충분히 예상 가능한 대답이었다. 너무 예상대로라서 슬퍼졌지만.

"도담아…."

"재이 씨는 지금 재이 씨의 감정이 사랑이라고 확신한다 그랬죠? 나도 그래요. 나도 내 감정이 사랑이라고 확신해요."

"…."

"나한테 특별한 사람은 기주원이고, 내가 붙잡고 싶은 사람도 기주원이에요. 예전에도, 지금도… 그리고 앞으로도 계속."

아마도 그를 아프게 할 말일 거다. 하지만 도담으로서는 단칼에 그어내는 것이 최선이었다. 어차피 애매모호한 말로 달래려 해봤자 그에게는 도움도 안 될 테니.

"그러니까…."

나 말고 다른 좋은 사람을 찾으라고, 두 눈을 똑바로 보며 대답해 줘야 하는데 재이가 뒷말을 가로막았다. 마치 그녀가 할 말을 이미 다 들어버린 사람처럼 단호한 눈빛이었다.

"안 돼."

"…."

"못 해."

안 돼. 못 해. 지금 그의 심정을 가장 잘 표현해주는 짧은 두 마디. 그것만으로도 충분히 마음이 무거워지는데, 재이는 확고한 목소리로 그녀의 죄책감에 무게를 얹었다.

"태어날 때부터 지금까지 어느 곳에도 머물 수가 없었어. 사랑받는다는 게 너무 어려웠어."

"…."

"평생 남들의 눈치를 보고, 그 사람들이 내게 바라는 걸 채워주고…. 다들 그런 나를 기생충 취급했지만, 살아남으려면 어쩔 수 없었어. 그 사람들의 욕망을 채워주지 않으면 다시 난 혼자가 되어버릴 것 같았어."

더욱 절박해진 재이의 목소리가 미세하게 흔들렸다. 눈가가 흐려지는 걸 보니 그는 이제 괜찮은 척도 하지 않으려는 모양이다.

"그런데 너는 달라. 너는 나한테 바라는 것도, 욕심내는 것도 없었잖아. 그래도 나를 걱정해 주고, 곁에 있어준 사람이잖아."

"…."

"그래서 나는 너를 못 놔… 너랑 같이 있을 땐 나도 누군가한테 기생하는 게 아니라, 그냥 남들처럼 평범하게 사랑하고 있다는 생각이 들어…."

도담을 붙잡고 있던 재이의 두 손이 툭 하고 떨어졌다. 그와 동시에 아슬하게 매달려 있던 그의 눈물도 뺨을 타고 툭 하고 떨어져 내렸다.

"하아…."

재이는 그 눈물을 감추기 위해 고개를 숙였지만 이미 늦은 후였다. 도담은 그녀 하나만 붙잡은 채 위태롭게 버티고 있는 그의 현실을 똑똑히 보고야 말았다. 내 정체를 다 알고 있다고 생각했는데. 드러내놓고 수상하게 굴어도 덮어두려 하는 걸 보면서, 차라리 나도 다른 사람들이랑 똑같은 인간이라고. 아니, 더 못됐으면 못 됐지 하나도 나을 거 없는 사람이라고 생각해줬으면 했는데. 안타깝게도 진실은 아직 드러나지 않은 모양이다. 당신은 여전히 나를 특별하고 유일한 존재로 여기고 있으니. 사실은… 나만큼 당신에게 목적을 가지고 접근한 사람이 없을 텐데도.

"있잖아요… 재이 씨….'

도담은 아주 힘겹게 입술을 떼어냈다. 재이는 서둘러 눈가를 문질러 닦았고, 가엾은 시선을 그녀에게로 옮겼다. 본부에 명령 없이는 아무것도 밝히지 못하는 도담이지만, 그런 그를 보니 더는 참을 수가 없어졌다.

"나는 조금도 다르지 않아요. 재이 씨가 만나왔던 다른 사람들이랑….'

그래서 무턱대고 내비친 거대한 진실의 끄트머리. 재이는 잠자코 도담의 말에 귀를 기울였다. 도담은 그를 올려다보며 간절한 목소리를 꺼내놓았다.

"어쩌면 재이 씨의 인생에서 제일 부질없는 인연일지도 몰라요. 나 이렇게 매달려가면서까지 잡을 이유 없는 사람이에요.'

"….'

"결국엔 나도 재이 씨를 실망시키게 될 텐데… 나한테 너무 많은 의미를 두지 않았으면 좋겠어요.'

비록 여기까지밖에 이야기하지 못하지만, 도담은 그가 그녀의 비밀을 전부 알아채주길 바랐다. 지금 내 앞에서 실망을 하고, 화를 내게 되더라도 차라리 그편이 더 나을 것 같았다. 그 간절한 눈빛을 읽었는지, 재이가 한숨 섞인 목소리로 물었다.

"그래서… 니가 나한테 바라는 게 뭐야?'

"바라는 거 없어요. 나는 그냥…."

하지만 제대로 다 대답하기도 전에 재이가 다시 입을 열어, 그녀의 대답을 끊었다.

"봐, 너는 나한테 바라는 거 없잖아. 그러니까 실망 안 해."

"재이 씨…."

"그럴 일 없을 거야. 너는 나한테 특별한 사람 맞아."

지금 그는 나를 믿고 있는 중인 걸까. 아니면 그냥 고집을 부르는 중인 걸까. 이쯤 되니 하나도 모르겠다. 하지만 더 이상은 안 되겠다. 아무리 임무라고 해도 그를 속이는 건 이제 한계인 것 같다.

도담은 안타까운 마음을 가득 담아 그와 눈을 마주했다.

"쉽게 꺼낸 고백 아니니까, 너도 조금만 더 고민하고 대답은 다음 번에 들려줘."

"…."

"오늘은… 널 필요로 하는 사람은 나라는 것만 기억해 줬으면 좋겠어."

재이는 도담의 두 눈에 담긴 대답을 다 읽었으면서도 끝까지 그녀와의 인연을 놓지 못했다. 그리고 그 모습을 보며 도담은 다시 한번 결심했다. 아무래도 당신이 기약한 그 다음번엔, 모든 진실을 실토해야겠다고. 내가 왜 당신에게 접근했었는지. 당신에게 무엇을 바라고 챙겨준 건지. 이 임무가 끝나면 당신과 나의 사이는 어떻게 되는지. 내가 말하고 싶었던 것과 끝까지 숨기고 싶었던 것. 당신이 믿고 싶었던 것과 죽어도 외면하고 싶었던 것, 그 모든 것을 전부 다.

나 계속 기다려도
되는 거지

네 시 오십 분. 그녀가 떠난 지, 네 시간 하고도 십오 분째.

주원은 시계만 바라보면서 시간이 지나가는 광경만 가만히 쳐다보고 있다. 분명 어딘가에 도착하면 연락을 달라고 했는데, 그의 휴대폰은 네 시간 십오 분째 가만히 죽어있다. 연락해 볼까 고민하지 않은 건 아니었다. 하지만 안 그래도 죄책감에 시달리는 그녀에게 마음의 짐만 얹어주는 꼴이 될까 봐 관두었다. 주원이 도와줄 수 없는 일을 그녀 혼자 감당하고 있는 만큼, 지금은 믿고 기다리려야 할 때라고 생각한다.

그래, 그걸 알고는 있지만 불안한 건 어쩔 도리가 없다. 두 사람이 어떤 시간을 보내고 있을지, 신경 쓰지 않으려고 해도 자꾸만 신경이 쓰인다.

'서재이가 헛소리만 늘어놓고 가서 이래.'

모든 걸 재이의 탓으로 돌린 주원은 저도 모르게 쳐다보던 벽시계에서 억지로 시선을 떼어냈다. 그리고 노트북을 열어 메일함을 확인했다. 오늘 도담이 떠나자마자 그는 양은화 팀장에게 미팅 요청을 해두었고, 지금은 그 답을 기다리고 있는 상태였다. 그러나 주원이 무슨 얘기를 하려는지 이미 짐작이라도 한 듯, 평소 회신이 빨랐던 양 팀장은 어떤 답변도 들려주지 않았다. 서버상으로는 메일을 열어본 것으로 확인되는데, 이렇게 시간을 끌수록 본인만 더 불리해진다는 걸 아는지 모르겠다. 주원은 한 번 더 재촉 메일을 보내야 하나 잠시 고민했다. 만약 이번에도 답이 없다면 본부 쪽 믿을 만한 사람에게 도움을 요청해야 할지도 모르겠다.

'그럴 만한 조력자를 고르는 것도 일이네….'

일도, 사랑도 꽉 막힌 고속도로처럼 답답했던 주원은 깊은 한숨만 내쉬었다. 또다시 습관처럼 시계로 시선을 가져가려던 그때 현관문이 열리는 소리가 났다. 느리게 문을 열고 무거운 발걸음으로 집 안에 들어서는 사람은 그가 오매불망 기다렸던 도담이었다.

"온도담…."

이때까지 그녀만 기다리고 있었던 주원은 곧장 커피 테이블에서 일어나, 도담을 바라보았다.

"…다녀왔습니다."

작은 목소리로 인사하는 그녀의 표정은 고민하던 지난 밤보다도 더 착잡했다. 이럴 거라 충분히 예상했던 주원은 애써 아무렇지 않은 목소리로 물었다.

"잘 정리하고 왔어?"

하지만 도담은 아무 대답도 하지 않고 고개를 푹 숙였다. 눈을 피하는 게 불안했던 주원은 한 번 더 그녀를 붙잡고 물었다.

"온도담, 잘 정리하고 왔냐고."

"일단… 옷 갈아입고 올게요."

도담은 끝까지 그가 바라는 대답을 들려주지 않고 방으로 들어가 버렸다. 그녀가 자리를 피하는 거라 확신한 주원은 곧바로 그녀의 뒤를 따라나섰다.

"도담아."

그가 닫으려는 방문을 붙잡고, 그녀를 불렀다. 그가 성을 떼고 부드럽게 이름만 불러준 건 이번이 처음이었다. 그것까지 무시하지 못했던 도담은 결국 허공을 향해 있던 고개를 돌려 그를 마주 보았다.

하루 종일 그녀를 기다린 주원보다도 떨리는 눈빛. 긴장이 가시지 않은 듯 백지장처럼 하얗게 질린 얼굴. 찰나의 시간 동안 그녀에게서 많은 부정적인 신호를 읽어낸 주원은 가라앉은 목소리로 물었다.

"왜 그래."

"…."

"뭐든 괜찮으니까 다 말해. 서재이랑 무슨 일 있었어?"

재차 반복되는 질문에 도담은 작게 숨을 들이마셨다. 그건 무슨 대답이라도 할 준비였으나, 새어 나오는 건 긴 한숨뿐이었다.

이런 것만 보면 분명 나에게 할 얘기가 있는 게 분명한데. 대체 어떤 말이 이토록 무겁게 그녀의 혀끝에 걸려 있는 건지 모르겠다.

주원은 그런 그녀를 보며 한 번 더 입을 열었다.

"나 너… 계속 기다려도 되는 거지."

매달리는 것이나 다름없는 진지한 음성이었다. 그런 그를 더는 피할 수 없었던 도담은 겨우 꺼져가는 목소리를 냈다.

"팀장님. 아무래도 안 될 것 같아요."

"안 될 것 같다니."

"허락해 주세요."

"…."

"서재이한테 내 정체를 다 밝혀야겠어요…."

드디어 꺼내진 그녀의 말은 주원이 대비하고 있었던 최악의 상황은 아니었다. 하지만 매우 의외였고, 걱정스러웠다. 첫 임무에 막대한 책임감을 느끼고 있던 그녀가 모든 걸 내려놓겠다고 한다는 건, 그만큼 서재이에게 휘둘렸다는 증거였으니까.

"임무를 저버리겠다는 뜻이야?"

주원은 애써 침착하게 되물었다. 도담은 천천히 고개를 가로저었고, 작지만 또렷한 목소리로 주원을 설득했다.

"아니요. 서재이는 백번을 다시 생각해도 범인이 아닌 것 같으니까, 사건을 백지 상태로 돌려서 처음부터 다시 생각해 보자는 뜻이에요."

"…."

"운성 중공업에서도 그렇고, 본부에서도 그렇고. 범인을 서재이한 사람으로 너무 단정 짓는 바람에 놓치고 있는 게 있을 수도 있잖아요."

"…."

"게다가 이번에 운성 중공업 측에서 제보한 범행 증거만 봐도 진실보다는 악의가 가득하니까…."

거기까지만 말하고, 도담은 잠시 입을 닫았다. 그녀의 이야기를 가만히 듣고만 있는 주원의 분위기를 살피기 위해서였다. 혹시나 갑작스러운 요구에 실망이라도 했을까 봐 걱정했지만, 다행히도 주원은 가라앉은 눈빛 그대로 도담을 지켜보는 중이었다. 질책하는 느낌이 아니었기에, 도담은 남은 본론을 정확히 꺼내놓았다.

"우리 서재이는 그만 괴롭히고 다시 처음부터 차근차근 수사해 봐요. 운성 중공업 대표님은 제가 만나서 설득해 볼게요."

"이건 니가 나서서 해결할 수 있는 스케일이 아니야."

"그렇다고 해서 내가 방관할 일도 아니잖아요. 서재이를 속이는 건 이제 의미 없는 일이에요."

지금껏 임무에 관해서는 군말 없이 따라주던 그녀의 고집. 그녀의 말 중 틀린 말은 없었다. 하지만 주원은 이렇게 나올 수밖에 없는 그녀의 마음을 이해하면서도, 쉽사리 동의해 주지는 못했다. 서재이를 완전히 범인으로 확정 지을 단서는 없으나, 그렇다고 해서 서재이가 누명이라고 확신할 수 있는 단서도 없기 때문이었다.

주원은 침착한 표정으로 그녀를 가라앉혔다.

"이번 증거 자료가 진실성이 없다는 건 인정해. 거기엔 서재이를 범인으로 만들려는 의도가 다분해 보이고."

"저도 그렇게 생각해요. 그러니까…!"

"하지만 우린 아직 그쪽에서 누가, 대체 어떤 이유로 서재이를 몰아가는지 실마리조차 못 잡았어. 이런 때에 섣불리 행동했다가는 본부의 신뢰만 잃을 뿐이야."

"팀장님…."

자신과는 다른 주원의 뜻에, 도담의 눈빛이 한층 더 절박해졌다. 주원은 그런 그녀의 얼굴 내려다보았고, 한층 건조해진 목소리로 대답했다.

"돌아오는 월요일에 양은화 팀장을 만나볼 예정이야. 다른 건 그 사람을 만나고 난 다음에 다시 생각해."

딱딱해진 주원의 얼굴은 임무 지시를 내릴 때와 다름없었다. 그건 반박을 용납하지 않겠다는 뜻이었고, 도담은 그대로 따라야 한다는 의미였다. 마음속 죄책감을 조금도 덜어내지 못한 도담은 애꿎은 주원만 계속 바라보다가, 이내 고개를 푹 떨구고 두 손으로 얼굴을 가렸다.

"나 요즘 유수영 선배가 무슨 심정으로 다 실토해 버렸는지, 너무 이해가 돼요…."

탄식하듯 흘러나온 그녀의 한 마디. 그건 임무에 관해서는 타협점이 없는 기주원에게는 용납할 수 없는 발언이라는 것을 알고 있다. 겨우 얻은 주원의 마음은 여기서 크게 실망하고 작아질지도 모르는 일이었다. 하지만 더 이상 혼자 힘으로는 마음의 짐을 감당할 수 없었던 도담은 계속해서 말을 이어나갔다.

"그 사람이 그랬어요. 자기 인생에 나 같은 사람은 없었다고. 다들 원하는 게 있어서 다가오고, 목적을 다 이루면 떠나가기 바빴는데 나는 그런 사람이 아니라서… 그래서 나랑 있으면 남들처럼 평범하게 살 수 있을 거라는 희망이 생긴다고 했어요."

"…."

"그런데 나, 그 사람한테 상처 준 사람들이랑 하나도 다르지 않잖아요. 나처럼 악의밖에 없는 사람이 그 사람의 희망이 되면 안 되는 거잖아요."

그녀가 주원에게 쏟아내는 감정들은 재이의 앞에선 그럴 자격도 없어서 쏟아내지 못했던 것들이었다. 도담은 다시 고개를 들어 주원과 눈을 마주했다.

"하아… 속이는 건 못 하겠어요. 차라리 다 말해버리고 속이 편해지고 싶어요."

답답하다 못해 미쳐 돌아버릴 것 같은 심정으로 꺼낸 고백이었다. 정신 똑바로 차리라고 화를 낼 줄 알았던 주원은 아무 말이 없었다. 그 대신 건네주는 건 참고 있던 눈물이 새어 나올 만큼 다정한 포옹이었다.

"팀장님…."

그에게 안긴 도담은 마주 안지도 못하고, 꺼져가는 목소리로 주원만 불렀다. 주원은 그런 그녀를 더욱 힘주어 끌어안았고, 하염없이 부드럽게 그녀를 달랬다.

"알아. 너 마음 약한 거."

"…."

"그만큼 내가 더 서두를게. 힘들면 나한테 불평해도 되고, 의지해도 돼."

그 말은 그녀의 바람을 들어주지 못한다는 뜻이었지만.

"그러니까 날 믿고 조금만 더 버텨줘."

이상하게 욱신거리던 가슴 한편이 점점 진정되기 시작했다. 맞닿은 가슴에서 전해져 오는 심장박동이 요동치는 감정을 달래주는 듯하다. 도담은 그제야 대답 대신 그의 허리를 같이 꽈악 껴안아주었다. 하고 싶은 많은 말이 있었지만 그럴 필요는 없었다. 지친 몸을 완전히 내맡겨도 가만히 안아주는 그는 이미 모든 걸 다 들여다보고 있었으니. 그의 가슴에 얼굴을 파묻은 도담은 한참 동안 고른 숨만 내쉬었다. 이런다고 해서 머릿속을 어지럽히는 서재이의 존재감이 줄어들지는 않았지만, 적어도 미치지는 않을 수 있을 것 같았다.

＊ ◆ ＊

같은 시간.

[비공식적 불법 수사 건으로, 정식 면담 요청합니다.]

양 팀장은 주원의 메일에 적힌 문장을 예리한 시선으로 바라보고 있다. 이번 공작을 준비하면서 가장 걱정했던 인물, 기주원 팀장. 그가 본격적으로 움직이는 걸 보니 어느 정도 마음의 확신이 선 모양이다. 기주원의 융통성 없는 성격을 너무 잘 알고 있기에 이번 일이 무사히 끝날 때까지는 아무것도 눈치 못 채길 바랐건만. 그건 너무나도 과한 바람이었던 모양이다.

한숨만 크게 내쉬던 양 팀장은 휴대폰을 들었다. 주원에게 답장하기에 앞서, 공작 중인 최우석 상무에게 먼저 상황을 알리기 위해서였다. 그녀는 그에게 전화를 걸까, 하다가 혹여나 누가 들을까 메시지로 전환했다.

[기주원 팀장이 저의 움직임을 눈치챈 모양입니다. 앞으로 저는 더 이상 개입하지 않는 것이 좋겠습니다. 기주원이 저를 찾아올 모양이던데, 어떻게

대처할까요.]

많은 부분을 생략했지만, 최 상무는 이편을 더 좋아할 터였다. 쓸데없는 말을 붙이는 걸 달갑게 여기지 않는 사람이니.

전송 버튼을 누른 양 팀장은 휴대폰을 책상 위에 올려두었다. 침착함을 유지하려 해도 일이 어그러질지도 모른다는 걱정은 그녀를 불안하게 만들었다. 그렇게 얼마나 초조한 표정을 숨기고 있었을까.

지이이잉 지이이잉.

책상 위에 올려두었던 휴대폰이 진동했다. 온 신경을 집중해 연락만을 기다리던 양 팀장은 곧바로 휴대폰을 집어 들고 통화 버튼을 눌렀다.

"네, 양은화 팀장입니다."

긴장한 기색이 역력한 첫 마디를 꺼내놓으니, 휴대폰 너머에서는 건조한 음성이 되돌아왔다.

—보고 받고 연락드립니다. 만나고 싶어 하는 사람은 만나줘야지요. 이왕이면 함께 임무 중인 신입도 같이 불러내는 게 어떻겠습니까.

"신입이요? 온도담 요원을 말씀하시는 건가요?"

—네, 그동안 저도 제가 취할 수 있는 조치는 취해보도록 하지요.

조금은 난처해하고 있을 거라 생각했지만, 최 상무의 목소리에는 걱정하는 기색도 없었다. 마치 이럴 때를 다 준비해 놓은 양, 침착하게 다음 단계로 넘어갈 준비를 하고 있다.

"무슨 계획이 있으신지 여쭤봐도 되겠습니까."

양 팀장은 가슴 속의 불안을 잠재우기 위해서 상세히 물었다. 그러자 최 상무는 고민도 없이 대답했다.

"서재이 주변 인물들이 문제라면 그들을 떨어트려 놓아야 하지 않겠습니까."

"떨어트릴 방법이라도….."

"방법이랄 게 뭐 있나요. 서재이를 격리해야지."

최 상무는 아주 쉬운 일처럼 말했으나, 양 팀장은 뜻대로 따라주지 않는 서재이의 성격을 잘 알고 있었다. 하지만 그 못 미더운 심정을 드러내놓고 표시할 수는 없어서 곤란해하던 찰나, 최 상무가 다시 말을 이었다.

"다음 주 수요일에 이번 임무 관계자들과 면담 날짜 잡으세요. 장소는 그들의 잠복지인 오피스텔과 가장 가까운 공간. 시간은 오후 다섯 시."

"기주원과 온도담을 제가 직접 찾아가서 만나라, 그 말씀이시군요. 다음에는요?"

"적당히 장단이나 맞춰주다가 한 시간쯤 지났을 때 그쪽 상황을 마무리하시면 됩니다. 그들이 다시 잠복지로 돌아올 오후 여섯 시경, 필요한 모든 상황이 준비되어 있을 테니까요."

그가 고작 한 시간 만에 무슨 일을 벌이겠다는 건지 모르겠다. 그러나 휴대폰 너머에서 들려오는 최 상무의 목소리에는 확실한 자신감이 어려있었다. 그의 일 처리 능력 하나만큼은 의심하지도 않는 양 팀장은 우선 그의 명령을 이행하기로 했다.

"말씀 하신 대로 붙잡아놓겠습니다. 다음 주 수요일 다섯 시, 요원들이 거주하는 오피스텔과 가까운 장소에서 약 한 시간 동안."

시원시원한 그녀의 대답에 최 상무가 흡족한 미소를 흘렸다.

"네, 양 팀장님은 거기까지만 수고해 주시면 됩니다. 그 뒤엔 신경 쓸 일도 없을 겁니다."

"…."

"이쯤에서 사라져 줘야 할 사람은 제 발로 사라질 테니까."

그를 무기에 빗댄다면 날이 잘 갈린 예리한 검이었다. 그 끝이 누구의 심장에 조준되어 있는지, 너무 잘 알고 있는 양 팀장은 저도 모르게 마른침을 삼켰다. 적어도 지금의 자신은 그의 아군이라는 것에 진심으로 안도하며.

— 3권에서 계속

팀장님은 신혼이 피곤하다 2

2024년 1월 24일 초판 1쇄 발행

지은이 강하다
펴낸이 박시형, 최세현

책임편집 김혜정 **디자인** 이정현
마케팅 권금숙, 양근모, 양봉호 **온라인마케팅** 신하은, 현나래, 최혜빈
디지털콘텐츠 김명래, 최은정, 김혜정 **해외기획** 우정민, 배혜림
경영지원 홍성택, 강신우 **제작** 이진영
펴낸곳 팩토리나인 **출판신고** 2006년 9월 25일 제406-2006-000210호
주소 서울시 마포구 월드컵북로 396 누리꿈스퀘어 비즈니스타워 18층
전화 02-6712-9800 **팩스** 02-6712-9810 **이메일** info@smpk.kr

쌤앤파커스(Sam&Parkers)는 독자 여러분의 책에 관한 아이디어와 원고 투고를 설레는 마음으로 기다리
고 있습니다. 책으로 엮기를 원하는 아이디어가 있으신 분은 이메일 book@smpk.kr로 간단한 개요와 취
지, 연락처 등을 보내주세요. 머뭇거리지 말고 문을 두드리세요. 길이 열립니다.